올케언니

고사리 장편소설

국립중앙도서관 출판시도서목록(CIP)

올케언니:고사리 장편소설/지은이:고사리. - 서울:日月文學, 2013

p. ;   cm

ISBN 979-11-85449-01-2 03810 : ₩12000

한국 현대 소설[韓國現代小說]

813.7-KDC5

895.735-DDC21   CIP2013025012

올케 언니

고사리 장편소설

日月文學

이 친정 어미가 뭐라고 하더냐
주부가 되면
부디 불조심하고 밤이면 문단속 잘하고 연탄가스 조심하며
그리고 이웃에 인심 얻고 살라고
입이 닳게 일렀었는데
이 무슨 청천벽력 같은 불행이냐
차라리 니가 불에 타서 죽지 넌 왜 안 죽었어?

작가의 말

"두더지는 나비가 못 되라는 법 있나."
이 말을 나는 참 좋아한다. 다른 사람이 상상하지 못하는 전혀 뜻밖의 상황도 일어날 수 있음을 비유적으로 이르는 말인데, 그래서 더 좋아한다. 나처럼 못나고 별로 유명하지 못한 평범한 사람들에겐 잔잔한 미소와 함께 위안이 되고 용기가 생기는 말이기 때문이다.

나는 소설을 쓸 때 언제나 상상 속에서 냄비 네 개를 준비한다. 그리고 첫 번째 냄비에는 봄에 쓰고 싶은 희극을, 두 번째 냄비에는 여름에 쓰고 싶은 로맨스를, 세 번째 냄비에는 가을에 쓰고 싶은 비극을, 네 번째 냄비에는 겨울에 쓰고 싶은 아이러니와 풍자라는 먹거리를 집어넣는다. 그런 다음 필요한 양념을 모두 찾아서 넣고 요리를 하기 시작한다.
왜 봄에 웃기는 희극을 쓰고 싶냐 하면 봄을 새벽에 비유하여 탄생의 단계로, 여름은 절정에 비유하여 결혼 혹은 승리의 단계로, 가을은 황혼에 비유하여 죽음의 단계로, 겨울은 어둠에 비유하여 해체와 허무의 단계로 은유하기 위함이다.
이번에 쓴 장편소설 『올케언니』는 이 네 가지 냄비 중에서 세 번째 냄비가 가장 많이 사용되었다. 해체와 허무로 아주 오유(烏有)로 돌아가 버리는 겨울보다는 확실히 쓸쓸한 가을이 더 비극적이기 때문이다.

이 소설은 비극의 극치다. 세상에 이렇게 슬프고 억울한 일이 또 있을까. 어느 날 밤에 집에 불이 나고 누가 밖에서 출입문에다 자물쇠를 채우고 두 사람이 소사하고 미모의 여고생이 3도 이상의 끔찍한 중화상을 입고 구사일생으로 살아나는데…… 불을 낸 사람이 올케언니로 밝혀지고 자물쇠를 채운 사람이 뜻밖에도 오빠로 밝혀진다. 오빠도 오빠지만, 불을 낸 올케언니는 왜 그랬으며, 앞으로 어떻게 될까? 눈물이 난다.
"두더지는 나비가 못 되라는 법 있나." 이 말은 이 소설에 등장하는 올케언니에게도 해당된다. 끔찍한 중화상을 입은 시누이에게는 더!

끝으로 화재로 인해 큰 불행을 당한, 그리고 현재 화재의 후유증으로 고통을 받고 있는 이 세상의 모든 이에게 삼가 이 작품을 바친다.
일월문학 김낭희 사장님과 임직원 여러분께 감사드린다.

2013년 12월

高 土 里

올케언니

차 례

두 여자의 자백 …… 11

사소한 원한 …… 27

공포의 독각대왕 …… 48

누군가 연탄불에 휘발유를 뿌렸다 …… 70

그러나 방화의 증거가 없다 …… 89

나는 저승사자로 이 집안에 시집을 왔나 …… 116

엄마, 그날 밤 저도 불에 타서 죽고 싶었어요 …… 138

뜻밖의 곳에서 만난 그날 밤의 도둑 …… 165

방화범과 목격자 …… 191

해와 달을 잡아먹는 불개 …… 202

금도를 넘은 시누이의 구박 …… 229

모습을 드러낸 여자 방화범 …… 270

죽는 것도 뻔뻔하고 사는 것도 뻔뻔하고 …… 305

운명의 첫날밤 …… 325

의문의 녹음테이프 …… 354

저도 남자를 알고 싶습니다 …… 370

가장 보고 싶은 사람 …… 396

두 여자의 자백

1

"으악!"

여자의 날카로운 비명이 차가운 겨울밤을 찢었다. 이어 뭔가가 높다란 아파트 건물에서 떨어졌다. 실오라기 하나 걸치지 않은 알몸의 여자였다. 여자가 추락한 아파트 앞은 제법 밝았다. 단지 내의 가로등과 보안등들의 요요한 불빛 때문이었다. 시각은 정확히 21시 20분.

이날따라 이 아파트 앞엔 지나가거나 한가하게 거니는 사람 하나 없었다. 한겨울의 매서운 강추위 때문인지도 모른다. 1983년 12월 어느 날 밤에 생긴 일이었다.

머리서부터 거꾸로 추락한 여자는 껄끄러운 시멘트 바닥에 죽은 개구리처럼 사지를 쫙 벌린 채 엎어져 있었다. 머리가 깨져서 유혈이 낭자하였다. 목도 부러졌는지 건들기만 하면 덜렁덜렁 흔들릴 것만 같았다. 풍만한 엉덩이도 추락의 충격으로 아직도 출렁이는 것 같았고, 은백색의 매니큐어를 칠한 손가락도 계속 파르르 떨고 있었다. 여자는 아직 죽지 않은 모양이었다.

잠시 후 누가 급히 뛰어왔다.

연회색 양복을 입은 20대의 잘생긴 젊은이였다. 그는 붉은 빛깔의 알라꿍달라꿍한 넥타이 매듭이 반쯤 풀어져서 한쪽으로 사정없이 비틀어져 있었다. 머리칼도 마구 헝클어져서 볼썽사납게 온 이마를 뒤덮고 있었고, 하얗게 질린 창백한 얼굴은 몹시 추운 겨울인데도 땀방울로 인해 개기름처럼 온통 번들거렸다. 누구랑 한바탕 심하게 싸우다 뛰어온 사내가 분명했다.

그가 와락 추락한 여자를 부둥켜안았다. 그러더니 세차게 흔들며 다짜고짜 울부짖었다.

"오란이! 오란이!"

"........."

"죽으면 안 돼! 안 돼!"

"........."

"정신 차려, 오란이! 오란이!"

여자가 뜻밖에도 들리는 듯 마는 듯 신음 소리를 냈다. 하지만 그것은 신음이 아니고 뭔가를 열심히 중얼거리는 자백 같은 이상한 소리였다. 가쁜 숨, 부정확한 발음, 알아들을 수 없는 말…… 여자는 그렇게 절명 직전이었다.

"뭐라구? 잘 안 들려! 다시 말해 봐! 다시!"

사내가 여자의 식어가는 입술에다 귀를 가까이 댔다. 여자가 계속 입술을 달싹이며 무슨 말을 한동안 지껄였다. 그러다 금방 침묵했다. 절명한 것이었다.

"안 돼! 오란이! 오란이! 오란이!"

사내가 이미 생명이 떠나버린 여자를 부둥켜안은 채 잠시 발광하듯 몸부림을 쳤다. 생명이 꺼지기 전에 뭔가를 고백하듯, 아니 자백하듯 그녀가 뇌까린 말…… 비록 신음 소리 같은 잘 알아들을 수 없는 말이었지만 그 말을 분명히 알아들었을 법도 한데, 사내는 그 말을 한 번쯤 반추해 볼 생각은 않고 갑자기 벌떡 일어섰다. 하긴 그럴 만한 경황이나 정신이 없었는지도 모른다. 그가 벌떡 일어서기가 무섭게 갑자기 아파트 건물 안으로 총알같이 뛰어들었다. 지금 그가 뛰어들고 있는 아파트는 조금 전 그가 뛰어나왔던 바로 그 아파트 건물이었다.

그제야 아파트 경비원들이 나타나고 사람들이 하나 둘 나타나기 시작했다. 이어 금방 부근 일대가 경악과 공포로 벌집을 쑤셔놓은 듯 소란스러워지기 시작했다.

잠시 후 사내가 뛰어든 아파트 건물에서 돌연 비명이 터져 나왔다. 이번엔 남자의 비명이었다. 그러더니 그 아파트 건물의 어느 창문에선가 갑자기 검은 연기가 뭉텅뭉텅 뿜어져 나오기 시작했다. 그 집에서 불이라도 난 모양이었다. 차들이 주차돼 있는 그 아파트 앞 광장에서 보자면 왼쪽으로 5층의 맨 끝 창문이었다. 알몸의 여자도 바로 그 창문에서 추락했던 것이다.

거기서 연달아 또 한 번의 비명이 터져 나왔다. 이번엔 남자의 비명이 아닌 여자의 비명이었다. 화재 때문에 터져 나오는 비명이 아닌 것 같았다. 비명의 음색과 강도가 그랬다. 그렇다면 도대체 저 집에서 지금 무슨 일이 벌어지고 있는가.

소방차의 사이렌 소리가 멀리서 모깃소리처럼 비산하듯 들려오고 있었다. 누가 급히 소방서에 신고를 한 모양이었다. 그런데 그보다 한발 앞서 경찰차들이 서울 변두리 P동에 자리 잡은 이곳 X아파트 광장으로 질풍같이 들이닥치고 있었다.

2

 알몸의 여자가 추락하고 화재까지 발생한 X아파트 7동 501호로 경찰이 뛰어들었을 땐 아파트 내부는 매캐한 검은 연기가 꽉 차 있었다. 어느 외국 남자 배우의 싸구려 사진이 걸려 있는 거실의 한쪽 벽이 이미 벌건 불길에 휩싸여 있었고, 푸른 빛깔의 양탄자가 깔린 바닥엔 커다란 불덩어리가 된 채 석유난로가 넘어져 있었다.

 그 아수라장의 거실엔 세 사람이 있었다.
 한 사람의 남자와 두 여자.
 남자는 조금 전 아파트 밖으로 뛰어나와 오란이라는 여자의 죽음을 슬퍼하던 바로 그 사내였다. 그는 그새 심한 화상을 입은 몸으로 한쪽에 쓰러져 신음하며 필사적으로 밖으로 탈출하려고 사력을 다하고 있었고, 그를 안전한 아파트 밖으로 끌어내려고 한 여자가 뭐라고 울부짖으며 애를 쓰고 있었다. 갈색의 머리에 백인 같은 흰 피부, 약간 푸른 빛깔을 띤 쌍꺼풀진 큰 눈, 그래서인지 얼핏 보기엔 서구적으로 생긴 여자였다. 까만 튜닉 차림에 실내인데도 흰 빛깔의 롱부츠를 신고 있는 그녀 부근 양탄자엔 눈같이 새하얀 머플러가 하나 마구 밟히고 구겨진 채 떨어져 있었다. 아마 그녀가 목이나 머리에 두르고 왔던 머플러인 듯했다.

다른 한 여자는 대조적으로 아주 동양적으로 생긴 여자였다. 머리 빛깔도 검고 눈동자도 검고, 그리고 몸매나 키도 아담해 보였다. 검은색 코트와 회색 바지 차림에 맨발인, 아니 검정 스타킹을 신은 그 여자도 한쪽에 쓰러져서 질식할 것 같은 기침과 함께 고통스러운 신음을 하고 있었다. 그녀도 사내처럼 심한 화상을 입은 상태였다. 그런데 이상한 것은, 그녀는 살려고 애를 쓰지를 않는다는 점이었다. 사내처럼 필사적으로 밖으로 기어나가려고도 하지 않았고, 또 불길을 피하려고도 하지 않았다. 그대로 질식사를 하거나 불에 타서 죽기를 원하고 있는 눈치 같았다. 경찰이 뛰어들 때까지도 그녀는 그러고 있었다.

금방 아파트 앞에 소방차들이 들이닥쳤다.
불은 곧 진화되었다.
죽은 알몸 여자의 신원이 밝혀졌다.
강오란, 23세, 미혼, 카페 호스티스, 4년제 대학 중퇴, 무남독녀, 부모 사망, 그리고 사인은 타살임이 밝혀졌다. 사체의 앙가슴을 비롯한 흉부 부분에 예리한 흉기로 두어 군데나 거칠게 그어댄 자상이 있기도 했지만, 그보다 자칭,
"내가 그년을 죽였다!"
고 자진해서 나서는 사람이 있었기 때문이었다.
그런데 자칭 자기가 범인이라고 나서는 사람이 한 사람이 아니고 두 사람이나 되었다. 그 두 사람은 현장에 있던 바로 그 두 여자였다. 그 두 여자는 남남도 아니고 올케언니와 시누이 사이였다. 동양적으로 생긴 조금 나이가 들어 보이는 여자가 올케언니였고, 서구적인 용모의 아가씨처럼 보이는 여자가 시누이였다.
올케언니가 되는 여자의 신원은 대략 다음과 같았다.

오수옥, 31세, S여대 가정학과 졸업, 가정주부, 기타……
그런데 시누이가 되는 여자의 신원은 좀 특이했다.
시누이의 신원은 다음과 같았다.
송세라, 23세, 고졸, 기혼녀, 현장에 있던 그 남자가 바로 남편, 그리고 특기할 사항은 신체의 한쪽 유방, 허벅지, 엉덩이에 징그러운 화상 흉터가 있음, 그것도 오래된 화상 흉터가…… 그러니까 여성의 가장 아름다워야 할 부분에만 눈 뜨고는 못 볼 징그러운 화상 흉터가 있는 것이 특이하다면 특이했다.

이 두 여자는 서로가 자기가 살인범이라고 떼를 쓰듯 주장했다. 서로가 강오란이라는 저주받을 년을 과도로 찔렀고, 그리고 아파트 창문 밖으로 밀어서 죽였다는 것이었다. 문제의 과도는 거실의 창문 부근에서 발견됐는데, 놀랍게도 손잡이의 지문도 두 여자의 것이 똑같이 채취가 되었던 것이다.
그렇다면 공범?
하지만 아직은 계획적인 공범이라고 단정하기엔 성급한 것 같았다. 왜냐하면 두 여자의 자백 내용 중에 일치하지 않은 부분이 상당히 많았기 때문이었다. 먼저 자백을 한 쪽은 올케언니였다. 그것을 그녀가 시급히 자청했던 것이다. 그리고 병원으로 이송되기가 무섭게 자신의 범행 일체를 자백하고는 곧 의식을 잃어버렸다. 그녀는 대단한 중화상이었던 것이다. 화상 부위는 전신이지만, 특히 복부가 심했다.

그녀가 다시 깨어난 것은 이튿날 정오쯤이었다. 그리고 곧 진행된 두 번째 진술에서도 그녀는 첫 번째 내용과 똑같은 내용으로 자백했다. 조금도 새로운 사실이 추가되거나 빗나간 대목이 없었다. 마치 녹음기를 틀어놓은 것 같았다.

3

그녀의 자백 내용을 종합하면 다음과 같았다.
"제가 처음 거실로 뛰어들었을 때 거실에선 저의 시누이와 그년이 서로 머리채를 그러잡고 싸우고 있었어요. 우리 시누이는 까만 튜닉에 흰 빛깔의 롱부츠를 신은 채 거실로 뛰어들었던지 부츠를 신은 그대로의 모습이었지만, 그년은 실오라기 하나 걸치지 않은 알몸이었어요. 아마 샤워를 하다가 욕실에서 나온 지 얼마 안 된 눈치 같았어요. 욕실에서 몸을 감싸고 나왔을 대형 분홍색 타월이 거실 바닥에 떨어져 있었으니까요. 우리 시누이가 그년의 머리채를 감아쥔 채 그년의 알몸 밑에 깔려서 맥을 못 추었어요. 그걸 시누이의 남편은 보고만 있었어요. 마치 알몸인 그년을 응원이라도 하듯이 그런 기묘한 표정으로 말예요. 저는 뛰어들자마자 무조건 뜯어말렸어요. 그러나 독사처럼 독이 오를 대로 오른 그년의 발악을 당해낼 수가 없었어요. 그년이 홱 미는 바람에 저도 쓰러졌어요. 그때 소파와 응접용 탁자가 뒤엎어지면서 과일 쟁반과 칼이 굴러떨어졌어요. 그 칼을 밑에 깔려서 계속 쥐어뜯기고 있던 시누이가 재빨리 집어 들었어요. 하지만 시누이의 남편이 더 빨랐어요. 그 새끼가, 칼을 못 집어 들게 하려고 발로 자기 아내의 손을 꽉 밟아버렸어요. 그러자 시누이가 손이 아파서 막 집어 들었던 칼을 다시 놔버렸어요. 그 칼을 순간적으로 이번엔 제가 집어 들었어요. 그리고 미친년처럼 그년을 마구 찔렀어요. 그년이 용케 피하면서 창문 쪽으로 도망을 쳤어요. 저는 이미 제정신이 아니었어요. 계속 쫓아가서 칼을 마구 휘둘렀어요. 그년의 가슴에, 정확히 말해서 얼굴을 홀랑 내밀고 있던 양쪽 유방의 한가운데, 그러니까 그년의 앙가슴과 그 주변 흉부 여기저기에 칼자국이 몇 군데 난 것 같았어요. 그러자 고통스러운지 그년이 약간 비틀거렸어요. 그 순간을 이용해 저는 그년의 가슴을 힘껏 밀어버렸어요."

여기까지 자백하다가 올케언니는 부르르 진저리를 한 번 쳤다. 그러더니 쉬지 않고 다시 또 자백을 계속했다.

"그년이 어느새 저의 칼을 쥔 손을 꽉 비틀어 잡고 있었기 때문에 칼로 재차 찌를 수가 없어서 저는 계획적으로 그년을 창문 밖으로 밀어버렸던 거예요. 그때까지도 시누이 남편은 멍하니 서서 구경만 하고 있었어요. 그러다 그년이 비명을 지르며 창문 밖으로 추락하자 그때서야 창문 쪽으로 다가와 어두운 창문 아래를 내려다보더니 미친 듯이 밖으로 뛰어나갔어요. 아마 그년이 죽었는지 살았는지를 보러 나가는 눈치 같았어요. 그랬다가 잠시 후에 그 새끼가 악마 같은 얼굴로 다시 뛰어들었어요. 그땐 우리 시누이는 정신 나간 사람처럼 멍하니 서만 있는 상태였고, 저는 그제야 사람을 죽였다는 사실에 칼을 떨어뜨리며 파랗게 질려 떨고 있었어요. 그는 뛰어들자마자 차마 나는 때리지 못하고 자기 아내를 때리기 시작했어요. 그러면서 소리쳤어요. 그년을 다시 살려내라고! 너희가, 너희 집 식구가 칼로 찌르고 창문 밖으로 밀어서 죽였으니 다시 살려내라고 악을 썼어요. 그대로 뒀다간 아무래도 시누이가 맞아 죽을 것만 같았어요. 저는 보고만 있을 수가 없었어요. 그래서 그년을 죽인 사람은 나니까 나를 때리라고 악을 쓰며 그 새끼한테 덤벼들었어요. 불쌍한 우리 시누이를, 세상에서 가장 불쌍한 우리 시누이를 보호하기 위해서 그랬어요. 밀치락달치락하다가 나는 그를 석유난로 쪽에다 홱 밀어버렸어요. 계획적으로 석유난로 쪽에다 밀었냐구요? 네, 그랬어요. 진짜 죽이고 싶었던 사람은 오란이라는 그 계집이 아니고 바로 그 새끼였으니까요. 그 새끼는 우리 불쌍한 시누이를, 이 세상에서 누구보다 가장 불쌍한 우리 시누이를 배반한 천하의 악마였으니까요. 그래서 갑자기 불이 나게 되었어요. 걷잡을 수 없는 무서운 불길이었어요. 그 무서운 불길이 삽시간에 제가 있는 곳까지 번져왔어요. 하지만 저는 그 불길을 피하지 않았어요. 그대로 불에 타서 죽어버리고 싶었어요. 나는 이미 무서운 살인자가 돼 있고, 그리고 또 한 사람을 생선처럼 불에 태워서 죽이려고 고의적으로 석유난로 쪽에다 밀어버렸으니까요. 솔직히 그 죄가 나는 겁이 났던 거예요."

이상과 같은 반복된 올케언니의 자백 내용은 비교적 빈틈이 없다고 볼 수 있었다. 사건 현장의 상태나 정황이 그 진술 내용과 대부분 일치했기 때문이었다.

문제의 깨진 창문과 유리 조각들
창문 부근에 떨어진 과도
뒤엎어져 뒹굴고 있는 소파와 응접용 탁자
박살이 난 과일 쟁반의 파편들
거실의 양탄자 바닥에 뒹굴고 있는 사과 하나와 바나나 두어 개
넘어져 있는 석유난로
방금 누가 목욕을 하고 나온 듯한, 때가 먼지처럼 뜬 낡은 욕조의 미지근한 온수
욕실에서 알몸을 감싸고 나왔다가 싸우는 통에 거실 바닥으로 굴러 떨어진 듯한 대형 분홍색 타월
그리고 푸른 빛깔의 양탄자 바닥에 심하게 헝클어져 있는 한 움큼의 갈색 머리카락과 방금 머리를 감은 듯한 약간 젖어 있는, 염색한 노란

색의 머리카락들 —— 그것들은 시누이인 송세라와 죽은 강오란이 서로 머리채를 잡고 싸울 때 빠진 두 여자의 머리카락이 틀림없었던 것이다.

 그러나 이것들은 시누이의 자백에서도 공교롭게도 일치하고 있었다. 문제는 시누이의 자백에서는 시누이 자신이 살인범이라는 점이 다르다는 것뿐이었다.

4

시누이 송세라의 자백은 다음과 같았다.

"그년은 분명히 제가 죽였어요. 올케언니가 자백한 건 전부 거짓말이에요. 올케언니는 나를 위해서 자신을 희생하려고 거짓말을 하고 있는 거예요. 모든 누명을 자기가 뒤집어쓰려고 새빨간 거짓말을 하고 있단 말예요. 그렇게 마음씨가 곱고 희생정신이 강한 올케인 줄 알았더라면 저는, 저는 그동안 그 언니를 그렇게까지 구박하고 저주하고 미워하지 않았을 거예요. 정말이에요, 정말이에요. 믿어주세요."

송세라는 진실인 듯 푸른 눈에 눈물까지 글썽였다. 아니, 한동안 엉엉 소리 내어 울어버렸다. 뭐가 그리 서러운지 오간장이 끊어지게 너무도 슬피 울었다. 이윽고 그녀가 다시 자백을 계속했다.

"한 번 더 사실대로를 말씀드리겠어요. 이번에는 저의 자백을 꼭 믿어주세요. 믿어주실 줄 믿고 다시 한 번 사실대로, 제가 했던 그대로를 하나도 숨김없이 다 자백하겠어요. 제가 처음 그년의 아파트로 뛰어들었을 땐 그년과 내 남편이 거실의 소파 옆에 서서 뜨거운 포옹을 하고 있었어요. 그년은 샤워를 하다 나왔던지 약간 축축해 뵈는 대형 타월로 알몸을 감싸고 있었어요. 그 얼굴…… 그년의 그 뻔뻔스러운 얼굴을 보는 순간 나는 온몸의 피가 역류하는 걸 느꼈어요. 그녀는 과거에 바로 우리 옆집에 살았던 계집애였으니까요. 그땐 그 계집애나 나나 같은 여고생일 때였어요. 그리고 우리 집과는 보이지 않는 원한이 얽혀 있는 원수 집안의 딸이었어요. 몇 년이 지나도록 아직도 풀리지 않고 있는 수수께끼 같은 원한…… 그런데 내 남편이 하필이면 원수 같은 그녀에게 말려들어 성의 노예가 되고 있다는 사실을 직접 눈으로 목격했을 때 나는 눈에서 쌍불이 튀었어요. 그런데 그녀 쪽에서 먼저 비아냥거리는 것이었어요. 흥! 이제 보니 저 여자하고 결혼했나요? 어머, 결혼을 해도 징그러운 뱀 같은 여자하고 결혼했군요. 저 계집앤 온몸이 흉터투성이니까요. 불에 탄 징그러운 화상 흉터…… 그렇죠? 그렇죠? 호호호. 이제야 알겠어요. 치즈처럼 미끈하고 부드러운 내 피부와 팔등신인 내 육체미에 당신이 사족을 못 쓰는 그 이유를 말예요. 아니, 그 가엾은 심정을…… 어때요? 베누스 여신 뺨치는 내 육체미, 다시 한 번 감상하시겠어요? 휘영청 밝은 달처럼 빛나고 눈부신 내 육체미를 이런 때 자랑하지 않고 언제 또 자랑해요? 안 그래요? 호호호, 호호호. 좋아요, 기분이다! 자, 보세요, 얼마든지…… 하고 그녀이 정면에서 감싸고 있던 타월을 스르르 내리기 시작했어요. 그러자 남편이, 무슨 짓이야? 하고 나를 한 번 쳐다보고 나서 소리쳤으나 그녀의 개 씹 같은 발악은 멈추지 않았어요. 그래요, 발악이라고 했어요. 저는 그녀이 하는 그 짓이 나에 대한 발악으로밖에 보이지 않았으니까요. 그 순간 나는 눈에 아무것도 보이는 것이 없었어요. 어떻게 됐는지는 모르지만 나와 그녀은 어느새 서로가 머리끄덩이를 틀어잡고 미친개처럼 거실 바닥에 뒹굴고 있었어요. 바로 그때 올케언니가 뛰어들었어요. 그리고 뭐라고 울부짖으며 싸움을 뜯어말렸어요. 하지만 남편은 그때까지 흥미 있게 구경만 하고 있었어요. 내가 그녀의 밑에 깔려서 맥을 못 추는 것이 통쾌한 것인지, 아니면 그녀의 출렁이는 알몸을 구석구석 감상하느라고 그러는 것인지 그건 알 수 없었어요. 엎치락뒤치락하는 통에 소파가 넘어지고 탁자가 뒤엎어졌어요. 탁자 위에 놓여 있던 과일 쟁반과 과일 깎는 칼이 바닥으로 굴러떨어졌어요. 내 손에 어느새 그 칼이 쥐어져 있었어요. 내가 칼을 집어 들고 벌떡 일어서자 남편이 자기를 찌를 줄로 알았던지 도망을 치려고 했어요. 그년도 창문 쪽으로 혼비백산 도망을 쳤어요. 올케언니가 목숨을 걸고 내 손에서 칼을 빼앗았어요. 그러나 내가 홱 밀어버리고 칼을 다시 빼앗았어요. 그리고 침실로 도망을 치려는 그년을 가로막고 사정없이 푹 찔러버렸어요. 하지만 헛찔렀어요. 그년이 다시 창문 쪽으로 달아났어요. 그러다 마구 휘둘러대는 칼에 가슴을, 정확히 앙가슴을 몇 번 긁히고는 비틀거렸어요. 그 순간을 놓치지 않고 나는 결정적으로 칼을 높이 치켜들었어요. 바로 그때 올케언니가 재빨리 칼을 쥔 내 손목을 꽉 잡고는 놔주지 않았어요. 나는 칼을 포기해 버리고 그년을 창문 밖으로 홱 밀어버렸어요. 그러고는 어떻게 됐는지 몰라요. 남편이 어디를 나갔다가 들어오는 것 같더니 저를 마구 때리기 시작했어요. 그러면서 소리쳤어요. 그년을 살려내라고! 그년이 뒈진 것을 보고 왔던지 그년을 다시 살려내라고 악을 쓰면서 저를 차고 밟고 짓이기며 계속 미친 듯이 때렸어요."

송세라가 다시 또 흐느끼느라 잠시 말을 중단했다. 왜 자꾸 한바탕 서럽게 울고 나서 자백을 하는지 그건 아직은 알 수 없었다. 올케언니인 오수옥도 그랬었다. 오수옥은 송세라보다 자백 도중에 더 자주 서럽게 울었던 것이다. 어찌나 얼굴을 감싸 쥔 채 서럽게 우는지 오수옥의 경우엔 수사관들이 고개를 돌리며 코를 훌쩍거릴 때가 많았다.

송세라의 자백이 계속되었다.

"남편이 저를 죽일 듯이 때리자 올케언니가 악착같이 매달리며 남편을 제지했어요. 때리고 싶으면 차라리 자기를 때리라고! 나 대신 올케언니가 맞겠다면서 악착같이 팔에 매달렸어요. 그 바람에 남편이 석유 난로 쪽으로 넘어졌어요. 악착같이 제지하는 올케언니와 밀치락달치락하다가 석유난로 쪽으로 넘어졌던 거예요. 그래서 불이 나게 되었어요. 삽시간에 불길에 휩싸인 남편이 얼른 일어나지 못했어요. 겨우 나와 올케언니가 다리를 잡고 끄집어내긴 했으나 불에 벌겋게 탄 남편은 정신을 잃었던지 잠시 동안 움직이지 않았어요. 나는 그이가 몇 차례 뜨거워서 비명을 지르며 몸을 뒤틀다가 곧 모든 동작을 뚝 멈춰버렸기 때문에 죽은 줄로만 알았어요. 뜨거운 불도 불이지만, 사정없이 넘어지면서 뒷머리를 난로 모서리에다 크게 부딪혔기 때문에 그 충격으로 뇌를 다쳐서 말예요. 그래서 나는 남편을 살려내라고 악을 쓰며 이번엔 올케언니한테 덤벼들었어요. 어린아이처럼, 아니 미친년처럼 나는 그렇게 제정신이 아니었어요. 그러다 뒹굴고 있던 탁자에 발이 걸려 이번엔 내가 활활 타오르는 불길 속으로 쓰러지려고 몸이 기우뚱했어요. 그러자 올케언니가 재빨리 나를 안전한 곳으로 홱 밀어버리고 대신 자기가 활활 타오르는 불길 속으로 쓰러졌어요. 나를 밀치다가 잘못하여 올케언니가 불길 속으로 쓰러지게 되었던 거예요."

 여기에서 마지막 대목, 그러니까 시누이가 남편을 다시 살려내라고 올케언니한테 덤벼들었다는 것과, 그러다 응접탁자에 발이 걸려 불길 속으로 쓰러지려 했다는 것과, 그 찰나 올케언니가 살신성인의 정신으로 시누이를 구하고 대신 자기가 불길 속으로 쓰러져 심한 화상을 입게 되었다는 자백만은 오수옥의 자백 내용과 일치했다. 오수옥도 상기의 장면들에선 그렇게 거듭 자백했던 것이다.

 그렇다면 두 여자는 분명히 공범은 아니었다.

5

 그럼 이 두 여자 중에 누가 진범이란 말인가. 공범이 아니라면 한 여자가 진범이어야 한다. 바꾸어 말하면 한 여자가 새빨간 거짓말을 하고 있다는 얘기가 성립된다. 왜 거짓말을 할까? 아니, 왜 그런 무섭고 엄청난 거짓말을 하지 않으면 안 될까? 그것도 몇 년 또는 몇십 년을 감옥에서 썩어야 할, 이 세상의 모든 범죄 가운데서 사람들이 가장 기겁하고 저주하는 잔인한 살인범이 되기를 원한단 말인가.
 그 이유가 뭘까? 뭘까?

 그런데 다행스럽게도 이 두 여자 중에 누가 진범인지를 아는 사람이 딱 한 사람 있었다. 그는 바로 현장인 그 거실에 같이 있었던 유일한 남자였다. 5층 아파트에서 알몸으로 떨어져 죽은 강오란이라는 여자의 죽음을 슬퍼하던 바로 그 젊은 남자! 그는 바로 시누이의 남편 문광혁이란 사람이었다. 나이는 스물일곱.
 하지만 그는 지금 혼수상태에 빠져 있었다. 생명까지도 위태로운 상태였다. 머리털과 눈썹까지 다 타버린 굉장한 중화상…… 어쩌면 그는 그대로 말 한마디도 못 한 채 영원히 입을 다물고 사망할지도 모를 일이었다.
 유일한 증인이 될 그가 사망한다면 그땐 큰일이었다. 그의 아까운 생명도 생명이지만, 두 여자가 서로 자기가 살인범이라고 주장하니 사건 해결에 상당한 골머리를 앓게 돼 있었기 때문이었다.

 그런데 강오란이라는 여자를 왜 죽여야 했을까를 집중적으로 수사하는 과정에서 경찰은 아주 중대한 새로운 사실을 하나 포착하게 되었다. 그것은 바로 이 세상에서는 어디에도 없을 너무도 슬프고 가슴 아픈 사연이 얽혀 있는 이상한 화재 사건이었다. 죽은 강오란과 송세라의 집안에 얽혀 있는 수수께끼 같은 이상한 화재 사건…….

사소한 원한

6

불과 5년 전 초여름이었다.

송세라의 집과 강오란의 집 가족은 거의 매일같이 싸웠다. 처음엔 가벼운 말다툼 정도로 시작된 싸움이었다. 그런데 날이 갈수록 그 싸움은 말다툼에서 점점 물리적 싸움으로 변해갔다.

싸움의 동기는 공장의 소음 때문이었다. 공장은 여러 가지 기계 소리가 시끄러운 철공소였다. 철공소는 대체로 금속으로 된 재료로 온갖 기구를 만드는 소규모 공장이라 소음의 강도가 이만저만이 아니다. 하지만 이곳 철공소는 현재 기계들이 본격 가동되고 있는 상태는 아니었다. 아직은 몇 가지의 기계들만 설치해 놓고 가동 준비 단계에 있는 상태였다. 공장 건물도 엉성했다. 아직 전기 가설 같은 것도 완전하게 되어 있는 상태가 아니었다.

"이놈아, 왜 또 똥배를 앓는 거야? 왜 또 똥배를 앓아?"

"똥배라니, 무슨 똥배요?"

"사돈이 논을 사면 배가 아프다더니 이 건방진 놈의 새끼가 똥배가 아파도 분수가 있지……."

"제가 지금 배가 아파서 이러는 게 아니잖아요!"

"아가리 닥쳐. 이놈아! 지금 세상은 이웃을 도와가며 사는 세상이야! 한데……."

"그렇습니다! 서로 조심하면서 사는 것도 이웃을 도우며 사는 것이지요!"

"혓바닥 한번 잘 놀린다, 위아래도 몰라보는 이 시건방진 놈이! 이놈아, 그래, 내가 너희 집구석 옆에다 공장을 짓고 철공소를 좀 하려고 하기로서니 그게 얼마나 시끄러울 것 같아서 미리부터 맨날 시비야, 시비는? 엉? 아직 공장을 돌리기도 전에 말이야! 왜 날만 새면 식구들이 떼거리로 몰려와서 지랄이냐구? 좋다! 오늘은 끝장을 내자! 공장을 하든지 못하든지 아주 끝장을 내잔 말이야!"

강 사장이 먼저 송동욱의 멱살을 잡았다. 그리고 박치기라도 할 기세로 이마를 바싹 들이밀며 씨름하는 황소처럼 거세게 뒤로 밀어붙였다. 송동욱은 말뚝처럼 버티었다. 그는 꿈쩍도 안 했다. 이쪽은 아직 팔팔한 30대고 저쪽은 50대라 힘으로는 장작이 도끼한테 덤벼드는 격이었다.

강달추 사장!

그는 철공소의 주인 되는 사람으로서 죽은 강오란의 아버지다. 그런데 아직 공장이 문을 연 상태는 아니지만 동네 사람들이 벌써부터 그를 강 사장님이라고 부르는 바람에 그는 어느새 아이들의 입에까지 강 사장으로 통하는 사람이었다.

그는 그런 호칭을 내심 좋아했다. 누가 강 사장님! 하고 부를라치면 금빛 안경부터 추켜올리고 나비수염 모양의 콧수염을 쓰다듬으면서 주걱턱을 앞으로 쓱 잡아당기는 사람이었다. 목에다 힘을 준다는 그런 얘긴데, 그러면 이내 입에서는 사람 볼 줄 아는구먼 하는 식으로 헛기침부터 튀어나오는 것이었다. 으흠, 흠!

"정말 이러깁니까?"

멱살을 잡히자 송동욱이 서글서글한 눈을 험악하게 치떴다. 여자같이 생긴 흰 얼굴이 백랍처럼 더욱 창백해졌다. 반듯하게 잘생긴 이마 복판에선 지렁이 같은 힘줄이 파랗게 꿈틀대며 툭 불거졌다.

"오냐, 다 잡았다 이놈아, 어쩔 테냐? 엉? 내가 공장을 포기하든지 네놈이 이사를 가든지 양단간에 오늘은 결판을 내잔 말이야, 결판을!"

"이 손 못 놓겠습니까?"

"못 놓겠다, 이 자식아! 못 놓겠다구! 어쩔 테야?"

"참고 있으니까 정말⋯⋯ 이거 못 놔요!"

멱살을 거머쥔 강 사장의 손목을 송동욱이 마침내 사정없이 비틀기 시작했다. 강 사장의 누룩돼지 같은 비대한 몸뚱이가 대번에 마른 수수깡처럼 휘청했다.

"오냐, 비틀어라! 비틀어! 그런다고 내가 네까짓 놈한테 질 줄 알아? 나도 왕년엔 한가락씩 했던 놈이야!"

강 사장이 발을 걸어서 송동욱을 넘어뜨렸다. 얼떨결에 송동욱이 쓰러졌다. 강 사장이 쓰러진 송동욱의 멱살을 다시 잡고는 땅바닥에다 쿵쿵 찧기 시작했다.

송동욱은 그러나 참고 있었다. 상대가 아버지 같은 연상의 어른이라 참고 있는 것이었다. 젊은 혈기 같아서는 그저 한주먹에 아구통이라도 홱 돌려버리고 싶었지만 다혈질이 아닌 차분한 그의 성격으로는 차마 그럴 수가 없었던 것이다.

바로 그때였다.

7

　새하얀 교복 차림의 여고생이 하나 가까이 걸어오다가 그 광경을 보고는 어디론가 부리나케 달렸다. 수업을 마치고 학교에서 오던 길인지 그 여고생은 배가 터질 듯이 부른 책가방을 한 손에 들고 있었다. 바로 송동욱의 막내 여동생 송세라다.
　송세라는 부근의 공터를 가로질러 계속 뛰고 있었다. 불필요하게 방치되어 있는 그 공터는 상당히 넓었다. 그 공터의 동편 가녘 쪽에 자리 잡은 강 사장의 철공소 옆구리 쪽에서 지금 송동욱과 강 사장은 엎치락뒤치락하며 싸우고 있었던 것이다. 그들은 지금도 보기 민망할 정도로 비열한 싸움을 하고 있었다. 강 사장을 두고 하는 말이다. 연세가 많은 분이라 송동욱은 끝까지 이를 악물고 참고 있는데 강 사장 혼자서만 폭행을 가하며 미친개처럼 날뛰고 있었기 때문이었다. 그쪽을 힐끔힐끔 돌아보며 송세라는 계속 뛰고 있었다.

　이윽고 공터를 벗어났다. 그리고 활등같이 휘우듬한 골목 어귀로 막 접어들었을 때였다.
　누가 앞을 탁 가로막았다.

강 사장의 딸 강오란이었다. 강오란의 눈빛처럼 새하얀 여고생 교복이 오후의 초여름 햇살에 눈이 시리도록 빛나 보였다. 강오란은 언제나 그렇게 샘이 날 정도로 교복을 유난히도 깔끔하게 입고 다녔다. 강오란도 송세라처럼 올해 여고 졸업반이었다. 다만 학교가 다를 뿐이었다. 송세라는 S여고생이고, 강오란은 D여고생이었다.

"흥! 또 지원군을 청하러 가는 모양이구나? 늙은 너구리 같은 너의 아빠를 말야."

강오란이 앞을 탁 가로막고 선 채 먼저 이죽거렸다. 그러면서 저만치서 두 사람이 싸우고 있는 쪽을 힐끔 한 번 돌아보았다. 그 시야로, 강 사장과 송동욱은 공장 옆에서 아직도 땅바닥을 뒹굴며 진창의 개처럼 싸우고 있었다. 그러니까 강오란 역시 책가방을 들고 학교서 오다가 공장 문제로 또 싸움이 벌어졌다는 것을 알게 되었던 것이다.

"그렇다, 왜?"

송세라가 맞받아 소리쳤다. 강오란도 지지 않았다.

"흥! 그래서 양쪽 집안끼리 또 패싸움을 벌이자 이거야?"

"늙은 여우가 먼저 우리 오빠의 멱살을 잡고 폭력을 행사하니깐 그렇지 뭐야! 나잇값도 못하구!"

"뭐라구? 늙은 여우?"

"그래! 너의 아빠보고 늙은 여우라고 했다, 왜? 니가 먼저 우리 아빠보고 늙은 너구리라고 했잖아!"

"말조심해, 이 건방진 계집애야!"

강오란이 먼저 송세라의 뺨을 철썩 때렸다.

뺨을 맞은 송세라가 가소롭다는 듯이 씩 웃었다. 그러더니 사내처럼 책가방을 땅바닥에다 획 던지고 나서,

"그 애비에 그 딸이구나! 그럼 내가 우선 그 딸부터 버르장머리를 좀 고쳐줄까? 레프트! 라이트! 어퍼컷! 바디!"

하고, 권투 폼을 잡고 레프트 잽과 라이트 잽을 날리다가 어퍼컷으로

턱 공격에 이어 연타로 복부를 꽝 가격했다. 많이 서툴긴 하지만 그래도 사내처럼 펀치도 강하고 제법 동작도 재빨랐다.

바디를 마지막으로 꽝 강타를 당하자 강오란이 복부를 두 손으로 감싸 쥔 채 맥없이 퍽 엎어졌다. 그러고는 얼른 일어나지 못했다. 몹시 고통스러운지 신음을 하며 잠시 땅바닥을 지렁이처럼 기기까지 했다.

그러든 말든 송세라가 근육을 푸는 진짜 권투 선수처럼 목과 어깨를 한 번 으쓱하고 나서,

"야, 우유 좀 더 먹고 와! 너의 엄마 우유 말야! 알았어? 이 새끼여우야!"

하고, 땅바닥의 책가방을 집어 들고는 다시 급하게 달리기 시작했다.

사내로 태어날 걸 잘못 태어났을까.

서구적으로 매력 있게 생긴 외모와는 달리 송세라는 사내처럼 성격이 좀 터프하고 야성적이었다. 그래서인지 무슨 일에나 남에게 지기를 싫어하였다. 그 바람에 조금 전과 같이 서투른 권투 폼을 잡고 같은 여고생끼리 싸움도 잘했다. 몸도 날쌔고 싸웠다 하면 언제나 이겼다. 그래서 학교에서나 동네에선 다루기 힘든 말괄량이로 소문이 나 있었다.

송세라는 그길로 경사진 달동네 길을 한참을 뛰어내려가, 버스 종점에서 시내버스도 타지 않고 곧장 한 정류장을 조금 못 미쳐서 있는 아빠 엄마가 사는 집, 곧 설렁탕을 파는 자그마한 식당에까지 달려가 안으로 뛰어들었다. 그리고 달동네의 철공소 사장과 둘째 오빠가 또 싸움이 붙었다는 사실을 아빠 엄마에게 알렸다. 남한테 지고는 못 사는 성미라 그런 일은 언제나 막내딸 송세라가 도맡아놓고 했다.

8

 송세라가 알려서 싸움은 더욱 가열되었다.
 송세라의 아버지 송병도 영감이 식당에서부터 몽둥이를 들고 나와 버스도 타지 않고 단숨에 그 달동네로 뛰어올라 싸움판에 나타난 것이었다. 그는 아들과 강 사장이 뒤엉겨 싸우고 있는 쪽은 본체만체 공장 안으로 뛰어들었다. 그리고 뛰어들기가 무섭게 몽둥이로 기계들을 마구 후려치며 고함쳤다.
 "에끼! 에끼! 이까짓 게 다 뭐야! 왜 조용한 동네에다 공장을 하겠다고 지랄이야? 혼자 사는 동넨 줄 알아? 혼자 사는 동넨 줄 아느냔 말이야?"
 그러자 강 사장이 송동욱과 싸우다가 공장으로 뛰어들어 이번엔 송 영감의 멱살을 잡고 싸우기 시작했다. 하지만 송동욱한테 그랬던 것처럼 그는 이번에도 함부로 주먹을 날리지는 않았다.
 "이놈의 자식이 미쳤어? 왜 죄 없는 기계들한테 화풀이를 하는 거야? 우리 기계가 뭘 잘못했어? 뒈지고 싶어?"
 "비켜, 이놈아! 그렇잖아도 공부하는 데 지장이 있어서 딸년들을 여기 오빠네 집으로 보내서 공부를 시키고 있는데, 뭐, 바로 옆에서 기차 굴러가는 소리보다 더 시끄러운 철공소를 하겠다구? 못한다, 이놈아! 세상없어도 못해!"
 "누구 맘대로 못해! 내 집 내 맘대로 공장을 하겠다는데 어떤 놈이 무슨 권리로 못하게 해?"
 "아무리 네놈 집이라도 이웃 조심은 해야 할 거 아냐, 이웃 조심은!"
 "우리 공장에서 꽹과리를 치나 나팔을 부나? 그리고 기계들을 돌리기도 전에 왜 벌써부터 이 난리들이냔 말이야!"
 "그러니까 조용한 동네를 위해서 하지 말라는 공장을 왜 꼭 하겠다구 똥고집을 부려?"
 "네놈이 밥 먹여줄 거야? 내일모레면 문을 열려고 모든 준비를 다 해놨는데, 이제 와서 공장을 때려치우면 네놈이 우리 식구들 밥 먹여줄 거냔 말이야?"
 "이놈이 무식하게 무슨 소리를 하고 있어? 내가 왜 네놈 식구들을 먹여 살려?"
 "이 몽둥이 못 놔!"
 "못 놓겠다!"
 "이 쳐 죽일 놈이……."
 강 사장이 재빨리 몽둥이를 탁 낚아채면서 송 영감을 밀어 쿵 넘어뜨렸다. 그리고 확 덮쳐눌렀다. 송 영감도 가만있지 않았다. 엎치락뒤치락하며 반격을 가하기 시작했다. 송 영감의 흰 모시 바지저고리가 누역처럼 금방 찢기고 더러워졌다. 넥타이를 맨 강 사장의 흰 남방셔츠도 꼴이 말이 아니었다.
 언제 강 사장을 뒤쫓아 들어왔던지 송동욱이 뜯어말리느라 진땀을 빼고, 몇몇 동네 사람들도 몰려들어 합세를 했다. 양쪽 집안의 여자들도 나와서 뜯어말리느라 아우성이었다. 송 영감 집에서는 그의 부인인 노 씨가 식당에서부터 송 영감을 조금 늦게 뒤쫓아 왔고, 송동욱의 아내 오수옥은 공장의 바로 옆에 붙어 있는 집에서 벌써 뛰어나왔으며, 강 사장 집에서는 그의 부인인 황 여인이 뛰어나왔다.
　그렇게 양쪽 집안이 비명을 지르기도 하며 뜯어말리든 말든 송세라와 강오란은 공장 한쪽에 서서 서로를 잡아먹을 듯이 씨근대며 무섭게 노려보고만 있었다. 이 싸움이 있기 전엔 둘은 친했었다. 비록 학교는 다르지만 이웃에 살기 때문에 친할 수밖에 없었다. 그런데 어른들의 싸움이 원인이 되어 둘은 이때부터 최초로 서로를 저주하고 증오하는 사이가 되기 시작했던 것이다. 부모들이야 어떤 일로 사이가 좋든 안 좋든 자식들은 그래서는 안 될 터인데 둘은 그렇지가 않았다. 감정이 예민하고 자존심이 강한 여고생 때라서 더 그랬다.
　"이놈! 이 강가 놈아! 이젠 안 되겠다! 법으로 하자! 누가 옳은지 법적으로 하잔 말이야!"
　"좋다, 이놈아! 법적으로 공장을 못하게 할 테면 얼마든지 해 봐! 미안하지만 벌써 허가를 내버렸으니까! 그건 네놈이 벌써 다 잘 알고 있는 일이잖아! 동네 사람들도 말이야!"
　"큰소리치지 마, 이놈아! 아무리 허가를 냈어도 진정서를 써낼 테니까! 참을 만큼 참았으니까 이젠 더 이상 안 참겠단 말이야!"

　송 영감의 말마따나 공장의 소음 때문이라면 관계 당국에 진정서를 써내면 될 터였다. 여기엔 일부 동네 사람들도 은근히 동의를 하고 있으니까. 그러나 송 영감이 그걸 이제까지 미루어 왔던 건 그의 인간미 때문이었다. 그는 천성이 남의 가슴에 못을 박는 것을 아주 싫어하는 사람이었다. 특히 남과 적을 사는 일을 가장 싫어했다.
　그래서 애당초 강 사장이 철공소를 한다고 할 때 송 영감은 좋은 말로 설득을 했던 것이다. 자신은 직접 이 달동네에 살진 않지만, 둘째 아들이 살고 있는 이 조용한 동네에다 공장을 하게 되면, 특히 기계 소리가 유난히도 시끄러운 철공소를 하게 되면 소음 때문에 주민들 생활에 지장이 많을 것이니 다른 데로 가서 공장을 하라고…… 그때까지만 해도 둘은 통성명을 하고 지낸 지가 오래됐기 때문에, 그리고 언제부턴가는 송 영감의 식당에서 막걸리와 소주병도 많이 깠던 터라 꽤 친한 사이였다. 하지만 막상 송 영감이 공장에 대한 설득을 할 때마다 강 사장은 무슨 개소리냐며 콧방귀를 뀌었었다. 그러더니 어느새 관계 당국에서 허가까지 내버렸던 것이다.

  모순은 거기에 있었다. 비록 소규모의 공장이지만 조용한 주택가에서 시끄러운 철공소를 해도 괜찮다고 허가를 내준 당국에 있었다. 하긴 앞으로 철거를 하느니 어쩌느니 하고 말썽이 많은 무허가 달동네라 관계 당국에선 곧 철거를 강행할 요량으로 일종의 방관 상태(?)에서 그랬는지도 모를 일이었다. 그리고 들리는 소문에 의하면 허가를 받기 위해 강 사장이 뇌물 공세를 폈다는 말도 한때 떠돌았다.

  그랬건 저랬건 동네 사람들은 다들 굿이나 보고 떡이나 얻어먹자는 심산인데 유별나게 송 영감 집에서만 나서서 공장을 못하게 악착같이 결사반대하는 데에는 다음과 같은 그럴 만한 이유가 있었다.

9

 이 지역은 서울 변두리 지대로서 S동의 시내버스 종점이 있는 곳이었다. 좀 더 정확한 위치를 말하자면 버스 종점에서도 아스팔트가 깔린 경사진 도로를 한참 거슬러 올라가야만 하는 달동네.
 주민은 대부분 이런저런 공장에서 직공으로 일하거나 장사를 하는 서민들이고 주택들도 거개가 별 볼 일 없었다. 지은 지 오래된 자질구레한 목조 가옥이 아니면 올망졸망한 블록으로 지은 집들이 대부분이었다. 하지만 어쩌다 제왕처럼 하나둘 들어서기 시작하는 신흥 주택도 더러 있었다. 얄팍한 부동산 업자들이 집 장사를 하려고 지은 신흥 주택들. 그런데 이 동네엔 오래도록 불필요하게 방치되어 있는 공터가 하나 있었다. 웬만한 시골 국민학교(그 당시엔 초등학교를 국민학교라 했다)의 운동장만 한 상당히 넓은 공터였다.
 송동욱의 집도 그 공터의 동편 가녘 쪽에 자리 잡고 있었다. 자그마한 집인데 방 두 칸에 부엌 하나가 전부였으며, 마당도 없고 울타리도 없었다. 게다가 부엌문(판자문)이 대문으로 사용되는 그런 갑갑하고 아주 불편하기 짝이 없는 집이었다.
 바로 그 옆에, 그러니까 공터 쪽으로 강 사장의 공장이 송동욱의 집과 벽 하나 사이로 딱 붙어 있었다.

 앞으로 발생할 엄청난 비극 때문에 이 두 건축물의 위치를 좀 더 자세하게 밝혀둘 필요가 있겠는데, 크고 작은 이 두 건축물은 마치 등이 맞붙어 있는 기형아 꼴을 하고 있었다. 송동욱의 집은 공터를 배면으로 하고 서 있고, 강 사장의 공장은 공터를 정면으로 하고 서 있는데 두 건축물이 서로 등이 딱 맞붙어 있기 때문이다. 그래서 얼핏 보기에는 같은 건축물처럼 보일 때도 있었다.
 애초에는 강 사장의 공장 건축물이 있던 자리에는 허름한 목조로 된 가정집이 자리 잡고 있었었다. 바로 강 사장과 그의 가족이 살고 있던 집이었다. 그런데 그 집을 헐어버리고 하루아침에 뚝딱 공장 건축물로 개축을 해버렸던 것이다. 그리고 방 두 칸짜리 전셋집을 하나 얻어서는 살림을 거기서 따로 했다. 말하자면 사택이라고나 할까. 그 전셋집도 물론 부근에 있었다.
 그러니 공장의 소음 때문에 가장 피해를 많이 볼 집은 자연히 송 영감의 아들인 송동욱의 집일 수밖에 없었다. 쌍사마귀처럼 두 건축물만 외따로 떨어져서 등이 딱 맞붙어 있으니…… 그래서 송 영감 집 식구들이 유별나게 강 사장의 공장을 결사반대하게 되었던 것이다.

 그런데 송 영감에겐 그럴 만한 특별한 집안 사정이 한 가지가 더 있었다. 송동욱은 송 영감의 둘째 아들인데 결혼을 하자마자 분가를 했었다. 지금 살고 있는 집이 바로 분가를 해서 살고 있는 집이었다. 그런데 그 집에 송동욱의 여동생들이 와서 함께 생활하고 있었다.
 여동생은 둘이었다. 송세라 손위로 E여대 사범대학 국어교육과에 다니는 송세희라는 여동생이 하나 더 있었다. 그 두 여동생이 와서 공부를 하기도 하고 밤이면 잠을 자기도 하였다. 공부를 할 방이 없고 잠을 잘 방이 송 영감의 집엔 없어서 그런 것이 아니었다. 송동욱의 본가, 그러니까 송 영감의 집은 저 아래 버스 종점에서 버스로 한 정류장을 조금 못 가 있는데 설렁탕을 전문으로 하는 식당을 하고 있기 때문에 그랬던 것이다. 큰 식당은 못 되고 방도 세 칸밖에 안 되는 자그마한 식당이었다.

그런데 식당을 하니 자연히 술도 팔게 되었다. 막걸리나 소주, 맥주 고 간에 손님이 원하는 대로 팔게 되었다. 버스 종점에 자리 잡은 식당이라서 그런지 손님은 주로 시내버스 안내양이나 시내버스 운전기사들 그리고 정비공들이 대부분이었다. 한데 버스 안내양들은 설렁탕만 먹으면 곧장 자리를 뜨는데 일부 운전기사나 정비공들은 그렇지가 않았다.

하루의 일과가 끝나고 밤에 와서 술판을 벌이면 시간 가는 줄을 몰랐다. 마구 떠들어대고 주정을 하고 이런저런 추태를 부리고…… 특히 기름이 묻은 작업복 차림의 새파란 정비공 녀석들이 더 그런 편이었다. 취해서 저희끼리 싸우고 토하고 하는 그런 정도의 추태라면 또 모른다. 괘씸하기 짝이 없게도 녀석들이 송 영감의 딸들에게 군침을 흘리고 있었던 것이다.

턱밑에 개털 같은 수염이 듬성듬성 난 조금 나이가 든 녀석들은 큰딸 송세희에게 군침을 흘렸고, 마빡에 아직 피도 안 마른 애송이 같은 녀석들은 이제 여고생인 송세라에게 군침을 흘렸다.

그 낌새를 채고 송 영감은 노발대발이었다. 하지만 그는 겁 많은 똥개처럼 정비공 녀석들한테는 컹컹! 하고 한 번 짖어보지도 못하고 애매한 마누라한테만 화를 냈다.

"이런 시건방진 놈들 같으니라구! 감히 누구 딸들을 넘봐? 식당을 하고 있으니까 이 싸가지 없는 새끼들이……."

"꽃과 나빈데 뭘 그러세요."

"꽃과 나비라니?"

"아, 꽃이 하도 고우니까 나비들이 날아드는 건데 그걸 가지고 뭘 그렇게 야단이냐 그 말이에요."

"아니, 이 할망구가 미쳤나! 지금 제정신으로 하는 소리야?"

"당신은 총각 때 나한테 안 그랬어요? 맨날 밤만 되면 뒷산으로 나오라고……."

"시끄러!"

"아이고, 깜짝이야! 아, 귀청 떨어지겠어요."

"호랑이 담배 먹고 곰이 막걸리 거르던 때 얘길 왜 또 꺼내고 그래! 채신머리없이!"

"왜 애먼 나한테 역정이세요? 한강에서 뺨 맞고 종로 가서 돌 던진다더니 꼭 그 짝 났네."

"이 무식한 할망구야, 입은 삐뚤어졌어도 말은 똑바로 해!"

"뭘 똑바로 해요?"

"종로에서 뺨 맞고 한강에 가서 돌을 던지지, 한강에서 뺨 맞고 종로에 가서 돌을 던져? 종로 어디에 돌을 던질 강이 있어?"

"발음이 잘못 나갔어요. 그렇게 새겨들으면 됐지 아, 그런다고 무식이 어쩌고……."

"닥치고 당장 때려치워! 식당 당장 때려치우란 말이야! 알았어?"

"………."

송 영감은 날이면 날마다 마누라만 볶아댔다. 술과 설렁탕을 한 뚝배기라도 더 팔려면 고객, 즉 그 정비공 녀석들한테는 화를 낼 수도 없는 처지고 하니 툭하면 죄 없는 노 씨만 볶아댔다. 그러면서도 한편으론 눈 깜짝할 사이에 딸들이 녀석들과 눈이 맞아 신세를 콱 조지지나 않을까 하고 심사숙고한 끝에 둘째 아들놈 집으로 딸들을 쫓아버리게 되었던 것이다. 밥은 식당에 와서 먹되 공부도 거기서 하고 잠도 거기서 자고…… 이건 송 영감의 엄한 명령이었고, 그리고 그 즉시 당장 실행에 옮기게 되었던 것이다.
 그런데 갈수록 태산이라더니 이번엔 둘째 아들놈 집 바로 옆에 난데없이 시끄러운 철공소가 낮도깨비처럼 생긴다고 하니 송 영감이 어찌 반쯤 벗어진 이마에 쌍뿔이 나지 않겠는가?
 밤이면 기차 화통을 삶아먹는 것보다 더 시끄러울 공장의 소음 때문에 딸들이 공부를 못 할 것은 둘째로 치고라도 공장에서 일을 할 직공 녀석들 때문에 더 마음을 놓을 수가 없었다. 보나 마나 이번엔 그 직공 녀석들이 딸들에게 군침을 흘릴 것이 뻔하기 때문이었다.

 송 영감의 두 딸은 그렇게 인물들이 빼어났다.
 키도 크고 허리가 잘록한 큰딸 송세희도 몸매나 미모가 뛰어났지만, 서구적으로 생긴 송세라가 자갈밭에서 햇빛에 반짝이는 진주처럼 그 미모나 몸매가 엄청 더 뛰어났다. 무엇보다 엷은 청색을 띤 아련한 푸른 눈이 아주 매혹적이었다. 가선이 짙게 쌍꺼풀이 진 그 눈 속엔 푸르스름한 빛깔의 신비한 호수가 송두리째 담겨 있는 듯…… 콧날도 일직선으로 시원스럽게 오뚝하며 갈색의 머리도 햇살 아래선 금발에 가깝고…… 누가 보나 그녀는 영락없는 탁맥[튀기]이었다.
 그렇다면 송 영감이나 노 씨 둘 중에 누가 하나 서구인이어야 한다. 그러나 그건 큰일 날 소리였다. 왜냐하면 둘 다 거기에는 터럭 하나도 섞이거나 닮지 않았기 때문이다. 그들은 전형적인 대한민국의 토박이 노인네였다.
 아무튼, 송 영감이 강 사장의 철공소를 결사반대하는 이유는 비단 딸들의 공부와 순결을 지켜주기 위해서 그런 것만은 아니었다. 물론 그 문제가 가장 절실한 큰 이유 중의 하나이긴 했지만, 그보다 송 영감에겐 강 사장에 대해서 좋지 못한 개인적인 감정을 갖고 있는 게 한 가지 더 있었던 것이다.

10

 몹시도 추운 작년 어느 겨울밤이었다.
 광화문통에서 대서소를 하는 친구가 찾아왔기에 송 영감은 술을 대접했다. 주거니 받거니 하다 보니 송 영감도 어지간히 취해 버렸다. 택시를 태워서 친구를 배웅하고 나니 밤 11시경이었다. 집을 나온 김에 송 영감은 어슬렁어슬렁 둘째 아들놈 집으로 발길을 옮겼다. 겨울철의 사신(死神)인 연탄가스와 불조심은 잘되어 있는지 그걸 알아보기 위해서였다. 그는 가끔 그렇게 호호야처럼 자식 집을 둘러보는 지성스러운 부정을 갖고 있었다.

 이윽고 달동네 길을 한참을 걸어 올라 둘째 아들 송동욱의 집 앞에 다다랐다. 불도 끄고 문도 걸어 잠그고 아들놈 가족은 벌써 다 잠이 든 모양이었다. 겉으로 보기엔 고요하고 평화로워서 아무런 이상이 없는 것 같았다.
 그러면서도 뚜렷한 형체도 소리도 없는 무서운 연탄가스가 조금은 걱정이 되었지만, 언제나 그랬듯이 오늘 밤도 괜찮겠지 하고 송 영감은 그대로 발길을 돌려버렸다. 문을 쾅쾅 두드리고 식구들을 깨우고 하는 그런 소란스러움이 아무리 자식이지만 미안하고 실례가 될 것 같아 그냥 돌아섰던 것이다.
  그런데 갑자기 소변이 마려웠다.
  따끈따끈한 설렁탕 국물에 소주를 두어 병 까긴 했지만 친구가 자꾸 입가심으로 맥주를 한잔 더 하자고 해서 그걸 서너 컵 더 했더니 그게 아마 그대로 오줌으로 용해가 돼서 나올 모양이었다. 송 영감은 갑자기 금방이라도 터져 나오려는 소변을 도저히 참을 수가 없어서 거시기를 꺼내놓고 아무 곳에나 오줌을 철철 깔기기 시작했다. 연탄재와 각종 쓰레기가 군데군데 널려 있는 그 공터인 줄 알고 그랬던 것이다.
  그런데 아뿔싸!
  바로 그때였다.

  돌연 어디선가 슬리퍼를 질질 끄는 소리가 들리더니,
  "어떤 놈이 남의 집 대문에다 오줌을 깔기고 지랄이야?"
라는 소리가 벼락 치듯 들렸다.
  바로 강 사장의 목소리였다. 그때까지만 해도 강 사장의 집은 공장 건축물이 아닌 루핑 지붕에 블록으로 된 오래된 가정집일 때였다. 파란색 페인트칠이 된 약간 찌그러진 그 양철 대문에다 하필 송 영감이 오줌을 철철 깔기고 있었던 것이다.
  "놈이라니! 어느 버르장머리 없는 호래자식이 나이 많은 어른이 오줌 싸시는 것을 훔쳐보고 시비야? 엉? 훔쳐보려거든 니 애비 것이나 가서 훔쳐봐라!"
  찍소리 말고 가만히나 있었으면 좋았을 텐데 송 영감은 술이 좀 과해서 그답지 않게 그만 그렇게 큰 실수를 하고 말았다. 방뇨도 계속 그대로 추진하고 있는 상태였다.
  "뭐가 어째!"
  강 사장이 그 특유의 건삽한 목소리로 버럭 소리치며 안에서 문고리를 벗기기가 무섭게 양철 대문을 쾅 박차고 밖으로 튀어나왔다. 그러다 흠칫했다. 달도 없는 캄캄하고 추운 밤이지만 어둠 속에서도 송 영감의 얼굴을 귀신같이 금방 알아본 모양이었다.
"아니, 이거 송 영감 아니야?"
강 사장이 어처구니가 없다는 투로 먼저 알은체를 했다. 그는 잠을 자다 뛰쳐나왔는지 아니면 화장실엘 가다 뛰쳐나왔는지는 모르지만 희끄무레한 빛깔의 파자마 차림이었다.
"어? 이게 누구야! 강 영감 아니야?"
송 영감도 강 사장을 금방 알아봤다.
"강 영감이고 강낭콩이고 거, 나잇살이나 훑쳐가지고 무슨 추태야?"
"무슨 추태라니?"
"술을 마셨으면 곱게 취할 것이지 왜 남의 집 대문에다 오줌을 깔기고 이 추태냔 말이야?"
송 영감은 그러나 아직도 취기 때문에 정신이 몽롱한 상태였다. 거기가 강 사장의 집 대문 앞이란 것도 모르고 있었다.
"아닌 밤중에 홍두깨라더니 지금 무슨 소릴 하고 있어?"
"무슨 소리라니!"
"이게 무슨 남의 집 대문이야? 공터지!"
"뭐, 공터?"
"그래, 공터! 나는 지금 남의 집 대문에다 소변을 보고 있는 것이 아니라 공터에다, 즉 우주의 한 귀퉁이에다 따끈따끈한 비료를 주고 있어, 비료를! 잠이나 잘 일이지 나와서 웬 간섭이야!"
이 말은 송 영감이 언젠가 어느 취객한테서 주워들은 익살이었다. 송 영감네 식당 옆에서 누가 오줌을 철철 깔기는 소리가 들려서 송 영감이 물바가지를 들고 쫓아나갔더니, 웬 중년의 취객이 술이 곤드레가 돼서 개처럼 한쪽 다리를 쳐들고 코믹한 모션으로 소변을 보고 있었다.
 그러면서 능청스럽게 하는 말이,
 "아이구, 영감님! 이거 죄송시럽습니다, 허허허. 하지만 우리 좀 넓게 생각하면서 삽시다."
 "넓게 생각하면서 살자니?"
 "나는 지금 영감님의 집 옆에다 소변을 보고 있는 것이 아니라 우주의 한 귀퉁이에다 따뜻한 비료를 주고 있으니 제발 그 물벼락만 시키지 말라는 그런 말씀올시다, 허허허. 어, 시원하다! 딸꾹! 딸꾹!"
 그 익살이 생각할수록 우습고 밉질 않아서 송 영감도 그대로 돌아서며 껄껄 웃어버렸던 것이다.
 그런데 그 말이 취중에도 문득 떠올라 저도 모르게 그 익살이 튀어나온 것뿐이었는데, 강 사장에겐 그 익살이 통하지가 않았다.
 "뭐라구? 우주의 한 귀퉁이에다 따끈따끈한 비료를 주고 있다구? 이놈의 자식! 말 한번 잘했다! 그럼 가자, 이놈!"
 "어디로 가?"
 "네놈 식당으로 말이야! 나도 네놈 집에다 따끈따끈한 비료를 주고 싶으니까 당장 네놈 식당으로 가자구! 거기도 우주의 한 귀퉁이니까 말이야! 어서 앞장서지 못해, 이 자식아!"
 강 사장이 먼저 송 영감의 멱살을 잡았다. 그는 그렇게 성미가 불같았다.
 "아니, 이놈이 누구 멱살을 잡아?"
 소변을 아직 덜 본 송 영감이 오줌이 줄줄 쏟아지는 거시기부터 후닥닥 바지 속으로 집어넣었다. 그 바람에 갑자기 멈춘 오줌이 옷 속에서도 질질 흘러내렸다. 그 뜨뜻미지근한 오줌이 내의를 적시면서 다리에까지 주르르 흘러내리는 기분이었다.
 "뭘 꾸물거려! 어서 가잔 말이야, 이 늙은 놈아!"
 "뭐? 늙은 놈? 네놈은 안 늙었어? 이 손 놓지 못해!"

밀치락달치락하며 옥신각신하고 있는데 강 사장의 부인이 뛰어나오고 송동욱과 아내 오수옥도 자다가 놀라 뛰어나왔다. 동네 사람들도 몇 눈을 비비며 이집 저집에서 나왔다.

그제야 송 영감은 취중에도 정신이 번쩍 들었다. 어둠 속에서도 잠옷 차림의 둘째 아들 부부를 본 때문이었다. 아차! 내가 이거 큰 실수를 했구나. 남의 집 대문에다 소변을 보다니, 분명히 공터 땅바닥으로 알았는데…… 송 영감은 쥐구멍이라도 있으면 쥐새끼가 되어 퐁 들어가 버리고 싶었다. 아들도 아들이지만 우선 며느리 보기가 창피해서 얼굴을 들 수가 없었던 것이다. 그건 아들과 며느리도 마찬가지였다. 오히려 자신들이 더 창피하고 부끄러워서 몸 둘 바를 몰라 했다.

그걸 눈치채고 강 사장이 더욱 기고만장해서 날뛰었다.

송 영감의 멱살을 거머잡고는 기어이 송 영감의 집으로 가자는 것이었다. 가서 자기는 송 영감의 식당 방에다, 그것도 안방에다 오줌을 철철 깔기겠다는 것이었다. 거기도 우주의 한 귀퉁이라고.

송 영감은 취중에도 이성을 되찾자 무조건 잘못했다고 빌었다.

아들과 며느리가 보는 앞이라 비는 것이 좀 창피하고 체면이 말이 아니었지만 그래도 잘못을 시인하고 비는 수밖에 별도리가 없었던 것이다. 그러나 강 사장은 이해와 자비를 베풀 줄을 몰랐다. 비록 약간 찌그러지고 허름한 양철 대문이지만 자기 집 대문이 우주의 한 귀퉁이라는 말이 생각할수록 괘씸한지, 아니면 송 영감의 아들 부부가 보고 있는 앞이라서 더 그런지 끝까지 송 영감의 집으로 가자고 길길이 날뛰었다.

그는 그렇게 좀 잔인하고 비정한 사람으로 소문이 나 있었다. 무엇보다 어떤 일이나 자신의 목적 달성을 위해서는 수단과 방법을 가리지 않는 사람으로 동네에서 유명했다.

재수가 없으면 뒤로 넘어져도 앞에 붙은 코가 깨진다더니, 때마침 경찰 두 사람이 부근을 순찰하다가 옥신각신하는 소리를 듣고 쫓아왔다. 강 사장이 그 절호의 기회를 놓치지 않았다. 남의 집 대문에다 개새끼처럼 방뇨를 했으니 송 영감을 당장 처벌해 달라고 경찰들에게 호통을 쳤다. 그래서 송 영감은 꼼짝없이 가까운 파출소까지 끌려가게 되었고 결국 벌금을 물고 나와야만 했다. 생각하면 분통이 터지기도 하고 창피하기도 해서 몇 달 동안 밥도 안 먹고 아무 일도 안 하면서 땅만 치고 싶었다. 비는 덴 무쇠도 녹는다는데 그렇게 빌었는데도 벌금까지 물게 하다니…… 그럴 바엔 잘못을 빌지 말았어야 했는데 손이 발이 되도록 잘못을 싹싹 빈 것이 생각할수록 화가 나고 후회가 되어서 자다가도 벌떡 일어날 때가 한두 번이 아니었다.

그런 사소한 것까지 가슴속에 앙금으로 남아 있었기 때문인지도 몰랐다. 오늘날 강 사장이 공장을 한다고 하자 송 영감이 유별나게 앞장을 서서 공장을 못하게 하는 저의가…… 그런 일은 젊고 패기 있는 아들들이 나서도 될 일이었다. 그런데도 송 영감은 이날 몽둥이까지 들고 나타났던 것이다.
아무튼, 이날 싸움은 송 영감과 강 사장이 피차간에 물리적인 약간의 상처를 입고서야 겨우 끝이 났다.

공포의 독각대왕

11

 송 영감은 입술에서 피가 터지고 강 사장은 코피를 쏟았다. 특히 강 사장은 콧잔등이 퉁퉁 부어올라서 주먹코가 돼 있었다.
 강 사장의 딸 강오란도 송 영감의 딸 송세라의 서투른 어퍼컷을 맞고 왼쪽 턱이 상당히 벌겋게 부어올라 있었다. 이 모두가 이제까지의 싸움에서는 없었던 가장 큰 싸움이었다는 빙거였다.

 일단 두 집안의 싸움이 끝나자 오수옥은 남편 송동욱과 함께 시아버지인 송 영감을 부축하고 시댁으로 가야 했다. 시아버지의 상처가 심해서가 아니라 그것이 자식과 며느리로서의 도리여서 그랬다. 송 영감은 손등 같은 데에도 약간의 상처가 나 있었다. 시댁인 식당에서 오수옥은 송동욱과 같이 시아버지의 미미한 생채기까지도 약을 발라주었다. 시어머니도 강 사장에게 욕을 하며 옆에서 거들었다.
 훅 불면 날아갈 것 같은 파사하고 허약한 시어머니 노 씨는 욕쟁이처럼 욕도 잘하고 수다스러운 노인네로 유명했다. 성질도 괄괄한 데다 마치 양철 같은 노인네였다. 두드리면 두드릴수록 소리가 더욱 시끄러운 양철…… 누구든지 건들기만 하면 가만두지 않았다. 그래서 동네에선 그녀를 '양철할머니'라 불렀다.

하지만 자상할 땐 또 솜처럼 부드러운 노인네였다. 상대가 좋게 나오면 간이고 쓸개고 다 빼서 먹이려는 사람이었다. 게다가 독성이 있는 노고초가 격에 어울리지 않게 짧고 늙은 허리를 간들거리듯 애교가 있었다. 독수리의 부리같이 생긴, 콧등이 유난히도 불룩 융기한 코가 팔자가 세게 생겼는데도 그 애교 때문에 그녀는 지금까지 별 탈 없이 송 영감과 한평생을 같이 살아오고 있는지도 모를 일이었다.

잘 다듬어진 잔디밭처럼, 수동 바리캉으로 깎은 짧은 머리에 키는 작아도 야무지게 생긴 시아버지 송 영감의 감정이 어느 정도 누그러진 것을 보고서야 오수옥은 시댁을 나왔다. 다른 때 같으면 식당일을 좀 거들어주고 나왔으련만 집에 아이들만 두고 나왔기 때문에 그냥 뒤도 안 돌아보고 나와버렸던 것이다.

시아버지와 강 사장과의 사이에 싸움이 벌어졌을 때 아이들은 집에서 잠을 자고 있었었다. 언제나 그 시각이면 자는 낮잠이었다. 집 앞이나 다름없는 옆 철공소에서 싸우는 소리가 요란했을 텐데도 아이들이라서 그런지 잠만 잘 잤다. 시아버지를 부축하고 시댁으로 가기 전에 그녀는 아이들이 걱정이 돼서 집 안팎을 한 번 습관적으로 휘둘러보는 것을 잊지 않았던 것이다. 역시 이날도, 그리고 그 시각에 집 안팎엔 아무런 이상이 없었었다.

오수옥이 시댁인 식당을 나오자 송동욱도 뒤따라 나와 그는 다시 직장으로 향했다. 그의 집에서 직장까지의 거리가 별로 멀지 않기 때문에 그는 이날도 집으로 와서 점심을 먹고 다시 출근하던 길이었다. 그런데 공터에서 강 사장과 딱 맞닥뜨리게 되었고, 그리고 강 사장이 먼저 공장 문제로 시비를 걸어 싸움이 또 벌어진 관계로 부부가 시댁까지 가게 됐기 때문에 그는 다시 직장으로 가야 했던 것이다.

12

 식당에서 나온 오수옥은 버스 종점을 지나 곧장 달동네로 향하는 경사진 길로 접어들었다. 늦은 오후지만 초여름의 강렬한 햇살이 뜨거운 물에 덴 것같이 살갗에 몹시 따가웠다. 뜨거운 열기와 함께 입에서 단내가 났다. 해마다 여름이면 느끼는 역겨운 생리적인 단내였다. 길을 오가는 사람들도 너무 더운지 폭염에 숨을 헐떡거리는 개의 긴 혓바닥처럼 축 늘어져 있었다.
 그녀는 걸으면서 버릇처럼 문득 하늘을 쳐다보았다. 끝없는 비색을 탐한 하늘이 거기 있었다. 서편으로 반나마 쓸그러진 이글거리는 태양만 거기 있을 뿐 구름 한 점 없는 가없는 하늘 —— 거기에 집 창문에서 보던 시야로, 공터에서 남편의 멱살을 잡고 흔들며 뭐라고 악을 쓰던 강 사장의 포악스러운 모습이 떠올랐다. 강 사장과 한데 엉겨 공장의 어두컴컴한 땅바닥에서 엎치락뒤치락하던 시아버지의 모습도 떠올랐다. 그녀는 양쪽 다 동정이 갔다.
 딸들의 공부와 순결을 지켜주기 위해 노파심처럼 공장을 결사반대하는 이쪽도 공감과 동정이 갔고, 먹고살기 위해 대기업도 아닌 좁쌀만 한 철공소를 일부 주민의 반대에도 불구하고 꼭 하겠다고 악착같이 물고 늘어지는 강 사장도 공감이 가고 동정이 갔다.
 그러나 강 사장에 대해서는 이해가 안 가는 것이 한 가지 있었다. 왜 다른 데서 공장을 하지 않고 꼭 이 가난하고 조용한 달동네에서 공장을 하려고 고집을 부리는지 그게 도무지 이해가 가질 않았다. 그러다 그녀는 갑자기 오싹하는 전율을 느꼈다. 문득 언젠가 소문으로만 들었던 강 사장의 엽기성과 끔찍한 잔인성이 묘하게도 번쩍 떠올랐기 때문이었다.
 그녀가 아는 강 사장은 이런 사람이었다.

 강 사장은 과거에 밀수꾼의 똘마니가 되어 부산 광복동의 뒷골목을 누볐다. 그러다 잡혀 들어가서 몇 년간 콩밥을 먹고 푹 썩었다. 그리고 출감하자 갱생의 길을 찾기 시작했다. 그제야 뭔가 기술을 배워야겠다고 몸부림을 쳤던 것이다. 그래서 처음 들어간 곳이 바로 부산 영도 부둣가에 자리 잡은 어느 자그마한 철공소였다. 그는 계속 한 우물만을 팠다. 죽어라고 철공소 기술만을 배웠다. 각종 계기, 시계, 정밀기구 따위의 정밀한 제품이나 부속을 가공할 때 쓰기 위하여, 탁상에 설치하는 소형 선반인 탁상선반을 위시하여, 자동선반, 축(軸)선반 따위를 주로 익혔다. 용접도 게을리하지 않았다. 덕분에 선반과 용접 분야에선 점점 귀신이 되어갔다. 드디어 공장장의 물망에 올랐다. 물망에 오른 것이 아니라 공장장 자리를 넘봤다. 현재 공장장으로 있는 늙수그레한 그 작자만 없어진다면 단연 자신이 공장장이 될 위치에 있었던 것이다. 그런 어느 날, 늙수그레한 공장장이 트럭에 치여 그 자리에서 즉사했다. 트럭을 몬 사람은 바로 강 사장이었다. 그래서 공장장이 되려고 계획적으로 살해를 했다고 말썽이 많았다. 그러나 어찌 된 셈인지 계획적인 살인이 아니고 과실치사라는 최종 판결이 나왔다. 물론 최종 판결이야 진실에 입각한 것이었겠지만 그 후로도 그에겐 그 사건으로 인한 악명이 떠나지 않고 붙어 다녔다. 자기의 목적 달성을 위해서는 수단과 방법을 가리지 않고 사람도 법망을 피해서 교묘한 방법으로 죽인다는…….

오수옥은 강 사장의 그 악명이 문득 떠올라 별스럽게도 갑자기 불안해지기 시작했다. 오늘 있었던 싸움을, 강 사장이 수단과 방법을 가리지 않고 그 늙수그레한 공장장이 갑작스럽게 즉사를 한 것과 같이, 남편에게나 시아버지에게도 언제고 한번은 그런 교묘한 방법으로 꼭 보복을 하고야 말 것 같았기 때문이었다. 아니, 싸움에 대한 보복이 아니라, 공장을 오기로라도 꼭 하기 위해서 공장을 반대하는 시아버지나 남편을 그보다 더 잔인하고 용의주도한 방법으로 은밀히 해코지를 할지도 모른다는 생각이 더 강렬하게 들었던 것이다.

사실상 그녀의 그런 어떤 영감 같은 불안은 적중하고 있었다.

13

 그 시각에 강 사장은 무서운 생각을 하고 있었던 것이다. 소주를 강술로 한 병을 다 마신 그는 그의 전셋집 안방에 누워서 오만상을 일그러뜨리며 지금 무서운 음모를 꾸미고 있었다.
 성질 같아서는 당장이라도 진단서를 끊어서 송 영감을 경찰에 처넣고 싶었지만 강 사장 자신도 송 영감을 많이 때렸기 때문에 그럴 수도 없어서 지금 방에 누워 분을 삭이고 있던 중이었다. 진단서 문제는 송 영감도 자기와 똑같은 생각을 하고 있을 거라는 걸 잘 알고 있기 때문에 더 화가 났던 것이다.
 안방엔 그의 부인 황 여인도 같이 있었다.
 황 여인은 그런 속도 모르고 송 영감에게 맞아서 잔뜩 부어오른 강 사장의 콧잔등을 날계란으로 살살 문지르며 부기와 약간의 멍을 가라앉히려고 애를 쓰고 있었다.
 "살살 좀 해, 이 여편네야! 아프니까!"
 "아이, 깜짝이야! 왜 나한테 화풀이야?"
 "이제 그만 문지르고 치워!"
 "알았어요."

강 사장이 누운 채 담배를 피워 물었다. 그러다 느닷없는 말을 했다. 볼멘소리였다.

"아무래도 안 되겠어."

"뭐가요?"

"더 시끄럽기 전에 공장을 때려치워 버리든지 다른 데로 옮기든지 해야지."

"………."

"아니야. 그럴 게 아니라…… 빌어먹을! 쥐도 새도 모르게 불을 확 질러버릴까?"

강 사장의 느닷없는 무서운 말에 황 여인이 파랗게 질려 작은 뱁새눈을 째지게 치떴다.

"부, 불을 지르다니요? 우리 공장에다 말예요?"

"미쳤어? 우리 공장에다 왜 불을 질러? 지금 제정신이야?"

"그, 그럼 어디에다……."

"어딘 어디야? 우리 공장 옆 그 집구석이지."

"뭐, 뭐라구요?"

"그러면 반대할 명분이 없어질 거 아냐. 자기 집에서 불이 난 줄로 알 테니까."

"돌았어요?"

"돌긴 누가 돌아? 밤중에 아무도 모르게 불을 질러버리면 누가 불을 질렀는지 죽었다 깨나도 모를 텐데. 안 그래?"

"천벌을 받을 소리 그만 좀 하세요. 누가 들으면 어쩌려고 그런 무서운 소릴……."

바로 그때였다.

방문 밖에서 무슨 인기척이 났다. 가만히 마루로 올라서는 발소리 같기도 하고 마루를 소리 없이 지나다가 뚝 멈춰 서는 소리 같기도 했다. 누가 엿듣고 있는 게 분명했다.

"밖에 누구세요?"

강 사장의 부인이 재빨리 방문을 홱 열었다. 그러다 깜짝 놀라며 잠시 말을 잃었다. 강 사장도 누웠다가 몸을 반쯤 일으킨 채 그런 표정이었다.

방문 밖에 있는 사람은 뜻밖에도 딸 강오란이었다.

강오란은 새하얀 여고생 교복을 그대로 입은 채 방문 앞 마루에 서 있었다. 그러다 갑자기 방문이 홱 열리자 기겁했다. 마치 무엇을 엿듣다가 들켜버린 그런 얼굴이었다. 오후의 햇살을 등에 진 그 얼굴이 역광으로 아슴푸레하게 부풀어 보였다. 송세라한테 맞아서 턱과 한쪽 뺨이 상당히 부어 있어서 그렇게 보인 것이었다.

하지만 황 여인은 그걸 자세히 못 본 모양인지 얼굴이 왜 그러냐고 묻기는커녕,

"너 뭘 엿듣고 있어?"

하고 엉뚱한 것을 대뜸 물었다.

혹시 남편이 한 그 무서운 소리를 딸이 엿듣지나 않았나 해서 지레 겁을 집어먹고 물은 것이었다.

"………."

강오란은 대꾸하지 않았다.

대신 약간 경멸의 눈빛으로 어두운 방 안에서 다시 눕고 있는 아버지를 한 번 흘끗 쳐다보았다. 실망에 가득 찬 그 경멸의 눈빛! 그 눈은 말하고 있었다.

못난 아버지! 창피한 아버지! 나잇살이나 들어가지고 애들처럼 얻어 터지고만 다니는 뎅쇠 같은 아버지! 남자가 그렇게도 힘이 없으세요? 아내한테 창피하지도 않으세요? 딸한테도 창피하지 않으세요? 가엾고 불쌍한 아버지! 하지만 그것은 어쩌면 자신에게 하는 열패감과 분노인지도 몰랐다.

"왜 대꾸가 없어? 뭘 엿듣겠다고 부모 방을 기웃거리고 있느냔 말이야?"

"엿듣지 않았어요."

"그럼 왜 그러고 섰어? 사람 놀라게."

"얼굴 좀 씻고 제 방으로 가던 길이었어요."

강오란은 송세라한테 얻어맞은 얼굴을 씻고 닦은 젖은 손수건을 한쪽 손에 들고 있었다. 그리고 역광이지만 축축하고 반질반질 윤기가 더 흐르는 얼굴을 한사코 외면을 하며 맞은 곳을 감추고 있었다.

사실은 그러나 강오란은 거짓말을 하고 있었다. 마당 한쪽 수돗가에서 세숫대야에 물을 받아, 몇 군데 맞아서 열이 확확 달아오르는 얼굴을 씻고 마루를 지나 자신의 방 쪽으로 가다가 그 무서운 소리를 우연히 엿듣게 되었던 것이다. 쥐도 새도 모르게 공장 옆집에다 불을 확 질러버리겠다는 아버지의 그 충격적인 한마디를!

하지만 강오란은 그 순간 별로 놀라지 않았다.

왜냐하면 자기도 아버지와 같은 생각이었기 때문이었다. 자신도 송세라의 둘째 오빠 집에 불을 확 질러버리고 싶었다. 귀신이나 유령처럼 밤에 아무도 모르게 공장에 있는 휘발유라도 가져다가 뿌리고 불을 확 질러버리고 싶었다.

그리고 누구보다 송세라가 타서 죽는 꼴을 보고 싶었다. 새까맣게 타서 퉁퉁 부어오른 꼴을 보고 싶었다. 마른오징어가 구워지듯 온몸이 뒤틀리는 꼴을 보고 싶었다. 그러면서 한마디 던져주고 싶었다. 그 비참한 최후를 통쾌하게 끝까지 지켜보면서 명복이라도 빌어주듯 한마디를 툭 던져주고 싶었다. 이 못난 계집애야, 꽃보다 고운 내 얼굴을 때려서 이렇게 퉁퉁 붓게 만들다니! 이 치욕과 수모를 난 죽어서도 잊지 않을 거야. 너 먼저 저승에 가 있어. 나도 언젠가는 가게 될 테니까. 저승에 가서 그때 다시 나의 저주가 또 시작될 거야. 알았니? 알았어? 이 깡패 같은 계집애야!

그래서 강오란은 불을 확 질러버리고 싶다는 아버지의 그 무서운 말을 엿듣고도 별로 놀라거나 충격을 받지 않았던 것이다. 물론 그 집에 불을 지르게 되면 벽 하나 사이로 맞붙어 있는 이쪽 공장도 함께 타게 되겠지만, 그래도 기회가 주어진다면 자기가 아버지보다 먼저 불을 확 질러버리고 싶었다. 그래야만 송세라한테 얻어터진 분함과 열패감이 속이 후련하도록 해소가 될 것 같았다. 그러면서도 그녀는 아버지에 대한 묘한 효도하는 방법을 병행해서 또 생각하고 있었다.

효도하는 방법이란…… 아버지가 공장을 원활히 할 수 있도록 딸이 도와주는 방법은 없을까라는 것이었다. 자식이라곤 무남독녀인 그녀 하나뿐이기 때문에 그런 생각을 더 절실하게 순간적으로 하게 되었던 것이다. 그래, 자식이 부모의 사업을 도와주는 것은 효도야. 우리 집엔 아들이나 다른 딸이 없으니까 당연히 내가 도와야겠지? 그렇다면 어떻게 도울까? 역시 불을 지르는 방법밖에 없겠지? 또 말하지만 불을 지르게 되면 아까운 우리 공장도 희생을 각오해야 한다. 우리 공장은 안 타고 그 집만 홀랑 타게 하는 방법은 없을까? 없을까? 없을까? 그래, 좋았어! 천천히 생각해 보자. 천천히 연구해 보자. 무슨 기막힌 방법이 있을 거야. 틀림없이 있을 거야. 틀림없이!

강 사장의 집에서 아버지는 아버지대로 딸은 딸대로 서로가 송동욱의 집에 불을 지르려고 무서운 음모를 꾸미고 있는 줄을 꿈에도 모르는 오수옥은 폭염 속을 계속 집을 향해 걷고 있었다. 소문으로만 들었던 강 사장의 그런 잔인성을 오래도록 자꾸 생각해서인지 이번에는 어기뚱하게도 아이들만 있는 텅 빈 집이 불안해지기 시작했다. 혹시 그동안에라도 아이들에게 무슨 해코지를 하지나 않았을까? 아이들은 어려서 반항도 하지 못할 터이기 때문에 손쉽게 목이라도 졸라 죽일 수도 얼마든지 있지 않겠는가? 그리고 교묘한 방법으로 자신의 범행을 흔적 없이 은폐하거나 위장해 버린다면?

그녀는 별별 방정맞은 생각을 다 하며 이제는 거의 뛰고 있었다.

이윽고 집으로 들어섰다.
고맙게도 아이들은 천지를 모르고 아직도 자고 있었다. 나란히 재워 둔 대로 둘이 평화롭게 새근새근 자고 있었다. 그리고 집 안도 다른 아무런 이상이 없는 것 같았다. 싸우는 소리가 하도 격렬해서 밖에서 문단속을 단단히 하지 않고 급히 나갔는데도 분명히 집 안은 별 탈 없이 고요하고 평화로웠다.
그런데 사건은 바로 이날 밤에 터졌다.

14

 밤하늘에 별들이 들꽃처럼 활짝 피어날 무렵이었다. 남편 송동욱이 피곤한 기색으로 집으로 들어왔다. 그의 손 여기저기엔 각종 페인트가 얼룩덜룩 지저분하게 묻어 있었다. 직장에서 이제 퇴근을 한 것이었다. 오수옥은 판자문을 열어주면서 오늘도 고생하고 귀가하는 남편을 여느 때와 같이 상냥하게 반겼다.
 "이제 퇴근하세요?"
 "응, 아, 피곤한데."
 부엌의 안쪽 방에서 공부를 하고 있던 송세희와 송세라도 방문을 열고 내다보며 한마디씩 하는 걸 잊지 않았다. 퇴근 때면 언제나 하던 인사였다.
 "오빠, 인제 오세요?"
 "오늘도 수고 많이 하셨습니다, 우리 둘째 오빠."
 "고맙다."
 송동욱이 항상 하던 대꾸를 하며 구두를 벗고 안방으로 들어섰다. 말이 안방이지 대문 겸 부엌문으로도 사용하는 엉성한 판자문을 열고 부엌으로 들어서면 오른쪽에 미닫이문이 하나 있는데 거기가 바로 안방이었다.

 송동욱의 두 여동생이 쓰는 공부방은 대문 겸 부엌문을 열고 조금 걸어 들어가면 맨 안쪽 막다른 곳에 골방처럼 위치하고 있었다. 그러니까 조금 걸어 들어가는 그 좁은 통로가 바로 부엌이며 집의 현관인 셈이었다. 그리고 부엌 바닥도 시멘트가 아니고 그냥 흙바닥이었다.

 연탄아궁이는 둘이었다. 하나는 안방 것이고 하나는 공부방 것이었다. 이 비좁은 부엌과 자그마한 두 방을 모두 합쳐도 그 당시의 평수로 따지면 겨우 10평 남짓이나 될까.

 송동욱의 뒤를 따라 오수옥도 안방으로 들어왔다. 방에선 아이들이 오뚝이 장난감을 가지고 놀고 있었다. 아무리 내던져도 발딱발딱 일어나는 오뚝이가 재미있는지 아이들은 엄마 아빠가 들어와도 한 번쯤 돌아볼 줄을 몰랐다.

 일남 일녀.

 철저하게 산아제한을 해서 딱 둘만 낳은 것이었다. 딸이 누나였다. 나이는 누나가 4살이고 동생은 2살이었다. 누나의 이름은 영희고 동생은 영수였다. 송동욱이 여느 때와 같이 아이들을 한 번씩 안아주며 이마에다 뽀뽀를 했다. 그러고는 항상 하던 말을 잊지 않았다.

 "오, 우리 공주님과 왕자님! 아바마마가 납시었는데 인사도 안 하시옵니까. 허! 고얀지고! 하하하."

 영수는 아직 말을 못 하지만 영희는,

 "아빠, 쩨쭈해, 쩨쭈……."

하고, 빨리 세수부터 하라고 야단이었다.

 직장에서 돌아오면 언제나 세수를 하고 손발을 씻는 아빠이기 때문에 그런 모양이었다. 그렇게 그런 것도 예사로 보지 않는 아주 귀엽고 총명한 딸이었다. 이 아이는 얼굴이 눈뿐이었다. 눈이 유난히도 크고 샛별같이 빛났다. 정말 흰자위가 어쩌나 맑고 투명한지 샛별처럼 신비스러운 푸른빛을 띠었다. 이국적 용모의 둘째 고모 송세라의 푸른 눈을 닮았다고나 할까.

그러나 영수란 놈은 못생긴 얼굴에 입이 무지무지하게 컸다. 이가 아직 나지 않은 입을 벌리고 웃을라치면 얼굴 전체가 안강어처럼 입뿐인 것 같았다.

"오늘은 왜 이렇게 늦었어요?"

보통 7시경이면 퇴근을 하는데 오늘은 8시가 다 돼서 퇴근을 한 것 같아 오수옥은 물었다. 혹시 퇴근길에 강 사장을 또 만나서 싸우지나 않았나 해서 물은 것이었다. 송동욱은 대꾸하지 않았다. 건성으로 들었던지 영수란 놈과 가벼운 박치기만 하고 있었다. 하루에도 서너 번씩 하는 박치기였다.

그의 직업은 손에 묻은 페인트가 잘 말해 준다. 지지리도 못나게 명문 S대의 응용미술학과를 나와서 겨우 상업미술 계통의 간판장이 노릇이나 하고 있는 게 그의 이력의 전부였다.

"네? 여보."

"응? 나한테 뭐라고 했어요?"

"오늘은 왜 이렇게 늦었냐구요? 캄캄할 때까지."

"병원 아크릴 간판을 하나 제작 의뢰를 받느라고 늦었지. 새로 생긴 개인 병원인데 말야, 조금 전에 와서 갑자기 급하게 부탁을 하잖아."

그제야 그는 작업복을 벗기 시작하고, 오수옥은 작동 중인 선풍기를 끌어다가 강풍 버튼을 누르고 있었다.

"그래서 하게 됐어요?"

"예. 욕심 없이 정직하게 견적서를 뽑아주었는데 비싸다고 안 할 리가 있나요. 아주 대형 간판이라 재료부터 인건비까지 조목조목 견적서를 써서 주었지요."

"잘하셨어요. 언제나 그렇게 이윤을 덜 보고 성실하게 작업해 드리세요. 그런 덕으로 이번에도 단골이 아닌 데서도 찾아왔잖아요."

"예예, 잘 알겠습니다. 이젠 귀가 아픕니다."
"죄송해요. 주제넘게 잔소리가 많아서. 씻지 않을래요?"
"씻어야지. 페인트가 묻은 이런 손으로 밥을 어떻게 먹어."

송동욱이 손발을 씻기 위해 러닝셔츠 바람으로 밖으로 나갔다. 여자같이 가냘프게 생긴 얼굴과는 달리 그의 체격은 비교적 건장한 편이었다. 키도 큰 편에 속하고 몸도 보기 좋게 적당히 근육질이었다. 대학때 유도를 조금 했다더니 그때 단련된 근육질이라고 지금도 가끔 자랑을 할 때가 많았다.

오수옥은 바위 같은 그의 완강한 등 뒤를 따라 나가면서 미소하고 있었다. 그의 등이 뭔가 믿음직스럽고 든든해서가 아니라 아무리 바빠도 저녁 식사는 꼭꼭 집에 와서 하는 그가 고마워서였다. 간판을 그리는 일감이 밀려 부득이 야간작업을 해야 할 경우에도 기를 쓰고 집에 와서 저녁을 먹고 다시 간판점으로 나갔다. 어쩔 수 없이 시댁 식당으로 가서 점심이나 저녁을 먹을 경우에도 꼭꼭 설렁탕값을 내는 것을 잊지 않았다. 그것이 아까운지 요즘은 식사 때면 아예 시댁에 들르는 것을 피해 버렸다. 한 푼이라도 아끼기 위해서리라.

밖은 어느새 칠흑 같은 어둠에 뒤덮여 있었다. 부엌이 너무 협소하므로 아침이면 세수도 집 밖에서 해야 하듯이, 송동욱이 판자문 밖 공터 가녘에서 손발을 씻는 동안 오수옥은 두 방의 연탄불을 살피기 시작했다. 여름철이라 방 아궁이들에 구태여 연탄불을 피울 필요가 없었으나 비가 온 후면 방들에 너무 습기가 차기 때문에 이삼일 정도는 연탄불을 피워야 했다. 이번에도 며칠 전에 비가 왔으므로 오늘 석양쯤에 두 방의 아궁이에다 오랜만에 연탄불을 피워서 넣었던 것이다.

안방 아궁이의 연탄불은 깡통 모양으로 만들어진 마개로 구멍을 꽉 막아놔서 그런지 점점 시들어가고 있었다. 갈아 넣은 지 꽤 된 것 같은데도 연탄이 새것 그대로 까맣게 도사리고 있는 것 같았다.

오수옥은 얼른 마개를 빼서 공기 유입 구멍을 터버렸다. 공기가 유통되자 파란 불꽃들이 열아홉 개의 연탄구멍들에서 혀를 날름거리며 춤을 추듯 다시 살아나기 시작했다.

그녀는 이번엔 시누들의 공부방을 향해 부엌 바닥을 안쪽으로 조금 걸어 들어가 노크와 함께 여닫이문을 잡아당겨 열었다. 큰시누 송세희는 작은 앉은뱅이책상 앞에 앉아 열심히 공부를 하고 있는데, 작은시누 송세라는 자기 책상 앞에 앉아 인형의 얼굴에다 사인펜으로 콧수염을 그리고 있었다. 기품 있는 한복을 날아갈 듯이 곱게 차려입은 조선왕조 시대의 어여쁜 아씨 인형이었다.

항상 사내처럼 장난이 심한 작은시누라 오수옥은 쿡 웃어버리며,
"방이 아직도 조금도 온기가 없어요?"
하고, 방문 앞에 선 채로 손바닥으로 방바닥을 짚어보았다.

역시 온기라곤 기척도 없었다. 온기는커녕 불쾌할 정도로 습기가 손바닥에 묻어나는 느낌이었다.
"어머, 아직도 기별도 없네."
"언니, 미안해요."
송세희가 공부를 하다 말고 말했다.
"뭐가요?"
"우리 방은 우리가 연탄불을 봐야 하는데…… 연탄아궁이 구멍만 터놓으세요. 이따 제가 연탄불이 달아오르면 막을게요."
"난 또 무슨 소리라구. 그런 걱정 말고 공부나 하세요. 구멍도 제가 막을 테니까요."
"옳으신 말씀! 우린 죽어라고 공부만 파면 되는 거야. 나중에 시집가면 그런 일은 신물이 나게 많이 할 테니까."
인형의 이마에다 쪽 키스하며 송세라가 끼어들었다. 그러고는 방문 쪽을 힐끔 돌아보며,

"올케, 그렇죠?"
하고, 버릇처럼 혀를 날름거렸다.
　하지만 오수옥은 다시 방문을 닫아버린 뒤였다. 그리고 공부방의 여닫이문 바로 아래에 있는 아궁이의 연탄불을 다시 살피고 있는데, 송세라의 사내 같은 목소리가 장난스럽게 흘러나왔다.
"쳇, 싱겁긴! 번갯불을 삶아먹었나?"
　그 말에 송세희가 가만있지 않았다.
"시끄러! 공부나 해."
"시끄러우면 귀를 막지."
"뭐가 어째!"
"아주 콧구멍을 막든지. 사람 소리가 듣기 싫으면 땅 넓을 때 일찌감치 죽으세요."
"이게 점점…… 꼭 약 올릴 거야?"
　송세희가 동생의 금발에 가까운 갈색 머리를 한 대 쿡 쥐어박았다. 둘의 책상은 나란히 놓여 있어서 앉은 채 쥐어박기도 좋았다. 그래서 공부하다 말고 자매끼리 싸움이 잘 붙었다. 그리고 싸웠다 하면 언제나 동생이 이겼다.
"아, 아파! 다 쳤어?"
"뭐?"
"다 쳤냐구?"
"그래, 다 쳤다! 어쩔래?"
"좋아! 폼 잡아! 울기 없기야."
　동생이 벌떡 일어나 또 서투른 권투 폼을 잡았다. 그러고는 마구 펀치를 날렸다. 언니가 파랗게 질려서,
"세, 세라야. 너 어, 언니한테 이럴 거야, 또?"
하고, 비좁은 방 안을 도망을 다녔다.
"지겨운 공부 그만하고 잠깐 스포츠 좀 즐기자구요. 레프트! 라이

트! 어퍼컷!"

그 광경을 조금 틈이 난 방문 틈새로 들여다보며 오수옥은 킥킥대고 있었다. 가끔 웃는 행복한 웃음이었다.

평범한 이런 일상 속에 이날 밤도 아직은 아무 탈 없이 밤이 점점 깊어가고 있었다.

이윽고 자정이 가까웠다.

두 시누를 비롯해서 가족이 모두 잠이 든 뒤였다. 오수옥도 문단속, 연탄가스 단속, 불단속을 단단히 하고 나서 안방으로 들어가 형광등을 끄고 막 잠자리에 들려던 참이었다. 갑자기 어디선가 심한 욕설과 함께 싸우는 소리가 들렸다. 남자들이 싸우는 소리였다. 어찌 들으면 시아버지가 고래고래 소리를 지르며 누구와 싸우는 소리처럼 들리기도 했다. 시아버지가 강 사장과 또 어디서 싸움이 붙었나?

오수옥은 남편의 옆자리에 들려다 말고 다시 몸을 일으켰다. 그리고 잠시 망설였다. 남편을 깨워야 하느냐 어째야 하느냐 그걸 생각하고 있었다. 그녀는 벽의 스위치를 더듬어 우선 형광등부터 다시 켰다. 남편은 세상모르고 깊이 잠들어 있었다. 푸르스름한 형광등 불빛에 그의 자는 모습이 몹시 피곤해 보였다. 매일같이 반복되는 간판 그리는 일에 시달려서인지 남편은 집에만 들어오면 언제나 그렇게 저녁을 먹기가 무섭게 잠자리에 곯아떨어져 버렸다. 더욱이 오늘 낮엔 강 사장에게 멱살을 잡히고 몇 차례 쓰러지기까지 했지 않았던가. 33살의 혈기 왕성한 나이임에도 불구하고 끝까지 참으면서.

그런 남편이 이날따라 몹시 측은하다는 생각이 들어서 그녀는 남편을 깨우는 것을 단념해 버렸다. 싸우는 소리는 계속 들려오고 있었다. 이번엔 시아버지의 목소리가 아닌 것 같기도 했다. 그렇다고 해서 오수옥은 가만히 듣고만 있을 수가 없었다. 직접 가서 눈으로 시아버지인지 아닌지 확인을 하고 싶었다.

그녀는 다시 형광등을 끄고 살그머니 방을 나갔다. 그리고 집 밖으로 나가서는 판자문을 밀어서 가만히 닫기만 했다. 밖에서 자물쇠를 채울 수 있는 고리 따위가 판자문엔 부착돼 있었으나, 집 안에 가족이 모두 잠자고 있기 때문에 밖에서 자물쇠를 채울 수가 없어서 그랬던 것이다.

만일 집 밖에서 자물쇠를 채웠다가 뜻밖의 화재라도 발생하게 된다면 집 안에 있는 가족은 어떻게 되겠는가. 꼭 화재가 아니더라도 습기 때문에 모처럼 공부방에도 연탄불을 피워놨는데, 재수 없게도 연탄가스가 안방이나 시누들의 공부방으로 스며들기라도 한다면 또 어떻게 되겠는가. 그래서 더 밖에서 자물쇠를 채우지 않았던 것이다.

그녀는 밖으로 나오자 곧장 공터 좌측의 가장자리를 향해 뛰었다. 캄캄한 공터의 좌측 가장자리 쪽에서 싸우는 소리가 들렸기 때문이었다. 그쪽을 향해 뛰다가 그녀는 하마터면 땅바닥에 널린 연탄재에 걸려 엎어질 뻔했다. 공터는 그렇게 쓰레기보다 연탄재가 많았다.

그 바람에 잠시 멈춰 서서 자세히 들어보니 싸우는 소리가 그쪽에서 들리는 것이 아닌 것 같았다. 공터 건너편의 캄캄한 골목 쪽에서 들리는 소리였다. 그녀는 더듬거리며 이번엔 그쪽을 향해 뛰었다. 이윽고 활등같이 휘어진 골목에 다다랐다. 그러다 그녀는 뛰던 걸음을 뚝 멈추고 일단 안도했다. 캄캄한 어둠 속에서 뒤엉켜 싸우고 있는 사람들은 시아버지와 강 사장이 아니고 다른 사람들이었던 것이다. 어느 술 취한 사람들이었다. 술에 너무 취해서인지 고래고래 소리를 지르며 서로가 뒤엉켜 상대를 밀어붙이고 있었다. 너무 캄캄해서 얼굴을 자세히 식별할 수는 없었으나 나이들이 꽤 들어 보였다.

자라 보고 놀란 가슴 소댕 보고 놀라고, 더위 먹은 소 달만 봐도 해로 알고 숨을 헐떡인다더니 괜한 걱정을 하고 여기까지 뛰어왔구나 하고 오수옥은 후회를 했다. 공터를 가로질러 다시 집을 향해 이번에는 천천히 여유 있게 걸었다. 이윽고 집 앞에 다다랐다.
 다음 순간 그녀는 깜짝 놀라,
 "악!"
하고 하마터면 비명을 지를 뻔했다.
 분명히 집을 나올 때 단단히 닫고 나온 판자문이 활짝 열려 있었기 때문이었다.

15

 짧은 그 시간에 집에 도둑이 든 모양이었다. 안방으로 급히 뛰어들어 형광등을 켜서야 그걸 금방 알아차릴 수가 있었던 것이다. 장롱 문이 활짝 열려 있었고 남편이 아끼던 밤색 계통의 새 양복 한 벌이 안 보였다. 그 양복은 얼마 전 남편의 생일 때 양복점에서 맞췄던 거였다. 한 분뿐인 시아주버니가 선물한 옷이었다.
 서울에서 근무하는 세관 공무원인 시아주버니는 현재 부부가 시댁 식당에 살고 있었다. 큰아들이기 때문에 그가 고집을 부려 한사코 시댁에서 부모님을 모시고 생활하고 있었다. 그는 마음이 어질고 형제간에 우애가 깊은 사람이었다. 그래서인지 동생의 생일 같은 그런 축복받은 날을 한 번도 그냥 넘긴 적이 없었다. 무슨 선물을 해도 꼭꼭 하는 사람이었다. 그런데 그 귀중한 양복을 도둑맞다니…… 너무 아까워서 그녀는 악을 쓰며 엉엉 통곡이라도 하고 싶었다.

 그 양복 외에 다른 물건은 도둑맞은 것이 없는 것 같았다. 책상의 ≪여성백과사전≫ 책장 속에 감추어 둔 몇 가지의 예금통장도 그대로 있었다. 책상 위의 탁상시계도 그대로 있었고 고물이 다 된 작은 텔레비전도 그대로 있었다. 아마 도둑이 너무 급하게 서둔 나머지 그 새 양복 한 벌만 가지고 달아난 모양이었다. 그때까지도 송동욱은 천지를 모르고 깊이 잠들어 있었다. 아이들도 그랬고 공부방의 시누이들도 그랬다.
 오수옥은 장롱 앞 방바닥에 풀썩 주저앉았다.
 꼭 독각대왕한테 홀린 기분이었다. 다리가 하나뿐이라서 독각대왕(獨脚大王)을 도깨비라고도 한다는데, 다시 말해서 도깨비나 독각대왕이나 같은 말이라는데 그러고 보니 문득 이상한 생각이 들었다. 그 골목길에서 싸우던 사람들이 혹시 진짜 독각대왕 두 마리, 아니 두 놈이 아니었을까라는 생각이 퍼뜩 들었던 것이다. 그것을 입증이라도 하듯 이제는 싸우는 소리가 들리지를 않았기 때문이었다. 아무리 귀를 잔뜩 기울이고 들어봐도 정말 다시는 싸우는 소리가 들리지 않았다.

 세상에 독각대왕이 어디 있을까만 그녀의 그런 착각은 묘하게도 자꾸 꼬리에 꼬리를 물었다. 어디선가 독각대왕들이 잔뜩 모여서 요란한 꽹과리와 징을 치며 공포의 춤을 추고 있을 것만 같았다. 그 춤이 절정에 달하면 달할수록 또 하나의 이번과 같은 도둑질과 유사한 어떤 공포적인 사건이 다시 또 꼭 터질 것만 같은 방정맞은 생각이 자꾸만 드는 것이었다.
 그런데 문득 잔인한 사람으로 소문이 난 강 사장이 그 공포의 독각대왕으로 변신해서 보이는 건 또 무슨 불길한 예고일까?

누군가 연탄불에 휘발유를 뿌렸다

16

 그녀의 그런 착각은 비록 찰나적으로 뇌리를 스친 것이었지만 어떤 묘한 영감 같은 것이었는지도 모를 일이었다. 왜냐하면 도둑이 든 그 작은 일로 인해서 그 뒤로 더 큰 기막힌 사건이 터졌기 때문이었다. 그리고 그 사건 때문에 꼬리에 꼬리를 무는 처절한 후유증과 너무도 억울한 단죄가 계속될 줄을 이때까지만 해도 그녀는 꿈에도 모르고 있었던 것이다.

 도둑을 맞은 바로 그다음 날이었다. 저녁때였다.
 그날은 오후부터 비가 퍼붓기 시작하더니 저녁때가 되어도 그칠 줄을 몰랐다. 장대 같은 빗줄기였다.
 갑자기 판자문이 열리더니 시어머니 노 씨가 우산을 접으며 급히 들어왔다. 오수옥은 저녁을 지어놓은 뒤라 노구솥을 들어내고 그 위 벽에다 영수란 놈의 기저귀를 널고 있던 참이었다. 그러니까 아궁이의 시멘트벽에다 양쪽으로 굵은 못을 박아 거기에다 가는 철사로 빨랫줄 같은 것을 만들었는데, 그 철사 빨랫줄에다 기저귀를 널고 있었던 것이다. 비가 오지 않을 때는 집 밖의 빨랫줄에다 널지만 비가 오는 날은, 그리고 별도의 화덕에다 연탄불을 피워서 밥을 하지 않고 안방 아궁이에다 연탄불을 피우고 거기에서 밥을 할 경우엔 언제나 기저귀들을 그런 식으로 연탄아궁이 위의 벽에다 널었다. 그러면 밖에서는 비가 억수같이 퍼부어도 연탄불의 화력 때문에 기저귀들이 잘 말랐던 것이다.

그날도 안방 아궁이의 연탄불은 화력이 좋았다.

새 연탄으로 갈아 넣은 뒤 밥과 찌개만 끓였기 때문에 연탄불은 벌겋게 확 달아 있는 상태였다. 그래도 오수옥은 아궁이 구멍을 터놨다. 기저귀들이 빨리 마르라고.

"아니, 어머님이 갑자기 웬일이세요? 비가 이렇게 오는데."

"애야, 급하다. 니가 와서 식당일을 좀 도와야겠다."

"왜요? 무슨 일이 생겼어요?"

"경사가 생겼다, 경사가!"

"경사라뇨?"

"너의 큰동서가 산기가 있지 뭐냐, 산기가."

큰동서란 송동욱의 형, 그러니까 송동걸의 아내를 지칭한 것이다.

"어머! 그게 정말이에요?"

"정말이고말고! 그래서 산부인과엘 가는 길에 널 데리러 왔다."

벼락 치듯 공부방 문이 열리더니 송세라가 불쑥 고개를 내밀었다.

"어머머! 그러니까 이번엔 큰올케가 미역국을 먹게 생겼다 그 말이에요, 엄마?"

"그게 무슨 말버릇이냐! 큰언니라고 부르지 않고 큰올케라니? 올케란 말 고쳐라!"

노 씨가 엄하게 눈을 흘겼다.

"올케는 어디까지나 올케지, 뭐. 둘째 올케, 안 그래요?"

"네네, 그래요."

"잔말 말고 앞으론 언니라고 불러. 그래야 시누이올케 사이에 정이 더 가는 거야. 알았니?"
"치! 엄만 언제나 올케들 편이셔."
"그래도 또 올케야? 원, 쟤가 뭐가 되려고 저러는지, 원! 세희는 방에 없어?"
"학교에서 아직 안 왔어요."
때마침 송세희가 책을 끼고 발랄하게 들어왔다. 무슨 기분 좋은 일이라도 있는지 좀 달뜬 얼굴이었다. 푸른색의 비닐우산을 급히 사서 썼던지 흰 블라우스와 검정 미니스커트가 별로 젖지 않고 멀쩡해 보였다.
"엄마, 나 친구 언니 양장점에서 옷 하나 맞췄는데, 괜찮죠?"
송세희가 들어서자마자 대뜸 하는 소리였다. 그래서 기분이 좋아 달뜬 얼굴이었던 모양이었다.
"뭐야? 뭘 맞춰?"
"요즘 새로 유행하는 여름옷이 있단 말예요. 친구들도 다 입었어요. 그래서 나도 하나 맞췄어요."
"잘한다, 잘해. 넌 언제 철이 들래, 응? 언제 철이 들어?"
"어머! 또 시작이셔."
"어째서 부잣집 딸들처럼 남 하는 짓 다 흉내를 내려고 그래? 늙은 부모가 밥장사해서 대학 보내주니까 눈에 뵈는 게 없니, 응? 눈에 뵈는 게 없어?"
"쳇! 그건 부모가 마땅히 해야 할 의무잖아요."
공부방에서 내다보던 송세라가 입을 삐죽이며 언니 편을 들었다.
"닥치고 집이나 잘들 보고 있어. 그리고 가서 옷은 취소해! 알았니?"

그길로 노 씨는 안방에서 영희랑 놀고 있던 영수를 안고 먼저 시댁으로 핑 가버렸다. 영희는 놔두고 영수만 데려간 것은 젖 때문이었다.

영수는 배가 고프면 유난히도 견디지를 못하기 때문에 수시로 젖을 물려야 하는 아이였다. 또한 녀석은 모유가 아니면 먹지를 않았다. 우유나 당시 인기가 많았던 분유를 먹으면 설사를 했다.

그래서 집엔 송세희와 송세라 그리고 영희 이렇게 셋만 남게 되었다. 오수옥도 곧장 우산을 쓰고 시어머니 뒤를 따랐던 것이다.

17

 그녀는 집을 나서기 전에 분명히 연탄아궁이 구멍을 막았었다. 시댁에 가서 식당일을 하게 되면 아무래도 늦게 집에 오게 될 것 같아 화재를 염려해서 연탄아궁이 구멍을 명심해서 막았던 것이다. 대신 노구솥은 올려놓지 않고 연탄불 옆 부뚜막에 둔 채 그대로 집을 나섰다. 그리고 연탄아궁이의 구멍을 막았기 때문에 두꺼비집이라고도 하는 연탄 덮개는 일부러 덮지 않았다. 그래야만 기저귀들이 잘 마를 터이기 때문이었다.
 그때까지만 해도 송동욱은 집에 나타나지 않았다. 그는 간판점에서 그 개인 병원의 아크릴 간판을 만드느라 눈코 뜰 새 없이 바쁠 것이었다. 오수옥은 보지 않아도 남편의 그런 모습이 눈에 선히 보이는 듯했다. 이럴 줄 알았더라면 저녁 식사를 간판점에서 하도록 갖다 줄 걸 그랬구나 하고 후회를 했다. 얼마나 시장하실까. 시댁에 가면 틈을 봐서 설렁탕이라도 한 그릇 갖다 줘야지. 시댁 식당하고 간판점하곤 버스로 한 정류장도 안 되니까 그래야겠다고 생각하고 그녀는 우산을 쓴 채 부지런히 경사진 달동네 길을 걸어 내려갔다.

시댁으로 들어섰다.

비가 오는데도 시댁엔, 아니 식당 안엔 손님들이 제법 의자에 앉아 떠들썩하게 술을 마시고 있었다. 자주 보는 정비공들이었다. 그리고 벌써 택시 한 대가 와서 식당 앞에 비를 맞으며 대기하고 있었고, 시아주버니가 만삭이 된 자기 아내를 택시 안으로 조심스럽게 밀어 넣고 있었다. 뒤이어 시어머니가 산후에 쓸 뒤치다꺼리 준비를 해서 동승하자 택시가 곧 빗속을 뚫고 가까운 산부인과를 향해 떠났다.

그래서 식당엔 시아버지와 오수옥만 남게 되었다.

떠들썩하게 술을 마시던 손님들도 하나둘 자리를 뜨고 없었다. 식당엔 종업원도 하나쯤 있지 않았다. 인건비를 아끼기 위해 애당초 종업원들을 두지 않았던 것이다. 주방장이나 요리사도 두지 않았다. 설렁탕을 만드는 일은 시어머니가 직접 할 수 있었기 때문이었다. 음식을 주문받고 돈을 받는 일은 시아버지가 가끔 맡았고…… 그런 일은 큰며느리가 간혹 거들기도 했고 오수옥도 거들어서 종업원들이 필요가 없었던 것이다.

시간은 8시가 조금 지난 시각이었다. 그 시각이면 아무리 해가 긴 장장하일이라곤 하지만 사방이 아주 캄캄하게 어두워졌을 무렵이었다. 더군다나 장대 같은 굵은 비까지 계속 퍼부어서 사방이 아주 묵즙을 뿌려놓은 듯 깜깜했다. 가끔 번쩍번쩍 번개도 치고 뇌성도 울었다. 시아버지는 큰며느리가 아이를 낳게 되자 여간 기뻐하는 게 아니었다. 빨리 미역국부터 끓이라고 성화를 대는 것만 봐도 그랬다.

하긴 큰며느리 유혜경에겐 이번이 첫아기였다.

결혼한 지 7년이 다 돼 가도록 잉태를 하지 않았었다. 부부가 단단히 약속을 했는지 어쨌는지 철저하게 산아제한을 했던 것이다. 그런 면에선 오수옥 부부보다 더 지독한 사람들이었다.

바로 이날 밤에 무서운 비극이 한발 한발 다가오는 줄도 모르고 오수옥은 시아버지의 성화에 못 이겨 미역국을 끓일 준비를 하고 있었고, 그 시각에 송동욱은 간판점에서 병원의 아크릴 간판을 열심히 만들고 있었다.

글자를 연필로 그리고, 그 글자들을 톱으로 썰어서 도려내고…….

워낙 작은 간판점이라 조수는 한 사람만 채용하고 있었다. 김용만이라는 스물한 살의 사내 녀석인데 간판 분야에 남다른 소질이 있는 놈이었다. 키가 조금 작아서 그런지 야무지게 생긴 체격에 태권도가 초단이었다. 가늘고 작게 생긴 눈이 때론 잔인하고 냉혹해 보일 때도 있지만 그래도 송동욱에겐 성실한 조수였다. 고향은 전라남도 영암이라는 곳이고, 현재 서울에서 공사판의 잡역부로 일하는 형 집에 빌붙어 살고 있는 놈이었다.

이날 밤도 송동욱은 조수와 같이 일하고 있었다. 그리고 저녁을 먹을 때가 지난 걸 알고 조수에게 된장찌개 백반을 시켜준 뒤,

"김 군!"

"네?"

"밥 먹고 잠시 쉬고 있어. 나도 집에 가서 뭘 좀 먹고 올 테니까."

"알겠습니다, 다녀오세요."

"내일까지는 이 간판을 끝내야 할 텐데 말이야…… 그럼 저녁 먹고 올게."

송동욱은 우산을 쓰고 간판점을 나왔다. 밖은 여전히 장대 같은 비가 어둠 속에 억수같이 퍼붓고 있었다. 하늘이 금방이라도 무너져 내릴 듯이 한바탕 뇌성이 또 울었다.

버스 종점에서 달동네로 올라가는, 소방차가 겨우 다닐 수 있는 정도의 경사진 길의 어귀에 위치한 간판점에서 송동욱의 집까지는 도보로 7, 8분 거리였다. 급한 일로 뛸 경우, 달동네로 오르는 경사진 길이 숨이 차고 다리가 아파 많은 방해를 받겠지만 그래도 3, 4분 정도

면 충분할 터였다. 아무튼, 보통 걸음으로 간판점에서 나와 경사진 길을 5, 6분 정도 걸어 오르면 활같이 휘어진 골목길이 나오고, 그 골목길에서 넉넉히 잡아 2분 정도 공터를 가로지르면 바로 송동욱의 집이었다. 물론 그의 집으로 들어가려면 강 사장의 철공소를 지나서 들어가게 되어 있었다.

송동욱은 어느새 달동네의 공터를 지나면서 어둠 속에 묻혀 있는 빗속의 시커먼 강 사장의 철공소를 한 번 흘끔 쳐다보고는 곧장 자신의 집 판자문을 열었다. 여동생들의 공부방과 안방 문은 불빛이 환한데 부엌은 불이 꺼져 있었다. 그리고 솥도 제자리에, 그러니까 연탄불 위에 얹혀 있지 않은 채 연탄불이 벌겋게 달아올라 있었고, 그 위 벽에 널린 기저귀들이 얼핏 보였다. 이날도 그는 그걸 건성으로 보고,

"여보, 방에 있어?"

하고, 방문 앞 흙바닥에 영희의 앙증맞은 신만 있고 아내의 신발은 보이지 않았지만 여느 때와 같이 아내를 찾으며 안방 미닫이문을 드르륵 열었다. 방 안엔 역시 아내의 모습은 보이지 않고 어린 딸 영희가 혼자 인형을 안은 채 자고 있었다. 놀다가 혼자 잠이 든 모양인지 베개도 베지 않고 아무것도 덮지 않은 채였다. 그래도 깊이 잠이 들었는지 아빠가 와도 깨어날 줄을 몰랐다.

"이 사람이 어딜 갔지?"

송동욱은 방문 앞에 선 채 여동생들의 방을 향해 소리쳤다.

"세희야! 언니 어디 간지 몰라?"

그러나 반응이 없었다.

"세희야! 세라야!"

그는 이상해하며 몇 발짝 걸어가 여동생들의 방문을 열었다. 사방이 캄캄하긴 하지만 아직은 초저녁인데도 여동생들은 깊이 잠이 들어 있었다. 비도 오고 공부는 하기 싫고 공부방엔 텔레비전도 없고 하니 잠이나 자자 하고 일찌감치 침구까지 펴고 나란히 누워 잠을 자버리는

모양이었다. 책상엔 책들이 어지럽게 펴져 있었다.

"세희야, 언니 어디 갔어?"

깨워봤자 소용없겠지 하면서도 송동욱은 방문 앞에서 한 번 더 소리를 질렀다. 여동생들은 한번 잠들면 누가 업어가도 모르는 잠충이들이었다.

"자식들! 잠귀신이 붙었나 어쨌나. 일찍 자려면 불이나 끄고 잘 것이지."

그는 여동생들을 깨우는 것을 포기하고 대신 방으로 들어가 천장의 형광등을 꺼주었다.

여동생들의 방을 나온 그는 곧장 안방으로 들어갔다. 그리고 그제야 장롱에서 베개와 캐시밀론 담요를 꺼내 잠든 영희에게 덮어주면서,

"이제 보니 이 사람이 식당엘 갔나. 혹시 식당에 무슨 일이 생긴 거 아냐?"

하고 혼자 막 중얼거리고 있을 때였다.

18

갑자기 세찬 빗소리와 함께 저벅거리는 발소리가 들리더니 누가 밖에서 판자문을 두드리는 소리가 들렸다.
"누구요?"
송동욱은 피곤하기도 해서 앉은 채 방에서 소리를 질렀다.
"접니다, 형! 용만이에요."
뜻밖에도 조수의 목소리가 들렸다. 용만은 간판점에서나 어디서나 송동욱을 형이라고 불렀다. 처음엔 사장님이라고 불렀으나 송동욱이 그렇게 못 부르게 하자 스스로 호칭을 그렇게 했던 것이다.
조수가 갑자기 집에까지 찾아온 걸 보면 간판점에 무슨 일이 생긴 모양이었다. 전화가 있다면 전화로 연락을 했을 텐데 당시는 앙시앵 레짐이어서 휴대폰은 상상도 할 수 없고 일반전화도 아주 귀하던 때라 간판점엔 전화가 없었다. 송동욱의 집에도 없었다. 전화는 식당에만 한 대가 있었다.
송동욱은 간판점에서 지금 막 집으로 왔던 터라 무슨 일인가 하고 의아해하며 안방에서 나와 부엌의 전등을 켠 후 판자문을 열었다.
용만이가 비닐우산을 쓴 채 어둠 속에 서 있었다.

"웬일이야?"

"손님이 오셨는데요, 가게에."

"손님?"

"네, 초상화를 찾으러 오신 손님입니다. 얼마 전에 초상화를 맡겼던 그 손님 말예요."

"그래?"

"오늘 중으로 꼭 초상화를 찾아가야겠다고 막무가내여서 왔어요. 오늘 밤차로 초상화를 가지고 고향으로 내려가야 한답니다."

"그럼 야단났잖아."

"왜요?"

"그 초상화는 좀 더 손을 봐야 하는데…… 그렇게 말하지 그랬어?"

"그렇게 말했죠. 그래도 안 된답니다. 덜 됐어도 좋으니 오늘 꼭 찾아가야겠대요. 앞으로 서울에 올 일도 없다면서."

"그래? 아무튼 가자."

송동욱은 간판업을 하면서 틈틈이 초상화도 그렸다. 그는 인물화에, 특히 초상화 분야에 상당한 재능을 갖고 있었다. 우산을 쓰고 그대로 집을 나서려다 말고 그는 판자문을 닫으면서 용만에게 말했다.

"가게가 비어 있을 테니 먼저 가 있어. 문단속하고 곧장 뒤따라 갈 테니까."

"알았습니다."

용만이 뛰어서 비가 퍼붓는 어둠 속으로 사라졌다.

바로 그때 어디선가 무슨 빈 깡통 같은 것이 굴러떨어지는 소리가 희미하게 들렸다. 강 사장의 공장 쪽에서 들리는 소리였다.

송동욱은 판자문을 닫다 말고 이상해서 잠시 귀를 기울였다.

하지만 다시는 아무런 소리가 들리지 않았다. 줄기차게 퍼붓는 빗소리뿐이었다. 그래도 혹 텅 비어 있을 강 사장의 공장 안에 누가 있나 싶어 송동욱은 몇 발짝 공장 쪽으로 가까이 걸어갔다. 그의 집 출입문 쪽에서는 강 사장의 공장이 그의 집채에 가려 보이지 않기 때문에 몇 발짝을 공터 쪽으로 걸어 나간 것이었다. 판자문을 벗어나서 집채 앞쪽으로 조금만 돌아가면 강 사장의 공장 후벽 귀퉁이가 금방 보이는 그런 구조였다. 그리고 공장의 출입문은 공터 쪽을 정면으로 향하고 있기 때문에 출입문 쪽으로 가려면 공장의 측벽을 조금 돌아서 더 걸어가야 볼 수 있었다. 그 출입문은 어쩌다 활짝 열려 있을 때도 있었지만 그럴 땐 대부분 강 사장이 기계들을 살피거나 기름걸레로 기계들을 닦을 경우였고, 그 외엔 거의 닫힌 채 커다란 자물통이 매달려 있었다. 아마 지금도 그럴 거였다.

이날 밤도 외양으로만 볼 때 강 사장의 공장 건물은 퍼붓는 비와 어둠 속에 시커먼 괴물처럼 묵묵히 웅크리고 있었다. 간혹 번쩍이는 파란 번갯불에 빗물 젖은 공장 건물의 목조로 된 벽과 함석지붕이 거대한 구렁이의 비늘처럼 번들거렸다. 그리고 함석지붕을 때리는 빗소리가 이날 밤따라 유난히도 요란하게 들린다고 느껴졌다. 우산을 쓴 채 가까이서 들어서 그런지 마치 기관단총을 쏘는 소리 같았다. 집에서 들을 때 그렇게 요란하게 들린 적이 한 번도 없었던 것 같았다.

그 소리에 묻혀서인지 분명히 다시는 아무 소리도 들리지 않았다. 강통이 굴러떨어지는 소리 같은 그런 금속성은 더…… 특히 인기척이 없었다. 뭐가 딸그락거리는 소리라든가 출입문을 여닫는 소리 또는 발소리 같은 게…… 한동안 송동욱은 참을성 있게 공장의 후벽 귀퉁이 쪽에 꼼짝도 않고 선 채 귀에다 온 신경을 집중하고 있었던 것이다.

쥐새끼들인가?

공장이 아직 개업을 않고 있는 상태이니 쥐새끼들이 천국처럼 드글드글 들끓을 수도 있겠지.

그는 멋대로 그렇게 생각하며 다시 판자문 쪽으로 왔다.

그리고 집 안으로 들어가, 혹 혼자 자고 있는 어린 영희가 갑자기 깨어날 경우 방 안에 불이 꺼져 있으면 놀라고 무서워서 으앙 울 것 같아 안방의 형광등은 끄지 않고 부엌의 30촉짜리 전구만 전기세를 아끼기 위해 끈 다음, 부엌의 한쪽 벽에 걸려 있던 자물쇠를 가지고 다시 판자문 밖으로 나왔다. 조금 전과 같이 판자문만 닫고 그대로 간판점으로 가려다가 언뜻 어젯밤에 도둑이 든 것이 떠올라 자물쇠를 가지고 나온 것이었다. 생각 같아서는 여동생들을 깨워 집 안에서 문을 잠그도록 이르고 싶었으나 간판점에서 빨리 일을 보고 금방 오면 되겠지 하고 그는 별 불안한 생각 없이 판자문 밖의 고리에다 자물쇠를 걸고 찰칵 잠갔다. 잠이 깊은 여동생들을 깨우려면 한참 신경질을 부려야 하기 때문이기도 하지만, 또한 큰댁으로 가거나 공중전화를 걸어 틀림없이 거기에 있을 아내에게 집이 비어 있으니 빨리 집에 가 있어라 어째라 할 만큼 그럴 만한 시간적인 여유도 없을 것 같아 내키는 대로 자물쇠까지 가지고 나와 집 밖에서 아주 잠가버렸던 것이다.

밖에서 출입문에다 자물쇠를 채운 다음 그는 곧장 간판점을 향해 걸었다. 공터를 지나고 활같이 휘어진 골목길로 접어들었다. 그의 걸음걸이는 다른 때보다 좀 빠른 편이었다. 손님이 간판점에서 기다리고 있기 때문이었다.

그는 활같이 휘어진 그 골목길을 빠져나와 일직선으로 뻗은 시멘트 길을 걸어 내리면서, 그러니까 거기서부터는 곧장 저 아래 버스 종점 부근까지 이어진 경사진 길을 부산히 걸어 내리면서 문득 전자손목시계를 들여다보았다. 그것은 버릇이었다. 언제나 그 지점쯤 오면 아침에 출근하는 샐러리맨들처럼 시계가 봐졌다. 전자손목시계는 어두운 곳에서도 버튼만 누르면 빨간색 불이 켜져 야광 시계완 달리 시간을 똑똑히, 그리고 금방 쉽게 볼 수가 있어서 좋았다. 시간은 8시 25분을 조금 지나고 있었다.

그는 다른 곳에 들르거나 누구를 만나는 일 없이 곧장 간판점으로 들어섰다. 가게 안엔 농부티가 나는 늙수그레한 손님이 의자에 앉아, 아직 미완성인 자기 모친의 초상화를 들여다보며 용만과 뭐라고 얘기를 나누고 있었다.

송동욱이 우산의 빗물을 털며 들어서자 그가 반색을 했다.

"아이구, 이제 오시는구먼."

"안녕하십니까. 기다리게 해서 죄송합니다."

"죄송이구 뭐구 어떻게 된 거요? 오늘 다 된다고 해서 찾으러 왔는데…… 초상화는 기막히게 빼닮긴 빼닮았는데 말씀야. 거 재주 한번 좋소, 좋아, 허허허. 이만하면 됐는데 뭘 또 더 손보겠다는 거요? 그냥 찾아가겠소. 잔금이 얼마 남았다고 했지요?"

바로 그때였다.

누군가가 간판점 앞길을 급하게 뛰어가며,

"불이야! 불이야!"

하고 고함을 질렀다.

"이게 무슨 소리야? 어디서 불이 난 거 아냐?"

손님이 흰 남방셔츠와 회색 양복바지의 호주머니를 뒤적거려 막 돈을 꺼내려다 말고 중얼거리며 밖을 내다보았다.

송동욱과 용만도 반사적으로 그러고 있었다.

장대비가 줄기차게 쏟아지는 어둠 속에 벌건 불빛이 석양의 짙은 낙조처럼 밤하늘을 벌겋게 물들이고 있었다. 길 건너편의 잡다한 상가들도 그 불빛으로 온통 벌겠다.

"이 부근에서 불이 난 것 같은데요."

용만이가 혼잣말처럼 중얼거리며 유리문을 드르륵 열고 밖으로 몇 발짝 나갔다.

"이 부근에서?"

간판점 부근이란 말에 송동욱도 건성이듯 대꾸하며 용만을 따라나가고 있었다. 손님도 송동욱의 뒤를 따랐다.

그런데 먼저 나간 용만이가 비를 흠뻑 맞은 채 불이 난 쪽을 쳐다보더니 갑자기 기어드는 목소리로 부르짖었다.
"아니, 형!"
"왜 그래?"
"형 집 부근인 것 같은데요."
"뭐?"
송동욱은 귀를 의심하며 홱 자기 집 쪽을 쳐다보았다. 그리고 눈을 의심했다. 억수같이 퍼붓는 비와 어둠 때문에 저만치 둥그스름하게 불룩 솟아 있는 달동네의 전경이 먼저 시야에 들어왔고, 작은 성냥갑 모양의 판잣집, 블록 집, 슬레이트 집 등 들쭉날쭉한 날림 집들의 지붕에 가려 그의 집이 잘 보이지는 않았지만 벌써 그쪽 하늘이 벌겋게 타오르고 있었기 때문이었다. 세찬 빗줄기 속에서도 시커먼 연기와 함께 수많은 불티가 춤을 추며 하늘로 맹렬히 치솟고 있었다.
순간 그의 뇌리에 아까 집에 갔을 때 얼핏 보이던 벌건 연탄불과 그 위 벽에 치렁치렁 널린 기저귀들이 번개같이 번쩍 떠올랐다.
그럼 우리 집에서 불이 났단 말인가?
연탄불이 과열돼서 그 기저귀들에 옮겨붙어…….
그는 미친 듯이 달리고 있었다.
이미 제정신이 아니었다. 흙탕물에 엎어지기도 하고 달동네로 오르는 경사진 길에서 몇 번을 미끄러지고 자빠졌는지 모른다. 만약 그의 집에서 불이 났다면 큰일이었다. 밖에서 자물쇠를 채워버렸기 때문이었다. 집에 두 여동생과 어린 딸이 잠을 자고 있는데…….
출입문으로 사용되는 그 판자문 말고는 특별한 비상구가 없다. 여동생들의 방에 창문이 하나 있긴 하지만 그 창문엔 도둑을 막기 위해 쇠창살이 밖으로 견고하게 붙어 있다. 그 쇠창살은 안방의 창문에도 마찬가지로 붙어 있다. 그렇다면 탈출은 아예 불가능하고, 모두가 꼼짝없이 무참히 소사하고 말 게 아닌가?

오오, 하나님! 하나님!

송동욱은 정신없이 뛰면서 바지 주머니에서 뭔가를 꺼내고 있었다.

그것은 열쇠였다.

밖에서 출입문에 채운 자물쇠의 열쇠!

그는 흙탕물투성이가 되어 어느새 그의 집 앞에 다다르고 있었다. 그리고 두 여동생과 어린 딸의 이름을 목에서 피가 터져라 외치며 거의 미쳐버렸다.

불은 바로 그의 집에서 난 불이었다.

도저히 믿을 수 없는 불이었다.

장대 같은 비가 계속 억수같이 퍼붓는데도 그의 집은 벌써 온통 하나의 거대한 불덩어리가 돼 있었기 때문이었다. 사방의 판자벽은 말할 것도 없고 지붕까지도 벌써 맹렬히 타오르고 있었다. 루핑으로 된 지붕이 금방이라도 와르르 내려앉을 기세였다.

그뿐만이 아니었다.

불길은 벌써 벽 하나 사이로 붙어 있는 강 사장의 철공소에도 옮겨 붙고 있었다. 공장의 한쪽 벽이 벌써 무섭게 타오르고 있었다.

인근 주민들이 잠옷 바람으로 뛰어나와 비명과 아우성을 치며 야단이었고, 강 사장과 그의 가족이 모두 나와 빗속에서 공장의 기계들을 끄집어내려고 목숨을 아끼지 않았다. 기계가 목숨보다 더 중한 모양이었다.

송동욱은 두 여동생과 어린 딸의 이름을 소리치며 판자문을 몸으로 부수고 불길 속으로 뛰어들려고 했다. 이미 판자문도 온통 불덩어리가 돼 있어서 열쇠가 소용이 없었기 때문이었다. 사실은 그가 너무 정신이 없고 또 불길 때문에 잘못 봐서 그렇지 판자문은 왜 그런지 이미 상당 부분이 부서져 있는 상태였다. 그때 누군가가 그를 뒤에서 꽉 안고 나뒹굴며 소리쳤다. 30대의 젊은 통장이었다.

"겨우 한 사람만 살려냈소! 막내 여동생이야!"

"뭐라구? 그럼 우리 세희는? 내 딸 영희는?"
"아니, 그럼 집에 도대체 몇 사람이나 있었다는 거야?"
"놔! 놔! 이거 놔! 세희야! 영희야! 영희야! 세희야!"
송동욱은 몸부림을 쳤으나 소용이 없었다. 통장을 비롯한 동네 사람들이 필사적으로 그를 붙잡고 놔주지를 않았다. 그렇지 않았다면 그는 불길 속으로 뛰어들어 벌써 참혹하게 소사하고 말았을 것이다.
그들이 계속 송동욱을 제지하면서 질서 없이 마구 떠들어댔다.
"밖에서 문은 왜 잠갔어? 왜 자물쇠를 채웠냐구? 집 안에 사람이 있는데 말이야!"
"누가 채웠어?"
"집 안에 세 사람이나 있었다는데 그게 정말이야?"
"한 사람은 살려내고, 그럼 둘은 어떻게 된 거야?"
"벌써 타 죽었지, 뭐. 그러니까 사람 살리라는 비명도 안 들렸지. 우리가 뛰어왔을 때 아무 소리도 안 들렸잖아."
"밖에서 자물쇠만 안 채웠어도 다 살려낼 수가 있었을 텐데."
"그나마 한 사람이라도 살려내서 다행이구먼. 끄집어내니까 벌써 온몸이 불덩어리던데 어디로 데려간 거야?"
"누가 업고 급히 병원으로 갔지 아마."
송동욱은 여러 사람에게 붙들려 진흙탕에 나뒹군 채 그런 소리들을 악몽처럼 듣고 있었다. 그리고 그들의 입을 통해 아직도 불타고 있는 판자문이 왜 부서져 있었는지 그 이유를 비로소 알게 되었다. 그 판자문을 부수고 사람들이 송세라만 간신히 구출해 냈다는 사실을.
언제 들이닥쳤던지 소방차들이 보였다.
거의 미쳐버린 아내의 모습도 뒤늦게 그제야 발견할 수가 있었고 아버지의 모습도 발견할 수가 있었다. 굉음을 내지르며 마침내 지붕이 와르르 내려앉는 것도 그때 볼 수가 있었다. 세찬 바람은 없었지만 비는 계속 억수같이 퍼붓고 있었다. 바로 그때 누군가가 느닷없는 소릴 했다. 굵은 남자 목소리였다.

"허, 불도 참 이상한 불을 다 봤구먼. 마침 화장실엘 가려고 방에서 나오던 참이었는데 갑자기 펑 소리가 어디선가 나잖아. 마치 연탄불에다 휘발유를 뿌릴 때처럼 말이야. 그래, 하도 이상해서 그쪽을 보았더니 아, 이렇게 불이 났지 뭐야. 처음엔 꼭 도깨비불을 본 줄로 알았다니까. 도깨비불은 푸른빛이라던데 내가 본 불은 붉은빛이었지만 말이야. 정말이야."

송동욱은 사람들에게 붙잡혀 있으면서 홱 그쪽을 돌아보았다.

그러나 누가 그런 말을 했는지 알 수가 없었다. 구경꾼들이 한둘도 아니고 혹은 우산을 받쳐 들고 혹은 비를 그대로 흠뻑 맞은 채 인산인해를 이루고 있었기 때문이었다.

그 소리를 송동욱 자신만 들었을까? 그를 붙잡고 있는 통장이나 다른 사람들은 한 번쯤 그쪽을 돌아보지도 않았기 때문이었다. 그 소리를 못 들은 것인지, 아니면 아내의 미쳐 날뛰는 통곡 소리에 그 소리를 제대로 듣지 못한 때문인지 그건 알 수 없었다. 하지만 송동욱은 분명히 들었던 것이다. 그래서 그는 붙들린 채 발악하듯 악을 썼다.

"방금 말한 사람 누구야? 그 말 다시 해봐! 펑 소리가 어쨌다구? 누구야? 누구냔 말이야?"

하지만 아무도 나서지 않았다.

송동욱은 붙들린 채 몸부림을 치며 한 번 더 악을 썼다.

"금방 그 말 한 사람 누구요? 누구야? 누구야? 누구야?"

하지만 여전히 나서는 사람이 없었다.

아내가 실신하여 마침내 쓰러진 건 바로 그 순간이었다. 그제야 어머니가 미친 사람처럼 나타났고 형의 모습도 나타났다. 어떻게 알았던지 산부인과 병원에서 허둥지둥 뛰어온 모양이었다.

그럼 여기서 잠깐 불이 나기 직전의 식당에서의 상황을 한번 알아보

자. 이것은 후에 경찰에서 진술한 오수옥의 말을 종합한 것이다.
 "저는 그때 식당에서 시아버지의 성화에 못 이겨 미역을 빨고 있었어요. 시아버지는 초조하신지 뒷짐을 지고 연신 식당 홀을 왔다 갔다 하고 계셨어요. 그러다 소주를 한 잔 따라서 마시기도 했고, 이렇게 혼잣말처럼 중얼거리기도 하셨어요. 첫아기라 고생을 할 텐데…… 순산이어야 할 텐데…… 그러면서 카운터의 전화기가 울리기만을 기다리셨어요. 아기를 낳았다는 전화가 산부인과에서 오기만을 말예요. 하지만 전화는 좀처럼 오지 않았어요. 난산인가 싶어 내가 조금 불안한 기색을 보이자 시아버지가 오히려 저에게 안심을 주듯 이렇게 말씀하셨어요. 애야, 니 생각에는 아들일 것 같냐 딸일 것 같냐? 응? 저는 웃으면서 이렇게 대답했어요. 아버님, 그걸 제가 어떻게 알아요? 낳아봐야 알죠, 호호호. 그러면서 내가 얼굴을 붉히자 시아버지도 껄껄 웃어버리셨어요. 바로 그때였어요. 어디선가 불이야! 하는 소리와 함께 아이구, 저런! 저기 달동네서 불이 났구먼! 큰불이야! 하는 비명과 아우성이 들렸어요. 그때의 시각은 정확히 모르겠어요. 시계를 보지 않았으니까요. 아무튼, 그 순간 마치 어떤 텔레파시처럼 저의 뇌리에 얼핏 우리 집 부엌이 떠올랐어요. 솥을 올려놓지 않은 연탄불과, 구멍을 막았기 때문에 두꺼비집을 일부러 덮지 않았던 것, 그리고 그 위 벽에 엉성하게 만들어 놓은 철사 빨랫줄에 널어둔 아기 기저귀들이……."
 오수옥의 진술은 송 영감의 진술과도 일치했는데 그녀의 진술은 더 계속되었다.

그러나 방화의 증거가 없다

19

 "저는 미친년처럼 밖으로 뛰어나왔어요. 그리고 퍼붓는 비를 맞으며 저만치 보이는 달동네의 우리 집 부근을 쳐다봤어요. 그 부근 하늘이 벌겠어요. 나는 정신이 하나도 없었어요. 아버님! 우리 집 부근이에요! 저희 집 부근에서 불이 났어요! 그 소리만을 비명처럼 남긴 채 나는 엎어지고 자빠지고 하면서 허둥지둥 달렸어요. 아버님이 짐승 우짖는 소리 같은 이상한 소리를 내지르며 내 뒤를 따르는 것 같았어요. 나는 정신이 하나도 없는 중에도 두 시누이와 우리 영희를 생각하고 있었어요. 만약 우리 집에서 불이 났다면 제발 우리 시누이들과 어린 우리 딸 영희만은 무사하길 말예요. 우리 영수는 식당의 안방에서 잠을 자고 있었기 때문에 걱정을 하지 않아도 되었어요. 집 부근에 가까이 가서야 나는 우리 집에서 불이 났다는 것을 알게 되었고, 그리고 이미 접근조차도 할 수 없을 정도로 사태가 절망적이란 것도 알게 되었어요. 누군가의 입을 통해서, 막내 시누이만 간신히 구사일생으로 구출되고 나머지는 구출되지 못했다는 사실도 알게 되었어요. 나와 시아버지가 뛰어갔을 땐 이미 늦었던 거예요. 벌써 소방차들이 질풍같이 도착하고 있었고, 얼마 안 있어 지붕이 내려앉았으니까요. 그때서야 나는 남편의 모습을 발견할 수가 있었어요. 그는 사람들에게 제지를 당한 채 진흙탕에 쓰러져서 뭐라고 피를 토하듯 울부짖으며 발악하듯 몸부림을 치고 있었어요……."

 소방관들에 의해 화재는 곧 진화되었다.
 그리도 억수같이 퍼붓던 비도 한풀 꺾이고 있었다. 어느새 이슬비 같은 는개가 수액처럼 간간이 내리고 있었다. 비를 동반한 세찬 바람이 없어서 그나마 천만다행이었다. 만약 강풍이 휘몰아치고 있었다면 큰일 났을 것이다. 게딱지만 한 날림 집들이 거의가 다닥다닥 붙어 있기 때문에 달동네 일대가 모두 불바다가 되었을 것이기 때문이다.
 불이 완전히 진화가 된 시각은 약 9시경이었다.
 그래서 현장 일대는 여전히 어둠에 뒤덮여 있었다. 송동욱의 집은 글자 그대로 잿더미만 남아 있었고 강 사장의 철공소는 앙상하게 뼈대만 남아 있었다. 거멓게 그을린 함석지붕을 간신히 버티고 있는 상태였다. 몇 가지의 크고 작은 기계들도 망가진 기계들처럼 아무렇게나 뒹굴고 있었고, 그 기계들 중엔 아직도 불이 타고 있는 것도 있었다. 아마 기계에 묻어 있던 기름 때문인 듯했다.
 하지만 나중에 밝혀진 일이지만 다행히도 공장 안엔 다량의 유류(油類)가 비치되어 있지 않았던 모양이었다. 만일 그랬더라면 어찌 되었을까. 그렇다고 전혀 유류가 없었던 것은 아니었다. 경유와 석유 그리고 휘발유가 뚜껑이 엉성한 페인트 통 크기의 찌그러진 깡통들에 담겨 있었다. 그것들이 불덩어리가 떨어질 때 넘어지면서 기름이 쏟아졌다. 기름에 삽시간에 불이 붙었고 그 바람에 진화 작업이 늦어지기도 했었다. 하지만 그 기름들이 극히 소량이어서 다행이었다. 그리고 만약 그 기름통들이 뚜껑이 꽉 덮여 밀폐돼 있었다면 화재 당시 상당한 폭발이 있었을 것이었다.
 그 기름들 때문에 현장 일대는 기름 냄새와 함께 인육(人肉)이 탄 냄새가 코를 찔렀다.

　사망자는 둘이었다.
　말할 것도 없이 송세희와 어린 영희가 무참히도 소사를 한 것이었다. 그들은 얼굴을 알아볼 수 없을 정도로 새까맣게 타 있었다. 팔과 다리들은 오그라들고 머리털은 다 타버려서 한 오라기도 찾아볼 수가 없었다. 옷도 다 타버려서 참혹한 알몸들이었다. 목불인견과 참불인견이란 이를 두고 한 말일까. 그야말로 너무도 참혹해서 눈 뜨고는 못 볼 지경이었다.
　두 주검은 안방의 창문 쪽에 쓰러져 있었다고 했다. 그리고 송세희가 어린 영희를 부둥켜안고 있다가 놔버린 자세였다고 했다. 아마 영희를 끝까지 안고 창문 밖으로 탈출하려고 몸부림을 치다가 불길에 휩싸이자 뜨거워서 영희를 놔버린 모양이었다. 그 증거로, 송세희는 손톱들이 거의 다 빠져 있었으며 창문의 유리가 박살이 나 있었고, 그리고 쇠창살에 그녀의 손톱 몇 개가 끼어 있었던 것이다.

20

 오수옥은 마지막으로 그 시체들이나마 보려고 발버둥을 쳤다. 하지만 송동욱과 몇몇 동네 사람들이 끝까지 제지해서 볼 수가 없었다. 시아주버니도 합세를 했다. 그들은 벌써 그 시체들을 본 모양이었다. 그래서 너무도 참혹하여 못 보게 하는 눈치 같았다. 특히 남편 송동욱과 시아주버니가 더 그랬다.

 시체들은 이미 생명이 떠나버렸지만 일단 앰뷸런스에 실려 병원으로 이송되었다. 앰뷸런스가 어둠 속으로 사라지자 역시 제지를 당하고 있던 시어머니가 진흙탕에 털썩 주저앉으며 애간장이 끊어지게 슬피 울었다. 오수옥도 다른 곳에 아무렇게나 땅바닥에 엎어져 그러고 있었다. 사람들이 모두 혀를 차고 눈물을 손등으로 훔쳤으며 그래서 더 현장은 온통 울음바다가 되었다. 눈물 때문에 눈이 충혈된 남자들도 그랬지만 여인네들은 울지 아니한 사람이 한 사람도 없었다.
 바로 그때였다.
 어디선가 강 사장이 미친 사람처럼 나타났다. 흰 남방에 연회색 양복바지 차림이었다. 그는 나타나자마자 앰뷸런스가 사라진 쪽을 멍하니 바라보고 서 있던 송 영감의 멱살을 잡으며 버럭 고함쳤다.
"이놈! 이 송가 놈아! 내 공장을 판상해라! 어서 우리 철공소를 원상대로 물어내란 말이야!"
송 영감이 고개를 푹 숙인 채 말없이 당하고만 있었다. 입이 열 개라도 할 말이 없는 모양이었다. 거세게 밀어붙이는 바람에 그는 사정없이 질척거리는 땅바닥에 넘어지기도 했다.
강 사장이 멱살을 잡고 다시 일으키며 금방이라도 때려죽일 듯이 고함쳤다.
"공장을 못하게 하려고 네놈이 계획적으로 불을 질렀지? 그랬지? 그랬어 안 그랬어, 이놈아? 어서 사실대로 이실직고하지 못해!"
"………."
"어떻게 지은 공장인 줄 알아? 어떻게 지은 공장인 줄 아느냔 말이야? 어서 당장 공장을 새로 지어놓지 못해!"
"………."
"천벌이 내렸어, 이놈아, 천벌이! 공장을 못하게 하려고 적당히 불을 질렀다가 오히려 천벌을 받았다니까! 자기 집 식구들을 태워 죽였으니까! 하나도 아니고 둘씩이나! 동네 사람들, 안 그래요? 내 말이 틀렸어요?"
이번엔 강 사장의 부인 황 여인이 입에 게거품을 물며 악을 썼다.
하지만 아직 불이 난 현장을 떠날 줄을 모르는 동네 사람들은 그 말에 아무런 반응을 보이지 않았다. 말도 안 되는 억지소리이기 때문이었다. 그들은 오히려 송 영감 집의 말할 수 없는 슬픔과 불행을 동정하는 표정들이었다.
바로 그때 한쪽에서 구경꾼처럼 보고만 있던 강오란이 슬그머니 나섰다. 그리고 강 사장의 팔에 매달리며 애원하듯 말했다. 그녀는 밤인데도 교복 차림이었다. 게다가 서너 명의 친구들까지 대동하고 있었다. 친구들 역시 모두가 교복 차림이었다.

"아빠, 참으세요."
"넌 비켜라!"
"아이, 아빠! 우린 공장만 탔지만 저쪽은 귀중한 생명들이 희생됐잖아요. 참으세요. 다들 우릴 욕한단 말예요. 아이, 창피해!"
그러나 강 사장은 참을 줄을 몰랐다. 송 영감의 멱살을 잡고 흔들며 공장을 다시 물어내라고 악을 쓰다가 냅다 박치기를 하기도 했다.
그래도 송동욱의 집 가족 측에서는 아무도 나서는 사람이 없었다. 남의 일처럼 구경만 하고 있었다. 오수옥과 시어머니 노 씨는 계속 정신없이 통곡만 하고 있었지만, 송동욱과 송동걸 형제는 그걸 보면서도 참고 있었다. 그들은 느끼고 있었다. 지금 상황으로는 입이 열 개라도 할 말이 없는 걸 나서서 뭘 어쩌겠단 말인가. 일단은 그들의 집에서 불이 났으므로 그 죄로, 누가 됐든 어떤 형태로든 당하는 것이 상책이라고 형제는 생각하고 있었다. 비록 참고 있는 것이 아버지에 대한 불효가 될지라도.
결국 경찰들이 나서서야 강 사장이 송 영감의 멱살을 잡았던 손을 놓게 되었다. 송 영감의 눈에서 피눈물보다 더 진한 눈물이 주르르 흘러내렸다. 그것을 오수옥은 계속 통곡을 하다가 보고 더 울었다.
경찰들에 의해 싸움이 말려지자 그제야 송동걸이 큰아들답게 송 영감을 부축하며 울먹이는 목소리로 나직이 말했다.
"아버지, 잘 참으셨습니다."
"그래…… 너희도 참아야 한다. 어떤 일이 있어도."
"………."
"알았니?"
"네, 알고 있습니다, 이제 그만 집으로 가시죠. 가서 식구들이 우선 정신을 좀 차리고…… 이 엄청난 불행과 비극을 어떻게 해야 할지 의논을 해야 하지 않겠습니까?"
"그것도 그렇다만, 난 병원으로 먼저 가봐야겠다."

"………."
"듣자 하니 너의 막내 여동생도 온몸이 너무 많이 타서 죽은 목숨이나 다름없다더구나. 해서 난 병원으로 가볼 테니 넌 우선 너의 어머니부터 모시고 집으로 가거라. 저러다 실성하겠다."
 너무 충격과 슬픔이 클 늙은 아내를 걱정하며 송 영감이 금방이라도 쓰러질 듯한 모습으로 혼자 어둠 속으로 허정허정 멀어지고 있었다.

 송동걸이 즉시 노 씨를 부축했다. 노 씨가 통곡을 계속하며 막무가내로 버티자, 그때까지 진흙탕에 아무렇게나 쓰러져 멍하니 먹구름이 낮게 깔린 어두운 밤하늘만 쳐다보고 있던 송동욱이 문득 그 광경을 돌아보곤 일어나 가서 어머니를 같이 부축하기 시작했다. 그러자,
"넌 제수씨한테 가봐라."
 송동걸이 다른 땅바닥에 주저앉아 아직도 통곡을 하고 있는 오수옥 쪽을 한 번 힐끔 돌아보고 나서 말했다.
"………."
"어서! 잘못하다간 떼죽음이 난다. 나하고 너만이라도 정신을 차리자."
"형님!"
 그 말에 송동욱이 와락 또 울음을 터트리자,
"마음 약하게 먹지 말고, 어서! 지금 제수씨 곁엔 니가 있어야 한다. 누구보다도 니가 있어야 해. 무슨 말인지 알았지? 그럼 가봐라. 어머니는 내가 모시고 가마."
 송동걸이 노 씨를 억지로 일으켜서 등에 업었다. 그리고 캄캄한 공터를 가로질러 버스 종점으로 향하는 경사진 달동네 길을 거의 달리다시피 걸어 내려가기 시작했다.
 어느새 는개 같은 이슬비도 그쳐 있었다. 하늘을 낮게 뒤덮고 있던 먹구름이 어디론가 느릿느릿 몰려가고 있었다. 날씨가 곧 좋아지려는

징후 같았다.
그제야 오수옥은 통곡을 멈추고 조금 냉정을 되찾으려고 애를 썼다. 그리고 일어나 저만치 보이는 남편 쪽으로 걸어갔다. 때마침 송동욱이 어둠 속으로 어머니를 등에 업고 거의 달리다시피 사라지는 형의 뒷모습을 보고 있다가 막 그녀 쪽으로 돌아서던 참이었다.
그가 어느새 다가와 위로하듯 그녀의 손을 잡았다.
그러고는 멍한 눈으로 그녀를 쳐다보았다. 그녀의 얼굴은 눈물과 땟물로 꼴이 말이 아니었다. 미색의 바지와 흰 블라우스도 여기저기가 찢기고 진흙투성이었다. 그런 꼴이 자세히 보이도록 부근은 제법 밝았다. 경찰차와 일부 소방차들이 아직도 가지 않고 발 빠르게 화재 감식을 하기 위함인지는 모르겠으나, 여기저기를 촬영하느라 차들의 헤드라이트 불빛과 여러 형태의 플래시들, 그리고 급히 가설한 전등들이 켜져 있었기 때문이었다.
"여보······."
오수옥이 먼저 입을 열었다. 너무도 억장이 무너지고 기가 막혀 발음도 제대로 나오지 않는지 몹시도 녹이 슨 건삽한 목소리였다.
그녀가 계속 말했다.
"당신이 밖에서 자물쇠를 채웠어요?"
"그, 그랬어."
송동욱이 힘없이 대답했다.
"왜, 왜 그랬어요? 왜 느닷없이 자물쇠를······."
"도둑이 무서워서······ 이런 일이 일어날 줄 누가 알았어야지."
"집 안에 고모들이 있었잖아요."
"하지만 다 자고 있었어. 그래도 깨울까 하다가 귀찮아서 그냥 채워 버렸지."
"왜 또 집을 나갔어요?"
"저녁 먹으러 들어왔는데······ 간판점에 손님이 왔다고 김 군이 급히 왔잖아. 그래서…….”
 "그러니까 결국 밖에서 자물쇠를 채워버려서 뛰쳐나오고 싶어도 못 뛰쳐나오고…… 얼마나 무섭고 뜨거웠을까, 얼마나…… 우리 큰고모도…… 우리 영희도…….”
 오수옥은 다시 또 엉엉 목을 놓아 울기 시작했다. 밖에서 자물쇠를 채웠다는 걸 생각하면 뭔가 안타깝고 애석해서 미칠 것만 같았다. 그렇다면 억지 죽음을 당한 게 아니고 무엇인가.
 "도대체 불이 왜 우리 집에서 난 거예요? 당신이 간판점에서 나와 집에 다시 언제 들어갔어요? 집에 들어가니까 연탄불이 과열돼 있던가요? 네? 그리고 기저귀들에 연탄불이 옮겨붙었던가요?”
 오수옥이 치명적인 것을 물었다.
 "아냐. 그렇다면 내가 왜 밖에서 문을 잠그고 나왔겠어? 안 그래? 집에 불이 나고 있는데!”
 "그럼 어디서 불이 났단 말예요? 불이 어떻게요? 불은 분명히 우리 집에서 났잖아요.”
 "방화야.”
 그러면서 송동욱이 현장 쪽을 힐끔 한 번 돌아보았다. 잿더미가 된 그의 집과 거의 다 타서 뼈대만 남은 강 사장의 철공소에선 아직도 연기와 김이 피어오르고 있었다. 그리고 몇몇 소방대원들과 경찰이 현장을 보존하려고 애를 쓰는 모습이 보였다.
 "뭐라구요? 지금 뭐라고 했어요? 방화라뇨?”
 "누가 계획적으로 우리 집에 불을 지른 거야.”
 "누가요? 누가요?”
 "누군 누구야, 바로…….”
 송동욱이 결정적인 말을 채 끝내기도 전이었다.
 통장이 어둠 속에서 불쑥 나타나더니만 급하게 말했다. 청천벽력 같은 말이었다.

"빨리 병원에 가보게. 막내 여동생이 끝내 숨진 모양이야."
"뭐라구요?"
"위로도 해드릴 겸 자네 본가 식당엘 들렀더니 자네 부친이 안 보여서 그냥 막 나오려던 참인데 병원에서 그런 연락이…… 자네 부친한테서 왔어, 병원 전화로."

그 말을 다 듣기도 전에 오수옥은 남편과 같이 버스 종점에서 조금 떨어진 곳에 있는 종합병원을 향해 미친 듯이 달렸다. 택시도 잡을 수가 없었다. 그래서 뛸 수밖에 없었던 것이다. 빗길이 미끄러워서 둘 다 몇 번을 미끄러지고 나동그라졌는지 모른다.

병원에 도착했다.
그러나 부부는 응급실 앞에서 제지를 당해야 했다. 무조건 출입이 허용되지 않았다. 이유는, 치명적인 중화상을 입은 환자가 죽었다가 조금 전에 다시 깨어났기 때문이라는 것이었다. 하지만 깨어나긴 했어도 곧 또 의식불명에 빠졌다고 했다. 그래서 교통사고 같은 다른 응급 환자들과는 달리 송세라의 경우엔 외부인은 누구를 막론하고 무조건 출입이 허용되지 않는다는 것이었다. 아마 아직도 생명을 건지느냐 못 건지느냐 하는 너무도 시급한 위기 상황이라 그런 눈치 같았다.
하지만 시아버지만은 출입이 허용된 모양이었다. 그걸 간호사들을 통해서 알 수 있었다. 그리고 환자가 소생할 가망이 없다는 것도 그들의 표정에서 읽을 수가 있었다. 설상가상으로 그 와중에, 송동욱과 오수옥에게 경찰서의 출석요구가 있었다. 좀 늦은 감이 있긴 하지만 당연한 출석요구였다.

21

그럼 여기서 잠깐 송동욱이 신문을 받는 과정부터 살펴보기로 하자. 송동욱은 당시의 신문 과정을 다음과 같이 진술했다.

담당 경찰관은 40대 후반의 중년으로서 첫인상이 고약하게 생긴 사람이었다. 무엇보다 눈이 고양이 눈처럼 유난히도 날카롭고 차가웠다. 그 양쪽 눈두덩이 붉은빛을 띤 것도 특이했다.

"송동욱 씨! 당신의 집에서 불이 난 것을 인정합니까?"

담당 경찰관이 맨 처음 대뜸 묻는 말이었다.

"모르겠는데요."

"모르다니?"

"내가 뛰어갔을 땐 이미 집이 온통 화염에 휩싸여 있었으니까요."

"그럼 당신이 첫 발견자요?"

"아닙니다. 그땐 벌써 많은 사람들이 아우성을 치며 대야와 양동이 같은 걸 가지고 나와 억수같이 퍼붓는 빗속에서 물을 뿌리고들 있었습니다."

"그래요?"

나중에야 안 일이지만 참으로 이상한 일이었다. 그때까지도 첫 발견자가 나타나지를 않았던 것이다. 누가 봤어도 봤으니까 처음에 불이 난 것을 알았을 게 아닌가?

그런데도 나요! 하고 그런 사람이 아무도 나타나지를 않았다. 아마 첫 발견자라고 하면 경찰에서 오라 가라 하는 것이 귀찮아서 그런지도 모를 일이었다. 경찰에선 그렇게 알고 있었다.

"불이 난 것을 당신은 어디서 어떻게 알았소?"

담당 경찰관이 또 물었다.

송동욱은 사실대로를 말했다. 간판점에서 저녁을 먹기 위해 집으로 갔던 일, 집엔 아내가 없었으며 두 여동생과 어린 딸이 자고 있었던 일, 그래서 여동생들의 방 전등불을 꺼준 후 안방으로 들어가 어린 딸의 베개를 베어주고 막 캐시밀론 담요를 덮어주고 있는데, 갑자기 간판점에서 조수가 왔기에 판자문에다 밖에서 자물쇠를 채우고 다시 간판점으로 갔다는 것까지 소상하고 정직하게 대답했다. 그러면서 바지 주머니에다 무슨 저주의 증표처럼 그때까지 처넣어두었던 자물쇠의 열쇠를 꺼내 증거물로 테이블에 내놓았다.

담당 경찰관이 지문에 신경을 쓰며 열쇠를 들여다보았다. 그러더니 대뜸 물었다. 좀 억압적인 억양이었다.

"왜 밖에서 자물쇠를 채웠지요?"

송동욱은 도둑의 침입을 염려해서 자물쇠를 채우게 되었다란 말도 양심적으로 사실대로를 다 털어놨다. 물론 여동생들을 깨우지 않은 이유도 설명했고, 도둑이 들었을 때 신고하지 않았던 일까지 덧붙여서 말했다. 실제로 도난 신고를 하면 귀찮은 일이 생길 것 같아 그는 아내의 성화를 일축하고 끝까지 신고를 하지 않았던 것이다.

담당 경찰관은 공감이 가는지 자물쇠에 대한 것은 더 이상 질문하지 않았다. 대신 핵심적인 것을 물었다.

"그러니까 당신은 당신 집에서 불이 난 것이 아닌 것 같단 말이지요?"

"저로서는 잘 모르겠다고 했습니다. 솔직히 그러니까요."
"그럼 당신 집과 옆 철공소만 탔는데, 당신 집에서 난 불이 아니라면 옆 철공소에서 난 불일지도 모른다 그 말입니까, 지금?"
"저는 그렇게 말한 적이 없습니다."
"아니면 당신 집에 누가 방화를 했을지도 모른다는 그런 뜻이오?"
"그랬을지도 모르죠."
"방화 말이오?"
"네."
"어째서요?"

송동욱은 자신의 생각을 논리적으로 토로하기 시작했다. 그는 아내에게 자신 있게 말했듯이, 이번 화재 사건은 방화가 틀림없다고 아주 단정하고 있었다. 왜냐하면 무엇보다 비가 억수같이 퍼부었고, 그래서 그 비에 루핑 지붕과 판자벽들이 비가 퍼부을 때면 언제나 그랬듯이 온통 젖어 있었을 것이기 때문이었다. 그런데 연탄 과열로 인해 기저귀들에서 발화가 됐다면, 온통 비에 젖어 있고 또 장대 같은 비가 계속 억수같이 퍼붓고 있는데, 어찌 루핑 지붕까지 온통 벌건 화염에 휩싸일 정도로 금방 그렇게 판자벽들이 종이가 타듯 쉽게 탈 수가 있겠는가라는 반박 논리였다. 다시 말해서 휘발유 따위의 기름을 이용한 방화가 아니면 절대로 그 짧은 시간에 그렇게 급속도로 불길이 지붕에까지 번질 수가 없다는, 다분히 개연적인 논리를 편 것이었다. 더욱이 루핑 지붕은 처마가 거의 없다시피 아주 짧기 때문에 더 판자벽들이 온통 비에 흠뻑 젖어 있었을 것이란 점을 강조했던 것이다.

그런데도 그가 괴성을 지르며 미친놈처럼 뛰어갔을 때, 그러니까 집을 나온 지 불과 10여 분도 안 돼서 뛰어갔을 땐 벌써 지붕까지 용광로같이 벌겋게 타오르고 있지 않던가. 시간을 10여 분으로 잡은 것은, 우산을 쓰고 보통 걸음으로 간판점까지 걸어간 시간 6~7분과, 간판점에서 초상화를 찾으러 온 사람과 서너 마디 대화를 나누던 중 자신이 사는 달동네에서 불이 난 것을 보고 그 즉시 우산도 쓰지 않고 집까지 단숨에 뛰어간 3~4분을 합쳐서 10여 분으로 잡은 것이었다.

무엇보다 더 짙은 의혹은…… 아내의 말마따나 과열된 연탄불이 기저귀들에 인화되어 바로 옆 안방의 미닫이문으로 옮겨붙었다면, 그가 집에 들어갔을 때나 자물쇠를 채우고 나올 때 이미 기저귀들이 타는 냄새라든가 또는 하다못해 기저귀들에서 무슨 연기라도 났어야 할 게 아닌가? 연탄불과 기저귀들의 밑자락과는 적어도 두 뼘 이상의 공간이 있었기 때문이다. 그랬다면 그는 그대로 집을 나서지는 않았을 것이다. 그리고 깜짝 놀라 그 기저귀들부터 번쩍 살폈을 것이다.

송동욱은 그런 논리적인 생각들을 모두 털어놓으면서, 집을 나설 때 아무도 없을 철공소 쪽에서 갑자기 깡통이 굴러떨어지는 소리 같은 이상한 금속성이 들렸다는 말도 잊지 않고 했다. 그리고 무서운 불길을 보며 사람들이 비명과 아우성을 칠 때 누군가가 '도깨비불'이라고 이상한 말을 했다는 것도 강조해서 말했다.

그 말을 다 듣고 나더니 담당 경찰관이 약간 고개를 갸우뚱했다. 듣고 보니 방화의 가능성이 짙다는 그런 표정 같기도 했다. 하지만 곧 반격을 가하듯 급소를 찔러 물었다.

"그럼 당신의 말대로, 누가 방화를 했다면 집 밖에서 불을 질렀단 말이오 아니면 집 안의 연탄불에다 기름을 뿌렸단 말이오?"

"………."

"집 밖에서라면 모르지만 집 안에서 불을 질렀다면 말이 안 되잖아. 출입문에 자물쇠가 채워져 있는데 어떻게 집 안으로 들어가서 연탄불에다 기름을 뿌릴 수가 있단 말이오?"

"………."

"안 그렇소?"

"………."

그것도 그랬다. 더욱이 부엌엔 창문도 하나쯤 있지 않았다. 다만 출입문인 판자문 위로 어른 손으로 한 뼘 반 정도의 공간이 있는 것뿐…… 그것은 연탄가스를 염려하여 송동욱이 판자문 위의 판자벽을 뜯고 약간의 그런 공간을 만들어 두었던 것이다. 무허가 건물이기 때문에 완전한 내 집이라고 할 수는 없으나 비공식적으로 집을 사서 처음 입주할 때 그것부터 먼저 뜯어고쳤던 것이다. 벌써 6년 전의 일이었다. 오수옥과 결혼해서 1년은 본가인 식당에서 살다가 이듬해에 그 집으로 분가를 했었으니까.

"그건 그렇고, 그럼 그럴 만한 사람이라도 있단 말이오? 당신 집에 방화를 할 만한 사람이 말이오."

"있습니다."

"누굽니까?"

"………."

"의심이 가는 사람이 있으면 말해요. 당신 생각에 꼭 방화 같다면 말이야."

"그러나 이건 어디까지나 나의 육감일 뿐입니다. 감정 관계로 그랬을지도 모른다는 육감……."

육감! 그랬다.

송동욱은 철공소의 강 사장이 꼭 방화를 했을 것만 같은 육감이 이상하게도 각인이 된 듯 뇌리에서 지금도 떠나질 않았다. 집이 불타고 있을 때, 그리고 강 사장의 식구들이 모두 뛰어나와 정신없이 그 무거운 기계들을 끄집어내려고 아우성을 칠 때 이상하게도 어떤 원감현상처럼 그런 육감이 꼬리를 물었던 것이다. 저놈이 우리 집에 불을 질렀구나! 천둥 번개가 치고 비가 억수같이 퍼붓는 밤을 이용해 아무도 없는 캄캄한 자기 공장에서 귀신처럼, 유령처럼 깡통에다 휘발유를 몰래 담아가지고…… 그래서 느닷없이 아닌 밤중에 아무도 없을 공장에서 깡통 소리가 났겠지.

송동욱은 강 사장과의 감정 관계를 모두 이야기했다. 공장 반대를 동의하는 다수의 주민들을 선동해서 진정서를 써내겠다는 이쪽의 엄포 때문에 그동안 공장의 문을 열지 못하고 있었다는 말을 주로 두 번 세 번 강조해서 말했다.
그러자 담당 경찰관이 여지없이 또 반론을 제기했다.
"그건 억지 논리요. 당신 집에다 불을 지르면 자기 공장도 탈 텐데 바보 멍청이가 아닌 바에야 그런 미친 짓거리를 누가 한단 말이오? 안 그렇소?"
"아니지요. 불이 난 것을 알고 소방차들이 금방 들이닥칠 게 아닙니까? 그러면 자기 공장은 안 탈 수도 있다는 얄팍한 계산에서 그랬는지도 모르죠. 비도 억수같이 퍼붓고 하니까."
"그것도 억지소리요. 현실이 그렇게 됐소? 그 사람 공장도 탔잖아. 함석지붕하고 타다 만 기둥들 뼈대만 남기고."
"우리 집처럼 완전히 잿더미가 되지는 않았습니다. 기계들은 약간 타도 다시 쓸 수가 있고요."
"그러나 그 사람이 당신 집에 방화를 해서 얻는 게 뭐가 있겠소? 순전히 오기 하나로 그랬을 거란 말이오?"
"이건 결과론이지만, 인명 피해까지 있었는데 우리가 그 동네에 어찌 더 살겠습니까. 이사를 가야지요. 그걸 노린 게 아닐까요?"
"음!"
담당 경찰관이 짧게 신음을 토했다. 그럴 수도 있겠지 하는 그런 신음인 듯했다. 그러다 그가 다시 또 말했다. 그의 고양이 눈이 한 번 반짝하고 이상한 빛을 발하는 것 같았다.
"분명히 깡통 소리가 들렸단 말이지요? 아무도 없을 공장에서?"
"네, 분명히 들었습니다. 이상해서 몇 발짝 걸어가 공장 쪽을 한동안 꼼짝도 않고 살피기까지 했으니까요."
"그리고 누군가가 자기 집에서 화장실엘 가다가 펑 소리가 나서 그쪽을 보니 당신 집이 화염에 휩싸여 있었다고 했지요?"

"네, 그랬습니다. 분명히."
"그 사람이 누구라고 했지요?"
"모릅니다."
"몰라요?"
"네."
"얼굴을 보면 기억하겠소?"
"얼굴도 보지 못했습니다."
"동네 사람 같았소?"
"얼굴을 보지 못했으니 그것도 모르겠습니다."
"그래가지고 당신 말을 어떻게 믿어?"
"………."
"아무튼 알았소. 화재 감식 결과가 나오면 방화의 여부가 밝혀지겠지요."

그가 이제까지 열심히 타자기의 키를 두드리던 것을 멈추고 벌떡 일어섰다. 그리고 오래도록 참았던 소변을 보려는지 화장실 쪽으로 급히 사라져버렸다.

그새 시간이 꽤 지났는지 어느새 형사계 사무실 창밖으로 새벽하늘이 희푸르게 열리고 있었다. 간밤에 너무 엄청난 비극을 당해서 그런지 송동욱은 조금도 피곤하거나 졸리지도 않았고 평상시엔 벌써 수없이 나왔을 하품도 한 번쯤 나오지 않았다. 물론 오줌도 너무 놀라고 슬퍼서 벌똥처럼 굳어버렸는지 조금도 마렵지가 않았다.

22

그런데 송동욱과는 대조적으로 오수옥의 경우는 달랐다. 그녀는 다른 방에서 신문을 받고 있었다. 아마 밖에서 자물쇠를 채우고, 그래서 인명 피해까지 컸기 때문에 따로따로 신문을 하는 눈치 같았다.

그녀를 담당한 경찰관은 큰 키에 미남형이었다. 나이도 30대 초반쯤으로 젊었고 살빛도 여자같이 희고 투명했다. 그러나 성질이 급하고 고약했다. 엄청난 불행을 당한 오수옥을 조금도 동정할 줄을 몰랐다. 연민도 인간미도 없는 마치 기계 같은 사람이었다.

그는 오수옥을 의자에 앉혀놓고 실화의 여부에 대해서만 집중적으로 신문했다. 방화의 여부에 대해서는 한마디쯤 언급도 하지 않았다.

"연탄아궁이의 구멍은 분명히 막았다고 했지요?"

"네, 분명히 막았어요."

"구멍은 어떻게 생긴 것입니까?"

"깡통으로 막게 돼 있는 구멍이에요. 시중에서 많이 팔고 있는 그런 거…… 대부분의 집들이 다 그렇게 돼 있어요."

"솥은 어떻게 하고 집을 나갔지요?"

"연탄불 위에 올려놓지 않고 그냥 나갔어요. 연탄아궁이의 부뚜막에 그대로 둔 채. 그러니까 연탄불 옆에다 평상시와 같이 내려놓기만 하고…… 기저귀가 빨리 마르라고…….”

"연탄불 덮개는 덮었습니까? 흔히 두꺼비집이라고도 하고 연탄 덮개라고도 하는, 철판으로 만들어진 그것 말입니다.”

"그것도 덮지 않았어요.”

"그것도 덮지 않았다…… 그때 연탄불의 화력은 어느 정도였습니까?”

"연탄아궁이 구멍을 터놓았을 경우에는…….”

"터놓았을 경우에는?”

그가 성급하게 다음 말을 좨쳤다.

"연탄이 벌겋게 달아 있는 상태인데…….”

"그러니까 그때가 화력이 가장 강할 때였단 말이죠?”

"그렇지는 않죠. 비록 벌겋게 달아 있는 상태라 할지라도 화력이 가장 강할 때라고는 볼 수가 없어요. 이튿날 저녁때까지 살아 있어야 할 불이니까요.”

"흠! 그래요?”

"그날도 그랬어요. 약 한 시간 전에 연탄을 갈아 넣고 밥을 했어요. 이어 김치찌개를 끓였어요. 그리고 연탄아궁이 구멍을 터놓은 채 젖은 기저귀들을 그 위에다 막 다 널고 있는데 시어머님께서 오셨어요. 그래서 기저귀들을 그대로 널어둔 채 연탄아궁이 구멍만 막고 시댁으로 갔어요.”

"갈 때 분명히 기저귀들을 그대로 널어두고 갔다고 했지요, 지금?”

"네, 그랬어요.”

"그럼 거기서 화재가 발생했을 가능성이 많겠군.”

"아녜요. 비가 오는 날은 기저귀들을 언제나 그런 식으로 널어왔어요. 그런데도 이제까지 화재에 대한 위험은 한 번도 없었어요.”

"연탄아궁이가 둘이라고 했는데, 또 하나는 어느 방 아궁입니까?”

"시누이들의 공부방 아궁이에요."
"그 방 아궁이의 연탄불은 그때 어떤 상태였습니까?"
"그 방 연탄은 조금 늦게 갈아 넣었기 때문에 이제 막 불이 피어나고 있는 상태였어요. 보통 그럴 때면 그 방 것은 연탄아궁이 구멍을 막아버려요. 방바닥의 습기나 제거하려고 피우는 연탄불이니까요."
"그 방 것은 구멍을 막고 솥단지도 올려놨습니까?"
"네, 그랬어요. 연탄 덮개도 덮고 분명히 솥도 올려놨어요."
"그 방의 솥으로도 평소 밥을 해 먹나요?"
"아뇨."
"왜 안 합니까?"
"연탄을 한 장이라도 아끼기 위해서 안방 아궁이에서만 밥도 하고 국도 끓이곤 했어요. 그래도 조금도 불편하지 않았으니까요."
"그럼 화재가 나던 날은, 그러니까 어제저녁에는 그 방 솥이 빈 솥이었나요? 빈 솥을 올려놓으면 솥이 벌겋게 과열이 될 텐데? 안 그런가요?"
"그냥 빈 솥을 올려놓으면 당연히 그렇겠죠. 그래서 시누들의 공부방 습기를 제거하기 위해 부득이 연탄불을 피워야 할 경우엔 반드시 빈 솥에다 물을 가득 채워서 올려놓죠. 아마 다른 집들도 빈 솥을 올려놓을 경우엔 다들 그럴걸요?"
"음! 그 아궁이 벽에는 기저귀들을 널지 않았나요?"
"네."
"정말입니까?"
"네."
"틀림없지요?"
"네, 틀림없어요."
"거짓말하면 안 됩니다. 정말 틀림없지요?"
"기저귀는 안방 아궁이 벽에만 항상 널었어요. 이건 하늘도 알고 있을 거예요."

"하늘이라…… 알았습니다. 오늘은 이만합시다."

가정주부가 돼가지고 평상시에 왜 그렇게 불조심을 하지 않았느냐, 그러니깐 소사한 사망자가 둘이나 생기고 어렵사리 구출된 또 한 사람도 생명이 위독한 이런 대형 사고가 생길 수밖에 없지……라는 듯이 시종 경멸과 힐난이 섞인 표정으로 신문을 하던 담당 경찰관이, 이날은 이런 정도의 실화에 대한 것만 간단히, 아니 간단한 것 같으면서도 오컴의 면도날 같은 아주 예리한 요점만 일차적으로 묻고는 싱겁게도 곧 일어서버렸다. 아마 날이 밝으면 다시 또 그녀를 불러 본격적으로 좀 더 세밀한 부분까지 깊이 파고들어 신문을 할 모양이었다. 오수옥은 그렇게 생각했다.

그러나 경찰은 그녀의 이런 예상대로 수사를 하지 않았다.

23

 날이 밝자 철저한 화재 감식부터 서둘러 시작했던 것이다. 그러는 한편으론 송동욱을 신문했던 양 형사란 사람이 방화에 대한 수사를 재빨리 펴기 시작했다. 그러나 놀랍게도 강 사장은 알리바이가 확고부동하게 성립되어 있었다.
 사실상 화재가 발생하기 약 1시간 전부터 강 사장은 그의 전셋집 안방에 있었다. 전셋집은 부근에 있지만, 철공소와는 거리상으로 약 150여 미터 정도 떨어진 곳에 있었다. 그날은 마침 강 사장의 생신날이었다. 그래서 화재가 발생하기 약 1시간 전부터 몇몇 이웃 사람들과 어울려 전셋집 안방에서 술을 마시고 있었던 것이다. 그러니까 같이 술을 마셨던 그 사람들이 모두 펄펄 살아 있는 증인들이었다. 물론 그의 부인 황 여인도 같이 있었으므로 마누라의 알리바이도 빈틈없이 성립돼 있는 셈이었다.
 그뿐만이 아니었다.
 강 사장의 딸 강오란도 알리바이가 확고하게 성립돼 있었다. 아빠의 생신날이라 강오란도 친구들을 초대해서 같이 맛있는 음식을 먹으며 그녀의 공부방에서 즐겁게 놀고 있었다. 물론 그들도 약 1시간 전부터 놀고 있었고, 학교 수업을 마치고 강오란과 같이 곧바로 왔던 것이다. 그래서 강오란에게는 그 친구들이 증인이었다.

더군다나 화재 감식 결과가 나왔는데 그 결과도 방화의 증거를 아무 것도 찾지를 못했다는 것이었다. 거기에 대한 양 형사의 설명은 다음과 같았다. 송동욱에게 하는 말이었다.

"우선 참고로 말씀드리는 겁니다만, 화재의 현장 감식이란 출화 현장의 불탄 자리로부터 귀납적인 방법으로 '출화 개소' '발화부' 그리고 '원인'이라는 순서로 연소 경로를 거꾸로 더듬어 올라가 '발화원'을 추궁하여 무엇이 원인으로 화재가 발생했는지를 밝히는 것을 말합니다. 요점부터 얘기하자면, 화재 감식에는 탄화 형태(炭化形態)라는 것이 있는데, 탄화 형태란 발화원에서의 불길이 치솟은 모양을 규명하는 데 있어서 아주 중요한 것이라는 점을 먼저 말씀드리고 싶습니다. 그러니까 통상 수직 벽체에 있어서의 화염의 연소 형태는 역삼각형, 곧 부채꼴 모양을 취하면서 상부를 향해 진행합니다. 이때의 화염의 연소 속도는 하부보다는 상부 방향 쪽이 훨씬 크기 때문에, 벽체 부분에 역삼각형의 탄화 상태가 인정되는 경우에는 아래쪽의 정점에서 치솟은 불길에 탄 것이라고 판단을 하게 됩니다. 이런 탄화 형태가 당신 집 부엌의 기저귀들이 늘어진 그 시멘트벽 상부 쪽에 나타나 있었습니다."

"그러니까 결과적으로 연탄불이 기저귀들에 인화되어서 불이 났다 이겁니까?"

송동욱이 약간 주눅이 든 목소리로 물었다.

"그렇습니다. 불은 안방의 연탄불에 의해서 난 것이 틀림없습니다. 안방의 연탄아궁이 벽에 역삼각형의 탄화 형태가 있는 것이 그걸 입증해 준 것입니다. 공부방의 연탄아궁이는 발화원이 아닙니다. 연탄 덮개도 그대로 덮여 있었고 솥도 그대로 올려져 있었으니까."

"그럼 누군가가 자기 집의 화장실엘 가다가 펑 소리가 나서 그쪽을 돌아보았더니 불길이 확 치솟았다고 했는데 그건 왜 그랬을까요?"

"그건 그 사람이 천둥소리나 무슨 소리를 펑 소리로 잘못 들은 것이 아닐까 그렇게 생각할 수도 있겠지요. 무엇보다 그런 추측을 갖게 하는 것은. 그 사람이 현재까지도 나타나지 않고 있기 때문입니다. 아무리 그 사람을 찾으려고 애를 써도 도무지 나타나지를 않아요."

"그런 소리를 섣불리 지껄였다간 큰일 날까 싶어서 그런지도 모르지 않을까요?"

"그럴 수도 있겠지요. 그런 경우가 허다하니까. 그런데 문제는 방화의 흔적을 아무것도 못 찾아냈다는 점입니다. 집 밖의 판자벽에서나 집 안의 연탄재에서 기름을 뿌린 유흔(油痕)을 조금도 찾아내지를 못했습니다. 기름을 뿌려서 방화를 한 것이 틀림없다고 당신은 주장했는데 말입니다. 물론 안방 아궁이의 연탄이나 공부방 아궁이의 연탄은 화재로 다 타버려서 재만 남아 있었습니다만. 그러나 원형은 그대로 있었어요. 비록 다 타버리고 재만 남아 있었지만 그 원형에서 유흔을 검출하는 것 정도는 화재 감식에서는 그리 어려운 일이 아닙니다. 하지만 분명히 검출하지 못했습니다. 다른 곳들도 마찬가지고요."

"………."

그 화재 감식 결과에 송동욱은 할 말이 없었다.

양 형사가 다시 말했다.

"다만 한 가지…… 공부방의 여닫이문이나 안방의 미닫이문, 그리고 두 방의 창문 등등이 모두 완벽하게 전소돼 버려서 거기에서 뭔가를 검출하려 했던 시도는 실패로 돌아가고 말았습니다. 검출이 불가능했지요. 현재까지의 화재 감식 결과는 이상입니다."

"………."

24

 그래서 결국 방화가 아닌 실화로 일단 판정이 나고 말았다. 화재 감식 결과도 그렇고, 무엇보다 강 사장이나 그의 가족의 알리바이가 완벽할 정도로 확고하게 성립되어 있었기 때문이었다. 하긴 이쪽에서 주장한 방화는 감정을 앞세운 애매모호한 억지였는지도 모를 일이었다. 어쨌든 결과가 그렇게 되고 만 것이었다.
 화재 감식 결과, 실화 판정의 해석은 이러했다. 이것은 당시의 소방서와 경찰의 수사 일지에 남아 있는 중대한 기록이었다.

 —— 콘크리트나 교니, 곧 모르타르 또는 기와 등의 불연물(不燃物)은 가열 온도나 가열 시간 등에 의하여 표면에 변색이나 연매, 즉 그을음, 박리 등이 생기므로 출화 개소를 판정하는 데 곧잘 소용되는 경우가 있다. 이 종류의 특징은 가열 작용이 강할수록 백색화하거나 표면이 유리되어 떨어지기 쉬운 경향이 있는데, 이와 같은 불연물의 변색과 박리 상태가 부엌의 안방 쪽 시멘트 벽체에 현저히 나타나 있었음. 다시 말해서, 기저귀들이 늘어진 시멘트 벽체의 상부 쪽이 두드러지게 백색화가 되어 있었으며 박리 현상이 나타나 군데군데 시멘트들

이 떨어져나가 있었음. 하여 속살이 보이듯 흙벽이 노출되어 있고, 역삼각형의 탄화 형태가 확인되었음. 그리고 벽체가 심하게 허물어져서 아궁이 바로 옆에 있는 안방의 미닫이문이나 문설주·문지방 따위는 형체도 찾아볼 수가 없었음. 이로 미루어 기저귀들에 상당히 과열된 연탄불의 화화가, 곧 불꽃이 인화되었거나, 또는 완전 건조된 기저귀가 연탄불로 자연적으로 흘러내려서 발화, 아궁이의 바로 옆에 붙어 있는 미닫이문으로 화염이 진행되었다고 판정됨……."

이로써 결국 사망자가 2명이나 되고 1명이 치명적인 중화상을 입고 코마 상태에 빠져 거의 소생할 가능성이 희박하다는 소문이 자자한 의문의 화재 사건은, 절대 방화가 아닌 분명한 실화(失火)로 최종적인 판정이 내려지고 말았다.

송동욱이 억수같이 퍼붓는 비와 짧은 시간 속의 상식을 벗어난 벼락불과 같은 급격한 미스터리의 화재, 그리고 철공소 쪽에서 들렸던 깡통이 굴러떨어지는 것과 같은 이상한 금속성의 의문을 아무리 목이 쉬도록 반박하고 절규했으나 소용이 없었다. 소방서와 경찰의 주장대로 방화의 증거가 꼬물도 없었기 때문이었다.

그래서 어쩔 수 없이 오수옥은 중실화죄로, 송동욱은 자물쇠를 출입문 밖에다 채운 것에 대한 과실치사상죄로 각각 구속이 되고 말았다. 그러나 법원이 구속영장의 집행이 적법한지를 심사하여 결국 적부심사로 석방되어 불구속 기소가 되었다. 구속적부심사의 결과는, 법원이 '정상(情狀)에 참작할 만한 사유가 있음'이라는 동정적인 취지에서, 피의자이며 동시에 피해자가 된 젊은 부부에 대하여 일종의 인간적인 배려를 한 것이었다.

그리고 거의 다 전소되다시피 해서 숯덩이 같은 검은 뼈대들만 앙상하게 남은 강 사장의 철공소 건물에 대해서도 원만한 변상을 해주기로 합의가 이루어졌다. 강 사장은 떼돈이라도 우려내려는 심보로 길길이

날뛰었으나, 경우 바른 통장이 나서서 원만한 타협을 겨우 보게 됐던 것이다. 그 당시 송동욱이나 그의 아버지 송 영감은 화재보험뿐만 아니라 어떤 보험도 가입한 적이 없었기 때문에 그럴 수밖에 없었던 것이다. 보험 문제는 강 사장도 마찬가지였다.

송동욱은 아내와 같이 힘없이 경찰서를 나서면서 아내 몰래 하늘을 우러러 피눈물을 뿌렸다. 그는 아직도 눈을 빼도 방화라고 확신하고 있었기 때문에 너무 분하고 억울해서였다. 그래서 누가 망하든 간에 끝까지 법적으로라도 이 의문투성이의 화재 사건의 진실을 꼭 한번 밝혀보고 싶었다.

그러거나 말거나 오수옥은 자신이 불조심을 하지 않아 생때같은 여대생인 맏시누이와 눈에 넣어도 아프지 않을 그 귀여운 어린 첫딸을 불에 새까맣게 타서 죽게 만들고, 끔찍한 중화상으로 아직도 병원에서 저승을 오락가락하고 있는 여고생인 막내 시누이에 대한 죄책감 때문에, 죽어서도 용서받지 못할 죄인처럼 남편 뒤에 축 처져서 저만치 힘없이 뒤따라 걸어오며 끝없이, 끝없이 또 울고 있었다.

나는 저승사자로 이 집안에 시집을 왔나

25

 이렇듯 아내 오수옥과는 달리 송동욱은 강 사장을 완전범죄의 방화범으로 아주 단정하고, 그가 기름을 뿌리고 불을 질렀다는 것을 어떻게든 밝혀내서 그에 상응하는 복수를 어떤 방법으로라도 기어코 하려고 마음의 칼을 매일같이 득득 갈고 있었다.
 하지만 그것은 생각뿐이었다.
 끝까지 그 화재 사건의 진실을 밝혀낼 만한 시간이나 마음의 여유가 없었다. 3명이나 되는 사상자까지 낸 큰불이 난 뒤라 정신이 하나도 없어서 여러 가지 사후 처리 문제가 그랬고, 또 무엇보다도 송세라의 생명이 병원에서 아직도 사경을 헤매고 있었기 때문이었다.

 지금 온 가족은 송세라만이라도 살려내려고 거기에만 모두 매달려 있었다. 그중에서도 오수옥은 더 그랬다. 일단 실화로 판정이 난 이상 가만히 생각해 보니, 가정주부가 돼가지고 평상시에 불조심을 그리도 하지 않았으니, 다시 말해서 다른 집은 다 불이 나도 우리 집은 불이 나지 않겠지 하고 자만하고 태만했던 그 오만과, 화재를 감기나 기침 정도로 가볍게 생각하고 습관적으로 화재 불감증에 걸려 있었던 탓으로, 결과적으로 이런 대형 참사를 바로 그녀 자신이 일으켰기 때문에 더 그랬던 것이다. 남편이 밖에서 자물쇠를 채웠기 때문에 인명 피해가 있었다고들 하지만, 다시 말해서 아무리 불이 났다 하더라도 밖에서 자물쇠만 채우지 않았다면 다 살아났을 터이니 불을 낸 사람, 곧 그녀는 사상자와는 아무런 상관이 없다고 주장하는 사람도 있지만, 그러나 아무리 밖에서 자물쇠를 채웠어도 불이 나지 않았다면 왜 인명 피해가 있었겠는가.

그렇게 생각하면 그녀는 큰 죄인이었다.

여자가 돼가지고 남의 집안에 들어와서 엄청난 불행과 비극을 안겨준 큰 죄인이었다. 그래서 오수옥은 감히 시부모님의 얼굴을 똑바로 쳐다볼 수가 없었고 남편의 얼굴도 똑바로 쳐다볼 수가 없었다. 그리고 죽은 첫딸 어린 영희가 불쌍하고 보고 싶어도 울 수가 없었다. 시부모님은 대학까지 보낸 다 큰 딸을 잃어버렸다. 그리고 심한 중화상을 입은 나머지 딸마저 소생할 가망이 거의 없다. 그런데 어찌 어린 딸 하나를 잃었다고 해서 불을 낸 죄인이 뻔뻔스럽게도 울 수가 있단 말인가. 생각하면 마음 놓고 울 수도 없는 그 말 못 하는 슬픔이 더 서럽고 슬펐다.

그런데 이런 서러움과 슬픔은 아무것도 아니었다. 상상조차도 할 수 없는 진짜 기막힌 비극은 이제부터 시작이었다.

그것은 송세라 때문이었다.

송세라는 여전히 병원 응급실 내의 격리실에서 사경을 헤매고 있었다. 아직도 살아 있다는 것이 기적이었다. 전신에 입은 화상이 너무도 끔찍했기 때문이었다. 그 탐스럽고 유난히도 예뻤던 엉덩이도 화상을 입었고 양쪽 허벅다리도 그랬다. 사타구니 부분은 은밀한 음모까지 다 타버리고 없을 정도로 화상이 심했다. 여고 3학년인 송세라는 음모까지 예쁘게 나 있었던 것이다. 유방도 그랬다. 송세라는 유난히 조숙한

편이어서 유방이 웬만한 아가씨의 유방을 비웃을 정도였다. 그런데 그 유방도 한쪽 유방은 끔찍한 화상으로 눈 뜨고는 못 볼 지경이었고, 다른 한쪽 유방도 성한 편은 아니었다. 그러니까 송세라는 여성으로서 가장 아름다워야 할 부분들만 골라가면서 화상을 입었던 것이다. 서구적으로 생긴 독특한 미모와 타고난 뇌쇄적인 몸매를 어느 여신이 질투라도 했을까.

26

그런데 기적적으로 얼굴은 무사했다. 얼굴은 조금도 화상을 입은 데가 없었다. 눈썹도 그대로 있었고 금발 비슷한 갈색의 모발도 그대로 살아 있었다. 실로 천만다행한 일이었다.

하지만 얼굴만 무사하면 무엇 하랴?

앞으로 송세라의 인생이 큰일이었다. 비록 살아난다 하더라도, 그래서 전신을 정형수술과 성형수술을 병행해서 한다 할지라도 화마에 대한 마음의 공포와 치명적인 트라우마는 영원히 아물지를 않을 것이기 때문이었다. 그리고 전신의 피부를 어떻게 다 정형과 성형수술을 병행해서 한단 말인가.

무엇보다 올케언니인 오수옥의 부주의로 인해서 화재가 발생하여 자기 몸이 그렇게 된 것을 기적적으로 소생한 후에 알게 된다면 그땐 그야말로 큰일이었다. 한창 감수성이 예민하고 자존심이 강할 나이라 올케인 오수옥에게 어떤 증오와 저주를 할지 모를 일이기 때문이었다. 그 저주와 증오는 평생을 갈지도 모를 일이었다.

오수옥은 벌써부터 그런 각오를 하고 있었다.

간호사들을 통해서 송세라의 화상이 어느 정도인지를 전해 듣고는 벌써부터 그런 응당한 각오를 마음속으로 아주 해버렸던 것이다.

지금 오수옥은 송동욱과 같이 택시로 병원을 향해 달리고 있었다. 불구속 입건이 되어 경찰서에서 나오자마자 약간 홀가분한 마음으로 택시를 잡아탄 것이었다. 그들이 병원에 가는 것은 이번이 처음이었다. 여러 차례 경찰서와 검찰청에 불려 다니고 조사를 받느라, 그리고 현장검증인지 뭔지 하는 따위의 복잡한 절차 때문에 시간도 없었고 무엇보다 정신을 차릴 수가 없었기 때문이었다. 그래서 화재 이후 며칠 만에 병원엘 가는 것인지 그것도 기억을 못 할 지경이었다.

들리는 말에 의하면 아직도 응급실에 누워 있는 송세라마저 끝내 죽게 될 모양이었다. 벌써 여러 날이 지났는데도 여전히 죽었다 깨어났다를 반복하며 사경을 헤매고 있다는 것이었다. 그래도 오수옥은 그런 막내 시누이를 고맙게 생각하고 있었다. 그 끈질긴 생명력을······.

그동안에 맏시누이인 송세희와 어린 첫딸 영희의 시체는 공동묘지에 매장이 된 모양이었다. 시아주버니 송동걸을 통해서 그런 말을 들을 수가 있었던 것이다. 그리고 그 죽은 생명들 대신에 새로 태어난 생명도 있다는 말도 들었다, 불이 나던 바로 그날 밤에 시아주버니의 부인 유혜경이 아기를 낳았다는 것이었다. 아들이라고 했다. 그리고 난산이었던 모양인데, 그래도 아기와 산모가 다 무사했다니 다행한 일이었다. 하지만 산모와 아기는 아직도 산부인과에 있다고 했다. 산후가 아무래도 좋지 않은 모양이었다.

그러니 시댁인 식당은 텅 비어 있을 수밖에 없었다. 영업도 하지 않았다. 시아버지와 시어머니가, 막내 시누이가 사경을 헤매는 병원에 아주 붙어살았기 때문이었다. 그래서 영수란 놈을 오수옥은 업고 다녀야 했다. 영수를 봐줄 사람이 아무도 없었기 때문이었다.

지금도 그녀는 택시 안에서 자는 영수를 업은 상태로 뒷좌석에 송동욱과 같이 불편하게 앉아 있었다. 내려서 안고 싶었으나 곧 또 업어야 할 터이므로 그대로 업고 있었다. 그동안 경찰서에서 조사를 받을 때에도 영수는 쭉 같이 있었던 것이다.

생각하면 영수는 운이 좋은 녀석이었다. 만약 그날 저녁에 시어머니가 영수를 시댁으로 데려가지 않았더라면 어떻게 되었을까? 영수도 꼼짝없이 소사를 당하고 말았을 것이다. 그 아슬아슬한 순간을 생각하면 오수옥은 지금도 심장이 덜덜 떨렸다.

병원에 도착했다.

때마침 응급실에서 송 영감과 노 씨가 흰 가운 차림의 중년 의사를 따라 나오고 있었다. 두 분 다 얼마나 울었는지 주름투성이의 눈들이 피를 머금은 눈처럼 빨갰다.

노 씨가 의사의 가운 자락을 부여잡고 울면서 애원을 했다. 응급실에서부터 그러고 나온 모양이었다.

"안 됩니다, 안 돼. 무슨 수를 써서라도 저애만은 꼭 살려내야 합니다. 저애마저 죽으면 우리도 미쳐서 죽습니다. 살려 주세요, 살려 주세요."

"아까도 말했지만 한고비는 넘긴 것 같습니다. 그러니 안심하십시오. 이건 위로하기 위해서 하는 말이 아니라니까요."

의사가 진지한 표정으로 말했다.

"그럼 왜 아직도 깨어나지 않고 있어요?"

의사가 노 씨에게 뭐라고 설명을 하는 동안에 송 영감이 오수옥과 송동욱을 발견하고 친히 가까이 다가왔다. 오수옥과 송동욱은 죄인처럼 멀찌감치 한쪽에 서 있었던 것이다.

"어떻게 됐느냐?"

송 영감이 먼저 입을 열었다.

"불구속 입건으로……."

송동욱이 어눌하게 말끝을 흐렸다.

"고생들 했다."
"………."
"그건 그렇고…… 우리 세라가 다시 살아나게 된다면 말이다…… 불이 처음에 어디서 어떻게 났는지를 알게 될지도 모를 텐데…… 안 그러냐?"

그러고는 다시 의사가 있던 쪽으로 가버렸다. 시아버지 역시 방화에 대한 의혹을 아직도 떨쳐버리지 못하고 있는 모양이었다.

하긴 그랬다.

시아버지의 말마따나 송세라가 만약 소생하게 된다면 불이 어디서 어떻게 나게 되었는지를 알게 될지도 모를 일이었다. 지옥불 같은 사지에서 겨우 구출된 유일한 생존자이기 때문이었다.

하지만 경찰이나 검찰에서는 이 점에 대해선 별로 신경을 쓰지 않았다. 송세라마저 반복되는 코마 상태에서 깨어나지 못해 결국엔 사망하고 말 것으로 예단하고 있었기 때문이었다. 하긴 다시 또 깨어났다가 또 코마 상태에 빠지긴 했지만 송세라는 그동안 여러 번 죽었었고, 그럴 때마다 병원 측에선 사망 사실을 경찰에 즉각 알렸던 것이다. 그리고 또다시 깨어난다 해도 소생은 절망적이라는 것도 부언해서…….

1층 병원 복도는 에어컨이 작동 중이라서 그런지 서늘했다. 복도 끝의 창밖으론 저 멀리 남산의 드높은 타워가 아스라이 바라다 보였고, 눅진한 여름날 오후의 햇살 아래 약간 고지대에 위치한 병원 아래론 서울 시가지가 한 장의 희미한 도시 풍경화처럼 고즈넉하게 내려다보였다.

송 영감이 의사 쪽으로 가자 오수옥과 송동욱은 잠시 서로를 마주보다가 약속이라도 한 듯이 막 그쪽으로 가려고 할 때였다. 의사가 노씨에게 이런 말을 하고 있었다. 여전히 진지한 표정이었다.

"들어가서 빨리 환자의 피부를 마사지해 주십시오."
"마사지요? 팔다리를 주물러주라 그 말이에요?"

노 씨가 물었다.

"네. 피부가 퉁퉁 부어서 혈관을 찾을 때마다 애를 먹고 있습니다. 최후 수단으로 피부를 찢어서 혈관을 찾아 링거주사를 놓고 있어서 하는 말입니다."

"피부를 찢다니, 그 고통이 또 얼마나 심하겠소? 다른 혈관을 찾으면 될 게 아니오?"

이번에는 송 영감이 하는 말이었다.

"다른 혈관들도 마찬가집니다. 발목 혈관이고 어디고…… 그러니 빨리 가서 마사지를 하도록 하세요. 아까 간호사들이 하는 것 봤죠? 그렇게 마사지를 하면 됩니다. 혈액이나 수분을 보충하기 위해 계속해서 링거주사를 놓지 못하게 되면 큰일 납니다."

하고, 의사가 바쁜 듯이 다른 곳으로 가버렸다.

오수옥은 곧 송동욱과 같이 시부모 뒤를 따라 응급실로 들어갔다. 첫눈에 격리실 한쪽 침대에 누워 있는 붕대투성이의 송세라가 보였다. 얼굴은 화상을 입지 않아 말끔했으나 인공호흡기로 가쁜 숨을 몰아쉬고 있었다. 아마 화재 당시 연기를 많이 들이마셔서 그런지 호흡에도 심각한 장애를 겪고 있는 모양이었다. 아니면 단순히 생명 연장의 수단으로 인공호흡기를 사용한 것인지도 모를 일이었다.

환자는 아무것도 덮지 않은 상태였다.

완전한 알몸이었는데, 붕대가 감긴 곳도 있고 무슨 끈적한 약이 발린 곳도 있었다. 전신의 화상 부위마다 흡착되어 있는 그 끈적끈적한 거즈 같은 약, 아니 거즈 모양의 약…… 나중에야 안 일이지만 그것은 화상에 주로 쓰이는 와셀린가제라는 것이었다.

송세라는 아직도 죽음 같은 혼수상태에 영원처럼 빠져 있었다.

죽은 듯이 눈을 꼭 감고 손끝 하나 꿈틀댈 줄을 몰랐다. 인공호흡기로 푸푸 숨만 내쉬지 않는다면 영락없는 시체였다. 그것도 만신창이가 된 참혹한 시체.

　에어컨의 작동으로 격리실 안은 알맞게 서늘했으나 환자에게서 풍기는 심한 악취로 오수옥은 처음에 울컥하고 욕지기를 느꼈다. 속이 뒤집힐 듯이 너무 역겹고 메스꺼워서 금방이라도 창자까지 목구멍으로 넘어올 것 같았다. 인육이 탄 냄새…… 아니, 사람의 살이 불에 타고 나서 그 상처들이 썩어 들어가는 그 기이한 악취…… 그것은 머리털이 타는 듯한 무슨 노린내 같기도 하고 생선이 무더운 여름날 쓰레기 더미 속에서 푹푹 썩어 들어가는 그런 악취 같기도 했다.

　오수옥은 그러나 참아야 했다.

　코도 막지 말아야 했다. 그 악취를 먹으라면 기꺼이 먹어야 했다. 어찌 되었건 일단 방화가 아닌 실화로 수사가 종결된 이상 그녀의 부주의로 불이 난 것이 확실해졌기 때문에, 송세라가 죽으라면 죽는 시늉까지 해야 할 죄인이기 때문이었다. 그런데 어찌 그 막내 시누이한테서 풍기는 인육이 탄 악취에 코를 막을 수가 있으며 구토를 할 수가 있단 말인가. 설령 생리적으로 도저히 참을 수가 없어서 구토를 했다 하더라도 그 구토한 토사물을 다시 또 집어먹으라면 집어먹어야 할 입장이 아닌가.

　그녀가 그런 생각을 하며 잠시 멍하니 서 있는 동안에, 송 영감과 노 씨가 응급실로 들어오더니 무조건 송세라의 팔다리부터 정신없이 주무르기 시작했다.

　그걸 보고 간호사 하나가 물었다.

　"의사 선생님께서 시키셨어요?"

　"그랬네."

　노 씨가 짧게 대꾸했다.

　그제야 오수옥은 번쩍 제정신으로 돌아올 수가 있었다. 송장 같은 송세라의 모습이 너무도 처참하여, 아니 인육이 탄 악취가, 온 응급실 안을 비산하고 있는 강한 크레졸 냄새와 삼투되어 그게 오히려 더 역겨워서 그녀는 잠시 또 심한 자학 같은 자책에 빠져 있었던 것이다. 얼핏 표정을 보니 그녀 옆에 서 있는 송동욱도 그런 눈치였다.

송 영감이 송세라의 붕대가 감기지 않은 성한 한쪽 팔을 열심히 주무르다 말고 갑자기 혼잣말처럼 중얼거렸다. 울먹이는 목소리였다.

"세라야, 제발 너만은 살아다오. 그저 살아만 준다면 이제까지 부족하게 해주었던 것…… 원하는 대로 다 해주지 못했던 것…… 무엇이든지 다 해주마. 제발 살아만 다오, 제발……."

그러나 울지는 않았다. 눈물도 손으로 찍어내지 않았다. 자식과 며느리가 있는 자리라서 그런지 참는 눈치 같았다. 그러자,

"아이고, 세라야!"

노 씨가 송세라의 한쪽 성한 다리를 주무르다 말고 갑자기 울기 시작했다. 펑펑 쏟아지는 눈물을 주체하지 못했다. 그걸 보고 괜히 자신들이 민망한지 간호사들이 눈짓을 하며 다른 곳으로 가버렸다. 격리실 밖 응급실에선 다른 환자들의 신음과 비명으로 계속 시끄러웠다.

오수옥도 송세라의 한쪽 팔을 주무르기 시작했다. 그 팔은 성한 팔이었지만 감촉이 차디찼다. 이미 생명이 떠나버린 싸늘한 시체의 팔 같았다. 그리고 물속에서 건져낸 익사한 사람처럼 팔이 퉁퉁 부어 있었다. 너무 퉁퉁 부어 있어서 푸른 빛깔의 혈관 같은 것은 어디에서도 찾아볼 수가 없었다. 온몸이 다 그랬다.

오수옥이 막 팔을 주무르기 시작하자,

"넌 비켜라!"

시어머니 노 씨가 갑자기 격한 소리로 말했다.

"네?"

"니가 주무른다고 죽어가는 애가 다시 살아날 것 같냐? 주물러도 우리가 주무르고 죽여도 우리가 죽일 테니 넌 비켜! 아, 어서!"

"………."

오수옥은 무슨 소리를 잘못 들었나 했다. 시어머니가 며느리인 그녀

에게 그렇게 노골적으로 역정을 내는 일이 한 번도 없었기 때문이었다. 다른 사람들한테는 괄괄하고 곧잘 화를 냈지만, 며느리들한테는 언제나 그렇게 친정어머니처럼 자상하고 살갑게 대하던 시어머니였었다. 어떤 잘못도 큰 소리로 역정을 내는 일이 없었다. 항상 좋은 말로 타일렀고 가르쳤었다. 그런데,

"내 말이 안 들리냐? 어서 그 손 놓지 못해!"

오수옥이 어리둥절해서 어쩔 줄을 몰라 하자 노 씨가 다시 노한 음성으로 소리를 꽥 질렀다. 송 영감도 못 들은 척 가만히 있었다. 송동욱은 송동욱대로 그저 고개를 푹 숙이고 서만 있을 따름이었다.

"이왕 죽을 애지만 조금이라도 더 오래 숨이 붙어 있게 넌 손끝도 대지 말란 말이다! 니 손이 닿으면 더 빨리 죽을지도 모르니까!"

"어, 어머님……."

"어머니란 소리도 하지 마라! 소름이 끼치니까."

"……….."

"넌 우리 집안에 들어와서 귀한 생명을 여럿 죽였어. 무슨 년이 그렇게 팔자가 세냐? 남의 집안에 들어와서 불이나 내고……."

시어머니 입에서 '넌'이란 소리까지 나왔다.

오수옥은 또 귀를 의심하면서 고개를 푹 숙였다. 각오는 했던 일이었다. 시부모님을 비롯하여 시댁 식구들이 그녀를 대하는 태도가 다를 것이란 것을. 때론 원망도 있을 것이고 증오도 있을 것이고 저주도 있을 것이란 것을.

"이번에는 아주 팔을 비틀어서 죽일 참이냐? 아, 그만 주무르고 꼴도 보기 싫으니까 어디로 꺼져버려! 저승사자처럼 무서우니까 냉큼 내 눈앞에서 없어지란 말이다!"

"무슨 말을 그렇게 해?"

듣다못한 듯 송 영감이 나직하게 한마디를 했다.

그 말엔 대꾸도 않고,

"아, 어서! 불을 내더니 이젠 시어미 말도 안 들리냐? 시어미도 불에 태워서 죽이고 싶어서 그래?"

 노 씨가 이번엔 너무 충격적인 말을 했다. 얼마나 둘째 며느리가 미운지 그 목소리에서 양철을 못으로 긁는 것 같은 쇳소리가 났다.

 오수옥은 대꾸 한마디 못 하고 응급실 밖으로 쫓기다시피 나왔다. 그리고 뛰었다. 터지려는 울음을 감추듯 두 손으로 얼굴을 감싸 쥔 채 마구 뛰었다. 뛰다가 쓰러져서 죽어도 좋았다. 병원 복도가 천 길 낭떠러지였으면 싶었다. 그 천인단애의 아래가 지옥 같은 불바다였으면 싶었다. 한번 투신하면 형체도 찾아볼 수 없을 정도의 지옥불 같은 불바다였으면 싶었다.

27

 그렇게 얼마나 뛰었는지 모른다. 조금 정신을 차려보니 거기가 병원의 넓은 정원 같았고 그녀는 한쪽 빈 벤치에 구토하는 사람처럼 엎어져 있었다. 그리고 손으로 입을 막고 소리 죽여 울고 있었다. 소리를 내서 울면 천벌이라도 받을 것 같은지 소리를 내서 울지는 못하고 속으로만 울고 있었다.
 그러기를 얼마나 지났을까.
 누군가가 가만히 와서 그녀의 격렬하게 들먹이는 어깨에다 손을 얹는 사람이 있었다. 따뜻한 손이었다. 놀라 얼굴을 들어보니 송동욱이 서 있었다. 무더운 오후의 찌는 듯한 햇살 아래 그 눈이 유리알처럼 반짝거리고 있었다. 가득 고여 있는 눈물 때문이었다.
 오수옥은 고개를 돌리며 얼른 눈물부터 손등으로 훔쳤다. 그리고 일어나 돌아선 채 목멘 소리로 말했다.
 "미안해요."
 "………."
 "뻔뻔스럽게 눈물을 보여서."
 "………."

"전…… 전…… 울 자격도 없는 년이에요. 아버님 어머님의 슬픔에 비하면 감히 울 자격도, 염치도……."

"나도 마찬가지요. 따지고 보면 우리 세희와 영희가 죽은 것도 다 나 때문이니까. 우리 세라가 저렇게 된 것도 다 나 때문이고…… 내가 밖에서 자물쇠만 채우지 않았던들…… 않았던들……."

"아녜요, 아녜요, 자물쇠를 채웠어도 제가 불조심만 단단히 하고 집을 나섰더라면……."

"아니요, 아니요, 불은 당신의 부주의 때문에 난 것이 아니오. 그놈이 질렀어. 틀림없이 그놈이…… 아주 교묘한 방법으로…… 완전범죄의 기막힌 수법으로……."

"남을 의심하지 마세요. 죄받아요."

"난 그걸 기어이 밝혀내고야 말겠어. 어떤 일이 있어도, 내 목숨이 붙어 있는 한…… 지금은 그럴 정신이 없어서 병신처럼 이러고 있지만 두고 보시오. 꼭 두고 보시오."

"이미 끝난 일이에요."

"아직 끝나지 않았어. 도둑도 잘못 잡을 때가 있어. 사람이 하는 일이니까. 경찰도 검찰도 모두가 사람이니까. 신이 아니니까."

"우리 세라 고모를 살리는 일에나 전념하세요. 세라 고모는 살아야 해요. 어떤 일이 있어도 살아야 해요. 꼭 살아야 해요, 꼭, 꼭……."

바로 그 시각에 송세라는 격리실에서 조용히 숨지고 있었다. 안타깝게도 끝내 죽고 만 것이었다.

언제 병원엘 왔던지 병원 정원을 미친 듯이 돌아다니며 동생 부부를 찾고 있던 시아주버니 송동걸의 급한 손짓을 받고서야 오수옥은 남편과 같이 응급실을 향해 허둥지둥 뛰었다. 그러나 그땐 이미 노 씨가 송세라의 나무토막 같은 뻣뻣한 손을 가슴에 안고 대성통곡을 하고 있었고, 송 영감이 침대 옆에 멍하니 선 채 허공을 응시하고 있었다. 오수옥 부부를 손짓할 때 이미 울어서 눈이 벌겋던 시어주버니는 아예 격리실에 들어오지 않았다. 아마 혼자 가족 대기실이나 어디서 소리 없이 울고 있는 모양이었다.

언제 숨졌는지는 확실히 알 수는 없으나 송세라는 이미 싸늘하게 숨져 있었다. 평온하게 잠자는 것 같은 얼굴이었지만 이미 이 세상 사람의 얼굴이 아니었다. 푸르죽죽한 얼굴 빛깔도 그랬지만 느낌이 전율스럽도록 싸늘했다. 그게 죽었다는 것을 느끼는, 죽은 자 앞에서의 산 자의 직감인 모양이었다. 벌써 인공호흡기도 제거되어 있었다. 링거 주삿바늘도 뽑혀 있었다. 그 링거 주삿바늘이 꽂혔던 왼쪽 발등에 죽은피가 파리똥처럼 약간 응고되어 있었다. 의사가 벌써 죽음을 확인한 후 그런 조처를 지시하고 나간 모양이었다.

이 세상에서 사람이 오래도록 똑바로 쳐다볼 수 없는 것 —— 그것은 태양과 가족의 죽는 순간이라고 누가 그랬던가.

그렇게 오수옥은 지금 죽은 자 앞에서 문득 엉뚱한 사념의 심연 속으로 빠져들고 있었다. 만약 송세라가 지금 막 죽음이라는 피안의 세계로 떠나고 있을 때 그녀가 옆에 있다면, 그녀는 그 죽음을 오래도록 똑바로 지켜볼 수가 있을까? 그리고 무엇을 생각할까? 무엇을 느끼고 있을까? 단순히 명복만 빌어주고 있을까? 모르긴 몰라도 명복만 빌어줄 그녀는 아닐 것 같았다. 죽었다가 깨어난 사람들은 말했었지. 이상한 음악 소리와 함께 죽음의 골짜기를 누군가의 인도로 새처럼 날아서 통과하면 거기 신비한 새로운 세계가 펼쳐져 있다고. 풍경은 확실하게 설명을 할 수가 없지만 아무튼 형형색색의 현란하고 영롱한 빛이 난무하는 〈빛의 세계〉라고. 그리고 신처럼 느껴지는 어떤 거대한 빛의 덩어리가 죽은 자의 영혼을 따뜻하게 반겨주며, 만나고 싶었던 먼저 죽은 영혼들을 우선적으로 만나게 해준다고…… 그런 신비스럽고 평화스러운 내세가 정말로 존재한다면 세라 고모는 죽은 세희 언니와 어린 영희 조카를 만나겠지. 그리고 이 세상에서 있었던 그 화재 사건을 뭐라고 전할까? 못난 둘째 올케언니의 부주의로 불이 나서 우리 셋은 억울하게 타 죽었노라고 셋이 그곳에서도 부둥켜안고 통곡을 할까. 그리고 나를 얼마나 원망하고 저주할까. 그보다 어느 날 내가 그곳으로 갔을 때 그들은 과연 나를 어떻게 대할까? 사랑스러운 내 첫딸 영희도 이 엄마를 원망하고 저주할까? 아아, 그러나 가고 싶구나. 가서 만나고 싶구나. 원망을 듣고 어떤 저주를 퍼붓더라도 가서 그들 모두를 만나고 싶구나, 만나고 싶구나, 만나고 싶구나…….

여기까지 생각하다가 오수옥은 퍼뜩 다시 제정신으로 돌아오고 있었다. 송세라의 죽은 얼굴에서 시선이 오래도록 고정되어 있던 상태에서 문득 다시 제정신으로 돌아올 수가 있었던 것이다.

그제야 퍼뜩 생각난 것이지만 송세라의 얼굴엔 시트가 덮여 있지 않았던 것이다. 확실한지는 모르겠으나 마지막으로 조금이라도 더 얼굴을 보기 위해 유족들이 그런 고집을 부린 모양이었다. 노 씨의 애끓는 통곡 소리가 그걸 말해 주고 있었다.

바로 그때였다.

28

"허! 허! 허!"

딸의 시체에 엎어져 통곡을 하고 있던 시어머니 노 씨가 자학이라도 하듯 몇 번 앙상한 주먹으로 자신의 가슴을 쾅쾅 치더니, 갑자기 큰 소리로 탄식을 내질렀다. 그러다 돌연 고개를 뒤로 훌렁 젖히며 마치 앙천대소를 하듯,

"호호호, 호호호, 호호호, 호호호······."

하고 미친 듯이 깔깔댔다.

돌연한 그 웃음소리가 격리실과 온 응급실 안을 동굴 속처럼 쩌렁쩌렁 울렸다. 그랬다가 갑자기 또 웃음을 뚝 그치고는 죽은 송세라를 홱 노려보았다. 그러더니 느닷없는 소릴 하는 것이었다.

"잘 죽었다, 잘 죽었어! 암, 땅 넓을 때 일찌감치 뎨지는 것이 복이지, 복! 아무렴, 복이고말고! 호호호, 호호호, 호호호."

노 씨가 다시 또 미친년처럼 깔깔대자 송동걸이 깜짝 놀라 파랗게 질린 얼굴로,

"어머니, 갑자기 왜 이러세요? 정신 차리세요, 어머니!"

하고, 노 씨의 가냘픈 팔을 잡고 흔들었다.

그러자 송 영감이 멍하니 허공을 응시한 자세로 그대로 선 채 혼잣말처럼 중얼거렸다.
"내버려둬라. 이런 기막힌 일을 당하고 미치지 않는 사람이 이상하지 너의 어머니가 이상한 것이 아니다. 돌아버리게 내버려둬."
"아버지……."
그 말에 송동걸이 와락 울음을 삼키고, 노 씨는 한동안 숨넘어가게 깔깔대다가 다시 또 송세라의 시체에 퍽 엎어지며 통곡을 하기 시작했다. 격리실 밖 응급실에선 다른 환자나 가족들 중 눈살을 찌푸리는 사람도 있었으나 대부분은 동정적인 표정이었고, 분주히 움직이는 의사나 간호사들도 그런 일이 한두 번이 아닌 듯 격리실로 쫓아와 노 씨를 응급실 밖으로 아주 쫓아내거나 뭐라고 제지하지는 않았다.
노 씨가 그러거나 말거나 송 영감은 집안의 가장 어른답게 조금도 흐트러짐이 없었다. 노 씨가 아무리 죽은 막내딸의 시체에 엎어져 애간장이 끊어지게 통곡을 해도 같이 울지를 않았다. 하지만 속으로는 얼마나 통곡을 하고 있는지 눈 가장자리가 파르르 경련을 하는데도 끝까지 눈물 한 방울 보이지 않았다.
그것은 오수옥과 송동욱도 마찬가지였다. 그들은 마치 타인의 주검을 보듯이, 아니 문상을 온 사람처럼 그저 멍하니 침대 옆에 꼿꼿이 선 채 고개를 푹 숙이고만 있었다. 고개를 드는 것조차도 뻔뻔한지 약속이라도 한 듯이 나란히 서서 그러고 있었다. 노 씨가 아무리 미친 사람처럼 깔깔댔을 때도 고개를 들 줄을 몰랐다.
갑자기 뭐가 생각난 듯 송 영감이 큰아들을 불렀다. 무섭도록 착 가라앉은 목소리였다.
"동걸아, 너……."
송동걸이 대꾸 대신 빨개진 눈으로 아버지를 쳐다보았다.
"병원에서 오는 길이냐? 산부인과 말이다."
"……네, 아버지."

"애기 젖은 잘 먹더냐?"

"………."

분위기에 걸맞지 않게 송 영감이 느닷없는 것을 묻자 송동걸이 좀 난처해하는 표정을 지었다.

"애기 젖은 잘 먹어?"

"네, 네."

"산모는 어떻구?"

"거, 건강합니다."

"아들이냐, 딸이냐?"

"………."

"아들이야, 딸이야?"

"아들……."

"참, 그랬었지. 아들을 낳았다고 했었지, 내가 이거 당최 정신이 없어서 미안하다."

"………."

"잘했다. 인생은 죽는 사람도 있어야 태어나는 사람도 있는 법. 이런 때 그런 경사라도 있으니 얼마나 다행스러운 일이냐."

"………."

"오늘은 슬픈 일도 있고 기쁜 일도 있고…… 내 눈을 감을 때까지 이날을 잊을 수가 없겠구나."

"………."

"허나 죽은 사람은 죽은 사람이고 산 사람은 살아야지. 산모 건강에 신경을 써라. 알았느냐?"

"………."

"알았어?"

"네, 아버지."

송동걸이 왈칵 쏟아지는 눈물을 얼른 손수건으로 닦아냈다. 감당할 수 없는 너무도 기막힌 슬픔을 그런 식으로라도 이기려고 애쓰는 아버지의 그 깊은 마음을 헤아리고 더욱 비통해지는 모양이었다.
"첫아기라 산후 조리를 잘해 줘야 잔병이 없을 텐데…… 참, 첫국밥은 뭘 먹였느냐?"
송 영감이 다시 물었다. 그는 정말 죽은 사람은 죽은 사람이고 살아 있는 큰며느리가 걱정이 되는 모양이었다. 너무 지나치다 싶을 정도로 자상하게 계속 묻는 것이었다.
"미역국을……."
"뭐? 미역국을 먹였어?"
"……네."
"미역국이 어디서 생겨서? 니가 식당에서 갖다 줬냐? 너의 제수가 미역을 빨아둔 게 있었을 텐데, 내가 시켜서 말이다. 그걸 아무렇게나 대충 끓여서 니가 퍼다줬어?"
"아닙니다. 산부인과에서 첫국밥으로 주었어요."
"오, 그래? 참, 너의 제수도 애들을 낳을 때 산부인과에서 그랬다고 했었지. 그땐 너의 어머니가 별도로 집에서 미역국을 끓여서 또 갖다 줬어. 헌데 너의 제수 친정어머니도 미역국을 끓여서 먼 데서 또 가져왔지 뭐냐. 그래서 그땐 산모 미역국이 남아돌았어요, 허허허."
일부러 억지웃음까지 허탈하게 웃다가 다음과 같은 말을 하기 위해서 이제까지 그런 얘길 꺼낸 듯,
"그런데 너의 처는 산부인과에서 주는 그 미역국 말고 아무도 미역국을 끓여서 별도로 갖다 주는 사람이 없었지?"
"………."
"그 난리가 나는 바람에 모두가 정신이 없었으니 너의 어머니도 어찌 미역국을 끓일 정신이 있었겠느냐. 너의 제수도 그랬고…… 그래서 맛없는 산부인과 미역국만 대충 먹었어? 그랬어?"
송 영감이 재우쳐 다시 물었으나 송동걸은 대꾸하지 않았다. 침묵으

로 긍정을 대신한 것이었다.

 사실 그랬다. 유혜경은 친정이 없어서 친정어머니가 대신 미역국을 끓여줄 수가 없었다. 유혜경은 조실부모하고 형제자매도 없어서 외로운 여자였다. 그렇다고 남편인 송동걸이 한가하게 미역국을 끓여줄 수도 없는 노릇이었다. 그는 지금 직장에도 나가지 못하고, 이번 화재 사건의 복잡한 수습 때문에 이리 뛰고 저리 뛰고 하느라 정신을 차릴 수가 없었기 때문이었다.

"애야."

송 영감이 느닷없이 고개를 푹 숙이고 서 있던 오수옥을 불렀다.

"네? 아, 아버님."

"아무리 난리 통이지만 산모를 그렇게 한대해서야 쓰겠느냐. 산모가 먹고 싶은 건 집에서 끓인 맛나고 푸짐한 집 미역국일 텐데…… 니가 빨리 가서 미역국을 끓여서 이제라도 갖다 주도록 해라."

"아버지, 이 난리 통에 무슨 미역국입니까. 지금 모두가 그럴 경황이……."

송동걸이 신청부같다는 듯이 송세라의 시체와 아직도 그 시신에 엎어져 울고 있는 노 씨와 송 영감을 번갈아 보며 말하자,

"어서!"

송 영감이 약간 노한 듯한 목소리로 오수옥을 재촉했다.

 그러자 울다 지친 듯 조금 수굿하게 통곡을 하고 있던 노 씨가 뚱딴지같은 소릴 했다. 뒤로 나자빠질 소리였다.

"아이고, 배고프다. 미역국 몽땅 퍼가지고 이리 가져오너라. 우리 세라도 배고플 텐데 같이 먹어야겠다."

"아니. 뭐, 뭐라구?"

 송 영감이 놀라 노 씨 쪽을 홱 돌아보자,

"아이고, 세라야! 불쌍한 우리 세라야……."

노 씨가 다시 또 송세라의 뻣뻣한 손을 잡고 통곡을 하기 시작했다.

그걸 보고 모두가 파랗게 질려 있었다. 아무래도 노 씨가 충격 때문에 정신에 이상을 일으킨 것 같았기 때문이었다. 조금 전에 송세라보고 땅 넓을 때 일찌감치 잘 죽었다면서 깔깔대던 그 비정상적인 홍소가 그랬고, 죽은 송세라와 미역국을 같이 먹겠다는 그 망발이 그랬다.

정상적인 사람이라면 송 영감처럼 한마디쯤 산모에 대한 걱정이 있어야 하고, 빈말이라도 미역국을 끓여서 갖다 주라고 했어야 할 시어머니였다. 오수옥이 이제까지 겪어온 노 씨의 성품으로 봐서는 충분히 그러고도 남을 사람이었다. 그런데 이 무슨 멘탈에 이상이 생긴 사람처럼 울다가 웃다가 이상한 행동을 한단 말인가. 만에 하나 시어머니마저 정신에 이상이 생긴다면 그땐 큰일이었다. 그 화재 사건 때문에 꼬리에 꼬리를 물고 자꾸 불행한 일이 생겨나기 때문이었다.

그런데 바로 그때였다.

하늘이 뒤집힐 만한 놀라운 일이 벌어졌다. 도저히 믿을 수도, 있을 수도 없는 불가사의한 일이 일어났다.

엄마, 그날 밤 저도 불에 타서 죽고 싶었어요

29

시아버지가 시키는 대로 오수옥이 맏동서인 유혜경의 미역국을 다시 끓여주기 위해 응급실을 곧장 나가려다 말고, 마지막으로 영원한 메별이라도 하듯 덜덜 떨리는 손으로 죽은 송세라의 싸늘한 손을 막 잡으려고 할 때였다. 분명히 숨이 완전히 끊어졌던 송세라가 다시 살아나고 있었다. 검푸른 빛깔로 뻣뻣하게 경직돼 있던 얼굴이 아주 미세하게 꿈틀대는 것 같더니 한순간 갑자기 숨을 한 번 훅 들이마시는 것이었다. 아직은 병원 측에서 사자의 콧구멍이나 귓구멍, 입 등등에 솜을 틀어막지 않았기 때문에 그 기적 중의 기적 같은 최초의 호흡이 가능했는지도 몰랐다. 송세라는 분명히 코로 숨을 한 번 크게 들이마셨던 것이다.

오수옥은 처음에 잘못 봤나 했다. 착각인가 싶었다. 도저히 있을 수 없는 일이 지금 일어나고 있기 때문이었다. 하지만 그것은 착각이 아니었다. 분명한 현실이었다. 그녀만 본 것이 아니었던 것이다.

송 영감도 놀란 눈으로 보고 있었고 송동욱과 송동걸도 경악과 반신반의의 눈으로 뚫어지게 시체의 얼굴을 보고 있었다. 누구보다 시어머니 노 씨가 통곡을 하고 있다가 시체가 숨을 크게 훅 들이마시는 것을 보았던지 너무 놀라 뒤로 나자빠지는 사태까지 빚어졌던 것이다.
 그리고 얼마나 지났을까.

 마치 유령을 보듯이 모두가 공포에 질린 얼굴로 송세라의 검푸른 얼굴만을 뚫어져라 주시하고 있는데, 송세라가 한참 만에 들이마셨던 숨을 다시 천천히 토해내는 것이었다. 그와 동시에 송세라의 꽉 다문 입술 사이에서 가느다란 신음 같은 소리가 흘러나왔다. 그리고 검푸른 빛깔의 죽은 얼굴이 차차 밝은 흰빛으로 변하면서 그렇게 봐서 그런지 엷은 화색이 약간 도는 것도 같았다. 그 빛깔은 입술에서 가장 먼저 두드러지게 나타나고 있었다.
 "간호사!"
 송세라의 생명의 피리 소리 같은 그 가느다란 신음 소리를 듣는 순간 누군가가 간호사를 소리치며 격리실 밖으로 뛰어나갔다. 오수옥은 도무지 믿기지 않아서 지금 막 기적적으로 환생하고 있는 송세라에게서 잠시도 시선을 떼지 않고 있었기 때문에 그가 누구인지 돌아보지는 않았으나 남편 송동욱이란 것을 직감하고 있었다. 아니. 목소리로 이미 알고 있었던 것이다. 그뿐 아무도 입을 열지 않았다. 미동도 하지 않았다. 숨도 크게 쉬지 않았다. 그리고 기쁨보다 모두가 그 불가사의한 현실에 하얗게 질려 있었다. 죽은 사람이 다시 살아난다. 분명히 호흡까지 정지되고 의사도 죽음을 확인한 후 사망을 선언했었는데 그 죽은 자가 다시 살아난다. 얼마나 기쁜 일인가. 얼마나 미쳐 날뛸 희열의 순간인가. 그러나 송 영감을 위시한 가족 모두는 조금도 기뻐할 줄을 모르고 있었다. 그러기는커녕 자기가 지금 무슨 착각에 빠져 있지 않나 그런 표정들만 짓고 있었다. 아무리 보고 또 봐도 도저히 일어날 수 없는 일이 지금 눈앞에서 환각처럼 일어나 있기 때문이었다.

 한참 만에 송세라가 다시 숨을 한 번 아까보다 더 크게 들이마셨다.

그리고 이번에는 빠르게 들이마셨던 숨을 다시 토해냈다. 동시에 꼭 감고 있던 눈꺼풀을 약간 꿈틀거렸다. 바로 그때 격리실 밖 응급실 내의 다른 환자들 침대에서 치료하고 있던 일부 간호사들과 의사, 그리고 레지던트인지 인턴인지 그들이 몇 놀라 우르르 격리실로 뛰어들었다. 그들이 다시 환생하고 있는 환자 상태를 눈으로 직접 확인했음인지 몹시 놀란 얼굴들로, 그러면서도 일사불란하게 환자의 맥박을 체크하고 눈을 까보고, 호흡기능 측정 장치, 심장박동 그래프 따위의 각종 모니터를 확인하는 등 한동안 야단법석을 피웠다.

그러더니 누구한테 하는 소리인지 모르지만 송세라를 담당했던 의사가 다급하고 희열에 찬 목소리로 갑자기 큰 소리로 부르짖었다.

"이럴 수가…… 다시 살아났어! 다시 살아났다구! 죽은 환자가 다시 살아났어! 이거 어떻게 된 거야?"

30

 송세라가 다시 기적적으로 환생한 후의 일을 오수옥은 다음과 같이 진술했다. 그 진술은 송 영감이나 송동욱 그리고 송동걸의 진술과도 일치한 것이었다.
 "거짓말 같은 일이지만 둘째 시누이가 죽었다가 다시 살아난 것은 사실이에요. 제가 직접 침대 옆에서 이 두 눈으로 똑똑히 봤으니까요. 어쩌면 방화인지 실화인지 그 진실을 밝혀주기 위해서 다시 살아났는지도 모를 일이었어요. 둘째 시누이는 이제 유일한 생존자가 되었기 때문이에요. 그 생존자가 말도 할 수 있고 정신적으로 어느 정도 안정을 되찾자 경찰에서 조사를 나왔어요. 그 화재 사건은 실화로 일단락이 되었지만, 그래도 유일한 생존자기 때문에 그날 밤에 화재가 났을 때의 과정을 처음부터 참고적으로 들어보기 위해서 온 눈치 같았어요. 사실은 제 남편이 그것을 바라고 고집했던 거예요."

 그 생존자의 자세한 진술 내용은 다음과 같았다. 그 자리엔 송 영감과 노 씨 그리고 송동욱과 오수옥도 있었다.
 "불이 난 것을 언제 어떻게 알았지?"

수사관은 송동욱을 신문했던 바로 그 수사관이었다. 그의 단도직입적인 물음에 송세라는 병상에서 또박또박 명료한 발음으로 거침없이 대답했다. 응급실에서 2인실의 일반 입원실로 옮긴 후에 있었던 일이었다.

"시간은 잘 모르겠어요."

"정확한 시각을 묻는 것이 아니라 불이 난 것을 알게 된 때와 동기를 묻는 거야."

"잠에서 깨어났는데 불이 나 있었어요."

"문득 잠에서 깨어났는데 불이 나 있었다 그 말인가?"

"아녜요."

"그럼?"

"몸이 덥고 코가 맵고 숨이 막혀서 잠에서 깨어났어요. 그것은 연기 때문이었어요. 다시 말해서 문득 깨어난 것이 아니라 그 매운 연기 때문에 깨어났다는 그런 뜻이에요."

"얼굴도 예쁘지만 아주 똑똑한 아가씨로군."

"저는 아가씨가 아니고 학생이에요. 올해 여고 졸업반……."

"알아요, 알고 있어요. 그래서 눈을 떠보니까?"

"방 안에 연기가 꽉 차 있었어요. 그래서 아무것도 보이지 않았지만 언니와 나는 순간적으로 불이 났다는 것을 직감했어요."

"그래서?"

"방문을 박차고 언니와 나는 밖으로 뛰쳐나갔어요. 뛰쳐나가 봤자 거기가 바로 좁은 부엌 바닥이지만."

"그때 불은 어디서 나고 있었지?"

"불이 처음에 어디서 났는지 그건 잘 모르겠어요. 이미 온 부엌 안이 불바다였으니까요. 좁은 부엌의 사방 벽이 다 불타고 있었고, 안방 미닫이문은 다 타버려서 흔적도 찾아볼 수가 없었어요. 하지만……."

"하지만?"

"안방은 한쪽 벽만, 그러니까 부엌 쪽의 벽만 활활 타오르고 있었는데, 그 방 안에서 우리 죽은 영희가 연기 때문에 기침을 하며 혼자 째지게 울고 있었어요. 밖으로 기어 나오고 싶으나 불길 때문에 무서워서 못 기어 나오고 그래서 울고 있는 것 같았어요."

"………."

"그걸 보고 언니가 용감하게도 안방으로 뛰어들어 영희를 번쩍 안아 들었어요. 그러나 나는 나만 살겠다고 출입문인 판자문을 밀고 있었어요. 그런데……."

"그런데?"

"판자문이 밖에서 잠겨 있었어요."

"그래서 어떻게 했지?"

"판자문을 부수려고 나는 발악을 했어요. 영희를 안은 언니도 뛰어나와 합세를 했어요. 하지만 의외로 판자문은 견고했어요. 우리 힘으로는 도저히 부술 수가 없었어요. 그래서 언니와 나는 다시 불길을 뚫고 안방으로 뛰어들었어요."

"그러고는?"

"번쩍 안방의 창문이 생각났던 거예요. 하지만 창문도 탈출구가 되지 못했어요."

"창문도 화염에 휩싸여 있었기 때문이었나?"

"아녜요."

"그럼?"

수사관은 이미 알고 있는 것을 엉뚱한 방향으로, 그러니까 직접신문에 있어서는 원칙적으로 금지돼 있는 유도신문을 하고 있었다.

"창문엔 쇠창살이 붙어 있었기 때문이에요."

"음!"

수사관이 신음을 토하며 다시 물었다.

"그래서 어떻게 했지?"

"우리는 절망감에 서로를 부둥켜안고 엄마 아빠를 소리치며 울음을 터트렸어요. 그땐 이미 안방도 온통 불바다가 돼 있었어요. 사방의 벽도…… 천장도…… 가구들도……."

"그때 밖에서는 아무 소리도 안 들렸나?"

"밖은 빗소리가 세차고 사람들의 고함 소리와 아우성이 들리는 것 같았지만 우린 이제 죽었구나 그런 절망감에 빠져 있어서 자세한 소리는 들을 수가 없었어요. 하지만 언니는……."

"하지만 언니는?"

"필사적으로 창문의 유리를 깨고 쇠창살을 부러뜨리려고 사력을 다하고 있었어요. 언니의 손에서 피가 나는 것도 같았어요."

"음! 그리고?"

"그러다 언니가 불길에 휩싸여서 비명을 지르며 쓰러졌어요. 영희는 이미 질식해서 숨졌는지 울지도 않았고요. 그뿐이에요."

"그럼 아가씨는, 아니 학생은 어떻게 했지?"

"모르겠어요."

"모르다니?"

"저도 불길에 휩싸여서 정신을 잃어버렸으니까요. 단지 뜨거워서 나도 모르게 부엌의 판자문 쪽으로 뛰어나가 쓰러졌다는 것만 희미하게 기억될 뿐이에요. 그런데……."

"그런데?"

"난, 난 이렇게 살아 있군요. 언니와 우리 귀여운 영희는 불에 타서 죽고 나만 이렇게……."

"울지 마요. 다 운명으로 생각하고."

"………."

"그럼 한 가지만 더 묻겠는데, 분명히 안방 미닫이문은 벌써 다 타버리고 흔적도 없었단 말이지?"

"네, 그랬어요."

"그때 아궁이 위에 널린 기저귀들은 어떤 상태였지?"

"모르겠어요. 아녜요, 기저귀들도 이미 다 타버렸는지 아무것도 보이지 않았어요. 흔적도 없었어요. 그래서 기저귀들이 눈에 하나도 안 보였겠죠."

"음!"

"………."

"그럼 혹시 무슨 냄새 같은 것은 못 맡았나?"

"냄새요?"

"그래. 휘발유나 석유 같은 그런 기름 냄새 말이야."

"모르겠어요."

"모르다니?"

"연기 때문에 숨이 막혀서 죽을 지경인데 무슨 냄새를 어떻게 맡아요? 콧구멍이 매워서 아무런 냄새도 맡지 못했어요. 그럴 만한 정신도 없었구요."

"그랬겠지. 그럼 마지막으로 하나만 더 추가해서 묻겠는데, 학생은 어디서 불이 났다고 생각해요? 느낌 같은 것도 좋아요."

"불이야 우리 오빠 집에서 났지 어디서 나요? 그 순간의 느낌도 그랬고요. 옆 철공소에서 불이 났다면 우리 공부방의 벽부터 타고 있었을 거 아녜요? 안 그래요? 우리들의 공부방 벽과 철공소 벽은 딱 붙어 있으니까요."

"음! 알았어요. 수고했어요."

"하지만……."

"하지만 뭐지?"

"혹 그랬을지도 모르죠."

"뭐가?"

"공장을 못하게 우리가 방해를 한다고 해서 옆집 오란이 아빠가 불을 질렀는지도 모르죠. 감정적으로 말예요. 오기로……."

엄마, 그날 밤 저도 불에 타서 죽고 싶었어요 145

"그러나 그건 어디까지나 추측이겠지. 증거가……."

"그래요. 이건 순 억지예요. 불은 우리 둘째 올케의 부주의로 났을 거예요. 틀림없이…… 눈을 빼도……."

"왜 그렇게 생각하지?"

"수사 결과 그런 결론이 났다면서요? 기저귀들에 연탄불이 붙어서 안방 미닫이문으로 옮겨붙었다고."

"………."

"그랬을 거예요. 저도 그렇게 생각해요. 항상 위험하게 생각했었으니까요. 연탄아궁이 위에다 기저귀들을 너는 것을. 그 기저귀들에 연탄불의 파란 불꽃들이 붙어서 한번은 꼭 불이 날 줄로 알았어요. 이건 솔직하게 말씀드리는 거예요."

"………."

입원실에서의 송세라의 진술은 이 정도로 끝이 났다.

오수옥은 그때의 상황을 다음과 같이 계속해서 진술했다.

31

"그래서 결국 또 한 번, 이번에는 완벽하게 실화라는 결론이 나게 되었어요. 유일한 생존자인 둘째 시누이의 말마따나 기저귀들에서 최초의 발화가 된 것이 확실하다는 결론이 말예요. 그래서 저도 그것을 양심적으로 한 번 더 최종적으로 시인해 버렸어요. 하지만 제 남편은 끝까지 굴복하지 않았어요. 무엇보다 시간적으로 틀림없이 방화라는 것이었어요. 상식적으로도 도저히 실화가 성립이 되지 않는다는 거예요. 하지만 그건 남편의 고집일 뿐이었어요. 경찰이나 검찰 측에선 이미 화재 감식 직후부터 남편의 말엔 귀도 기울이지 않았으니까요. 그래도 남편은 고집스럽게 그 의혹을 떨쳐버리지 못했어요. 자기 혼자 힘으로라도 어떻게 하든 그걸 꼭 밝히고야 말겠다고 이를 갈았어요. 그러나 시부모님 이하 모든 가족은 저와 동감이었어요. 저의 부주의에 의한 실화임을 아주 기정사실로 받아들이고 있었던 거예요. 그래서 저에 대한 증오와 학대가…… 죽음보다 더 참기 힘든 시어머니의 증오와 학대가 시작되었어요. 시어머니뿐만이 아니었어요. 저 때문에 전신에 징그러운 화상 흉터가 남게 된 둘째 시누이가 이번엔 같이 학대를 하기 시작했어요. 그런데 시어머니보다 둘째 시누이의 증오와 학대가 얼마나, 얼마나 심하고 잔인한지…… 지금부터 그 얘기를 해드리겠어요. 이 얘기는 필연적으로 꼭 해야 해요. 왜냐하면 얼핏 듣기에는 아파트에서 알몸으로 추락해 죽은 강오란이라는 그년의 살인 사건과는 무관한, 나와 우리 시댁 식구들 간의 병원 생활에서 야기된 일상적인 갈등 문제 같지만, 그러나 내가 강오란이라는 그년을 아파트 창문에서 의도적으로 밀어서 죽이게 된 동기가, 저의 시어머니와 둘째 시누이가 저에게 행한 그 응당한 증오와 학대로부터 입은 말할 수 없는 슬픔과 서러움과 트라우마들이 쌓이고 쌓여서, 결국엔 역으로 그년을 죽이게 된 계기가 된 것이었으니까요. '역'이라는 말! 이 말을 명심하면서 들어주세요. 그럼 얘기를 시작하겠어요…… 죽었던 환자가 다시 기적적으로 환생하자 그때부터 지긋지긋한 병원 입원실 생활이 시작되었어요. 시부모님은 입원실에서 잠시도 떠나지 않았으며, 그 때문에 저는 남편과 같이 매일 식당에서 밥을 해서 시부모님의 식사를 병원으로 날라야 했어요. 화상 치료 중인 환자는 병원에서 나오는 밥을 먹었지만, 시부모님은 병원 식당에서 밥을 사먹는 것을 삼가고 또 싫어하셨기 때문에 부득이 식당에서 별도로 밥을 해서 날라야 했던 거예요. 저의 시댁인 설렁탕 전문 식당은 당분간 영업을 하지 않았어요."

송세라가 환생한 지 한 달이 지난 어느 날 정오쯤이었다.
그날은 유난히도 더웠다. 7월의 폭염이 숨통을 콱 틀어막는 듯한 그런 무더운 날이었다.
오수옥은 송동욱과 같이 병원을 나서고 있었다.
시부모님의 점심 식사를 식당에서 지어서 병원으로 갖다 드리기 위해서였다. 오수옥은 영수란 녀석을 등에 업고 있는 몸이었다. 아직 젖도 떼지 않은 영수는 집안의 그 엄청난 재앙을 알아서인지 잠시도 엄마 품을 떨어져 있지 않으려고 떼를 썼기 때문이었다. 병원의 할아버지와 할머니가 봐주려고 해도 소용이 없었다. 그럴 때마다 낯선 사람을 본 거위처럼 악을 쓰고 울었다. 그래서 하는 수 없이 오수옥이 항상 업고 있어야 했다.

송동욱은 송동욱대로 식기들이 담긴 당시의 장바구니였던, 대나무로 짠 약간 길쭉한 네모 모양에 반원형의 손잡이가 무지개 모양으로 뚜껑 대신 달린 바구니를 들고 있었다. 보자기를 덮었지만 그 속에 들어 있는 식기들은 아침 식사 때 밥을 해서 병원 입원실로 가져갔던 빈 그릇들이었다. 부부는 그렇게 한 달 동안을 어떤 형벌처럼 그런 일을 묵묵히 해오고 있었던 것이다.

그들이 병원을 나와서 변두리 거리를 얼마쯤 걸었을 때였다. 웬 젊은이가 옆을 지나면서 뭔가를 땅바닥에다 휙 던졌다.

그것은 담배꽁초였다.

그런데 불이 꺼지지 않아서 흡사 도롱뇽이 내뿜는 입김처럼 자색 구름 같은 담배 연기가 거미줄 모양으로 몇 가닥 피어오르고 있었다. 그 담뱃불을 보는 순간 송동욱이 급정차하는 차처럼 갑자기 걸음을 뚝 멈추었다. 그리고 저주의 눈으로 잠시 그 담뱃불을 노려보았다.

오수옥도 그러고 있었다. 그녀는 마치 뱀이라도 물컹하고 밟은 듯 하얘진 얼굴로 흠칫 놀라기까지 했다.

다음 순간 송동욱이 어느새 오른쪽 구둣발을 필요 이상으로 높이 쳐들었다. 그러더니 그 꽁초에 붙은 담뱃불을 길바닥의 더러운 가래침을 밟아버리듯 구두 뒷굽으로 꽉 밟아 한참 동안이나 비벼 껐다. 그 꽁초에 붙은 '불' 자체를 흔적이나 씨앗조차 없애버리듯 아주 가루로 만들고 있었다. 그러자 오수옥이 뒷굽 속에서 짓이겨지는 그것을 매서운 눈으로 노려보며 저주에 찬 목소리로 말했다.

"더 힘껏 밟아 비비세요."

"알았어."

"씨앗까지 없어져버리게요."

"그래. 씨앗까지 없애버리자구."

"더요, 더! 더 비비세요! 더! 더!"

오수옥의 목소리는 울고 있었다. 불에 대한 한과 저주로 치를 떨 듯 마치 사람들에게 발악하는 몹쓸 저퀴처럼 목소리가 이상한 울음소리를 내고 있었다. 송동욱의 목소리도 그랬다. 그의 목소리는 불에 대한 원한이 극에 사무친 듯 피가 우는 그런 소리였다.

이렇듯 부부는 불만 보면 치를 떨었다. 불이 없는 세상을 동경하기도 했다. 그러나 식사 때마다, 아니 밥을 지을 때마다 오수옥은 그 저주스러운 연탄불을 대해야 했다. 치를 떨고 몸서리를 치면서도 그 불에 밥을 짓고 국을 끓여야 했다. 그것이 그녀는 죽기보다 싫었다. 연탄불의 춤추는 파란 불꽃들을 볼 때마다 불에 타 죽어가는 큰시누이와 사랑하는 딸 어린 영희의 모습이 직접 눈으로 본 것처럼 떠오르기 때문이었다. 마치 영화나 텔레비전의 화면처럼 자꾸 상상의 그 모습들이 끝없이 명멸하는 것이었다. 그리고 비록 다시 기적적으로 환생하긴 했지만 둘째 시누이의 그 참혹한 모습도…….

시댁인 식당으로 온 그녀는 지금도 그 저주스러운 연탄불아궁이에다 솥을 걸고 밥을 안치고 있었다. 당시 시댁 식당은 설렁탕을 전문으로 하면서도 규모가 작은 식당이어서 주방에서도 연탄을 사용하고 있었다. 가마솥에다 소의 머리와 내장, 뼈다귀, 발, 도가니 따위를 넣고 푹 과야 할 경우에도 연탄이 서너 장씩이나 한꺼번에 들어갈 수 있는 대형 화덕이 별도로 있어서 별로 불편하지가 않았던 것이다.

오수옥은 미역국도 끓이고 있었다. 미역국은 맏동서 유혜경에게 갖다 주기 위해 끓이고 있는 것이었다. 미역엔 칼슘이 많아 같은 양의 분유와 맞먹기 때문에 아기를 생각해서 계속 미역국을 끓이고 있었던 것이다. 산모 유혜경은 산후가 좋질 않아 아직도 산부인과에 입원을 하고 있는 상태였다. 엎친 데 덮치는 격으로 산모까지 말썽이었다. 아직도 심한 하혈이 하문에서 멎지 않고 있다는 것이었다.

32

 밥 짓는 일을 송동욱도 도와주었다. 화재가 난 후로 그는 어설픈 주방장이나 가정부처럼 이제까지 죽 그래오고 있었다. 간판점에는 하루에 한 번씩 얼굴만 내밀 뿐 작업에 직접 뛰어들지는 않았다. 아직은 간판 글씨를 쓰고 아크릴 글자들을 톱으로 도려내는 등 간판을 제작하는 일에 마음 놓고 몰두할 만한 그럴 경황이 없기 때문이었다. 대신 간판점 일은 조수인 용만이가 알아서 처리하고 있었다.

 이윽고 식사 준비가 다 되자 송동욱이 이마의 숭어 비늘 같은 굵은 땀방울을 주먹으로 씩 훔치며 오수옥에게 물었다.

 "자, 그럼 어디부터 먼저 갈까? 형수님께 먼저 미역국을 갖다 드려야겠지?"

 "그럼요. 당신은 여기 계세요. 제가 미역국을 빨리 갖다 드리고 오겠어요. 여기선 산부인과가 가까우니까."

 "아냐, 당신이 여기서 잠시 쉬고 있어요. 내가 빨리 갖다 주고 올 테니까."

 바로 그때 송동걸이 더위에 숨을 할딱이며 햇볕에 익은 해녀 같은 벌건 얼굴로 식당 주방에까지 들어왔다. 그 역시 연가(年暇)를 내서 아직까지 직장에 나가지 않고 있었다. 그러면서 양쪽 병원을 시계추같이 왔다 갔다 하며 두 환자를 보살피느라 눈코 뜰 새가 없었다.

어떤 땐 자기 아내의 미역국을 장바구니에 담아 보자기로 덮어서 몸소 갖다 줄 때도 있었다. 지금도 그 미역국 때문에 산부인과에서 오는 길인 모양이었다. 미역국은 산모의 피를 맑게 해주고 하혈하는 데에도 좋다는 말을 어디서 주워들었던지 미역국에 대한 지성이 이만저만이 아니었다.

"점심 준비가 다 됐습니까?"

송동걸이 들어서자마자 대뜸 물었다. 오수옥에게 묻는 말이었다.

"네, 오늘은 미역국을 조금 많이 끓여봤어요. 형님이 미역국을 물리지 않고 계속 잘 잡수신다기에."

"그래요? 잘하셨습니다. 그럼 미역국을 이리 주십시오. 산모 것은 제가 갖다 주겠습니다."

"아, 아녜요. 시아주버님이 이걸 들고 어떻게 거리를……."

"지금 창피를 생각할 땝니까. 그런 걱정은 마시고 어서 부모님 식사나 갖다 드리세요."

"그래요. 형수님 것은 형님께 드려요. 지금 사치스럽게 창피를 생각할 때야? 그리고 처음도 아닌데 뭘."

송동욱이 거침없이 말했다.

그 말에 송동걸이 기꺼이 끄덕이며 갑자기 연민의 눈빛으로 오수옥을 빤히 쳐다보았다. 죄책감과 고생으로 그 곱던 얼굴이, 게다가 화장까지 일절 하지 않아서 몰라보게 여위고 핼쑥해진 제수의 얼굴을 그제야 새삼스럽게 똑똑히 본 모양이었다. 그러더니 급기야 하나밖에 없는 제수가 가슴이 미어지도록 불쌍하고 측은한지,

"제수씨."

하고 나직이 불렀다.

"네?"

"이번 일로 부모님께서, 특히 어머님이 제수씨를 다르게 대하시는 것 같습니다만…… 그걸 조금이라도 언짢게 생각하시면 안 됩니다. 아시겠지요?"

"……네."

"자식을 가진 부모 심정은 다 마찬가지인데, 한창 귀여움을 부릴 어린 영희를 잃은 제수씨 심정은 오죽 아프겠습니까만……."

"………."

"그러나 부모님은 늙으신 분들이라 슬픔이 더하시겠지 그렇게 이해를 하셔야 합니다."

"알고 있어요, 시아주버님."

"부모님은 다 키워놓은 두 딸을 졸지에 한꺼번에 다 잃은 것이나 다름이 없게 돼버렸으니까요. 세라가 치료를 받고 퇴원한다 하더라도 신체적인 면에서 어디 그게 정상인이라고 볼 수가 있겠습니까. 병신이나 다름없지요."

"………."

"온몸에 화상을 입어 생긴 흉터 때문에도……."

오수옥은 고개를 푹 숙이고 죄인처럼 듣고만 있었다. 그러면서도 손은 따끈따끈한 미역국 냄비를 장바구니 속에다 조심조심 집어넣고 있었다.

그 정성스러운 손끝을 아프게 내려다보며 송동걸은 계속 말했다.

"그래서 어머님이 더 그러시는지도 모르겠습니다. 정신없는 사람처럼 엉뚱한 소리를 하시고…… 제수씨를 욕하고…… 하긴 어머님은 본시 성정이 좀 괄괄하신 분이라 그러고도 남을 분입니다만."

"………."

송동걸은 노 씨의 정신 상태를 정상으로 보고 있는 눈치 같았다. 감당할 수 없는 너무나 큰 재앙이긴 하지만 그렇다고 해서 정신이상 증세까지 일으키리라곤 꿈에도 생각지 않고 있는 모양이었다.
 그렇다면 얼마나 좋을까.
 사실 그동안 노 씨는 가끔 엉뚱한 소리를 지껄이고, 특히 오수옥에게 가혹할 정도로 표독스럽게 대해왔지만, 어찌 보면 되레 그것이 정상인지도 몰랐다. 송동걸의 말마따나 며느리 때문에 다 큰 두 딸을 한꺼번에 잃은 것이나 다름없게 돼버렸는데 어느 시부모가 그 며느리를 미워하지 않겠는가? 좀 더 과격한 표현을 빌리자면 딸들을 죽인 철천지원수로 여겨도 할 말이 없을 것이었다. 원수는 원한을 갚아버리면 그뿐이겠지만, 며느리기 때문에 죽이지도 못하고 살리지도 못하고 이를 어쩔 것인가. 그럴 바엔 분통이라도 터트리고 뼈만 남을 때까지 빼빼 말려서 죽이는 것 이상의 학대와 구박이라도 하는 수밖에.
 그렇게 생각하면 노 씨는 정상인 것 같기도 했다. 인간이기 때문에, 사람이기 때문에 얼마든지 그럴 수도 있는 응당한 학대와 구박…… 그래서 오수옥은 앞으로 시어머니가 어떠한 극단적인 학대와 구박을 하더라도 그걸 정상적인 시어머니의 성정으로 포용하기로 한 번 더 마음의 각오를 단단히 해버렸던 것이다.

 그런데 그날따라 노 씨의 학대가 진짜 정신이상자의 발악처럼 극을 치달았다.

33

 나중에야 안 일이지만 그날은 오수옥의 친정어머니가 찾아온 날이었다. 그러니까 송동걸은 미역국 바구니를 가지고 산부인과로 가고, 오수옥과 송동욱은 점심이 담긴 장바구니를 들고 병원으로 간 직후에 친정어머니가 시댁 식당 앞에 나타났던 것이다. 한발 늦은 것이었다.
 오수옥의 친정은 대전에 있었고 친정어머니는 대전에서 직접 자그마한 세탁소를 하고 있었다. 그러면서 오수옥의 남동생인 유일한 아들을 대학에 보내고 있었다. 형제라곤 오수옥과 그 남동생 둘뿐이었다. 아버지는 오수옥이 대학 졸업반 때, 벌써 오래전에 위암으로 세상을 뜨고 말았다.

 친정어머니는 화재 사건 직후에 한 번 왔다 간 적이 있었다. 그땐 아들과 같이 왔었다. 그러니까 이번엔 당신 혼자 오셨지만 두 번째 발걸음을 한 셈이었다. 그리고 한 달 만에 두 번째 발걸음을 한 것은, 당신의 딸 때문에 시댁에 큰불이 났다는 수사 결과를 뒤늦게 알고 딸의 시댁 식구들을 대할 면목이 없어서 몇 번을 망설이다가 이제야 죄인처럼 나타나게 되었던 것이다.

친정어머니가 재차 찾아온 줄을 꿈에도 모르고 오수옥은 송동욱과 같이 병원으로 부산히 들어서고 있었다. 그런데 아래층의 로비로 막 들어서는데 등에 업힌 영수란 놈이 갑자기 째지게 울기 시작했다. 조가비처럼 등에 착 달라붙어 여태 자고 있었는데 아마 배가 고파서 깨어난 모양이었다. 그 앙앙거리는 울음소리에 로비에 시끌벅적하게 있던 많은 사람들이 시끄럽다는 듯이 일제히 쳐다보았다.

그래서 오수옥은 로비의 의자에서 영수의 젖을 잠시 먹이기로 하고, 송동욱은 점심 바구니를 들고 먼저 엘리베이터를 타고 5층으로 올라가게 되었다. 송세라는 응급실의 격리실에서 5층의 일반 입원실로 옮겼기 때문에 엘리베이터가 아니면 비상 층계를 이용해야 했다.

오수옥은 입원실까지 같이 가서 거기서 영수의 젖을 먹이고 싶었으나 그때까지 영수가 시끄럽게 악을 쓰고 울면 환자인 송세라에게 피해가 될 것 같아 그걸 염려해서 일부러 그랬던 것이다.

송세라는 화재 사건 이전부터도 영수가 악을 쓰고 울면,

"울보가 또 사이렌 트네. 아유, 시끄러워 이 새끼야!"

하고, 곧잘 꿀밤을 먹였기 때문이었다.

그런데 그게 잘못이었다.

그로부터 얼마 후에 안 일이지만, 송동욱이 먼저 점심 바구니를 들고 입원실로 들어서자 노 씨가 그걸 꼬투리를 잡았다는 것이었다.

"왜 니가 밥을 들고 오나?"

"곧 올라올 거예요. 영수가 울어서 밖에서 젖을 먹이고 있어요."

"뭐야, 저런 못된 년 같으니라구. 아, 그런다고 밥 바구니를 남편 손에 들려서 보내? 더군다나 시부모 밥을! 어디서 배워 처먹은 버릇이라더냐?"

그 말을 듣기가 거북한 듯 송 영감이 얼른 말을 막았다.

"왜 또 그래? 영수란 놈이 배가 고파 하니까 잠시 밖에서 젖을 물리고 있대잖아, 젖을."

"아, 지 새끼 배고픈 것이 더 중해요? 시부모 밥보다 지 새끼 젖이 더?"
"어허! 이제 그만해두고 어서 밥이나 먹자구."
"오기만 해봐라."
"또, 또! 아무것도 안 먹고 죽을 참이야?"
"오래 살고 싶은 사람이나 배 터지게 많이 먹으세요."
"큰일이군, 큰일이야. 다된 인생 밑에 돈푼깨나 쓰러지게 생겼어."
송 영감은 노 씨의 정신 상태를 이상하게 생각하고 하는 말이었으나, 노 씨는 그 의미를 어떻게 받아들였는지 그 말엔 아무런 대꾸도 하지 않았다.
괄괄한 노 씨의 성정을 잘 아는지라 이번엔 송동욱이 한마디 거들었다. 죄인처럼 하는 말이었다.
"어머니, 듣고 보니 그 사람이 잘못한 것 같습니다. 제가 타이를 테니까 따뜻할 때 어서 진지 좀 드세요."
"니나 많이 처먹어라, 이 병신 같은 놈아!"
송동욱은 귀를 의심했다. 다 큰 아들에게, 어머니의 입에서 그런 험한 상소리가 나오리라곤 상상도 하지 않았기 때문이었다. 송동욱은 슬펐다. 아니, 또 하나의 슬픔에 가슴이 철렁 내려앉았다. 어머니는 아무래도 이번 화재 사건의 충격 때문에 정신에 이상이 생긴 것이 틀림없는 것 같았기 때문이었다. 그러나 송 영감은 노 씨야 먹든 말든 밥바구니를 끌어당겨 따끈한 미역국부터 후루룩 마시고 있었다. 노 씨의 그런 증상을 이미 인정하고 있었다는 듯이.
"이년은 왜 아직 안 와?"
갑자기 노 씨가 또 불쑥 말했다.
바로 그때 오수옥이 포대기째 영수를 안고 땀을 뻘뻘 흘리며 들어왔다. 그녀는 영수가 젖을 조금 빨다가 곧 잠이 들어서 서둘러 입원실로 올라온 것이었다.

입원실 안은 언제나 그렇듯이 소독약 같은 냄새가 역하게 코를 찔렀고, 송세라 병원 측에서 제공한 점심 식사를 했는지 식곤증이 있는 사람처럼 마침 잠이 들어 있었다. 그 입원실은 2인실이지만 가림 커튼 바깥 침대는 비어 있어서 입원 환자는 송세라 혼자뿐이었다. 왜 비어 있는지 그건 알 수 없었다. 다른 입원실들도 비어 있는 침대가 많았다.

오수옥이 입원실로 들어오자,

"너 마침 잘 왔다! 에끼, 버르장머리 없는 년 같으니라구! 니 새끼가 시부모보다 더 중하냐? 더 중해? 늙은 시부모 밥부터 갖다 주고 나서 니 새끼 젖을 빨리면 뭐가 어때서 밥 바구니를 덜렁 남편 손에 들려서 보내? 시부모야 밥을 처먹든 말든 굶어서 뒈져도 좋다 그 심보냐? 응? 그 심보냔 말이다!"

하고, 노 씨가 단단히 벼르고 있다가 여지없이 꽥 악을 썼다.

오수옥은 문 쪽에 엉거주춤 선 채 무조건 고개를 푹 숙였다. 영수가 하도 시끄럽게 울어서 젖을 좀 먹이느라 그랬어요 하고 사실대로 말하고 싶으나 그럴 용기가 나지 않았다. 화재 사건 이후로 그녀는 시어머니 앞에만 서면 주눅이 들어버렸던 것이다.

"니 친정 어미가 그렇게 가르치더냐, 응? 시집가면 불이나 내고 시부모 공경을 그렇게 하라고?"

공교롭게도 그때 마침 오수옥의 친정어머니 홍 씨가 입원실을 향해 통로를 걸어오고 있었다. 홍 씨는 시댁인 식당 문이 밖으로 잠겨 있어서 곧바로 택시를 타고 병원으로 한달음에 달려온 것이었다. 그러니까 오수옥과 송동욱을 곧장 뒤따라온 셈이었다. 병원의 위치는 화재 사건 직후에 한 번 왔다 간 적이 있었기 때문에 알고 있었다. 그리고 안내 창구를 통해서 응급실에서 옮긴 입원실도 쉽게 찾을 수가 있었다. 그래서 과일을 조금 사서 들고 막 입원실로 들어가려던 참인데, 안에서 노 씨의 격한 음성이 터져 나와 잠시 듣고 서 있었던 것이다.

그런 줄을 꿈에도 모르는 노 씨는 이번엔 애매한 홍 씨를 향해 욕설을 마구 퍼부어댔다.
"그리고 니 친정 어미는 한 번 왔다 간 뒤로 왜 콧구멍도 비치지 않는다냐? 왜 그렇게 사람이 독해?"
"………."
"아, 잘난 자기 딸 때문에 우리 집안이 생지옥이 됐는데 뭐가 얼마나 바빠서 병문안 한번 안 와? 다리가 부러졌다냐 모가지가 부러졌다냐? 독사보다 모진 년 같으니라구! 그 딸년에 그 어미라니까!"
"무슨 말을 그렇게 함부로 해?"
듣다못해 송 영감이 한마디 했으나 노 씨는 그 말엔 대꾸도 않고 계속 오수옥에게만 구정물을 퍼붓듯 마구 퍼부어대고 있었다.
"아, 꼴 보기 싫게 왜 그러고 섰어? 가서 붕대라도 빨지 않고!"
"무슨 붕대를 빨라는 게야?"
송 영감이 밥을 계속 혼자 맛없게 먹으며 뜬금없다는 투로 물었다.
"아, 붕대고 뭐고 한 번 쓰면 말 거예요? 빨아서 한 번 더 쓰면 입원비라도 덜 들 거 아녜요."
"허, 그래도 살 걱정은 하는구먼."
"내가 언제 죽는다고 했어요?"
"알았어, 알았다구. 흐음! 흠!"
"아, 어서!"
"네, 어머님."
오수옥이 영수를 그대로 안은 채 허둥대며 나가려고 하자 그런 아내가 측은해서 못 견디겠다는 듯 송동욱이 얼른 일어나 잠든 영수를 자기가 빼앗아 안았다. 그리고 아내와 같이 입원실 문을 열고 먼저 막한 발 밖으로 나가려다 말고 깜짝 놀랐다. 오수옥은 더 놀라 눈을 의심하고 있었다.
뜻밖에도 친정어머니 홍 씨가 문 밖에 서 있었기 때문이었다.

상앗빛 부인용 원피스 차림의 홍 씨는 입원실 안에서 들려 나오는 노 씨의 말을 다 들었는지 얼른 핸드백에서 손수건을 꺼내 눈물을 닦고 있었다.

"아니, 장모님!"

"엄마!"

오수옥은 반가움보다 너무 놀라 과일 봉지를 든 홍 씨의 손부터 덥석 잡았다. 송동욱은 장모가 손수건으로 얼른 눈물을 닦아내는 걸 보고 벌써 사태를 파악하고 어쩔 줄을 몰라 했다.

"밖에 누가 왔냐?"

때마침 송 영감이 밥맛이 달아나 버렸다는 듯이 수저를 놓고 컵에 물을 따르다가 반쯤 열린 문 쪽을 쳐다보며 지나는 말처럼 물었다. 그의 시야엔 막 나가려다 말고 놀라 멈춰 서는 송동욱과 오수옥의 등만 보였던 것이다.

그러자 홍 씨가 약간 망설이는 것 같더니 뭔가를 각오한 듯 고개를 푹 숙이고 입원실 안으로 들어왔다.

"접니다, 사둔 어른."

"아니, 사부인이……."

홍 씨를 보자 노 씨는 좀 어색한 표정을 지었다. 조금 전에 홍 씨를 싸잡아 욕했던 것이 생각난 모양이었다.

"얼마나 고생들이 많으세요?"

먼저 홍 씨가 송 영감과 노 씨에게 맞절을 하고 나서 어렵게 말을 꺼냈다.

그러자 노 씨가 맞절을 하는 둥 마는 둥 하다가 홍 씨가 가지고 온 과일 봉지를 보더니 대뜸 물었다.

"그게 뭐예요?"

"네? 아, 네…… 과, 과일이에요. 오는 길에 조금……."

"흥! 그걸 먹으면 죽은 우리 애들이 다시 살아난답디까?"

그 뜻밖의 말에 모두가 서로를 쳐다보며 귀를 의심했다. 홍 씨는 물론 송 영감도 오수옥도 송동욱도…… 분위기가 잠시 그렇게 험악하고 시끄러운데도 송세라는 침대에서 깊이 잠들어 있었다. 사실은 하루에 한 번씩 광범위한 화상들을 세밀하게 소독을 한 후 와셀린가제로 빈틈없이 덮는 등의 치료를 하나, 간혹 고름이 생기거나 화상들이 너무 땅기고 아프면 환자가 죽는다고 비명을 지르므로 그럴 땐 병원 측에서 수면 주사를 놔주었다. 그 수면 주사 때문에 송세라는 지금 잠들어 있었던 것이다.

"무슨 말을 그렇게 해? 먼 데서 오신 사부인께,"

당황한 송 영감이 얼른 노 씨를 핀잔하며 눈짓을 주거나 말거나,

"그런 거 안 사와도 좋으니, 미안한 말 같지만 딸자식 교육이나 잘 시켜서 시집보내세요. 누구 때문에 불이 났는지 알아요? 잘난 사돈 딸이 불을 냈대요. 무슨 말인지 알아요? 아무리 사돈 간이지만 아, 할 말은 하고 삽시다."

하고, 청승맞게 불에 타 죽은 큰딸 이름을 부르며 훌쩍훌쩍 울기 시작했다. 송 영감이 몸 둘 바를 모르고, 홍 씨가 고개를 푹 숙인 채 다시 얼굴을 들지를 못했다. 입이 열 개라도 할 말이 없는 모양이었다.

그런 장모를 내려다보며 송동욱도 난처한 표정이었고, 오수옥은 오수옥대로 가슴속으로 피를 토하듯 울고 있었다. 자신의 돌이킬 수 없는 그 부주의 때문에 아무 죄도 없는 친정어머니까지 시댁 사람들에게 멸시와 학대를 받는다고 생각하니 금방이라도 혀를 깨물고 칵 죽어버리고 싶었다.

노 씨가 계속 훌쩍거리자 홍 씨가 민망해서 더 못 앉아 있겠는지 의자에서 궁싯거리다가 곧 일어나 입원실을 나가버렸다. 오수옥도 뒤따라 나갔다. 정말이지 죽고 싶은 심정이어서 저도 모르게 뒤따라 나간 것이었다.

오수옥이 뒤따라 나오자 홍 씨가 말없이 한 번 뒤를 돌아다보고는

그대로 비상구의 층계를 내려가 병원의 정원으로 나갔다. 그리고 아무도 없는 꽃밭 같은 곳에 이르자 핸드백에서 손수건을 꺼내 눈언저리를 닦는 것 같더니 이내 혼잣말처럼 말했다. 딸에게 들으라고 하는 소리였다.

"이 못난 것아, 어쩌자고 불을 냈느냐? 어쩌자고 그런 엄청난 실수를 했어? 에끼, 이 정신 빠진 년……."

오수옥은 피가 나도록 아랫입술을 물어뜯고 있었다. 딸의 아픔보다 더 아파하는 그 깊은 모정에서 우러나오는 힐책에 자꾸만 눈물이 펑펑 쏟아지려고 했기 때문이었다. 꽃밭엔 이름 모를 천자만홍이 만개해 있었지만 그녀의 눈엔 황량한 먼 들판처럼 꽃들이 하나도 보이지 않았다. 쏟아지는 눈물 때문이었다.

그런 그녀의 귀에 친정어머니의 울먹이는 말소리가 계속 들려오고 있었다.

"세상에 이럴 수가 있니? 응? 애비 없이 이 어미가 홀로 너희를 키워온 보람이 이것이냐? 손가락 마디마디에 못이 박이도록 남의 때 묻은 옷을 세탁해서 대학까지 보내준 대가가 이것이냔 말이다."

"………."

"그렇게도 행복하게 살라고 빌어주었더니, 이 무슨 날벼락이냐, 이 무슨 날벼락……."

홍 씨가 돌아서더니 오수옥의 한쪽 팔을 와락 잡고는 주먹으로 마구 어깻죽지를 때리기 시작했다. 그러면서 울었다. 창피고 체면이고 그런 건 아랑곳하지 않고 꺼이꺼이 소리 내어 울었다. 오수옥도 마침내 참고 참았던 울음을 와락 터트리고야 말았다. 그녀도 소리 내어 엉엉 울고 있었다. 친정어머니 앞이라서 그런지 마음 놓고 울고 싶었다. 이제까지 타의적으로 자의적으로 억제돼 왔던 그 억장이 무너지는 슬픔…… 그러면서도 마음 놓고 어디서 속 시원히 한번 울어볼 수가 있었던가.

다행히도 그 꽃밭 부근엔 아무도 얼씬거리지 않았다. 여기저기 드문드문 빈 벤치들만 보일 뿐이었으며, 저만치 뜨거운 햇빛 쏟아지는 너럭바위 같은 너른 잔디밭에만 환자복 차림의 환자들과 그 가족들, 그리고 간호사들이 혹은 앉고 혹은 거니는 모습으로 보일 뿐이었다. 치료를 받다가 누가 죽었는지 울면서 허둥지둥 뛰어오는 어느 노파의 모습도 얼핏 보였다.

홍 씨가 한동안 흐느끼다가 딸꾹질 같은 속울음으로 흐느낌을 억제하며 넋두리처럼 다시 말했다.

"내가 뭐라고 하더냐."

"………."

"주부가 되면 부디 불조심하고 밤이면 문단속 잘하고 연탄가스 조심하며, 그리고 이웃에 인심 얻고 살라고 입이 닳게 일렀었는데, 이 무슨 청천벽력 같은 불행이냐. 차라리 니가 타서 죽지 넌 왜 안 죽었어?"

"엄마."

"차라리 니가 죽지, 니가 죽지."

"엄마, 그날 밤 저도 불에 타서 죽고 싶었어요."

"………."

"지금이라도 불에 타서 죽고 싶어요, 지금이라도 불에 타서…… 지금이라도…… 지금이라도……."

"………."

"정말이에요. 죽고 싶어요…… 죽고 싶어요……."

오수옥은 옆에 있는 벤치로 무너져 내리며 다시 오열했다. 그녀는 정말 죽고 싶었다. 자신이 저지른 이 엄청난 불행을 감당하기가 어려워서 비겁하게 죽음을 택한다기보다, 자기 때문에 무참히 죽은 큰시누이와 어린 딸 영희가 불쌍하고 가여워서 시시때때로 죽고 싶은 생각이 그 얼마였던가. 또한 치료를 받을 때마다 화상을 입은 피부의 표피가 생살이 찢어지듯 얼마나 아픈지 그 형언할 수 없는 고통에 병원이 떠나가도록 비명을 질러대는 둘째 시누이를 볼 때마다 죽고 싶은 생각이 하루에도 한두 번이 아니었었다. 차라리 내 몸과 바꿀 수만 있다면…… 내 몸이 저렇게 타고 둘째 시누이가 예전과 같이 여전히 건강하다면…… 건강하다면…….
 아아, 그런 생각을 수많은 날을 하루에도 몇 번씩이나 했던가.

뜻밖의 곳에서 만난 그날 밤의 도둑

34

그로부터 며칠 후 강 사장이 불이 난 공장터를 매각 처분했다는 소문이 나돌았다. 그리고 전세로 살던 집도 전세금을 빼서 다른 곳으로 멀리 이사를 갔다는 것이었다.

그런 소문을 듣고 송동욱은,

"흠! 드디어 도망을 치는구나."

하고, 방화를 했다는 것이 언제 꼬리가 잡혀도 잡힐 것 같으니까 아주 멀리 꽁무니를 빼는 것으로 생각했다.

송동욱은 그러나 서둘지 않았다.

강 사장이 아무리 멀리 이사를 간다 해도 그를 찾는 건 그리 어려운 일이 아닐 터이기 때문이었다. 어디로 주소를 옮겼는지 동사무소에 가서 알아보면 알 수도 있을 것으로 생각하고 있었다. 그래서 그는 강 사장이 과연 이사를 갔는지를 전셋집에 가서 확인을 해보았고, 공장터를 팔았다는 것도 관계된 복덕방으로 가서 확인을 해보았다. 사실이었다.

하지만 동사무소엔 아직 주소가 그대로였다. 뿐만 아니라 동네 사람들도 강 사장네가 어디로 이사를 갔는지를 아무도 모른다는 것이었다.

그것을 강 사장 가족이 비밀에 부쳤다는 아리송한 소문도 있었다. 그렇다면 강 사장이야말로 정말 수상한 놈이었다. 이제는 방해를 하는 사람이 없으므로 굳이 공장터를 팔아치우고 다른 데로 이사를 갈 이유가 없을 터인데도, 공장터를 은밀히 매각하고 전셋집의 전세금까지 빼서 마치 삼십육계 줄행랑을 치듯이 다른 곳으로 종적을 감춰버렸기 때문이었다.

그래도 송동욱은 여전히 서두를 필요가 없다고 생각했다. 언제 동사무소에다 퇴거신고를 해도 할 것이기 때문이었다. 그 주소만 알면 땅끝까지 가서라도 찾을 수가 있을 것이었다. 그뿐만이 아니라 강 사장의 딸 강오란이 다니는 여자고등학교도 있었다. 거기 가서도 얼마든지 알 수가 있을 터. 다른 학교로 전학을 시켰어도 어느 학교로 전학을 했는지 그 기록이 남아 있을 테니까.

강 사장의 공장터가 팔린 것을 확인한 송동욱은 이번엔 발길을 그곳으로 옮겼다. 문득 그 공장터를 직접 눈으로 확인하고 싶었던 것이다. 팔린 공장터는 어떻게 변모해 있는가. 타다 만 그 망령의 뼈다귀 같은 철공소 건축물은 아직도 그대로 버티고 있는가. 그리고 그 옆에 있는 또 하나의 저주스러운 불탄 집은……?

화재 사건 이후 송동욱은 불타버린 자신의 집터엔 한 번도 가지 않았다. 그 허망한 잿더미를 보기가 두려워서였다. 그리고 저주스러워서였다. 그 집터를 보면 그날 밤의 그 생지옥 같은 광경이 다시 떠오를 것 같아 일부러 그 부근엔 발걸음을 하지 않았던 것이다. 그것은 오수옥도 그랬고, 송 영감을 위시하여 가족 모두가 그랬다.

하지만 지금 그의 발걸음은 어느새 자기 집터 부근에 와 멎어 있었다. 찌는 듯한 오후의 폭염 아래 잿더미만 남은 폐허 같은 집터엔 타다 남은 여동생들의 책장 나부랭이와 옷가지들이 미풍 같은 여름 바람에 너풀거리며 쓰레기터처럼 여기저기 널려 있었다. 거기에 순간적으로 죽은 세희와 어린 딸 영희의 모습이 오빠와 아빠를 원망하는 듯한 슬픈 표정으로 잠시 무슨 혼령처럼 떠올랐다간 사라졌다.
 송동욱은 또 울컥 치미는 슬픔과 그리움을 가까스로 억누르며 얼른 고개를 돌려 강 사장의 공장터를 쳐다보았다. 거기도 아직은 그 모습 그대로였다. 타다 만 공장 건물이, 아니 시커멓게 탄 앙상하게 남은 철공소 뼈대들이 백열등 같은 밝은 햇살 아래 폭격을 맞은 집처럼 어딘가 좀 음험한 모습으로 서 있었다. 기계들도 이미 처분해 버렸는지 아무 데도 보이지 않았다. 기름 깡통이나 빈 드럼통 같은 것도 하나쯤 보이지 않았다. 단지 타다 만 시커먼 한쪽 벽 사이로 텅 빈 공장 내부의 숯덩이 같은 사방의 벽들과 수많은 전선 나부랭이들만이 거대한 짐승의 아가리나 썩은 내장처럼 에넘느레하게 여기저기 늘어져 있을 뿐이었다. 거기에 쥐새끼들이 장난을 치며 들끓고 있었다.
 바로 그때였다.
 "야, 죽은 여대생이 정말 비싼 시계를 찼었단 말야?"
 "그래, 인마."
 어디선가 조무래기들의 말소리가 들렸다.
 송동욱은 깜짝 놀라 그쪽을 휙 돌아보았다. 불에 타 잿더미가 된 자신의 집터에 동네 꼬마들이 몇 보였다. 조금 전만 해도 보이지 않았는데 언제 나타났는지 꼬마들이 쇠꼬챙이와 막대기 같은 것으로 잿더미를 열심히 파헤치고 있었다. 아마 죽은 세희의 손목시계를 찾고 있는 눈치 같았다. 녀석들이 계속 지껄였다.
 "근데 왜 안 보이지? 맨날 와서 찾아봐도 없잖아."
 "그러게 말야. 오늘도 엿 바꿔 먹기 다 틀렸다."
 "시계는 아까워서 죽을 때 차고 간 거 아냐?"
 "병신! 송장이 아까운 것을 어떻게 알아?"
 "그래도 금반지를 끼고 무덤 속으로 가는 송장도 있다던데?"
 "그런 바보 같은 송장이 어딨어, 인마. 무덤 속에서는 금반지를 팔데도 없잖아. 안 그래?"
"어? 이게 뭐야."
한 아이가 막대기로 파헤치다가 뭔가를 손으로 집어 들었다.
"어디? 어디?"
"뭐야?"
아이들이 그 아이에게로 몰려들었다.
그러자 뭔가를 주운 아이가 그것을 자세히 들여다보더니.
"에게! 찌그러진 머리핀이잖아. 작은 나비 모양으로 생긴…… 쳇, 재수 없어."
하고, 그것을 홱 던져버린 다음 다시 잿더미를 파헤치기 시작했다.
 그걸 보고 송동욱은 울컥 분노가 치밀었다. 하지만 꼭 그 꼬마들에게로 향하는 분노는 아니었다. 누구에겐가, 아니 어쩌면 강 사장에게로 향하는 분노인지도 몰랐다. 그는 자신도 모르게 버럭 소리를 지르고 있었던 것이다.
"이놈들! 썩 꺼지지 못해!"
 꼬마들이 벼락을 만난 듯 놀라 후닥닥 도망을 쳤다. 평소 송동욱을 따르던 동네 꼬마들이었으나 뒤도 안 돌아보고 줄행랑을 쳤다.
 송동욱은 곧 그곳을 뒤로하고 발걸음을 옮겨버렸다. 생각 같아서는 죽은 여동생과 어린 딸의 체온이라도 느껴보듯 가서 한 줌의 재라도 한 움큼 쥐어보고 싶었으나 체념해 버렸다. 애석함과 슬픔이 피눈물과 함께 또 가슴을 찢어놓을 것 같아 얼른 돌아서 버렸던 것이다.

 그는 그런 감정을 달래기라도 하듯 그길로 술집을 찾았다.
 간판점 부근에 있는 대폿집이었다. 거기서 알코올로 슬픔을 마비시킨 다음 간판점에 들를 생각이었다. 용만이 혼자 어떻게 작업을 하고 있는지 그걸 둘러보기 위해서였다. 하루에 한 번 정도는 둘러보는 간판점이었으나 오늘은 한 번도 들르지를 않았던 것이다.

35

 대폿집 안은 한낮이라서 그런지 손님이 한 사람밖에 없었다. 새파란 젊은 사내였는데 대낮부터 혼자 소주로 낮술을 마시고 있었다. 하지만 이제 막 마시던 참인지 조금도 취해 보이지가 않았다. 빈대떡 안주도 그대로 있는 상태였다.
 대폿집 주인은 송동욱을 보자 알은체를 했다.
 송동욱은 별로 술을 즐기는 편은 아니지만 간판점을 찾아오는 손님 접대 관계로 몇 번 이 술집엘 들른 적이 있었다. 그래서 술집 주인은 송동욱을 기억하고 있는 터였다. 물론 화재 사건도 주인은 알고 있었다. 30대의 좀 못생긴 수원댁이라는 뚱뚱한 여자였다.

 송동욱은 아무 자리나 빈자리를 차지하고 앉았다. 그리고 소주와 빈대떡을 시켰다. 포장집 같은 작은 술집의 유리문 밖으로는 차들이 분주히 지나가고 있었다. 거리에 쨍쨍 내리쬐는 폭염 때문인지 하나밖에 없는 고물 같은 벽걸이 선풍기는 벽에서 혼자 회전을 거듭한 채 시원한 바람은커녕 뜨거운 열기를 토해내고 있었다.
 송동욱은 발끝부터 머리끝까지 꽉 차 있는 슬픔을 갈가리 짓이기듯 소주 한 잔을 단숨에 입에 털어 넣었다. 빈속에 독한 소주가 퍼부어지자 바늘 끝 같은 따짝거림이 어떤 쾌감처럼 식도로부터 오장육부를 뜨겁게 훑고 지나가는 느낌이었다.
바로 그때였다.
혼자 묵묵히 술을 마시고 있던 그 젊은이가 느닷없는 말을 꺼내는 것이었다. 빈대떡을 부치고 있는 수원댁에게 묻는 말이었다.
"아줌마, 말 좀 묻겠는데요, 얼마 전에 이 부근 달동네에서 불난 집 있죠?"
그러자 수원댁이 송동욱을 흘끔 쳐다보았다. 송동욱은 다시 술병을 집어 들다 말고 긴장했다. 수원댁이 송동욱을 쳐다보는 의미를 아직 눈치채지 못한 듯 그가 계속해서 말했다.
"그 불난 집 바로 옆에 있던 철공소 말예요."
"그런데요?"
고맙게도 수원댁이 말을 받아주었다.
"어디로 이사 갔는지 모르세요?"
"그건 왜 물으세요?"
"아, 저…… 실은 난 철공소 선반공인데요. 공장이 문을 열면 거기서 일을 하기로 돼 있었거든요. 그런데 소문도 없이 어디로 이사를 가 버렸지 뭡니까. 그래서 물어본 거예요."
"네에……."
수원댁이 다시 눈치껏 송동욱의 표정을 살피다가 분위기가 이상함을 느꼈음인지 혼잣말처럼 이렇게 중얼거리는 것이었다.
"그건 그 동네에 가서 물어봐야죠. 여기서 가까운데…… 전 잘 모르겠어요."
"그 동네에서도 아는 사람이 아무도 없던데요."
"참, 그럼 저분한테 물어보세요. 바로 그 철공소 옆집에 살았던 분이니까요."

수원댁이 좀 망설이는 것 같더니, 손님에게 친절이라도 베풀겠다는 그런 장삿속의 표정으로 송동욱을 턱으로 가리켰다.

순간 송동욱은 벌떡 일어섰다. 그리고 그 사내를 무섭게 노려보며 대뜸 다가가고 있었다. 사내가 입고 있는 연한 밤색 계통의 양복…… 비록 빛깔이 하절기엔 어울리지 않는 양복이지만 사내는 빨강 넥타이에다 무겁게도 정장을 하고 있었는데, 그 양복의 스타일이 어쩐지 눈에 익었기 때문이었다.

연한 밤색 계통의 하절기 양복이 어디 그 양복뿐이겠는가만 송동욱의 눈에 번쩍하고 스파크가 일어난 것은, 왼쪽 소매의 팔꿈치 부분에 있는 짜깁기를 한 흔적이었다. 그러니까 불이 나기 전날 밤에 도둑맞은 그 양복도 왼쪽 팔꿈치 부분이 짜깁기가 돼 있었던 것이다. 형이 생일 선물로 맞춰준 양복을 양복점에서 찾아 입던 날, 그날이 바로 생일날이었는데, 송동욱은 그 옷을 입고 간판점으로 나갔다가 어디선가 못 같은 것에 걸려 왼쪽 소매의 팔꿈치 부분이 북 찢어졌던 것이다. 재수 없게도 상당히 많이 찢어졌다. 찢긴 범위가 담뱃갑 정도는 되었다. 그걸 아내 오수옥이 즉시 짜깁기를 해주었던 것이다. 오수옥은 세탁소를 하는 친정에서 짜깁기 기술을 익혀 두었던 모양이었다. 하지만 짜깁기란 아무리 잘했어도 그 흔적이 남기 마련이었다.

그런데 송동욱의 눈에, 사내가 입고 있는 그 옷에서 짜깁기를 한 흔적이 얼핏 보였던 것이다. 분명히 왼쪽 소매의 팔꿈치 부분이었다. 그리고 옷 색상도 연한 밤색 계통…… 그 연한 밤색을 보는 순간, 나도 저런 양복이 있었는데…… 하고 도둑맞은 그 양복을 생각하다가 우연히 그 짜깁기 흔적을 발견하게 되었던 것이다.

송동욱이 무서운 얼굴로 다가가자 그가 의아하다는 듯이 송동욱의 위아래를 빠르게 훑어보았다. 그새 술기가 조금 오르는지 눈 가장자리가 시뻘게지고 있었다. 의자에 앉은 자세였지만 키가 후리후리하게 클 것 같았고 가까이서 보니 약간 길쭉한 얼굴에 미남형이었다.

소주를 한 잔밖에 안 마셨지만 워낙 술이 약한 편이라 송동욱도 약간 취기가 오른 상태였다. 그 술기운으로 그는 다가가자마자 다짜고짜 사내가 입고 있는 옷의 왼쪽 팔꿈치부터 살폈다. 와락 팔소매를 잡아당겨서 살핀 것이었다. 그러자,

"왜, 왜 이러십니까?"

사내가 놀라 벌떡 일어섰다. 무슨 시비가 붙을 줄로 알았던지 수원댁이 빈대떡을 부치다 말고 두 사람을 잔뜩 긴장하며 쳐다보았다.

그러거나 말거나 송동욱은 배짱 좋게 짜깁기 부분을 눈을 가까이 들이대고 보다가 이번엔 사내의 양복 윗도리 안쪽을 살폈다. 짜깁기를 한 흔적이 자신의 옷 같기도 하고 아닌 것 같기도 하고 아리송했기 때문이었다. 그래서 윗도리 안주머니 쪽에 새겨진 이름을 봐야겠다고 생각한 것이었다. 양복을 도둑맞은 지가 오래되긴 했으나, 그리고 이미 <송동욱>이라는 이름을 지워버리고 다른 사람의 이름 석 자를 새겼겠지만 그래도 그걸 눈으로 직접 확인을 하고 싶었던 것이다.

그런데 이럴 수가……

그 옷은 틀림없는 송동욱 자신의 옷이었다.

불이 난 그 전날 밤에 도둑맞았던 바로 그 양복이었다. 양복 윗도리 안엔 <문광혁>이라는 새로운 이름이 새겨져 있었지만, 다른 사람의 이름을 지워버린 바늘구멍 자국들이 촘촘히 남아 있었기 때문이었다. 그런데 그 촘촘한 바늘구멍들이 얼핏 보아도 <송동욱>이라는 흔적임을 금방 알 수가 있었던 것이다.

"이 도둑놈의 새끼! 이제야 잡았다!"

자신의 이름을, 비록 희미한 바늘구멍들 자국으로나마 분명히 두 눈으로 확인을 한 송동욱은 놈을 그날 밤의 도둑으로 아주 단정하고 와락 멱살부터 잡았다. 그리고 미친 듯이 후려치며 고함쳤다.

"야, 인마! 너 때문에 어떻게 됐는지 알아? 너 때문에 내 여동생과

우리 딸이…… 네놈 때문에 자물쇠를 채워서…… 이 자식! 그렇잖아도 네놈을 잡기만 하면 뼈까지 맷돌로 득득 갈아서 하나도 남김없이 마시고 싶었다! 죽어라, 이 새끼! 이 천벌을 받을 새끼야!"

불의의 기습에 문광혁은 의자와 함께 쓰러져서 얼른 일어나지 못했다. 코피까지 쏟았다.

"어머, 이 무슨 짓이에요? 그렇잖아도 요즘 장사가 안돼서 죽겠는데 웬 주정이야!"

수원댁이 놀라 쫓아와서 송동욱의 앞을 막아서며 악을 썼다.

"비켜요! 이런 도둑놈의 새끼는 죽여야 해요! 다른 도둑놈과 달라서 이 새끼는 내 손으로 갈기갈기 찢어서 죽여야 한단 말이야!"

수원댁을 홱 밀어버리고 놈의 멱살을 잡아 송동욱이 다시 와락 일으켜 세우는데,

"다 쳤어?"

의외로 놈이 재빨리 땅을 박차고 일어나며 소리쳤다.

"뭐라구?"

"당신이 뭔데 다짜고짜 치는 거야? 언제 봤다고 사람을 치느냔 말이야?"

"아가리 닥쳐, 이 도둑놈의 새끼야!"

송동욱의 주먹이 다시 바람을 일으켰다. 그리고 놈이 미처 피하지 못해 다시 쓰러지자 재빨리 깔고 앉으며 두 팔을 뒤로 꺾어서 비틀기 시작했다. 코피로 얼굴이 피투성이가 되어 눈이 잘 안 보이는지 놈이 꼼짝을 못 하고 죽는다고 비명을 내질렀다.

수원댁이 뭐라고 악을 쓰며 어쩔 줄을 몰라 했으나 송동욱은 무시해 버리고 계속 놈에게 고함쳤다.

"하필이면 왜 우리 집을 노렸지? 잘살지도 못하는 우리 집을 말이야! 도둑질을 하려거든 부잣집에 가서 하지 왜 우리처럼 가난한 집을 도둑질했느냔 말이야?"

"자, 잠깐!"

"대답부터 해, 이 자식아! 그리고 왜 옷만 훔친 거야? 왜 이 양복 한 벌만 훔쳤느냔 말이야?"

"도대체 지금 무슨 소리를 하고 있는 거요? 훔치다니? 내가 뭘 훔쳤다는 거야? 웬 미친놈이 술에 취해서 무슨 개소리를 씨부렁거리나 했더니 참고 있으니까 이거 진짜로 까불고 있잖아! 도대체 왜 나한테 이러는 거야? 왜 다짜고짜 나를 도둑으로 모느냔 말이야, 이 미친 자식아!"

놈이 팔이 아파 쩔쩔매면서도 발악하듯 소리쳤다. 하지만 놈은 남자답게 생긴 허우대와는 달리 예상외로 반격 한번 제대로 하지도 못하고 입만 살아서 큰소리치는 물컹이 같은 놈이었다.

"이 자식이 어디서 동문서답이야! 왜 하필이면 우리 집에 들어와서 이 옷을 훔쳤느냔 말이야? 다른 부잣집들도 많은데! 다시 묻겠는데, 아니, 그보다 그 이유를 꼭 알아야겠는데, 우리 집을 노린 이유가 뭐야? 뭐야? 뭐냔 말야, 이 자식아?"

"뭐라구? 내가 이 옷을 훔쳤다고?"

"그럼 안 훔쳤어? 증거를 댈까?"

"댈 테면 얼마든지 대! 대라구! 난 이 옷을 전당포에서 샀으니까!"

"뭐? 전당포?"

"그래! 전당포! 이 옷을 산 전당포에 가서 확인해 보면 알 거 아냐!"

"………."

"그리고 내가 이 옷을 훔쳤다면 벌써 도망을 쳤지 왜 도망을 안 치고 병신같이 이러고 있겠어? 알아들었으면 이거 놔! 전당포에 같이 가자니까!"

송동욱은 놈의 얼굴에서 진실을 발견했다. 놈의 눈은 억울하고 분해서 금방이라도 울듯이 파르르 떨고 있었던 것이다. 착각인지는 모르지만 당장이라도 송동욱을 후려치며 발악하듯 억울함을 폭발하고 싶은데 그 눈빛은 참느라고 그러고 있는 것 같았다.

　전당포라는 말과 그 눈빛 때문인지도 몰랐다. 송동욱은 어느새 잔뜩 꺾어서 비틀고 있던 그의 팔을 풀어주고 있었다. 그리고 자신의 손수건을 꺼내서 코피로 얼굴이 피투성이가 된 놈의 얼굴까지 닦아주고 있었다. 수원댁도 누가 하나 죽을 줄 알고 가까운 파출소로 뛰어가 신고를 하려다가 참았다면서 도와주었다.

36

　송동욱은 즉시 문광혁을 데리고 그가 옷을 샀다는 전당포로 갔다. 가는 도중에 놈은 변명처럼 혼자 나불거렸다. 자기는 가끔 전당포에서 옷을 산다는 것이었다. 옷뿐만 아니라 시계 같은 것도 산다고 했다. 전당포 물건은 싸게 살 수가 있고, 또 물건이 좋다는 것이었다. 물건이 나쁘면 전당포에서 저당을 잡아주지 않을 것이기 때문에 물건이 좋을 수밖에 없지 않겠느냐는 역설이었다.
　그러나 자신의 사생활에 대해서는 일절 함구했다. 어디 살며, 또 가족 관계는 어떻게 되는지, 그걸 송동욱이 몇 번 캐물어도 일체 밝히지를 않았다. 오히려 화를 냈다. 당신이 뭔데 남의 사생활을 꼬치꼬치 캐묻느냐는 것이었다. 제법 성깔도 있고 꽤나 다라진 놈이었.
　강 사장을 처음에 어떻게 해서 알게 되었느냐는 물음에도 같은 반응을 나타냈다. 이놈 봐라! 혹시 내가 지금 이놈한테 뭔가 함정에 빠지고 있는 것은 아닐까? 송동욱은 문득 그런 생각이 들었다.

　그래서 이놈을 좀 더 본격적으로 족쳐야겠다고 벼르고 있는데 벌써 놈이 턱으로 가리키는 전당포 앞에 와 있었다.

전당포는 그 대폿집에서 5분가량 걸어야 하는 곳에 있었다. 차들이 다니는 대로변에 위치하고 있었는데, 좁은 층계를 올라가야 하는 2층이었다. 그리고 전당포가 있는 건물은 좀 우중충해 뵈는 4층의 회색 벽돌로 된 건물이었다. 그러고 보니 간판점에서 그리 멀지 않은 곳에 있는 전당포였으며, 그래서 전당포라는 간판을 지나다가 여러 번 본 적이 있는 전당포 같기도 했다. 그 당시는 대부분 전당포들이 '전당포'라는 세 글자만 빌딩들의 창문이나 작은 간판들에 써서 내걸었을 뿐이지 무슨 무슨 전당포라고 상호를 밝히지를 않았다. 전당포들이 전부 다 그런 것은 아니었지만, 아무튼 이 전당포도 2층 창문에 '전당포'라는 자그마한 글자만 써서 전당포라는 것을 알릴 뿐이었지 상호가 없어서 무슨 전당포인지 그건 아직은 알 수가 없었다.

전당포 안으로 들어섰다.

흔히 볼 수 있는 그런 평범한 전당포의 구조였으나 제법 널찍해 보였다. 손님이 대기할 수 있는 안락의자도 두서넛 있었고 에어컨도 켜져 있었다. 그래서 전당포 안은 청명한 가을 날씨 같았다.

그들이 들어서자 방범용으로 설치한, 유치장을 연상케 하는 철창 안에서 전당포 주인이 검은색 회전의자에 앉아 오만하게 쳐다보았다. 약간 머리가 벗어진 40대 중반의 남자였다. 몸집이 비대한 반면에 안경을 낀 얼굴이 햇볕을 잘 쐬지 않아서인지 창백해 보였다. 그래서 그런지 약간 신경질적으로 보이는 사람이었다.

"실례합니다. 뭘 좀 확인하러 왔는데요."

송동욱은 둔탁하게 생긴 유리문을 열고 들어서기가 무섭게 약간 격앙된 어조로 대뜸 말했다.

전당포 주인이 '확인'이라는 말에 무조건 긴장된 표정을 지었다. 그리고 서서히 일어섰다. 송동욱을 형사로 생각한 모양이었다. 하긴 송동욱은 흔해빠진 흰색 남방에 작업복 같은 검은색 바지를 입고 있었지만, 잘생긴 용모에 눈빛이 날카로워서 전당포 주인에겐 그렇게 보였는지도 모를 일이었다.
"이 사람이 이 옷을 여기서 샀다는데, 사실이오?"
송동욱이 계속해서 다시 말하자 문광혁이 약간 당황한 빛을 띠며,
"여기서 사긴 샀지만……."
하고 뭔가 변명을 하려고 했다.
"넌 입 닥치고 가만있어, 이 자식아!"
송동욱은 버럭 소리를 질러 놈의 입을 막아버렸다. 그리고 놈의 한쪽 어깻죽지를 단단히 움켜잡았다. 막상 전당포로 확인을 하러 오자 놈이 갑자기 자신 없는 표정을 지었기 때문이었다.
송동욱은 다시 철창 안에 어정쩡한 자세로 서 있는 전당포 주인에게 말했다.
"이 옷을 여기서 샀소, 안 샀소?"
"누가요?"
전당포 주인이 귀머거리처럼 엉뚱한 말로 반문을 했다. 그리고 문광혁을 흘끔 한 번 쳐다볼 뿐 그가 입고 있는 문제의 양복은 한 번쯤 자세히 보려고도 하지 않았다.
"이 양복을 당신이 이 사람한테 판 일이 있나 없나 그걸 묻고 있잖소, 지금."
"내가요?"
"그렇소."
"그런 일 없소."
전당포 주인이 여지없이 딱 잘라 말했다. 짧은 한마디였지만 명확한 목소리였다. 순간 문광혁의 얼굴이 새파래지며 일순 복잡해지는 것 같았다. 당황해하는 기색이 역력했다.
"판 사실이 없단 말이죠?"
"없소. 난 그런 일 안 해. 손님이 물건을 저당 잡히고 기한 내에 안

찾아가도 난 물건을 함부로 처분하는 사람이 아니야. 언제 찾아가도 찾아가겠지 하고 그때까지 기다리는 사람이라구. 그런 덕을 나는 여러 번 봤으니까. 그런데 미쳤다고 팔아? 다시 말해서 난 한 번도 남의 저당물을 판 적이 없다 그 말이야. 아시겠소?"

"이 도둑놈의 새끼!"

송동욱은 더 들을 필요도 없었다. 문광혁이 이제까지 새빨간 거짓말을 했고 자신은 순진하게도 거기에 깨끗이 속아 넘어갔다고 생각하고 막 놈의 멱살을 잡고 이제는 더 망설일 거 없이 무조건 가까운 파출소로 끌고 가려던 참인데, 갑자기 밖에서 목조 층계를 급히 올라오는 무슨 발소리가 들렸다. 이어 출입문이 벌컥 열리더니 누가 불쑥 들어왔다.

손님이었다.

머리가 까치집처럼 꺼벙하고 어깨가 떡 벌어진 20세 전후의 젊은이였다. 그는 시계를 저당 잡히러 오던 길이었던지 손목시계를 끄르면서 들어오고 있었다. 순간 문광혁이 그를 보자 깜짝 놀랐다. 그 꺼벙머리도 문광혁을 보자 주춤하며 놀랐다. 그들뿐만이 아니었다. 전당포 주인도 약간 놀라는 기색이었다.

다음 순간 문광혁이 그 꺼벙머리를 손가락질하며 갑자기 꽥 소릴 질렀다.

"바로 저 사람이오! 저 사람이 나한테 이 옷을 팔았소!"

"무슨 뚱딴지같은 소리야?"

송동욱이 문광혁을 윽박질렀다.

"정말이야! 저 형씨한테 직접 물어보면 알 거 아냐! 형씨, 그랬죠? 형씨가 여기서, 바로 이 자리에서 나한테 이 양복을 팔았잖아!"

찰나 꺼벙머리가 갑자기 뒷걸음질을 치며 송동욱과 문광혁을 번갈아 보더니 후닥닥 도망을 치기 시작했다. 어느새 출입문 밖 층계를 쿵쿵 뛰어내리는 발소리가 필사적이었다.

순식간에 일어난 일이라 송동욱은 잠시 넋이 빠져 있었다. 여기서도 뭔가 이상한 함정에 빠진 기분이었다.

"왜 그러고 있어요? 이 옷을 도둑맞았다면서요? 그렇다면 저 새끼가 바로 그 도둑놈입니다. 빨리 쫓아가서 잡아요!"

문광혁이 송동욱에게 잡혔던 어깻죽지를 홱 뿌리치며 소리쳤다. 이어 이번엔 전당포 주인에게 아퀴를 짓듯 소리쳤다.

"그렇죠, 아저씨? 아까 그 사람이 틀림없죠? 얼마 전에 여기서 제가 그 사람한테서 이 옷을 샀잖아요. 그때 아저씨도 분명히 거기서 봤잖아요."

그러자 전당포 주인이 송동욱을 보며 다급하게 말했다. 그는 어느새 회전의자에 오만한 자세로 다리를 꼬고 앉아 있었다.

"보아하니 양복을 도둑맞은 것 같은데, 그렇다면 지금 도망친 그놈이 바로 진짜 도둑일 거요. 그놈이 나한테 옷을 잡히러 왔었는데, 그때 마침 이 사람이 옷을 사러 왔다가 그 옷을 사게 되었으니깐 말이야. 둘이서 흥정을 해서…… 그러니 빨리 가서 잡으시오. 도망을 친 걸 보면 모르겠소?"

송동욱은 벌써 비조처럼 층계를 뛰어내리고 있었다. 누가 진짜 도둑인지는 얼른 판단하기가 어려웠으나 도망을 친 놈부터 우선 잡고 보자는 생각에서였다. 무조건 도망부터 친 것이 이상했기 때문이었다.

37

하지만 이미 틀려버린 일이었다.
 층계를 두 계단 세 계단 한꺼번에 뛰어내려 쏜살같이 전당포 밖으로 뛰어나왔으나 꺼벙머리의 모습은 아무 데도 보이지 않았기 때문이었다. 찌는 듯한 폭염 아래 더위에 지친 듯 지루하게 오가는 차들과 행인들뿐이었다. 그런데 마침 그때였다.

 전당포 건물의 아래층에 자리 잡은 어느 술집에서 누군가가 살그머니 유리문을 열고 빼꼼히 내다보는 사람이 있었다. 그는 뜻밖에도 바로 그 꺼벙머리였다. 송동욱은 눈을 의심했다. 틀림없는 그놈이었기 때문이었다. 도대체 놈은 왜 멀리 도망치지 않았을까. 혹시 아까 도망친 그놈과 이놈은 쌍둥이인가.
 그러나 쌍둥이는 아닌 것 같았다. 유리문을 열고 살그머니 내다보던 꺼벙머리가, 바로 그 부근에서 미친 듯이 사방을 두리번거리고 있는 송동욱을 발견하고는 후닥닥 유리문 밖으로 튀어나와 다시 도망을 치기 시작했기 때문이었다. 이번에는 차들이 질주하는 차도를 가로질러 길 건너편으로 달아났다. 차들이 클랙슨을 빵빵 울리고 급정차를 하는 등 야단이었다.

"잡아라! 저 새끼 잡아라!"

송동욱은 저도 모르게 고함을 지르며 뒤를 추격하고 있었다. 그 역시 차도를 가로질러 뛰었다. 하마터면 차에 치일 뻔했으나 그런 것도 아랑곳하지 않았다.

놈은 벌써 건너편 길의 어느 골목으로 바람처럼 사라지고 있었다. 닳아빠진 청바지에 푸른 빛깔의 얇은 잠바 같은 것을 놈은 걸치고 있었는데 그 모습이 어느새 골목 안으로 사라지고 이제는 아주 보이지도 않았다.

"잡아라! 도둑이야! 도둑이야!"

송동욱은 계속 고함을 지르며 차도를 거의 다 횡단하고 있었다. 그러나 목만 아팠다. 아무리 목이 터져라 고함을 질러도 행인들은 누구 하나 반응을 나타내는 사람이 없었다. 그들은 약간 놀라거나 의아해하는 얼굴로 정신없이 뛰는 그를 쳐다보기만 할 뿐이었다.

송동욱은 숨을 헐떡이며 놈이 사라진 골목 입구까지 쫓아왔다.

그 골목은 송동욱도 잘 알고 있는 골목이었다. 잡다한 주택들이 밀집해 있는 좁은 골목이었는데, 그 골목은 조금 들어가면 문어발처럼 여러 갈래로 길이 갈라진 그런 미로 같은 골목이었다. 그래서 누구든지 한번 그 골목 안으로 도망치면 잡기는 이미 글러버린 아주 복잡다단한 골목길이었다. 꺼벙머리도 그 점을 노리고 계획적으로 차도를 가로질러 이 골목으로 사라졌는지도 모를 일이었다.

그렇다면 놈을 이 부근에 사는 놈으로 속단할 수도 있다. 하지만 그 속단은 곧 수정되어야 했다. 왜냐하면 이 부근의 지리에 밝지 못한 놈이라 할지라도 다급한 나머지 아무 골목으로나 일단 도망을 칠 수도 있을 터이기 때문이었다.

송동욱은 영리하게 시간을 낭비하지 않았다.

그 미로 같은 골목들을 뒤지는 대신 급히 아까 그 술집을 향해 다시 차도를 가로질렀다. 꺼벙머리가 유리문을 열고 빼꼼히 내다보던 그 술집…… 도대체 놈은 왜 전당포에서 도망쳐 나와 그 술집으로 숨었을까?

그러나 이번에도 송동욱은 깨끗이 속고 말았다. 꺼벙머리의 기가 막힌 작전에 병신같이 말려들었다는 것을 뒤늦게 깨달았기 때문이었다. 그 술집은 숯불갈비를 전문으로 하는 식당 겸 술집이었는데, 카운터에 앉아 있던 40대의 깡마른 여자 주인이 이렇게 말했던 것이다.

"글쎄, 별 싱거운 손님도 다 봤지 뭐예요. 급히 들어오더니 음식을 시킬 생각은 않고 도망치듯 먼저 화장실로 가잖아요. 그리고 잠시 후에 나와서는 자리에 앉을 생각도 않고 자꾸 유리문 밖을 살피더니 갑자기 밖으로 후닥닥 도망을 치지 뭐예요. 흥, 별 미친놈도 다 봤네. 그렇잖아도 요즘 장사가 안돼서 죽겠는데……."

놈은 단골도 아니라고 했다. 생전 처음 보는 손님이라고 했다. 서넛 되는 종업원 아가씨들도 모두가 그렇게 말했다.

송동욱은 더 할 말이 없었다. 언뜻 등하불명이라는 말이 떠올랐다. 등잔 밑이 어둡다더니 놈은 순간적으로, 아니 기발하게도 그걸 교묘히 이용했던 모양이었다. 틀림없이 송동욱이 추격해 나올 것으로 예상하고, 아니 계산하고 대담하게도 가까운 곳에 일단 몸을 숨겼던 모양이었다. 조금 전과 같은 그런 경우 대부분의 추격자는 심리적으로 가까운 곳에 신경을 쓰지 않는다. 멀리 필사적으로 도주하고 있을 것으로 생각한다. 놈은 교활하게도 그 점을 노렸고, 반면에 송동욱은 거기에 깨끗이 속아 넘어간 것이었다. 그렇다면 놈은 무서운 놈이었다. 머리가 아주 비상한 놈이었다. 거기에다 배짱도 좋고 또한 대담하기 짝이 없는 놈이었다.

38

송동욱은 식당을 나오자 다시 급히 전당포로 올라가기 시작했다. 문광혁이 꺼벙머리한테서 옷을 사게 된 경위를 좀 더 자세히 알아보기 위해서였다. 그리고 꺼벙머리가 사는 집이나 주소를 혹 전당포 주인이 알고 있을지도 모른다는 생각에서였다.

그러다 그는 전당포 층계 중간쯤에서 갑자기 걸음을 뚝 멈추었다. 문득 문광혁과 꺼벙머리는 한 패거리가 아닐까라는 생각과 함께 그 둘은 화재 사건과 어떤 묘한 연관성이 있는 것은 아닐까라는 생각이 번개같이 뇌리를 스치고 지나갔기 때문이었다. 그것은 순간적으로 떠오른 어떤 육감 같은 것이었는데, 문광혁이 강 사장의 공장에서 일을 하기로 내정이 되어 있었다는 그 말이 다시금 번쩍 떠올랐기 때문에 그런 생각을 하게 되었던 것이다.

그렇게 생각하자 의혹이 꼬리에 꼬리를 물었다.
옷은 의문의 화재 사건이 일어나기 전날 밤에 도둑을 맞았다. 바꾸어 말하면 옷을 도둑맞고 나서 그다음 날 밤에 뜻하지 않은 화재가 발생했다. 억지 같지만 그 두 가지를 연관시켜 본다면 어떤 정답이 나오는가? 전날 밤에 도둑이 든 것은, 도둑으로 가장한 내일의 방화범이 집의 내부 구조를 미연에 관찰해 두기 위해서 침입한 것이라고 유추할 수도 있지 않을까. 귀신도 모르게 완전범죄의 방화를 성공적으로 하기 위해서.

하지만 그것은 억지 유추 같았다.

옷을 훔쳐 갔다는 그 자체가 설득력이 없었기 때문이었다. 집 내부 구조의 관찰이 목적이었다면 그날 밤의 상황으로 봐서 꼭 도둑의 흔적을 남겨야 할 하등의 이유가 없었을 터이기 때문이었다. 송동욱 그가 잠을 깼다거나, 또는 시아버지가 누구와 다투는 줄 알고 잠깐 밖으로 나간 오수옥이 금방 들어왔다거나, 그래서 위기에 처했다면 도둑이 침입한 것처럼 아무 옷이라도 훔쳐갈 수 있었을 것이라고 볼 수도 있겠으나, 그날 밤의 상황은 전혀 그렇지가 않았던 것이다. 송동욱은 피곤해서 죽음 같은 깊은 잠에 곯아떨어져 있었고, 오수옥이 들어왔을 땐 이미 도둑은 달아나버리고 도둑의 그림자도 찾아볼 수가 없었기 때문이었다. 그렇다면 꺼벙머리는 단순한 좀도둑에 지나지 않는단 말인가. 그리고 문광혁은 꺼벙머리가 훔친 옷을 재수 없게도 전당포에서 사 입은 그것밖에 다른 아무런 연관성도 없다?

아무튼, 이놈들을 잡고 보자!

뭔가 뜻하지 않은 실마리나 단서 같은 것이 행운처럼 잡힐지도 모르니까.

송동욱은 전당포로 다시 뛰어들었다.

그러나 전당포 안엔 이미 문광혁의 모습은 사라지고 없었다. 전당포 주인만이 혼자 철창 너머의 회전의자에 앉아 무슨 장부 정리 같은 것을 하고 있었다.

"이 자식은 어디 있습니까?"

송동욱은 들어서자마자 대뜸 소리쳤다.

"이 자식이라니, 누구 말이오?"

전당포 주인이 약간 껄끄러운 표정으로 퉁명스럽게 반문했다.

"아까 여기 같이 있었던 놈 말요. 내 옷을 입고 있었던 놈!"

"갔소."

"가다니, 어디로 말이오?"

"그걸 내가 어떻게 알아요. 싸구려 옷 한 벌 사 입었다가 재수 없게도 별 더러운 꼴을 다 봤다면서 내빼듯 아까 나갔는데."

"도망을 갔단 말이오?"

"도망이라면 도망이지. 도둑질한 옷을 사 입었기 때문에 뒤가 시끄럽겠다면서 슬그머니 내뺐으니까."

"그 자식 여기 자주 오는 놈이오?"

"나는 처음 보는 손님이었소. 아니, 오늘까지 두 번 본 사람이야."

"거짓말 마요!"

"뭐가 겁이 나서 내가 거짓말을 해! 허 참, 별 이상한 사람 다 보겠구먼!"

전당포 주인이 비위가 상한다는 듯이 한바탕 언성을 높이더니, 이번엔 자기 쪽에서 먼저 물었다. 당연히 물어야 할 말을 물었다.

"그놈은 잡았소?"

"놓쳤소."

"허! 그걸 하나 못 잡고…… 그러게 내 뭐랬소. 빨리 쫓아 나가라고 하잖았소. 그런 놈은 개 잡듯 잡아서 당장 다리몽둥이를 탁 분질러놔야……."

하고, 이번에는 묻지도 않은 말을 자진해서 변명처럼 늘어놓기 시작했다. 송동욱이 먼저 물어보고 싶은 말이었는데, 문광혁이 꺼벙머리한테서 그 옷을 사게 된 경위를 자세하게 설명하기 시작했던 것이다. 사실인지 아닌지는 알 수 없으나 그 경위는 대략 이러했다.

39

 전당포에 먼저 나타난 놈은 문광혁이었다. 놈은 들어오자마자 대뜸 하절기용 양복이 있으면 한 벌 사자고 했다. 손님이 저당한 옷 중에서 안 찾아간 것이 있으면 그걸 사겠다는 것이었다.
 전당포 주인은 한마디로 거절해 버렸다. 우리 전당포는 손님의 저당물을 함부로 처분하는 그런 전당포가 아니니 다른 전당포로 가보라고…… 바로 그때 꺼벙머리가 나타났다. 보자기에다 문제의 그 옷을 싸가지고 나타난 것이었다. 그리고 그 옷을 막 저당을 잡히려는데 문광혁이 관심 있게 보고 있더니 혹시 그 옷을 자기한테 팔지 않겠느냐고 물었다.
 그래서 처음엔 농담처럼 흥정이 시작되었다. 그런데 그 농담이 야릇한 말투로 변하면서 문광혁이 그 양복을 입어보기까지 했다. 쭈글쭈글한 쥐색 잠바와 작업복 같은 검은색 바지까지 벗고…….
 그뿐이었다.
 돈을 주고받는 것은 전당포 주인은 보지도 못했다. 술이라도 한잔씩 하면서 진짜 흥정을 하자며 둘은 곧 나가버렸기 때문이었다. 그래서 전당포 주인은 웬 날강도 같은 놈이 느닷없이 나타나 손님을 새치기해서 데리고 나갔다며 그들이 사라진 출입문 쪽을 향해 혼자 한참 동안 욕설을 퍼붓기까지 했다는 것이었다.

 이상과 같은 전당포 주인의 말엔 모순이나 아무런 하자가 없는 것 같았다. 말의 앞뒤가 뻐드렁니처럼 맞지 않다거나 내용이 급조된 것 같다거나 엄벙뗑 수법으로 적당히 속여 넘기려는 그런 대목이 한 군데도 없었기 때문이었다. 육하원칙으로도 아귀가 딱 들어맞았다.
 "먼저 도망친 새끼는 여기에 몇 번이나 왔습니까?"
 "옷을 판 놈 말이오?"
 "그래요. 그 꺼벙머리."
 "그놈도 처음이었소. 아니. 아까 그때가 두 번째였소."
 "정말이오?"
 "아니, 이 사람이 세상을 속고만 살았나 어쨌나. 아까도 말했지만 내가 뭐가 겁이 나서 그런 걸 거짓말을 해?"
 "………."
 "도둑질한 물건인 줄 알면서도 내가 저당을 잡아주었다면 그거야 장물 취득이라 간이 콩알만 했겠지만…… 도둑질한 물건인지 아닌지 그걸 겉모양만 보고 어떻게 알아? 그리고 또 그 물건을 내가 잡았소? 저당을 잡았느냔 말이야? 제기랄, 간밤에 꿈자리가 지랄 같더니만 별꼴을 다 보겠구먼. 재수가 옴 붙으려니까, 원!"
 "………."
 "이보시오, 공연히 나한테 와서 시비 걸지 말고 경찰에 신고를 하면 될 거 아니오, 경찰에 신고를!"
 "그 새끼는 경찰에 신고를 해서 잡을 놈이 아니오."
 "그런 또 왜요?"
 "얼마간 썩다가 나오는 것은 벌이 너무 가벼우니까."
 "아니, 그럼 부모 때려죽인 원수라도 된단 말이오?"

"장부나 좀 봅시다."

"볼 테면 보시오. 난 그놈의 새끼 이름도 모르니까. 이름을 알면 나한테 오히려 좀 가르쳐 주시오. 알았소? 자, 보시오, 봐. 얼마든지."

전당포 주인이 회전의자에 앉은 채 앞에 있던 장부를 쇠창살에 사각으로 뚫린 창구를 통해 송동욱 앞으로 내던지듯 툭 들이밀었다.

그의 그런 태도가 하도 당당해서 송동욱은 도리어 기가 팍 죽어버렸다. 다시 말해서 확인을 할 필요성을 느끼지 않았던 것이다. 장부를 들여다보며 그 낯선 수많은 이름들을 주소까지 일일이 훑어본다 하더라도 송동욱으로선 꺼벙머리가 누구인지 그 이름을 알 수가 없을 터이기 때문이었다. 전당포 주인이 같이 장부를 들여다보면서,

"이놈이오."

하고, 지적을 해주지 않는다면 꺼벙머리의 이름을 어떻게 알겠는가. 그걸 송동욱은 그제야 바보같이 깨달았던 것이다. 반면에 전당포 주인은 그 점을 노리고 그렇게 당당하게 나왔는지도 모를 일이었다.

그러고 보니 그의 눈동자가 조금 이상한 것 같기도 했다.

사람은 누구나 거짓말을 하거나 면전에서 상대방을 속일 땐 눈동자의 어딘가에 힘이 없어 보인다. 사람의 눈이 아닌 구미호의 눈깔이나 개 눈깔을 해 박은 짐승의 눈깔처럼…… 아무튼, 그런 눈은 안광이 약간 죽어 있고 촉기가 실안개처럼 흐릿하기 마련이다. 그럴 때 눈싸움을 하듯 정면에서 오래도록 쏘아보고 있으면 십중팔구는 눈싸움에서 진다. 그래서 눈을 마음의 창이라고 하는지도 모른다. 마음의 창이란 뜻이 정확하지 않다면 여기서는 눈은 양심의 창이라고 하면 되겠지. 그랬건 저랬건 그걸 송동욱은 이제까지 많은 사람들한테서 여러 번을 정확하게 겪어왔던 것이다.

그런데 지금 전당포 주인의 안경 속의 눈이 그랬다.

그 눈이 어딘가 힘이 없어 보이고 뭔가 거짓말을 하고 있는 것 같아서 잠시 무섭게 쏘아보고 있었더니, 거짓말 좀 보태서 식인종처럼 잡

아먹을 듯이 살기등등하게 쏘아보고 있었더니 슬그머니 눈을 밑으로 내리깔면서 외면을 해버리는 것이었다.
　송동욱은 그러나 서둘지 않았다. 자기가 잘못 볼 수도, 잘못 판단할 수도 있을 터이기 때문이었다.
　좋다! 오늘은 이 정도로 해두자.
　네놈의 그 안개 같은 흐릿한 눈깔을 결코 잊지 않으리라. 시간을 두고 머리를 써서 여유 있게 언젠가 한번 우회적으로 재접근을 반드시 시도하리라. 너희 세 놈은 분명히 뭔가 있어!

　그래서 일단 이날은 쓴 입맛을 다시며 두말없이 돌아서 버렸다. 장부를 한 번쯤 펴보지도 않은 채 출입문 쪽을 향해 뚜벅뚜벅 걸음을 옮겼다. 그러자 전당포 주인이 비아냥거리는 투로 송동욱의 등을 향해 말했다. 왜 그런지 그는 좀 화가 나 있는 목소리였다.
　"왜 그냥 가시나? 그 도둑놈의 새끼 이름을 가르쳐 줘야 나중에 그 새끼가 오더라도 장물을 안 잡을 거 아니야. 이름을 가르쳐 주고 가라니까."
　"㊀㊀㊀㊀㊀㊀㊀."
　"허! 별 싱거운 사람 다 보겠구먼. 장부를 보자고 하면 내가 떨 줄 알았어? 천만에! 이래 봬도 난 장물은 안 잡는 결백파야, 결백파! 알았어?"

방화범과 목격자

40

그 이후의 문광혁과 꺼벙머리에 대해서 송동욱은 이렇게 진술했다.
"놈들은 그 후로 좀처럼 나타나지 않았습니다. 전당포에도 나타나지 않았으며 그 숯불 갈빗집에도 나타나지 않았습니다. 그러니까 제 여동생 세라가 무려 1년여 만에 퇴원을 했는데, 그 1년여 동안에도 코빼기도 내밀지 않았습니다. 하지만 나는 굽히지 않았습니다. 어떻게 하든 놈들을 잡으려고 애를 썼습니다. 그래서 하루에 한 번씩 그 전당포와 숯불 갈빗집 앞으로 가서 살피다 왔으며, 그러는 한편으론 강 사장 집도 감시를 했습니다. 강 사장은 공장터를 팔고 안양으로 이사를 가서 살고 있었습니다. 그것까지 내가 동사무소를 들락거리며 알아냈던 것입니다. 강 사장은 안양에서 다시 공장을 하고 있었습니다. 물론 철공소였습니다. 그런데 자본 때문인지 공장 운영이 잘 안 된다는 소문도 있었습니다. 그래도 그 사람 딸 강오란은 벌써 여대생이 돼 있었습니다. 서울 S여대 정외과 1학년…… 불만 나지 않았다면 우리 세라도 여대생이 되어 있었을 텐데 하고 나는 솔직히 분해서 눈에서 쌍불이 튀었습니다. 우리 세라는 그 무렵에야 병원에서 퇴원을 했기 때문에 어쩔 수 없이 이듬해에나 대학에 입학할 수밖에 없게 돼 있었기 때문입니다. 그 1년여 동안에 우리 부부도 법대로 처벌을 받았습니다. 나는 징역 1년에 집행유예 2년을, 아내는 징역 6월에 집행유예 1년을 받았습니다. 그런 후에도 나는 사흘에 한 번 정도 안양으로 가서 강 사장의 여러 가지 동태를 살폈으나 아직은 이렇다 할 단서 같은 걸 잡지 못하고 있었습니다. 하긴 뭔가 단서를 잡겠다고 설쳐대는 그 자체부터가 억지였는지는 모르겠습니다만…… 하지만 놀라지 마십시오. 그건 억지가 아니었습니다. 누군가가 그날 밤에 우리 집에 방화를 하는 것을 직접 본 목격자를 나는 기어코 찾아내고야 말았으니까요. 그런데 그 목격자가 뜻밖에도……."

그 목격자에 대한 송동욱의 구체적인 설명은 다음과 같았다.

그날은 마침 일요일이었다. 일요일인데도 송동욱은 간판점에서 야근을 하고 있었다. 가을철로 접어들면서 일감이 밀렸기 때문이었다. 물론 용만이도 같이 일했다.

야간작업은 밤 11시경에 일단 끝이 났다. 당시는 밤 12시부터 새벽 4시까지 통행금지라는 것이 있었기 때문에 통금 시간 1시간 전에 야간작업을 일단 중단해 버렸던 것이다. 그리고 피로도 풀 겸 용만이와 같이 부근 포장마차로 가 소주를 한잔하고 11시 30분경에 헤어졌다.

송동욱은 기분 좋게 취한 상태로 그 전당포 앞을 지나고 있었다. 그날따라 어쩐지 그 전당포 앞을 지나고 싶었던 것이다. 그 전당포는 보통 오후 5시면 문을 닫아버렸다. 그리고 일요일은 쉬었다. 그날도 낮에 가서 확인을 해보니 일요일이라 어김없이 셔터가 내려져 있었다. 그런데도 그날은 밤이 되자 이상하게도 그 전당포 앞을 꼭 지나고 싶었던 것이다. 그 앞을 지나다 보면 누군가를 만나게 될 것만 같은 이상한 기대감이랄까 육감 같은 것이 묘하게도 꿈틀거렸던 것이다.

그런데 놀랍게도 그 육감은 적중했다.

그가 전당포 앞을 바투 지나면서 셔터를 노려보니 그 셔터가 뜻밖에도 약간 올라가 있었다. 처음엔 어둠 때문에 잘못 봤겠지 했다. 하지만 다시 봐도 셔터가 분명히 밑이 약간 올라가 있었다. 한 번 더 가까이 가서 봐도 틀림없었다. 무릎 정도는 올라가 있는 것 같았다.

송동욱은 반사적으로 주위를 살폈다. 다른 전당포 앞을 잘못 왔나 싶어서였다. 하지만 그 전당포가 틀림없었다. 건물도 회색 벽돌의 4층 건물이었고 맨 아래층에 그 숯불 갈빗집도 있었다.

상호가 '풍미'라는 그 숯불 갈빗집은 벌써 영업을 끝냈는지 역시 셔터가 내려져 있었다. 그 옆 미장원도 그랬고 자전거포도 그랬다. 그래서 건물은 온통 캄캄했고 부근 거리도 어둠과 정적에 휩싸여 있었다. 워낙 변두리 지역이라서 그런지 그 시각이면 행인들도 지나지 않았고 어쩌다 시내버스와 택시가 헤드라이트를 켜고 지나갈 따름이었다.

송동욱은 이번엔 건물의 창문들을 올려다보았다.

건물 2층에 있는 전당포 창문들을 살핀 것이었다. 혹시 전당포 주인이 무슨 일로 밤중에 가게로 나온 것이나 아닐까라는 생각에서였다. 그동안 은밀히 추적해서 알아낸 것이지만 전당포가 있는 4층 건물이 전당포 주인의 소유인 줄로 알았는데, 아니 멋대로 그렇게 생각했었는데 알고 보니 그게 아니었다. 전당포는 임대를 해서 사용하고 있을 뿐 살림집은 딴 곳에 있었다. 그래서 만약 전당포 주인이 무슨 일로 갑자기 전당포로 지금 막 나왔다면 필시 곧 전등불을 켜겠지 하고 2층 창문들을 예의 주시했던 것이다.

하지만 창문들은 여전히 불빛이 새어 나올 줄을 몰랐고, 이따금 지나는 차들의 헤드라이트 불빛에 암청색의 커튼만이 얼핏얼핏 보일 뿐이었다.

송동욱은 직감적으로 전당포에 도둑이 들었구나 생각했다.

도둑!

도둑이라면 이가 갈렸다. 도둑 때문에 그는 출입문 밖에서 자물쇠를 채웠고, 그 때문에 화재로 여대생인 큰 여동생과 어린 딸이 무참히 불에 타 죽고, 막내 여동생은 전신에 눈 뜨고는 못 볼 징그러운 화상을 입은 상태로 구사일생으로, 아니 백사일생으로 겨우 살아날 수가 있지 않았던가.

그는 저도 모르게 셔터 밑을 기어들고 있었다. 몸을 땅바닥에 납작 엎드리지 않고는 기어들 수가 없었으나 그렇다고 셔터를 더 올리지는 않았다. 셔터를 더 올리면 요란한 소리가 날 것 같았기 때문이었다. 그는 두더지처럼 소리 없이 셔터 안으로 계속 기어들었다. 셔터를 통과하면 곧바로 2층으로 향하는 층계로 이어진다. 그러나 층계고 뭐고 아무것도 보이지 않았다. 셔터 안은 암흑 같은 어둠에 온통 뒤덮여 있었기 때문이었다. 그야말로 완벽한 어둠이었다.

그는 잠시 숨을 죽였다.

그리고 온 신경을 귀에다 집중시켰다. 하지만 가늠으로만 보이는 목조 층계 위쪽 2층 쪽에서는 아무런 소리도 들리지 않았다. 무섭도록 고요하고 괴괴할 뿐이었다. 전신에서 땀이 비 오듯 흘러내렸다. 두어 잔 마신 소주의 열기 때문에 흘러내리는 땀보다 숨이 막힐 듯한 긴장감 때문에 흘러내리는 식은땀 같았다.

조금씩 눈이 어둠에 익숙해져 갔다. 목조 층계의 윤곽이 어렴풋이 보이기 시작했다. 그러나 전당포가 있는 층계 위쪽은 아직도 먹물 같았다. 여전히 아무 소리도 들리지 않았다. 사방에서 앵앵거리며 덤비는 모깃소리들뿐이었다. 모기들이 닥치는 대로 물어뜯었으나 그렇다고 손바닥으로 철썩철썩 때려잡을 수는 없었다. 어떤 경우에도 소리를 내서는 안 되기 때문이었다.

이윽고 그는 발소리를 죽이며 유령처럼 소리 없이 층계를 한 발 한 발 오르기 시작했다. 비록 어둠 속이지만 그동안 몇 번 오르내렸던 낯익은 층계라서 실족할 염려는 없었다. 하지만 소리는 완벽하게 죽일 수는 없었다. 목조 층계이긴 하지만 신발을 신고 오르내릴 수 있는 층계라서 그런지 아무리 조심해도 구두 밑바닥에서 모래 알갱이 같은 것들이 으깨지는 듯한 묘한 소리가 났기 때문이었다.
 그 소리 때문인지도 몰랐다.
 그가 유령처럼 가만가만 층계를 거의 다 올랐을 때였다. 거기는 바로 전당포의 출입문이 있던 곳이었다. 갑자기 그의 눈이 벼락불을 맞은 듯 번쩍했다. 동시에 그의 몸뚱이가 썩은 나무토막처럼 힘없이 쓰러졌다. 누군가가 기다리고 있다가 어둠 속에서 느닷없이 일격을 가했던 것이다. 만약 그가 쓰러지면서 본능적으로 층계의 구란, 즉 난간을 붙잡지 않았더라면 그대로 층계 아래로 거꾸로 굴러떨어지고 말았을 것이다. 그리고 분하게도 미지의 그놈을 놓쳐버렸을 것이다.
 하지만 그는 만일의 그런 사태를 미리 마음속으로 계산하고 있었기 때문에 층계 아래로 추락하지도 않았으며 정신을 잃지도 않았다. 오히려 둔기에 얻어맞은 듯 머리가 띵한 순간 칠흑 같은 어둠 속에서 뭔가 재빨리 움직이는 검은 윤곽 같은 것을 얼핏 발견할 수가 있었던 것이다. 그 윤곽 같은 것이 지금 막 층계 위쪽 마룻바닥에 쓰러진 그를 훌쩍 뛰어넘어 층계 아래로 도망을 치려고 했다.
 그 간발의 찰나를 그는 놓치지 않았다. 반사적으로 손을 뻗어 닥치는 대로 붙잡았다. 다음 순간 운 좋게도 다리 하나가 붙잡혔던지 미지의 놈이 정강이 부분이 탁 붙잡히자 그 강한 관성의 법칙 때문에 그대로 층계 아래로 내리 곤두박질을 치는 것이었다. 그야말로 기적 같은 행운의 찰나가 아닐 수 없었다.
 "으악!"
 놈이 층계 아래로 사정없이 굴러떨어지는 소리가 잠시 들렸다. 뼈가 으드득 으깨지는 듯한 비릿한 소리가 잠시 들리는 것 같더니 어느새 셔터에 쾅 충돌하는 기분 나쁜 굉음이 들렸다.
 그 비명과 요란한 굉음을 듣고도 누구 하나 뛰어드는 사람이 없었다. 건물의 점포들이 모두 비어 있었기 때문이다. 숯불 갈빗집도 미장원도 자전거포도 모두 점포를 임대해서 영업만 할 뿐이지 하루의 영업이 끝나면 각기 자기네 집으로 귀가를 해버렸다. 그래서 보통 그 시각이면 건물은 껍질만 남아 있었다. 2층은 전당포가 2층 전체를 임대해서 사용하고 있었고, 3층은 이런저런 작은 회사 사무실들인데 그들도 이 시각이면 마찬가지였다. 물론 4층은 건물주 가족이 4층 전체를 사용하고 있었으나 1층에서 들리는 비명이나 셔터에 사람이 충돌하는 소리쯤은 들리지도 않았을 것이었다.

송동욱은 재빨리 일어나 층계를 뛰어내렸다, 놈은 층계 아래 시멘트 바닥으로 굴러떨어져 얼른 일어나지 못하고 있었다. 고통스러운 신음소리와 함께 어둠 속에서 누에처럼 꿈틀거리고만 있을 뿐이었다.

송동욱은 여유를 좀 가졌다.

놈이 다리가 부러졌던지 아니면 갈비뼈라도 몇 대 나갔을 거라고 생각했다. 그렇다면 다시는 도망치지 못하리라. 그래서 여유 있게 가스라이터를 바지 주머니에서 꺼내 불을 찰칵 켰다. 그리고 놈의 얼굴을 라이터 불빛으로 내려다보았다.

다음 순간,

"아니? 너, 너는……."

송동욱은 너무 놀라 졸도할 뻔했다.

오오, 놈은 바로 그 꺼벙머리가 아닌가. 틀림없는 그 꺼벙머리였다. 놈은 밑부분이 약간 올라간 셔터 어름의 좁은 공간에 짐짝처럼 거꾸로 처박혀 있었는데 목이 부러진 사람처럼 흔들거리는 얼굴을 층계 쪽으로 향하고 있었다. 그 얼굴에 층계를 굴러떨어질 때 다쳤던지 심한 상처가 나 있어서 얼른 인상을 식별할 수가 없었지만, 그는 틀림없는 꺼벙머리였던 것이다. 까치집처럼 꺼벙한 꺼벙머리, 갑갑할 정도로 좁은 이마, 유난히도 짙은 눈썹, 개구리 눈깔처럼 툭 튀어나온 부리부리한 눈, 그리고 베니스의 상인 샤일록의 코처럼 코끝이 아래로 삐죽하게 숙은 코, 돼지 주둥이 같은 위로 툭 까진 입술…… 옷차림도 노상 그 너덜너덜한 청바지에 헐렁한 잠바 차림이었다.

놈도 라이터 불빛에 홱 송동욱을 쳐다보다가 기겁했다. 그리고 그 고통 중에도 얼굴을 감추기라도 하듯 재빨리 입으로 혹 불어서 라이터 불을 꺼버렸다. 그래서 다시 칠흑 같은 어둠이 놈의 얼굴을 뒤덮어 버렸다.

하지만 송동욱은 다시 라이터를 켜는 대신,

"이 도둑놈의 새끼, 이제야 잡았구나."

하고, 깔아뭉개듯 놈의 가슴팍을 올라타고 앉으며 멱살부터 단단히 틀어쥐었다. 그러자 놈이 발악하듯 사지를 버둥거리며 소리쳤다. 신음 같은 소리였다.

"왜, 왜 이래요? 양복값 물어주면 될 거 아냐. 지금 물어주겠어. 나한테 돈 있단 말야."

"이 새끼야, 내가 그깟 양복 한 벌 때문에 이러는 줄 알아?"

"그럼 뭣 때문에 이러는 거야? 당신하고는 상관없는 일이잖아."

남이야 전당포를 털건 말건 그건 상관 말라는 그런 뜻인 것 같았다.

"닥치고 바른대로 불어!"

"뭘 불어?"

"누구야? 누구의 사주를 받고 그날 밤에 우리 집에 도둑질을 하러 들어왔어?"

"무슨 뚱딴지같은 소리야?"

"우리 집의 구조를 살피기 위해 일부러 도둑을 가장해서 들어왔잖아, 이 새끼야! 바로 그다음 날 밤에 우리 집에 불이 났단 말야! 무슨 말인지 알아? 알았냐구, 이 새끼야?"

그러자 놈이 뜻밖의 말을 하는 것이었다. 기절초풍할 말이었다.

"불을 지른 건 내가 아냐."

"뭐? 지금 뭐랬어?"

"형씨 집에 불을 지른 건 내가 아니란 말야. 딴 놈이야."

"뭐, 뭐라구? 딴 놈? 이 천벌을 받을 새끼들! 이제야 제대로 부는구

나. 그러니까 누가 우리 집에 불을 지른 것이 사실이란 말이지? 우리 집에서 실수로 난 불이 아니고 누가 방화를 한 것이? 그래, 안 그래, 이 새끼야? 빨리 대답해, 빨리! 숨넘어가니까!"

"그래! 누가 불을 질렀어! 불을 질렀다구! 비가 억수같이 퍼붓는 밤에 어떤 놈이······."

놈도 맞받아 악을 썼다.

"어떤 놈이? 그래서? 그래서?"

"어떻게 불을 질렀는지 그건 나도 자세히는 몰라!"

"왜 몰라? 왜? 왜 또 갑자기 말을 빙빙 돌리는 거야, 이 새끼야! 방금 누가 불을 질렀다고 했잖아! 니 주둥이로 말이야! 어서 사실대로 불지 못해! 빨리 불지 않으면 죽여버리겠어!"

송동욱은 깔고 앉은 채 놈의 목을 조르기 시작했다. 사실대로 실토하지 않으면 정말 죽여버릴 생각이었다.

놈이 숨이 막히는지 목구멍에서 끄윽 소리를 내며 죽음 직전의 개구리처럼 사지를 발악하듯 뒤틀었다. 그러다 신음처럼 다급하게 말했다.

"저, 정말이야······ 어떻게 불을 질렀는지 그건 나도 자세히는 몰라······ 근데 불을 지른 건 사실이야."

"글쎄, 그놈이 누구냐구, 이 새끼야? 누구야? 누구야? 그것부터 빨리 말해! 그것부터!"

"그놈이 누군지는 모르지만······ 모르지만······ 어떤 놈이······."

"말을 자꾸 딴 데로 돌릴 거야? 정말 뒈지고 싶어? 뒈지고 싶냐구!"

"끝까지 들어나 보고 죽이든지 살리든지 알아서 해, 씨팔! 하여튼 어떤 새끼가 판자문 밖에서 어른거리는 것 같더니······."

"어른거려? 우리 집 판자문 밖에서? 그러더니? 그러더니?"

"뭘 어떻게 하니까······."

"뭘 어떻게 하니까? 그래서? 그래서?"

"갑자기 펑 소리를 내며 불길이 치솟았어. 그걸 나는 숨어서 봤을 뿐이야, 멀리서."

"뭐? 멀리서? 왜 넌 멀리서 숨어서 봤어?"

"그, 그건……."

"너도 한 패거리였기 때문이지? 그렇지? 그렇지? 너도 공모자지?"

"아냐! 아냐! 난 아냐!"

그가 완강하게 악을 썼다.

"뭐가 아냐, 이 새끼야! 그럼 왜 멀리서 숨어서 봤어?"

"또 도둑질을 하려고 그랬다, 왜!"

"뭐? 뭘 하려구?"

"또 도둑질을 하려고 그 부근엘 다시 갔다가 우연히 그 무서운 광경을 보게 됐단 말야! 됐어? 됐냐구?"

"거짓말 마, 이 새끼야! 그 전날 밤에 도둑질을 했는데 뭘 또 더 훔치려고 거길 다시 나타나? 그걸 말이라고 해?"

"하늘이 내려다보고 있어, 하늘이! 그건 정말이야!"

"좋아, 그럼 누구였지? 불을 지른 놈이 누구였느냔 말이야?"

"몰라! 그건 모른다고 했잖아, 이 씨팔놈아!"

"바로 그 새끼지? 네놈한테서 옷을 산 바로 그놈?"

송동욱은 문광혁을 떠올리며 고함쳤다.

순간 그 대답을 회피라도 하듯 어둠 속에서 놈의 팔 하나가 섬광처럼 한 번 번쩍하는 것 같더니 동시에 송동욱은 왼쪽 어깨에 송곳으로 찔린 듯한 강한 아픔을 느끼며,

"윽!"

하고 비명을 질렀다.

놈이 뭔가 예리한 흉기 같은 것으로 재빨리 송동욱의 왼쪽 어깨를 사정없이 푹 찔러버렸던 것이다. 그 흉기는 느낌에 드라이버 같았다. 아마 전당포의 철창문이나 금고를 따기 위해 소지하고 왔던 것인데,

그것을 수단껏 호주머니에서 꺼내 송동욱을 푹 찔러버린 모양이었다. 비록 대형이 아니고 중형 드라이버지만 송동욱은 낙타색 작업복 바지에 검정 티셔츠를 러닝 위에 입고 있었기 때문에, 다시 말해서 러닝은 어깨 부분까지 소매가 없는 것이기 때문에 드라이버가 얇은 티셔츠를 송곳처럼 단숨에 뚫고 어깨에 깊숙이 박혀버렸던 것이다. 그것도 삼각근의 약간 뒤쪽 부분이었다.

송동욱이 비명을 지르며 놈의 목을 조르고 있던 손으로 왼쪽 어깨에 박힌 드라이버를 빼내려고 하는 순간,

"이 병신 같은 새끼야, 불을 지른 놈은 내가 아니라고 했잖아! 근데 왜 자꾸 나를 의심하는 거야? 기분 나쁘게!"

하고, 놈이 드라이버를 다시 빼서 재차 찌르는 대신 얼마나 화가 났던지 우선 주먹으로 송동욱의 얼굴을 밑에서 마구 강타하기 시작했다.

송동욱은 놈을 깔고 앉았다가 힘없이 좁은 시멘트 바닥으로 굴러떨어지고 말았다. 그러자 놈이 쉽게 벌떡 일어나 닥치는 대로 마구 발길질을 하며 이번엔 뚱딴지같은 소릴 하는 것이었다.

"이 쪼다야! 돈만 있으면 처녀 불알도 살 수 있는 세상이야! 무슨 말인지 알아? 무슨 말인지 아냐구?"

"어이쿠! 윽!"

송동욱은 일어날 기회를 번번이 놓치고 몸을 뒹굴며 비명만 질러댔다. 얼마나 깊숙이 박혔던지 드라이버는 쉽게 빠지지 않았다. 놈이 계속 광기를 부리며 소리치고 있었다.

"나는 오직 돈이야! 눈깔에 돈 꽃이 피어서 돈밖에 모르는 놈이란 말야! 그래도 무슨 말인지 감이 안 잡혀? 내가 왜 거기에 또 나타나게 되었는지 그래도 감이 안 잡히느냔 말야?"

"………."

"이번엔 너의 옆집을 털려던 참이었어! 그 철공소 말야! 그 철공소에서 값나가는 공구들을 털려고 했었는데…… 내 말 알아들어, 인마?

이젠 감이 좀 잡히냐구?"

 놈의 발이 이번엔 송동욱의 명치를 걷어찼다. 거기는 치명적인 급소다. 만약 송동욱이 어둠 속에서도 재빨리 얼굴과 명치를 두 손바닥과 팔꿈치로, 그리고 가장 치명적인 급소인 사타구니도 방어하지 않았더라면 놈의 무차별적 구둣발에 명치와 사타구니의 고환을 차여 아마도 그 자리에서 즉사했을 것이다. 그런데 천만다행으로 팔꿈치가 우선 명치를 일차 방어해 주었던 것이다. 그리고 탄력적인 그 반동을 이용하여 재빨리 오른손을 뻗고 있었다. 어디가 되었건 간에 놈의 옷자락이라도 잡히기만 하면 유도로 던져버릴 생각이었다.
 하지만 그땐 이미 늦어 있었다.
 놈이 어느새 잽싸게 셔터 밑을 빠져나가고 있었기 때문이었다. 그러면서 도둑놈 개 꾸짖듯 뭐라고 입속으로 웅얼웅얼 한마디를 남겼다. 아마 셔터 밖이라 큰 소리로 말하는 것을 삼가는 눈치 같았다.
 "똑똑히 들어, 이 덜떨어진 새끼야. 불을 지른 사람은 여자였어. 분명히 여자였단 말야."
 "뭐? 여, 여자?"
 하지만 그땐 이미 놈은 선불 맞은 노루처럼 미주알이 빠지게 어두운 거리로 재빨리 사라지고 있었을 때였다. 이번에는 그 미로 같은 골목을 이용하지 않았다. 다른 곳으로 사라졌는데 어느새 그 모습이 어둠 속으로 사라지고 없었다.
 "거기 서! 야, 이 자식아, 왜 또 비겁하게 도망을 치는 거야! 잡아라, 도둑이야! 도둑이야! 저 새끼 잡아라!"
 송동욱은 드라이버가 박힌 왼쪽 어깨에서 피를 질질 흘리며 악착같이 셔터 밖으로 기어 나왔다. 그러고는 뭐가 어떻게 된 것인지 알 수가 없었다. 그가 정신을 차렸을 땐 낯선 침대 위였던 것이다.

해와 달을 잡아먹는 불개

41

 오수옥은 기뻤다. 송세라가 병원에서 퇴원을 해 시댁인 식당에서 같이 생활하게 되어서 기뻤다. 하지만 그것은 마음으로만 느끼는 기쁨과 고마움일 뿐이었지 그녀는 매일 남몰래 눈물을 흘려야 했다. 그리고 영원히 구원받을 수 없는 페시미스트처럼 하루에도 몇 번씩 죽고 싶은 생각을 해야 했다. 막상 퇴원을 하자 송세라의 저주와 증오가 본격적으로 시작되었기 때문이었다.
 그것은 새삼스러운 것도 아니었다. 병원에서부터 서서히 있어왔던 일이었다. 사람으로서는 도저히 참을 수 없고 견디기 힘든 그 무서운 저주와 증오가 병원 입원실에서도 얼마나 많았던가. 어떤 날은 하루에도 여러 번이나 그런 저주와 증오가 계속될 때도 있었다.

 한번은 이런 일이 있었다.
 그녀가 점심 바구니를 들고 병원으로 갔다가 입원실 밖에서 들은 말이었다. 시어머니 노 씨와 송세라가 주고받는 대화를 본의 아니게 엿듣게 되었던 것이다.
 "하나님이 도왔더구나. 온몸이 다 타버려서 형편없을 줄 알았는데 그렇지가 않았어. 내가 옷을 갈아입힐 때마다 구석구석을 자세히 살펴본 것을 오늘 너한테 처음 말하는 거야."

노 씨의 말이었다.

"거짓말!"

송세라가 엉너리 좀 그만 치라는 투로 싸늘하게 받았다.

"정말이야. 아랫도리는 엉덩이하고 한쪽 다리만 탔지 멀쩡했어."

"그럼 다 탄 거나 다름없지, 뭐."

"엉덩이하고 한쪽 다리만 탄 건데 뭐가 다 탄 거나 다름없어?"

"여자의 뒷모습에선 엉덩이가 제일이란 말야. 근데 엉덩이가 타버렸는데 뭐가 멀쩡해? 아름다워야 할 히프가 타버렸다면 볼 장 다 본 거지, 뭐."

"원, 냄새나는 엉덩이 좀 타면 어때서 그래? 거기만 무사하면 됐지."

"거기라니, 어디 말야?"

"아, 거기도 몰라? 나중에 시집가면 애기도 퐁퐁 낳고 할 거기 말이지. 거기는 수염만 홀랑 다 타버렸지 아무렇지도 않았어, 천만다행으로…… 의사도 거기만 괜찮다고 했어. 수염도 도로 날 수가 있다고 그랬다니까."

"아이, 엄마 또 주책없는 소리 하고 있어. 그런 말을 다 큰 딸한테 하는 엄마가 어딨어? 아이, 자존심 상해."

"그럼 그런 말을 어미가 안 해 주면 누가 해줘? 부몬데 뭐가 어때서 그래?"

그 말은 맞는지 송세라가 잠시 가만히 있더니 다시 말했다.

"그럼 배꼽 위는 어때, 엄마?"

"배꼽 위? 아, 윗몸도 뭐…… 목이 좀 탄 것뿐이고……."

"유방은 괜찮냐구?"

"그럼 괜찮고말고. 그게 탔으면 니 장래가 뭐가 되게?"

노 씨의 목소리가 떨렸다. 대화의 맥락으로 보아 약간 또 정신이상 증세를 일으키고 있는 것 같은데도 노 씨는 그 말을 하면서 가슴으로 통곡을 하고 있는 모양이었다.
"쳇, 거짓말도 잘해. 내가 다 만져봤는데 그래. 여러 번 말야."
"만져보니까 어떻디?"
"하나는 그런대로 괜찮은데 하나는 약이 잔뜩 발려 있던데, 뭐. 지금도 그렇잖아. 그리고 통증이 제일 심한 곳이야."
"………."
"생각하면 화가 나 죽겠어, 씨!"
"왜 화가 나?"
노 씨의 목소리가 어느새 울고 있었다.
"유방도 유방이지만 다리 하나 때문에 미니는 다 입었잖아. 미니뿐만 아니라 스커트고 뭐고 치마는 말야."
"그럼 바지를 입으면 되지. 판탈롱인가 덜렁통인가 그런 거 말이다."
"맨날 판탈롱만 입고 다니라구?"
"그럼 청바지를 입지. 그런 거 요즘 많이 입고 다니던데."
"청바지는 바지가 아닌가, 뭐."
"아, 그럼 속 편하게 활딱 벗고 알몸으로 다녀라. 다 큰 애가 아랫도리를 홀랑 다 내놓고 다니면 꼴좋겠다, 꼴좋아, 호호호."
노 씨가 느닷없이 깔깔댔다. 영락없는 미친 사람의 웃음소리였다. 아무래도 노 씨는 정신에 이상이 생긴 것이 틀림없는 것 같았다. 오수옥에겐 시간이 흐를수록 점점 더 그렇게 느껴졌다.
하지만 송세라는 그걸 한낱 역정으로 생각한 것인지, 아니면 그런 느닷없는 홍소와 엉뚱한 광언에 이제는 이골이 났는지 자기 할 말만 철부지처럼 밀고 나갈 뿐이었다.
"내 예뻤던 다리가 아까워서 그렇지 뭐야, 내 예뻤던 다리가! 우리 친구 언니가 뭐랬는지 알아, 엄마?"

"뭐랬는데?"

노 씨가 금방 정상적인 어조로 물었다. 다시 제정신으로 돌아온 모양이었다.

"넌 얼굴도 예쁘고 다리의 각선미도 찔레순같이 미끈하게 잘빠졌으니까 나중에 미스 코리아에 나가라고까지 했단 말이야. 미스 코리아에."

"그거야 니 오빠들도 맨날 그랬었지. 우리 집안에서 미스 코리아가 하나 탄생할 거라고⋯⋯ 너를 두고 한 소리였어. 난 그런 소릴 여러 번 들었다."

"하지만 난 실망하지 않을 거야."

"⋯⋯⋯⋯."

"내 몸이 뱀보다 더 징그럽다고 남자들이 결혼을 안 해 주면 혼자 살지, 뭐. 엄마랑 아빠랑 같이."

"⋯⋯⋯⋯."

"난 남자들이 더 징그러운걸, 뭐. 나만 보면 강아지처럼 꼬리를 살랑살랑 흔들면서 내 뒤를 졸졸 따라다녔으니까. 핌플리 남학생들이 말야."

"핌, 핌플리가 뭔데?"

"꼬부랑말로 여드름투성이란 뜻이야."

"시끄러, 이년아!"

"아이, 깜짝이야. 왜 또 그래, 엄마?"

"어린것이 부모 앞에서 무슨 그런 발랑 까진 소리를 나불거리고 있어? 남자가 어떻고 연애가 어떻고⋯⋯ 마빡에 피도 안 마른 것이 할 말이 따로 있지. 버르장머리 없는 년 같으니라고! 에끼, 싸가지 없는 년!"

"어머, 또 시작이야."

"닥치고 낮잠이나 퍼질러 자, 이년아! 아, 어서 눈 감고 자란 말이야! 눈구멍을 콱 쑤셔버리기 전에!"

"아빠, 그만 주무시고 빨리 좀 일어나세요! 엄마가 또 정신없는 소리를 해요! 아빠!"

송 영감은 또 낮잠을 자고 있는 모양이었다. 가늘게 코를 고는 소리가 아까부터 들려오고 있었다. 그래서 다행인지도 몰랐다. 그렇지 않았다면 노 씨의 그 놀라운 광증에 시아버지가 또 어떤 비관을 씹었을지 모르기 때문이었다. 시아버지의 그 벌레 먹은 삼잎 같은 얼굴이 더 가슴 아프게 눈에 보이는 듯 선했다.

그런데 시어머니 노 씨의 정신이상 증세는 거기서 그치지 않았다.
이번엔 오수옥에게 화살을 쏘았던 것이다.
구박이라는 독이 잔뜩 묻은 화살을 시도 때도 없이 쏘는, 무엇보다 정신병자이기 이전에 시어머니라서 피할 수도 없고 도망을 칠 수도 없어서 꼼짝없이 맞아야 하는 그런 금창이 미어지는 화살이었다.

42

금붕어의 비늘 같은 아름다운 낙조가 하늘을 서서히 채색할 무렵이었다. 송세라가 곧 퇴원을 할 거라는 소식을 듣고 친정어머니가 문병차 또 서울엘 왔다. 친정어머니 홍 씨는 고속버스 터미널에 도착하자마자 곧장 택시로 병원을 향해 달렸다. 그런 줄을 모르는 오수옥은 그때 마침 시댁 식당에서 저녁 준비를 하고 있었다. 그러다 홀의 아무 의자에나 쓰러져 저도 모르게 깜박 졸고 있었다. 정신적으로나 육체적으로 너무 고되고 피곤했기 때문이었다.

남편 송동욱은 당분간 얹혀살고 있는 시댁 식당이나 병원 입원실에 요즘은 잠시도 붙어 있지 않았다. 썩은 새끼줄로 호랑이를 잡듯 종적을 감춰버리고 없는 그 꺼벙머린가 뭔가 하는 놈을 기어코 잡고야 말겠다고 진날 개 싸대듯 서울 거리를 마구 쏘다니고 있었다. 그래서 그녀는 텅 빈 식당 홀에서 혼자 잠시 졸게 되었던 것이다.

그런데 그게 큰 화근을 불러일으키고 말았다.

친정어머니 홍 씨가 식당엘 먼저 들렀더라면 그런 일이 없었을 것이다. 그런데 홍 씨는 딸이 벌써 저녁을 지어서 이번에도 병원엘 갔겠지

하고 먼저 병원으로 갔던 것이다.

홍 씨는 이번엔 고급 푸딩을 한 상자 사가지고 병원 입원실로 들어섰다. 마침 송 영감은 바람을 좀 쐬러 밖에 나가고 없었고, 송세라와 노 씨 둘만 있다가 그런대로 반갑게 맞아주었다. 붕대투성이의 송세라는 침대에 누운 채 보일 듯 말 듯 찬물이라도 끼얹듯 싸늘하게 목례만 했으나, 노 씨는 의외로,

"아이고, 뭘 이런 비싼 걸 사 왔어요. 빈손으로 오면 어때서."

하고, 푸딩 상자를 얼른 받아서 배시시 웃는 낯으로 즉시 상자부터 뜯기 시작했다. 이어 곡분에 달걀·우유·크림·향료·과실 따위를 섞어서 구운 먹음직스러운 디저트용 푸딩이 나오자,

"아유, 맛나게도 생겼네. 둘이 먹다가 하나가 죽어도 모르겠구먼. 어디 맛 좀 볼까."

하고, 하나를 손으로 집어서 날름 입에 집어넣었다. 그리고 몇 번 우물우물 씹더니,

"어머나, 맛있네, 맛있어. 혓바닥이 그냥 막 녹네, 녹아, 호호호. 세라야, 너도 하나 먹어봐라."

하고, 송세라 쪽으로 앉았던 의자를 끌어 침대로 바투 다가앉았다.

"싫어요!"

송세라가 똥을 씹은 듯한 얼굴로 그런 엄마를 잔뜩 흘기며 톡 쏘아붙였다.

"왜 싫어?"

"엄만 자존심도 없어?"

"자존심도 없다니? 왜 또 성질이냐?"

"접땐 보기도 싫다면서 사 온 과일을 내던지더니 지금은 왜 맛있다고 호들갑을 떠느냔 말야. 주책이야 정말. 내가 누구 때문에 이렇게 됐는데! 난 그딴 거 안 먹어요, 안 먹어. 배가 고파 금방 죽어도 안 먹는단 말야."

"미친년, 지랄하고 자빠졌네."

"뭐라구요?"

"배불렀구나, 배불렀어. 아무것도 먹기 싫으면 일찌감치 뒈져라, 뒈져. 땅 넓을 때."

"어머머! 엄마, 지금 뭐랬어?"

"산 사람이나 넓고 편하게 살게 빨리 뒈지라고 했다, 왜? 아이고, 맛난 거! 참말로 꿀맛이네, 꿀맛, 호호호."

 노 씨가 계속 손으로 집어먹다가 이번엔 옆 침대로 가 벌렁 드러누워서 먹으며 느닷없이 오수옥을 찾았다. 2인용 입원실인데도 그때까지도 침대 하나는 비어 있어서 송세라는 독실을 사용하고 있는 거나 다름없는 편한 입원 생활을 하고 있었던 것이다.

"아니, 근데 이년은 왜 여태 안 와? 친정 어미까지 왔는데."

 그 말에 홍 씨도 다시 한 번 입원실 안을 둘러보며 내심 불안해했다. 얘가 어디에서 뭘 하고 있을까? 시댁 식당에서 아직도 저녁을 짓고 있는가? 그럴 줄 알았더라면 거기부터 먼저 들를 걸 그랬구나 하고 막 후회를 하고 있는데, 송세라가 느닷없는 말을 했다.

"혹시 올케 낮잠 자고 있는 거 아냐, 엄마?"

"뭐야? 낮잠?"

 노 씨의 얼굴이 금방 분노로 일그러지기 시작했다. 푸딩을 손가락까지 빨며 맛있게 먹다가 갑자기 푸딩 상자를 휙 입원실 바닥에다 내던져버렸다. 그 서슬이 너무 시퍼레서 홍 씨는 겁이 나 가슴이 철렁 내려앉았다.

"그런가 봐, 엄마. 그러니깐 아직 안 오지, 뭐. 다른 때 같으면 벌써 밥을 해서 두 번도 더 왔것다."

"흥, 이제 보니 이년이…… 잘한다, 잘해! 정말로 낮잠을 자기만 했어봐라. 몽둥이로 다리몽둥이를 탁 분질러서 친정으로 쫓아버릴 테니까."

그래도 홍 씨는 딸 대신 죄인이 되어 시종 고개를 푹 숙인 채 묵묵히 듣고만 있었다. 노 씨가 그보다 더한 욕을 자신의 면전에서 해도 끝까지 참을 생각이었다. 그래서 몸을 움직거리지도 못하고 숨도 크게 쉬지도 못하고 의자에 좌불안석으로 앉아 있었다.

노 씨의 입에서 계속 무서운 말이 쏟아져 나오고 있었다.

"아, 게을러빠져도 분수가 있지 낮에도 잠자고 밤에도 잠자고 일은 언제 하겠다는 거야? 또 말하지만 아, 치마폭에서 휘파람 소리가 휘휘 나도록 부지런을 떨어도 곱게 봐주기는 그른 주제에……."

그 말은 옳았다.

"아, 지금이 한가롭게 낮잠을 잘 때야? 누구 때문에 우리 집안이 이런 생지옥이 됐는데!"

"엄마가 한번 가보세요."

"참, 그래야겠다. 낮잠을 자고 있기만 해봐라."

노 씨가 용수철처럼 침대에서 벌떡 일어서려는 것을,

"사돈, 제가 가보겠습니다."

하고, 홍 씨가 얼른 일어섰다. 그러고는 대답도 듣지 않고 마치 도망이라도 치듯이 재빨리 입원실을 뛰쳐나왔다.

그러면서 생각했다. 딸이 편지한 대로 그 말이 맞구나. 너무 큰 충격으로 시어머니가 정신이상 증세가 있는 것 같다더니…… 그렇지 않다면야 어찌 친정 어미 앞에서 딸을 향해 그렇게 심한 욕을 할 수가 있단 말인가. 더욱이 몰상식하게도 '년' 자까지 붙여가며…… 그렇다면 큰일 났구나, 큰일 났어. 우리 딸 때문에 이 집안에 떼죽음이 나게 생겼어. 안사돈이 저러다가 완전히 정신을 놔버리면 그 엄청난 충격으로 이 집안에 어떤 감당할 수 없는 비극이 또 몰아칠지…… 진짜 비극은 이제부터 시작이구나, 이제부터 시작…….

그런 무서운 생각을 하며 홍 씨는 정신없이 엘리베이터를 향해 병원

통로를 달리고 있었다. 그러다 걸음을 뚝 멈추었다. 때마침 상승한 엘리베이터 문이 열리면서 밥 바구니를 든 딸의 모습이 허둥대며 나타나고 있었기 때문이었다. 얼마나 급히 오던 길인지 얼굴이 땀방울로 범벅이었다. 그리고 엘리베이터를 타고 5층으로 올라왔는데도 가쁜 숨이 헉헉 턱에 차 있었다.

"어머, 엄마!"

오수옥은 홍 씨를 보자 처음엔 눈을 의심했다. 그러더니 어린애처럼 좋아서 어쩔 줄을 몰라 했다.

하지만 홍 씨는 오랜만에 만난 딸을 반갑게 대하지 않았다. 잠시 분노에 찬 눈으로 엄하게 보고만 있었다.

"언제 오셨어요? 시댁 식당으로 시외전화라도 주고 오시지."

"너……."

"네? 왜 엄마."

"낮잠을 잔 얼굴이구나? 눈을 보니."

"하도 피곤해서…… 밥을 안쳐놓고 잠깐 잤어요."

"너 지금 제정신이야? 미쳤어?"

"………."

"벌건 대낮에 어떻게 잠이 와? 너는 밤잠도 편히 못 잘 죄인이야, 죄인! 그걸 잊었어?"

그 무서운 한마디에 오수옥은 친정어머니 앞이지만 고개를 푹 떨구었다. 그렇잖아도 깜박 졸았던 것이, 그래서 조금이나마 시부모의 밥을 입원실로 갖다 주는 일이 지체된 것 같아 정신없이 밥을 바구니에 챙겨서 뛰다시피 급히 왔는데, 그걸 친정어머니가 금방 눈치를 챈 것 같았기 때문이었다. 그러면서도 친정어머니의 표정이 지나치다 싶을 정도로 너무 싸늘하고 분노에 차 있는 것 같아 오수옥은 얼핏 짚이는 것이 있어서 조심스럽게 물었다.

"엄마, 혹시 시어머님이 제가 늦게 온다고 엄마한테 무슨 섭섭한 말

해와 달을 잡아먹는 불개

이라도…… 틀림없이 그랬죠?"

"그걸 지금 나더러 촉새같이 너한테 다 일러바치란 말이냐. 그게 친정 어미가 할 노릇이야?"

"………."

희고 깨끗한 밥상보로 덮인 밥 바구니에선 아슴푸레한 김 같은 것이 아지랑이처럼 아물아물 피어오르고 있었다. 그 밥 바구니가 홍 씨의 눈엔 몹시도 무거워 보였다. 하지만 그녀는 그것을 자신이 대신 들어 주지 않았다. 그 무거움조차도 딸더러 당연한 죗값으로 여기라는 그런 엄한 모정에서였다.

환자들과 사람들이 엘리베이터를 타기도 하고 쏟아져 나오기도 하면서 그런 슬픈 표정의 모녀를 흘끔흘끔 쳐다보았다. 그것을 뒤늦게 의식한 듯 홍 씨가 얼른 말을 매듭지었다. 낮게 속삭이듯 하는 말이었다.

"어서 들어가 봐라. 각오를 단단히 하고."

오수옥은 벌써 입원실을 향해 동동걸음을 쳤다. 홍 씨가 말없이 뒤를 따르고 있었다.

43

오수옥은 바삐 입원실로 들어섰다.

송세라는 침대에서 반대편으로 돌아누워 있고, 노 씨가 침대 옆 의자에 앉아 푸딩을 야금야금 먹고 있다가 들어서는 오수옥을 보더니 대번에 눈에 쌍심지를 켰다.

"너 뭐 하고 있다가 이제 오는 거냐?"

"저……."

그러자 송세라가 누운 채 홱 돌아보며 총알같이 한마디를 쏘았다.

"올케! 낮잠 자고 왔지?"

"네?"

"눈을 보니 낮잠 잔 얼굴인데 그래? 신 나게 낮잠을 잔 기분이 어땠어요? 깨소금이었어요?"

"………."

"지겨운 환자 치다꺼리에다 늙은 시부모 밥 심부름! 아유, 지겨워. 에라, 나도 모르겠다. 피곤한데 낮잠이나 자자, 이랬다 이거죠?"

"그랬어?"

노 씨가 악을 썼다. 입원실이 들썩거릴 지경이었다.

오수옥은 너무 놀라 얼른 밥 바구니를 옆에다 놓고 입원실 바닥에 푹 꿇어앉았다. 그리고 무조건 잘못했다고 빌었다. 사실대로를 자백한 것이었다. 혹 자기 잘못 때문에 친정어머니에게 화가 미칠까 싶어 그랬던 것이다. 홍 씨는 일단 딸과 같이 들어오지 않은 상태였다.

"어머님, 잘못했어요. 밥을 하다가 나도 모르게 그만 깜박 졸았어요. 그래서 밥이 좀 늦어졌습니다. 죄송합니다."

"뭐야, 그러니까 병원에 밥 좀 해다 나르는 것이 귀찮아서 에라, 모르겠다, 낮잠이나 펴자자 하고 낮잠을 자버렸다 이거냐?"

"어머님, 제가 어찌 그, 그런 생각으로……."

"변명하지 마세요. 얼굴에 그렇게 쓰여 있는데 그래요."

송세라가 기다렸다는 듯이 불쑥 끼어들었다.

홍 씨는 밖에서 엿듣고 있는지 아직도 들어오지 않았다. 오수옥은 한 번 더 용서를 빌었다. 자신의 피곤함을 못 이겨 잠깐 동안이나마 까무룩 졸았던 것에 대해 양심적으로 자책도 아울러서 한 것이었다.

"어머님, 다시는 졸지 않겠어요. 이번 한 번만……."

"흥! 뻔뻔스럽게 용서를 해달라구? 용서를 못해 주겠다면 어쩔 건데? 어쩔 거야, 이년아?"

"………."

"보따리를 싸가지고 당장이라도 집을 나가겠니?"

"네?"

"어림 반 푼어치도 없다. 그렇게는 못해! 못 나가!"

"………."

"우리 세라가 시집가서 남들처럼 행복하게 살 때까지 넌 책임을 져야 해. 너만 나가서 편하게 살려구?"

바로 그때 송 영감이 잠든 영수를 안은 채 입원실로 들어왔다. 이날은 오수옥이 식당으로 가 밥을 할 동안 송 영감이 영수를 입원실에서 봐주고 있었는데, 잠시 영수도 바깥바람을 쐬게 해줄 겸 병원 정원으로 데리고 나갔다가 이제야 들어온 것이었다. 홍 씨도 송 영감을 뒤따라 들어오고 있었다.
그러자 노 씨가 더욱 기세가 나서 갑자기 엉뚱한 소리를 했다. 아까 한 말을 금방 번복해 버렸다.
"아니다, 나가고 싶으면 나가거라. 아, 당장 보따리를 싸서 나가! 붙잡지 않을 테니까."
"왜 또 그래? 사부인까지 오셨는데."
송 영감이 홍 씨의 표정을 살피며 당황하게 노 씨를 향해 역정부터 냈다. 그러자 노 씨가 더 무서운 소리를 하는 것이었다.
"아, 며느리가 이혼을 하고 싶대요, 이혼을."
"뭐라구?"
"아, 아녜요, 아버님…… 어머님, 언제 제가 이혼을……."
"금방 그랬잖아, 금방! 아이고, 이 애 사람 잡겠네, 금방 제 입으로 그래놓곤 오리발 내미는 것 좀 봐. 우리 세라도 들었어, 우리 세라도. 세라야, 너도 들었지?"
"모르겠어요. 전 잠깐 졸았어요."
송세라가 통쾌하다는 듯이 오수옥을 한 번 슬쩍 스쳐보며 거짓말을 했다.
그러자 친정어머니 홍 씨가 문 쪽에 선 채 충격적인 얼굴로 딸을 내려다보며 부들부들 떨었다. 그러나 영수를 안은 채 역시 문 쪽에 서 있던 송 영감은 뭔가 짐작이 간다는 표정으로 노 씨를 무섭게 쏘아보고 있었다. 그러든 말든 노 씨가 한술 더 떴다.
"아, 이혼장 가져와서 어서 도장부터 찍어. 니 남편도 데려와서."
"그만 닥치지 못해!"
송 영감이 버럭 소리를 질러도 소용이 없었다.
"아, 어서! 너의 친정 어미도 와 있것다 얼마나 잘됐냐. 그 딸에 그 어미니까 그래도 좋다고 또 시집 보내줄 텐데."

"아니, 이 사람이 그래도……."

송 영감이 부들부들 떨며 잠든 영수를 그때까지 꿇어앉아 있던 오수옥의 품에 얼른 안겨주었다. 그 눈치가 아무래도 노 씨를 가만 안 둘 기세였다.

"아, 갈라서고 싶으면 갈라서라니까! 붙잡지 않을 테니까. 우리 아들이 코가 비틀어졌나 입이 비틀어졌나. 우리 아들도 새장가 보낼 테니까 걱정 말고 나가고 싶으면 당장 나가란 말이야."

"새장가라니? 에끼, 이 주둥아리를……."

마침내 송 영감이 더 참지 못하고 노 씨의 뺨을 철썩 때렸다.

쭈글쭈글한 광대뼈 부분을 맞은 노 씨가 늙어서 그런지 뺨 한 대에 의자에서 입원실의 시멘트 바닥으로 벌렁 나둥그러졌다.

"아이고, 나 죽네…… 아니, 이놈의 영감탱이가 사람 죽이네! 왜 때려요, 왜?"

노 씨가 그대로 나둥그러진 채 악을 썼다. 오수옥은 자기 때문에 그런 사태가 야기되자 흑 흐느껴 버렸다. 동시에 그 딸의 어깻죽지를 이번엔 친정어머니 홍 씨가 와락 움켜잡았다. 그리고 부들부들 떠는 목소리로 말했다.

"가자. 가서 나랑 같이 죽자. 어서 일어나, 이것아!"

"흥! 이제 보니 데려가려고 왔구먼! 제발 데려가시지, 제발!"

노 씨가 나둥그러진 채 홍 씨를 향해 악을 썼다.

"아, 어서 일어나란 말이야, 어서! 뭘 잘했다고 뻔뻔스럽게 울고 있어? 넌 울 자격도 없는 년이야. 어서 일어나지 못해!"

"엄마……."

"어서 일어나, 이 바보 같은 것아! 왜 아직도 정신을 못 차리니? 응? 왜 아직도 정신을 못 차려? 조금이라도 속죄를 하고 싶거든 니 몸 생각 말고 오로지 시댁 식구들을 위해 죽을 각오로 희생하고 헌신하라고 그렇게 일렀거늘 니가 왜 사단이 돼서 시댁에 불화를 일으켜? 죽을 때까지 시부모를 위로해 드려야 한다고 내가 몇 번을 말했니? 응? 입이 닳게 몇 번을 말했어? 안 되겠다, 가자! 나가서 내가 먼저 니 머리채에 목을 감아 죽어야겠다. 아, 어서 일어나란 말이야! 어서!"
그러자 송 영감이 엄하게 홍 씨를 향해 소리쳤다.
"사부인! 무슨 짓이오?"
"죄송합니다, 사돈어른! 딸을 잘 가르치지 못한 죄로…… 잘 가르치지 못한 죄로……."
"놓으시오! 어서 그 손 놓지 못하겠소!"
"………."
"이젠 사부인 자식이 아니고 우리 자식입니다! 어서 그 손 놓지 못하시겠습니까!"
그러자 시멘트 바닥에 그 자세 그대로 널브러져 있으면서 노 씨가 가만있지 않았다.
"우리 자식이라니? 아, 영감이 낳았어요? 영감이 낳았어? 오늘이라도 갈라서면 남남인데 무슨 귀신 씻나락 까먹는 소리예요?"
"그래도 이 할망구가……."
송 영감이 다시 또 주먹을 날릴 듯 노 씨를 홱 무섭게 노려보자,
"아빠, 차라리 저를 때리세요, 저를! 제가 맞아서 죽어버리겠어요! 세희 언니까지 불에 타 죽어서 엄마가 제정신이 아니라서 그런 건데 왜 불쌍한 엄마를 때리세요, 왜? 엄마가 불쌍하지도 않으세요? 불쌍하지도 않냐구요?"
송세라가 침대에 누운 채 엉엉 울면서 울부짖었다. 송세라는 아까 아버지가 엄마를 때릴 때부터 아버지를 원망하며 소리 죽여 울고 있었던 것이다.
그런데 더욱 놀라운 일이 벌어졌다. 송세라의 그 말에 노 씨가 상상도 할 수 없는 무서운 말을 하는 것이었다.
"그럽시다. 우리 세라도 죽여버립시다. 그러면 영감이나 나나 이 고

생을 안 해도 되잖아요?"
"뭐, 뭐, 뭐라구?"
"그러면 좋겠수? 좋아? 부모 편하자고 병원에 입원해 있는 딸을 죽이는 천하의 못된 부모가 세상천지에 어디 있답디까, 어디? 아이고, 오줌 마려워라. 애야, 나 화장실에 가야겠다. 니가 또 나를 화장실로 데려다주라. 아, 어서! 옷에다 싸겠다."

갈피를 잡을 수 없는 노 씨의 황당한 정신이상 증세 때문에 이날 일은 일단 이 정도로 더 큰 사달이 일어나지 않고 그냥 넘어갈 수가 있었다. 꿇어앉았던 오수옥이 안고 있던 영수를 친정어머니 품에 안겨준 뒤 얼른 노 씨를 부축하고 입원실 밖의 화장실로 갔기 때문에 극적으로 일단락이 되었던 것이다. 그래서 홍 씨도 더 이상 입원실에 얼쩡거리지 않고 서둘러 대전 집으로 내려갈 수가 있었다.

그런데 시어머니의 정신이상 증세보다 더 무서운 것이 있었다.
그것은 바로 송세라의 본격적인 구박과 증오였다. 송세라는 정신 상태가 멀쩡한데도 틈만 나면 오수옥에게 시비를 거는 등 아주 못살게 굴었다.
언젠가 한번 이런 일이 또 있었다.

44

 그날은 입원실에 송세라와 오수옥 둘만 있었을 때였다. 송 영감과 노 씨는 잠깐 바람을 쐬러 나가고 없었다. 늦여름의 늦은 오후 무렵이었다.
 오수옥이 송세라의 붕대가 감기지 않은 성한 한쪽 다리를 매일의 일과처럼 그날도 주물러주고 있는데, 송세라가 느닷없이 이런 말을 불쑥 꺼냈던 것이다.
 "내가 퇴원을 하면 밤마다 우리 집에 무서운 불개가 나타날 거예요."
 "네?"
 "밤마다 우리 집에 무서운 불개가 나타날 거란 말예요."
 "불개라뇨? 불개가 뭔데요?"
 "대학도 졸업하고 뭐든지 잘 아는 올케가 불개도 몰라요?"
 "대학을 나왔다 해서 뭐든지 다 아는 건 아니잖아요, 호호호."
 "웃지 마요! 난 우리 집에 불이 난 후론 한 번도 웃어본 적이 없어요. 근데 막상 불을 낸 올켄 웃음이 나와요? 뻔뻔하게."
 "………."

오수옥은 얼른 웃던 입을 다물었다.
"정말 불개를 모르세요? 사람을 불로 태워서 죽이는 불개 말예요. 불로 만들어진 개새끼! 그 개새끼가 다니는 곳엔 언제나 불이 나요. 저주의 불이, 증오의 불이, 그리고 복수의 불이."
"그런 개가 세상에 어딨어요?"
오수옥은 이번에도 농담으로 넘겨버리려 했다. 하지만 이번엔 웃지 않고 진지하게 말했다. 그러면서 마음속으로 또 떨고 있었다. 그녀를 미워하고 저주하기 위해 송세라가 또 엉뚱한 말을 꺼내기 시작하는구나 그렇게 생각하고 있었기 때문이었다. 그러면서도 어떤 대답을 하든 말을 받아주지 않으면 안 된다고 생각했다. 말 친구가 돼주지 않으면 송세라가 환자 특유의 신경질을 부리기 때문이었다.
"왜 없어요. 있어요."
"그런 불개가 정말로 있단 말예요?"
"그래요. 나는 그 불개를 나타나게 할 수 있는 주문도 알고 있어요. 무슨 말인지 알아요?"
"전 도무지 무슨 말인지……."
"곧이 안 들어도 좋아요. 하지만 두고 보세요. 그 불개가 밤마다 올케와 오빠가 잠자는 방에 나타날 테니까."
송세라는 장난으로 하는 말 같지가 않았다. 그리고 정말로 대화 도중에 한 번도 웃지도 않았다. 장난기가 배어 있는 표정도 짓지 않았다. 그러기는커녕 오히려 공포에 질린 얼굴로 그 서구적으로 예쁘게 생긴 푸른 눈을 파르르 떨기까지 했다. 그러면서 계속 말했다.
"세상엔 불가사의한 일이 많아요. 귀신이 절대로 없다고 말하는 사람도 있지만 그런 사람들은 귀신을 한 번도 못 봤기 때문에 그런 거예요. 하지만 귀신은 정말로 있어요. 내가 직접 귀신을 눈으로 봤으니까요. 바로 이 병원에서, 이 입원실에서."
"뭐라구요?"

"죽은 우리 세희 언니가 귀신이 되어서 나타났어요. 불에 탄 끔찍한 모습 그대로…… 팔이 오그라들고 다리가 오그라들고 배가 터져서 창자까지 새까맣게 탄 참혹한 모습 그대로…… 머리털도 다 타버리고 대머리가 돼 있었어요. 옷도 입지 않았어요. 옷도 팬티까지 다 타버렸으니까. 나는 처음에 꿈인 줄 알았어요. 하지만 꿈이 아니었어요. 분명히 현실이었어요."

"………."

"비가 부슬부슬 내리는 밤이었는데 자정이 지나자마자 소리 없이 입원실 문을 열고 나타났어요. 보통 귀신이 나타날 땐 문이 그대로 닫힌 채 귀신이 홀연히 나타나는데, 우리 세희 언닌 분명히 입원실 문을 열고 나타났어요. 그땐 아빠랑 엄만 옆 빈 침대에서, 일인용의 그 비좁은 침대에서 새우처럼 옆으로 누워 깊이 잠들어 있었을 때였어요. 오빠와 올켄 우리 집 식당에서, 넓은 방에서 편하게 자고 있었겠지만."

"………."

"그때 내가 왜 비명을 안 질렀는지 아세요?"

"………?"

"조금도 무섭지 않았기 때문이에요. 무섭기는커녕 오히려 반가웠어요. 죽은 언니를 만났으니까. 그런 감정 백 번 천 번 얘기해도 올케한텐 소용없을 거예요. 올켄 내 얘기 자체를 사실로 곧이듣지 않고 있을 테니까요. 그렇죠?"

"………."

"그렇죠?"

"………."

"거 봐요. 좋아요! 그럼 이 얘기만 하고 그만두겠어요. 세희 언니가 귀신으로 나타나서 뭐랬는지 알아요?"

"뭐라고 하던가요?"

"밤이면 개를 조심하라던데요. 그 개는 불을 가지고 다니는 불개라고…… 그 개한테 물리면 그 자리에서 새까맣게 타서 죽는다고…… 그 말을 올케한테 꼭 전하라던데요."

"저한테요?"

"그래요. 그 불개는 곧 세희 언니 자신이라고…… 그러던데요."

"………."

"그러면서 무슨 이상한 주문을 가르쳐 줬어요. 그 주문만 중얼거리면 언제라도 언니가 불개가 돼서 꼬리를 살랑살랑 치며 나타나겠다구요. 그 주문 궁금하지 않으세요?"

"………."

"가르쳐 드려요?"

"………."

"미안하지만 그건 비밀이에요. 세희 언니가 나만 알고 있으래서 그러겠다고 약속을 해버렸으니까요, 호호호. 이건 웃음이 아녜요. 통쾌해 죽겠다는 그런 표현일 뿐예요. 불이 난 뒤로 웃음을 잃어버린 내가 어찌 허파에 구멍이 뚫린 것 같은 그런 헛바람 소리를 내겠어요? 난 사람들의 웃음을 허파에 구멍이 뚫린 헛바람 소리로 생각하기로 했거든요, 내 몸이 구운 생선처럼 돼버린 뒤부터요, 호호호. 이건 헛바람 소리 중에서도 실소예요, 실소! 실소 알죠? 호호호. 아유, 재밌어, 호호호. 올케 씨, 하지만 너무 겁먹지 마세요. 이건 어디까지나 농담이니까요. 세상에 귀신이 어딨어요? 호호호, 호호호, 호호호."

그러나 오수옥은 웃지 않았다. 그리고 그걸 농담으로 듣지 않았다. 실은 모르는 척 시치미를 떼고 있었지만 불개라는 것에 대해서 그녀도 익히 잘 알고 있었기 때문이었다.

불개!

그것은 일식이나 월식 때 나타나서 해와 달을 잡아먹는다는 상상의 짐승을 지칭한 것. 물론 이것은 사람들이 만들어낸 용이나 붕새 같은 상상의 짐승에 불과한 것이지만 문제는 해와 달이었다. 옛날에 해는 남편에 비유되고 달은 아내로 비유되지 않았던가.

그렇다면 만일 불개라는 그 상상의 짐승이 실제의 사나운 개나 살인을 일삼는 사악한 사람으로 둔갑을, 아니면 불개 그 자체로 새로이 탄생을 해서 이 지상에 나타난다면 어떻게 될까?

좀 더 함축성 있는 상상력으로 비약한다면, 사람으로 태어났을 경우…… 남자로 태어나서 어떤 여자와 결혼을 했다고 치자. 그러면 그 남편이 언젠가는 불개가 월식 때 달을 잡아먹듯 아내를 잡아먹을 것이요, 여자로 태어나서 어떤 남자와 결혼을 했다면 그 아내가 언젠가는 불개가 일식 때 해를 잡아먹듯 남편을 잡아먹을 게 아닌가. 잡아먹는다는 것은 곧 살해를 의미하는 것. 그렇다면 이야기를 더욱 비약시킬 수 있다.

우리 인간 세상에서, 보험금과 치정 등등의 이유로 남편이 아내를 또는 아내가 남편을 독살하거나 토막 살해를 하는 사건들이 자주 일어나는데, 그럼 그 살인자인 남편이나 아내들은 모두 불개의 피를 받고 이 세상에 태어난 불개의 후예들이란 말인가. 일식이나 월식 때만 어디선가 홀연히 나타나 해와 달을 잡아먹을 때, 필요한 영양분만 빨아먹고 해와 달을 본래의 모습 그대로 토해냈다가, 다음 일식이나 월식 때 어디선가 홀연히 또 나타나 영양분이 다시 토실토실 오른 해와 달을 필요한 영양분만 야금야금 또 빨아먹는 무시무시한 그 불개의 후예들?

부질없는 환각 같은 상상인 줄 잘 알면서도 순간적으로 거기까지 생각이 미치자 오수옥은 치를 떨었다.

혹시 자신이 그런 아내로 태어난 것이나 아닐까라는 두려움 때문이었다. 만에 하나 그럴 경우라면, 그녀는 남편인 송동욱을 언젠가는 꼭 한 번 살해하게 될 게 아닌가? 아아, 무서운 상상…… 방정맞은 상상…… 상상도 할 수 없는 상상…….

그녀는 힘주어 고개를 절레절레 저었다.

자신을 꾸짖듯, 그리고 방금 상상한 것을 강하게 부정하듯 마음의 고개까지 힘주어 흔들었다. 도저히 그녀의 인생에서는 있을 수 없는 일이며, 있어서도 안 될 일이기 때문이었다.

그러다 그녀는 문득 이상한 의문에 사로잡히기 시작했다. 그 상상도 하기 싫은 불개에 대한 말을 왜 갑자기 송세라가 꺼냈을까라는 의문이었다.

사실 그랬다.

그 말을 왜 느닷없이 꺼냈을까? 불개에 대한 이야기는 어디서 주워들었을까? 농담처럼 적당히 실소 비슷하게 웃어넘겨 버렸지만, 사실은 정말로 죽은 송세희가 환상 속의 귀신처럼 나타난 것은 아니었을까? 그리고 그 불개에 대한 말도? 아니야, 있을 수 없는 일이야. 절대로 있을 수 없는 불가사의한 일이야. 환상일지라도 귀신 출현은 있을 수 없어. 있을 수 없어. 있을 수 없어.

그렇다면 그런 꿈을 꾸었을까.

꿈? 꿈?

그래. 환자로서는 얼마든지 꿀 수 있는 꿈이겠지. 그보다 더한 악몽도 환자들은 자주 꾼다 하지 않던가. 속담에서 유래된 말이지만, 귀신이 아홉이나 죽은 것을 보았다는 그보다 더한 허무맹랑한 말도 있는데 꿈이야 오죽하겠는가.

아무튼, 그날 있었던 송세라의 묘한 구박과 증오와 보이지 않는 저주는 그런 정도로 끝이 났다.

그런데 한번은 또 이런 일이 있었다.

45

어느 날 오후쯤이었는데, 오수옥이 송세라의 변기통을 깨끗이 씻어서 막 입원실로 가지고 들어가려던 참인데, 안에서 말소리가 들려 나왔다. 남편 송동욱과 송세라가 주고받는 대화였다. 송 영감과 노 씨는 없는 것 같았다. 그래서 오수옥은 밖에서 잠시 엿듣고 있었다.

"오빠, 왜 밖에서 자물쇠를 채웠어요?"

"그, 그건······."

"알아요. 그 전날 밤에 도둑을 맞았기 때문이란 걸. 그렇죠?"

"미안하다······ 죽을죄를 지었다······."

"오빠도 밉지만 올케가 더 미워요."

"왜?"

"몰라서 물어요? 불을 냈기 때문이잖아요. 오빠가 아무리 밖에서 자물쇠를 채웠어도 불만 나지 않았다면 세희 언니나 우리 영희가 불에 타 죽진 않았을 거 아녜요? 저도 이 꼴이 되지 않았을 거구요."

"아니지. 아무리 불이 났더라도 내가 밖에서 자물쇠를 채우지 않았다면······ 않았다면······."

"그렇게 올케가 좋으세요?"

"………."
"아내가 부모 형제보다 좋아요?"
"세라야."
"말씀하세요."
"부탁이다. 올케언니를 미워하지 말아다오. 생각하면 그 사람도 불쌍하잖아."
"왜 불쌍해요?"
"불을 내고 싶어서 냈니…… 어쩌다 부주의로 난 불인데…… 그리고 그 불은 어쩌면 우리 집에서 난 불이 아니고……."
송세라가 얼른 말을 가로질러 버렸다.
"오빠, 남을 의심하지 마세요. 특히 강오란의 아빠를 말예요."
"왜?"
"오빤 오란이 아빠가 불을 지른 것으로 아시는 모양인데요……."
"뭐 꼭 그런 것은 아니지만."
"누가 불을 질렀건 간에 그렇게 생각하는 건 순 억지라구요. 엉터리란 말예요."
"순 억지라니, 왜?"
"생각해 보세요. 문이 잠겨 있었는데 밖에서 집 안에다 어떻게 불을 질러요? 불은 분명히 집 안에서부터 났는데 말예요."
"………."
"똑같은 열쇠를 만들어서 그걸로 자물쇠를 따고 집 안으로 들어갔다…… 그리고 기저귀들을 연탄불에다 던져서 불이 나게 했다…… 그래 놓곤 다시 나가서 감쪽같이 자물쇠를 아까 그대로 채워놨다…… 그러고 나서 도망칠 수도 있다고 오빤 계속 우겨왔지만 말예요."
"그래. 그것도 억지라고 결론이 나왔었지. 그건 너도 알고 있는 일이잖아."
"그러니까 하는 말 아녜요? 불은 누가 지른 것이 아니라 올케의 실수로 난 거라구요, 실수로! 실수로! 그렇죠?"
"그래. 그렇다고 해두자."
"그래서 난 올케를 미워한다구요. 미스 코리아 뺨치는 내 육체미를 요 모양 요 꼴로 만들어 버렸으니까요."

오수옥은 밖에서 엿듣고 있으면서 고개를 또 푹 떨구었다. 수없이 들어온 말이지만 그 말만 나오면 그녀는 영원히 용서받을 수 없는 죄인처럼 금방 고개가 아래로 푹 떨구어졌던 것이다.

여고 졸업반답게 송세라는 말도 잘했다. 그렇잖아도 나이에 걸맞지 않게 화술이 뛰어난 그녀였지만, 몇 번 죽었다가 깨어난 후론 더 말을 잘하는 것 같았다. 논리가 더욱 정연해졌다고나 할까. 그렇게 갑자기 더 성숙해진 것 같았다. 비례해서 송세라의 말 속엔 항상 무서운 가시가 들어 있었다. 가시 중에서도 비수 같은 가시가.

지금도 송세라는 자기가 하고 싶은 말을 사정없이 비수처럼 내리꽂고 있었다. 비록 오빠 앞이지만.

"오빠, 오빠가 저를 미워해도 할 수 없어요. 전 분명히 이 말은 해야겠어요."
"무, 무슨 말인데?"
"내 몸은 정형수술과 성형수술을 번갈아 한다 해도 하나 마날 거예요. 온몸의 화상 흉터가 너무 광범위하니까요. 하나 마나겠죠? 그렇겠죠? 대답하세요, 오빠."
"그, 그, 그렇겠지."
"그래서 내가 만약 앞으로 결혼을 못 하게 되고, 뱀의 비늘 같은 징그러운 여자라고 소문이 나게 된다면…… 듣고 있어요, 오빠?"
"그, 그래…… 듣, 듣고 있다."
"그땐 죽을 때까지 올케를 미워하고 저주할 거예요. 무슨 수를 써서라도 내 몸을, 박꽃같이 희고 고왔던 내 살결을 본디의 모습 그대로 미끈하게 만들어 주기 전까지는 말예요."

"………."
"오빠가 괴로우실 거예요. 중간에서 아내 편도 못 들고 여동생 편도 못 들고…… 당연한 형벌 아녜요?"
"………."
"왜 대답이 없으세요?"
"………."
"네?"
"………."
"네?"
"입이 열 개라도 할 말이 없어서 그런다."
"그럼 됐어요. 그렇담 앞으로 있을 올케에 대한 저의 단죄들을 오빠는 간섭 안 하시는 걸로 알고 있겠어요. 그래도 되죠? 이의 없죠? 피곤해요. 자고 싶어요. 혼자 조용히 자고 싶으니 이젠 나가주세요."
"알았다. 그, 그러지."
송동욱은 두말없이 일어나 입원실을 나왔다.
그러면서 앞으로 시어머니보다 어린 시누이에게 심한 증오와 저주와 구박을 받게 될 아내가 불쌍하고 걱정이 되어서 몹시 불안해하고 있었다. 그렇다고 여동생 세라에게 올케언니를 괴롭히지 말라고 억압하거나 윽박지르거나 미워할 수도 없는 노릇이었다. 자신이 세라 입장이 됐더라도 얼마든지 그러고도 남을 일이기 때문이었다.
밖엔 오수옥이 재빨리 어디로 숨어버리고 아무도 없었다. 오수옥은 남편이 마치 여동생한테 추방당하듯 입원실에서 나오고 있을 때, 몰래 엿듣고 있었다는 것이 남편에게 어떤 오해와 실망을 주게 될지도 모른다는 생각이 들어서 일단 다른 곳으로 얼른 숨어버렸던 것이다.

금도를 넘은 시누이의 구박

46

송세라는 두어 번 성형수술을 받았다.

우선 목부터 수술을 했다. 턱 밑의 목은 사람들의 눈에 잘 띄는 제2의 얼굴이나 다름없기 때문에 거기부터 가장 먼저 수술을 해야 한다고 송세라가 고집을 부렸던 것이다.

목의 화상 흉터 부위는 어린아이의 손바닥 정도였다. 그러나 그 작다면 작다고도 볼 수 있는 흉터인데도 수술의 결과가 좋지 않았다. 본인의 허벅지 피부 조직을 떼어 내어 화상으로 목의 피부가 결손이 된 부분을 감쪽같이 피부이식수술을 했는데도 그랬다. 수술이 잘못되었던지 그 부위가 썩어 들어가기 시작했던 것이다. 그래서 한 번 더 수술을 받아야 했다. 그러고 나서야 겨우 목의 흉터를 아쉬운 대로 감출 수가 있었던 것이다.

이번엔 오른쪽 손등을 수술할 차례였다.

손등의 흉터는 굉장했다. 기적적으로 손가락들만 무사하고 손등 전체가 말라비틀어진 문어 다리 같은 흉터여서 징그러워서 볼 수가 없을 지경이었다. 그래서 한쪽 유방과 엉덩이 그리고 한쪽 다리보다 우선해서 손등부터 수술을 하자고 송 영감이 송세라를 달랬던 것이다. 송동욱 부부도 그랬고 정신이 있었다 없었다 하는 노 씨도 그랬다.
하지만 수술을 받을 당사자인 송세라가 펄쩍 뛰었다. 놀랍게도 뜻밖의 말을 했던 것이다.
"지겨워요. 성형수술이건 뭐건 병원 생활이라면 이젠 지겹단 말예요. 링거 병과 주삿바늘만 봐도 소름이 끼쳐요. 나 성형수술 안 해줘도 좋아요. 이번에도 또 썩어 들어가면 어떡해요? 그리고 이식을 하기 위해 내 성한 허벅지의 생살을 떠내는 일…… 생살을 생선회처럼 칼로 떠내는 일…… 아, 무서워요, 무서워요, 몸서리가 쳐요. 소름이 끼쳐요. 그래도 꼭 수술을 해야 한다면 난 죽어버리겠어요. 자살해 버리겠어요. 정말이에요, 정말! 그쪽 고통이 더 나을 거예요."
수술 비용에 대한 말도 했다.
데데한 식당을 하면서 전신의 화상 흉터를 성형수술을 할 그런 큰돈이 어디 있느냐는 거였다. 그건 그랬다. 식당엔 돈이 남아 있을 수가 없었다. 두 딸 학교 보내고, 그것도 하나는 대학에 하나는 고등학교, 그리고 먹고살고, 그러면서도 가끔 몇 푼씩 은행에 저축을 할 수가 있긴 했지만, 그러나 이번 화재 사건으로 인해서 그나마 다 바닥이 나버렸기 때문이었다. 타버린 강 사장의 공장 건물을 배상해 주고…… 1년여에 걸친 송세라의 병원비…… 그것도 모자라 송동걸과 송동욱까지 빚을 내서 보태야 했고, 심지어 오수옥의 친정어머니 홍 씨까지도 빚을 얻어주어야 했다. 그래서 식당을 하는 그 집이나마 유일한 재산으로, 아니 마지막 보루로 겨우 남아 있게 되었던 것이다.
거덜이 난 집안의 그 경제 문제 때문에 송세라가 성형수술을 결정적으로 더 결사반대한 것은 확실한 것 같았다. 왜냐하면 성형수술을 그렇게 결사반대하면서도 이런 말을 어떤 원한처럼, 아니 어떤 저주처럼 내뱉는 것을 잊지 않았기 때문이었다.
"하지만 나를 이렇게 만든 둘째 올케나 둘째 오빠가 수술시켜 준다면 언제라도 기꺼이 응하겠어요. 앞으로 두 분이 돈을 벌어서 해준다면 말예요. 아시겠어요, 올케? 그리고 오빠?"

 이때부터 송세라는 본격적으로, 아니 노골적으로 오수옥을 저주하고 구박을 하기 시작했다. 이것은 정말로 하루빨리 돈을 벌어서 성형수술을 해달라는 그런 에둘러친 압박인지, 아니면 자신의 전신에 3도 이상의 광범위한 화상을 입혀 어쩌면 앞으로 결혼도 못하고 영원히 독신녀로 살게 될지도 모르는 그 불행에 대한 보복과 복수인지, 그것도 아니면 이 두 가지를 다 관철시키고 달성하기 위한 일종의 앙갚음인지 그건 송세라 그녀만이 아는 당분간의 비밀이었다.
 아무튼, 송세라가 본격적으로 저주와 구박을 하기 시작한 것은 어느 날 여관에서 돌아온 바로 그날 밤부터였다.

47

 송세라는 난생처음 가본 여관이었다.
 그녀가 왜 뒷골목의 음습한 곳에 자리 잡은 삼류 여관으로 가게 되었느냐 하면 순전히 친구 때문이었다. 친구의 이름은 오영숙이었다. 오영숙은 여고 동창이며 가장 친한 친구였다. 병원에 문병도 자주 왔었다. 지금은 여대생이 된 오영숙은 집이 여관을 하고 있었다. Y동 뒷골목에 자리 잡은 보잘것없는 2층 여관이었다. 그 여관으로 송세라는 오영숙의 초대를 받았던 것이다. 오영숙의 생일 초대였다. 송세라는 기꺼이 응했다. 비록 몸은 화상 흉터투성이지만 이제는 건강했기 때문이었다.

 오영숙의 방은 여관의 옥상에 있었다. 마치 여관의 초소처럼 옥상에다 별도로 지은 옥탑방이었다. 안방 따위의 살림방들은 아래층에 있었다. 오영숙은 외딸에다 고집도 세고 좀 끼가 있는 계집애였다. 그래서 공부방도 그런 식으로 옥상에다 고집을 부린 것이었다.
 오영숙의 옥탑방엔 서너 명의 친구들이 벌써 와 있었다.
 모두가 여고 동창들이었지만 지금은 다들 여대생이 돼 있었다. 송세라는 그것이 부러웠다. 그들의 가슴에서 무슨 생명의 눈처럼 반짝거리는 그 대학교 배지들이 부러웠다. 그보다 더욱 부러운 것이 또 있었다. 그것은 그녀들의 손이었다. 화상 흉터 없이 매끄럽고 보드라운 그 손, 손, 손들…… 손톱에 무색의 반짝거리는 매니큐어를 칠한 손도 있었다.

송세라는 열등의식에 처음엔 고개를 잘 들지도 못했다. 생일 축하 케이크의 촛불을 끄며 그들이 박수와 함께 까르르 웃을 때에도 그녀는 병든 꽃잎처럼 풀이 죽어 있었다. 같이 웃을 줄도 몰랐다. 그 열등의식과 소외감 때문인지도 몰랐다. 그녀는 난생처음 술이란 것을 맛보고 있었다. 비록 흔한 맥주였지만 친구들이 권하는 대로 넝큼넝큼 받아 마셨다. 장갑을 낀 손으로 덥석덥석 받아서…… 그녀는 손등의 징그러운 화상 흉터를 감추기 위해 항상 장갑을 끼고 다녔다. 예식장에서 사용하는 신부용 장갑 같은 그런 흰 장갑을…… 목은 성형수술을 했기 때문에 이제는 목이 긴 셔츠를 입거나 붕대를 감고 다니지 않아도 되었다.

결국 송세라는 취해 버리고 말았다. 난생처음 마셔본 술이라 정신을 차릴 수가 없었다. 눈앞이 빙글빙글 돌고 머리가 어지럽고…… 그래서 잠깐 밖으로 나온 것 같은데 정신을 차려보니 그녀가 어딘가에 쓰러져 있었다. 푹신한 침대 위였다. 주전자와 물컵 따위가 보이고 수건과 일회용 치약 칫솔 따위도 보였다.

그런데 더욱 놀라운 것은, 눈을 뜬 바로 그 순간 어떤 사내가 그녀의 입술을 훔치려 하고 있었다. 몽롱한 의식 속에서도 썩 잘생긴 듯한 첫인상이라 싫지는 않았다. 하지만,

"누, 누구세요? 그리고 여기가 어디예요?"

하고, 송세라는 얼굴을 홱 틀며 본능적으로 그를 힘껏 밀어버렸다.

얼마나 세게 밀어버렸던지 그가 노란색 장판이 깔린 방바닥으로 사

정없이 나동그라졌다. 하지만 그가 곧 일어났다. 그리고 화를 벌컥 냈다. 적반하장이었다.

"이런 씨팔…… 뭐야 너?"

"그러는 넌 뭐야?"

"하, 꼴값하고 자빠졌네."

"뭐가 어째!"

"야, 교통비 주면 될 거 아냐. 니 발로 걸어 들어왔잖아, 이년아. 아무도 없는 내 방으로 말야. 당장 쫓아내려고 했는데 얼굴이 예뻐서 봐주었더니……."

그의 눈은 욕정에 불타 있었다. 그 욕정을 억제하기에는 이미 늦어 있는 것 같았다. 그가 늑대가 되어 다시 덮쳤던 것이다.

송세라는 그의 야수 같은 힘을 당해낼 수가 없었다. 아무리 사내 같은 그녀 할지라도 역시 여자는 여자였다. 그의 몸 밑에 깔려서 맥을 못 추었다. 반항을 해도 소용이 없었다. 벌써 개나리꽃 빛깔의 블라우스 단추들이 후두두 떨어져 나가고 있었다. 그러나 다행히도 청바지 쪽은 아직은 함락당하지 않은 상태였다.

그것은 놈의 버릇인 것 같았다. 여자를 다룰 때 젖가슴부터 애무를 해서 함락하려는…… 그렇다면 놈은 여자에 대해서 도가 튼 놈인 것 같았다. 그뿐, 도대체 뭘 하는 놈인지 알 수가 없었다. 단지 순간적으로 이런 직감만 갔을 뿐이었다. 이 여관에 투숙 중인 장기 손님인 모양이구나, 그럼 나는 왜 이 방에 들어와 침대에 쓰러져 있었을까? 참, 그랬었지. 옥상에는 화장실이 없기 때문에 2층으로 내려왔었지. 그리고 문이 조금 열린 아무 방으로나 들어가 그 방의 화장실을 정신없이 사용했었지. 빈방으로 착각했던 거야. 그래서 남의 침대에 쓰러져 있었구나.

놈은 도덕성도 윤리관도 개코도 모르는 변태 같은 치한이었다. 아니, 날강도 같은 놈이었다. 생전 처음 본 여자의 브래지어 속으로 사정없이 손을 쑥 집어넣었다. 그러더니 다음 순간 흠칫하며 갑자기 손을 뚝 멈추었다. 아무래도 손의 감촉이 이상한 모양이었다. 표정도 하얗게 질려 있었다. 그도 그럴 것이 총알같이 브래지어 속으로 침범한 그의 오른손이 하필이면 징그러운 화상 흉터가 있는 쪽의 유방을 꽉 움켜쥐었던 것이다.

이어 갑자기 투투툭 하고 브래지어 끈이 떨어져 나가는 소리가 들렸다. 그가 그 유방을 보기 위해 우악스럽게 브래지어를 홱 잡아채는 소리였다.

그러더니 다음 순간,

"으악!"

하고, 그가 비명을 지르며 그녀의 몸 위에서 굴러떨어지듯 침대에서 뛰어내렸다. 그러더니 뒷걸음질을 치며 공포로 얼굴이 하얗게 질려 있었다. 방금 유방을 더듬었던 손을 징그러운 뱀이라도 만진 듯 탈탈 털기도 하고, 입고 있던 옷에다 몇 번이고 닦기도 했다. 그는 흰 빛깔의 잠옷 차림이었다.

송세라는 침대에 반듯이 누운 채 일어나지도 않고 그런 그를 보며 시니컬하게 웃고 있었다. 예상했던 일이기 때문이었다. 하지만 그녀의 웃음은 견딜 수 없는 수치심과 모멸감으로 울고 있는 웃음이었다. 치한에게까지 멸시와 버림을 받아야 하는 자신의 그 일그러진 육체가 저주스러워서였다.

"야, 이 재수 없는 년아! 꺼져! 빨리 내 방에서 나가란 말야!"

놈은 계속 뒷걸음질을 치다가 등이 벽에 닿자 버럭 소릴 질렀다. 아예 이쪽의 반응은 무시해 버리고 계속해서 악을 썼다. 아직도 그녀를 여관 등에서 전화로 호출하는 콜걸 부류로 생각하고 있는 모양이었다.

"매독으로 유방까지 썩어 문드러진 년이 무슨 손님을 받겠다구 지랄이야! 아무리 돈도 좋지만…… 빨리 꺼지지 못해, 이년아! 까딱했다간 나까지 성병에 걸릴 뻔했잖아. 그것도 한번 걸리면 잘 낫지도 않는 매독에 말야. 빨리 꺼져! 꺼져! 꺼지란 말야!"
그가 와락 달려들어 그녀의 머리채를 잡았다. 이어 사정없이 밖으로 밀어내고는 문을 쾅 닫고 안에서 잠가버렸다.

송세라는 정신없이 뛰었다.
술도 확 깨버린 것 같았다. 어디를 어떻게 뛰고 있는지 그것도 알 수가 없었다. 정신을 차려보니 그녀의 집이었고, 그리고 그녀는 지금 그녀의 방 거울 앞에 서 있었다. 다른 식당들에서 보낸 <축·개업>이라고 써진 아주 오래된 큰 거울이었다.
그 거울 속에 미친 듯이 블라우스를 벗는 그녀가 서 있었다. 브래지어는 여관방에 있는지 몸의 어디에도 보이지 않았다. 그녀는 블라우스를 벗어서 거울을 향해 휙 던지며 미친 듯이 악을 쓰고 있었다. 울면서 악을 쓰고 있었다.
"야, 이 병신 새끼야! 이 개자식아!"
여관방의 그 머저리 같은 사내를 향해 소리치고 있는 것이었다.
"이게 뭐가 매독으로 썩어 문드러진 거야? 화상 흉터잖아, 화상 흉터! 화상 흉터도 몰라? 이 동태 껍질을 뒤집어쓴 색맹아! 봐! 봐! 똑똑히 보란 말야! 똑똑히 봐!"
거울 속엔 그녀의 유방이 완전히 노출되어 있었다. 한쪽 유방은 오디 같은 젖꼭지가 온전한 모습으로 매달려 있었다. 터질 듯이 탐스러운 젖무덤도 여전했다. 다만 과열된 다리미가 약간 지나간 듯한, 그래서 투명지를 붙여 놓은 듯 번들거리는 화상 흉터가 무엇에 긁힌 자국들처럼 군데군데 약간 크고 작게 남아 있을 뿐이었다.
그러나 다른 쪽 유방은 너무나 끔찍해서 눈 뜨고는 차마 볼 수가 없을 지경이었다. 젖꼭지도 민둥민둥한 흔적뿐 오디 같은 모습은 찾아보려야 찾아볼 수가 없었다. 젖무덤 전체도 탐스러움은커녕 형편없이 납작해져서 마치 짓이겨놓은 진흙탕처럼 보였다. 한마디로 그것은 유방이 아니고 썩어 들어가는 송장의 흐물흐물한 창자 같았다. 그렇게 너무도 징그럽고 흉측한 창자가 사방팔방으로 지리멸렬하게 얽히고설켜 있는 것 같았다.

아아, 비너스의 젖가슴보다 더 아름다웠던 내 젖가슴은 어디로 갔는가. 오디보다 더 붉어 보이던 수줍은 내 젖꼭지는 어디로 갔는가.

아아, 하나님! 하나님!

"보기 싫어! 보기 싫어! 보기 싫어!"

쨍그랑!

그녀는 저도 모르게 거울에 비친 자신의 그 망가진 유방을 향해 주먹질을 하고 있었다. 거울이 박살이 나고 유리 파편이 방바닥으로 와르르 쏟아져 내렸다. 그 파편들 위로 반라 그대로 쓰러지며 송세라는 엉엉 목을 놓아 울었다. 피를 토하듯 엉엉엉엉 통곡을 했다.

그 광경을 언제부턴가 휑하니 열린 방문 밖에서 보고 있는 사람이 있었다. 바로 오수옥이었다.

오수옥은 처음부터 보고 있었다. 송세라가 밖에서 들어와 미친 듯이 방 안으로 뛰어들 때부터…… 오후의 해맑은 가을 햇살이 창문을 뚫고 들어와 방바닥을 기어 다녔다. 그 햇살을 받아 거울 파편들이 사금파리처럼 무심하게 반짝거리고 있었다.

오수옥은 죄책감에 처음엔 고개를 푹 숙이고 있었다.

그러다 이내 천천히 움직였다. 좀 뻔뻔스러운 것 같지만 무언가 용기를 낸 그런 비장한 얼굴로 송세라에게로 다가가고 있었다. 그걸 아는지 모르는지 송세라는 여전히 깨진 거울 앞 방바닥에, 그것도 거울 파편들 위에 엎어져 목 놓아 엉엉엉엉 통곡만 하고 있었다.

오수옥이 송세라 앞에 멈춰 섰다.

그리고 잠시 슬픈 얼굴로 내려다보다가 이윽고 기어드는 목소리로 조용히 말했다. 목소리가 덜덜 떨렸.

"아가씨."

"………."

대꾸 대신 송세라가 번쩍 얼굴을 쳐들었다. 무서운 얼굴이었다. 아니, 오수옥을 보자 갑자기 발악하는 무서운 악녀로 변하는 것 같았다. 눈물범벅인 그 얼굴이 너무나 무서웠다.

"밖에서 무슨 일이 있었는지는 모르지만 슬퍼하지 말고 용기를 가지세요."

"………."

"여자는…… 여자는…… 몸보다 마음씨가…… 내면이 아름다우면 된다고 생각하고……."

"흥! 마음씨? 내면?"

"………."

"그래, 마음씨만 아름다우면, 내면만 아름다우면 이런 몸으로, 이런 꼴로도 나중에 시집가서 행복하게 살 수가 있단 말이죠? 보증할 수 있어요? 있어요? 보증할 수 있느냔 말예요?"

"………."

"왜 대답을 못 해요, 왜? 왜? 왜?"

"………."

"내 몸을 변상해 주세요! 변상이란 단어가 타당한지 아닌지는 모르지만 암튼 내 몸을 변상해 달란 말예요! 올케 때문에 이렇게 됐으니까! 올케가 내 몸을 이렇게 불로 징그럽게 태워버렸으니까! 올케가 내 예뻤던 젖가슴을 이렇게 만들어 버렸으니까 내 몸을 변상해 달란 말이야! 변상해 줘! 변상해 줘! 어서 변상해! 변상해! 변상해!"

"………."

"나가요! 나가!"

"………."

"나가란 말야!"

"………."

"나가! 나가! 나가! 이 무서운 화신(火神)! 엉엉엉엉······."

"·········."

오수옥은 뭐라고 한마디 대꾸도 못 하고 힘없이 송세라의 방을 걸어 나가고 있었다. 마치 마네킹이 걸어 나가듯 허청허청······ 내 몸을 변상해 달라는 데야 그녀는 입이 백 개라도 할 말이 없었다. 돈이 충분히 있다 한들 몸 전체이다시피 한 저 광범위한 화상 흉터를 언제 그리고 어찌 다 성형수술을 할 수가 있단 말인가. 아무리 의학이 고도로 발달한 초현대의학이라 할지라도 그것은 보통으로 힘든 일이 아닐 터였다. 왜냐하면 그럴 바엔 차라리 새로운 인간을 탄생시키는 편이 훨씬 더 수월할 테니까. 그리고 당장 그만한 돈도 없지 않은가. 그러나 유방만은······ 유방만은······ 결혼을 하게 되면 남편에게 가장 사랑을 받아야 할 소중한 곳이므로 유방만은, 유방만은······ 오수옥은 그렇게 몇 번이고 자신에게 다짐을 하며 마음속으로 울면서, 울면서 쫓겨나가고 있었다.

하지만 그녀는 아무리 슬프고 서러워도 외면적으로 결코 눈물을 흘리며 울지는 않았다. 우는 것도 뻔뻔스럽지만, 그보다는 이 슬픔을 어떻게든 이겨내기 위해 이제부터는 울지 않기로 이를 악물었던 것이다. 허약하고 가냘프지만 여자의 의지로, 인내심으로 끝까지 한번 이 비극을 극복하고 싶었다. 못나게 자살을 하는 것보다 그 편이 얼마나 더 친정어머니나 남편이나 하나 있는 어린 자식 영수를 위해서, 그리고 시부모와 특히 송세라를 위해서 보답하는 길이 되고 가치 있는 길이 되겠는가를 그녀는 얼마 전부터 뒤늦게 깨달았던 것이다.

48

송세라의 구박과 저주는 점점 도를 더해갔다.

그로부터 며칠 후에 있었던 일이었다.

밤이었다. 언제 나갔는지는 모르지만 외출에서 돌아온 송세라가 느닷없이 오수옥을 자신의 방으로 불렀다. 오수옥은 영수와 같이 잠자리에 들었다가 죄인처럼 또 호출하는 대로 송세라의 방으로 들어갔다. 송동욱은 여전히 꺼벙머리의 행방 추적과 안양의 강 사장 동태를 살피느라 이날도 밤늦게까지 귀가하지 않고 있었다.

송 영감과 노 씨도 벌써 안방에서 잠이 들었는지 불도 꺼지고 조용했다. 무슨 한(恨)처럼 중얼중얼하던 노 씨의 <회심곡>과 <백발가> 소리도 이날 밤은 들리지 않았다. 노 씨는 갑자기 <회심곡>과 <백발가>를 송세라가 퇴원을 하자마자 마치 무슨 주문을 외듯 중얼거리기 시작했던 것이다. 마음이 괴롭고 슬플 때면 간혹 읊어대는 것이지만 그게 조금 이상했다. 왜냐하면 그것들을 읊기 시작한 뒤부터는 그 정신이상 증세가 점점 자취를 감추고 있었기 때문이었다. 아주 자취를 감춘 것은 아니지만 병원에서처럼 그렇게 심하지가 않았다. 특히 오수옥에게 엉뚱한 덤터기를 뒤집어씌워서 생뚱맞은 구박을 하거나 심한 욕지거리로 들볶지도 않았다. 또한 송세라를 그렇게 끔찍이 아낄 줄도 몰랐다.

　그저 낮이면 정상인처럼 식당일을 돌보고 밤이면 잠도 잘 잤다. 단지 한 가지, 자다가도 느닷없이 발딱 일어나 <회심곡>과 <백발가>를 청승맞게 꽁알꽁알 주문을 외듯이 중얼거리는 것이 이상하다면 이상할 뿐이었다. 그게 더 증상이 악화가 된 것인지는 모르지만.

　시아주버니인 송동걸 부부는 이제는 식당에서 기거하지 않았다. 그들은 송세라가 퇴원을 하자 부산으로 아주 이사를 해버렸던 것이다. 서울세관에서 부산세관으로 송동걸이 전출 발령을 받았기 때문이었다. 그래서 식당엔 송 영감과 노 씨와 송세라, 그리고 송동욱과 오수옥, 영수 이렇게 여섯 식구만 생활하고 있었다.

　"불렀어요?"

　"불렀으니까 왔잖아요?"

　송세라의 방으로 들어서자 송세라가 벌써 핑크 잠옷으로 갈아입고 테이블 의자에 앉아 있다가 싸늘하게 말을 받았다.

　겉으로 보기에는 의자에 앉은 옆모습이 그렇게 청초하고 예뻐 보일 수가 없었다. 무엇보다 그 긴 금발이 천장에 매달린 푸른 형광등 불빛에 금파처럼 매혹적으로 반짝거리는 것이 더 그랬다. 꽃이 아름다우면 저토록 아름다우랴?

　"왜 내 방으로 오라고 했는지 아세요?"

　그때까지도 장갑을 벗지 않고 있다가 그제야 장갑을 벗으며 송세라가 또 싸늘하게 말했다. 장갑을 벗자 한쪽 손등 전체를 뒤덮고 있던 그 징그러운 화상 흉터가 얽히고설켜 꿈틀대는 지렁이들처럼 흉물스레 드러났다.

　그것을 얼른 외면하며 오수옥은 사실대로를 대답했다.

　"모르겠는데요."

　"알면 귀신이게?"

"네?"
"호호호, 올케!"
"네."
"미안하지만 이 장갑 좀 끼워달라고 불렀는데, 끼워줄래요?"
"네? 자, 장갑을요?"
"그래요."
"………."
"왜 대꾸가 없죠? 니가 낄 수도 있는 건데 왜 나를 오라 가라 하느냐, 그런 침묵의 항변인가요?"
"아, 아녜요. 끼워드릴게요."

오수옥은 두말없이 가까이 걸어가서 송세라가 불쑥 내밀고 있는 장갑을 받아 들었다. 이번 장갑은 멋쟁이 아가씨들이나 멋 부리기를 좋아하는 부인들이 끼는 검은 올로 된 그물 장갑이었다.

"자, 끼워주세요. 이쪽 손부터요."

송세라가 빙글빙글 웃으며 흉터가 있는 손부터 들이밀었다. 오수옥은 덜덜 떨리는 손으로 그 손에다 장갑을 끼우기 시작했다. 그러자,

"보기 싫은 흉터를 가리기 위해 맨날 장갑을 끼고 다니는 것…… 몹시 위선적이죠?"

하고, 빤히 쳐다보며 또 빙글빙글 웃었다. 뭔가 통쾌해 죽겠다는 그런 웃음이었다.

"………."
"그래요 안 그래요?"
"이, 이럴 땐 뭐라고 대답을 해줬으면 좋겠어요?"
"호호호."
"………?"
"웃겨 정말! 이 장갑을 끼고 다니니까 말예요, 눈깔 뻰 자식들이 황진이의 손 같은 섬섬옥수가 감춰져 있는 줄로 알지 뭐예요. 아유, 생

각할수록 웃겨 정말! 아이구, 배꼽이야, 호호호, 호호호."

오수옥은 그러나 같이 웃을 수가 없었다. 도리어 마음속으로 울고 있었다. 송세라가 가엾고 불쌍해서였다. 저 푸른 눈과 예쁜 얼굴이…… 그날따라 송세라는 그렇게 봐서 그런지 눈이 부실 정도로 유난히도 예뻐 보였던 것이다.

그런데 그 예쁜 얼굴이 이번엔 느닷없는 말을 했다. 귀가 번쩍 뜨이는 아주 반가운 소리였다.

"올케! 나 한 놈 꼬셨는데 어떻게 생각하세요?"

"한, 한 놈을 꼬시다뇨?"

"꼬리를 쳐서 한 놈을 낚았단 말예요. 여우처럼 내가 먼저 꼬리를 쳤죠, 뭐. 호호호. 그랬더니……."

"그랬더니요?"

너무 반가운 소리라 오수옥은 저도 모르게 다음 말을 다그치고 있었다. 세라 아가씨에게 남자가 생겼다…… 아아, 이 얼마나 듣던 중 반갑고 기쁜 소리인가.

"한번 들어볼래요? 좋아요. 이 얘긴 누구보다도 올케가 꼭 들어야 할 사건이니까 그럼 한번 들어보세요. 사건이라고 하니까 무슨 어마어마한 사건으로 기대하시나 본데 그런 엄청난 사건은 아니구요, 그냥 내겐 하나의 대사건이었다 그런 뜻이에요. 내가 이 세상에 태어나서 두 번째로 겪은 이성 사건…… 아니, 그냥 남자 사건이라고 할까요? 좋아요, 직설적으로 그냥 남자 사건이라고 해요."

송세라가 털어놓는 이야기는 다음과 같았다.

금도를 넘은 시누이의 구박 243

49

 바로 어젯밤에 있었던 일이었다.
 송세라는 저녁을 먹고 얼마 후에 외출을 했다. 외출 목적은 남자 헌팅이었다. 미남이건 추남이건 그런 건 가리지 않기로 했다. 대신 나이는 비슷한 또래여야 했다. 한 놈이 걸려들었다. 아주 우락부락하게 생긴 깡패 스타일의 추남이었다. 놈은 굉장한 미녀를 낚은 줄 알고 싱글벙글했다. 첫 만남에서 단통 결혼하자라는 말까지 나올 정도였다. 그런데 여자를 다루는 코스가 천편일률적이었다. 초저녁에 만나 찻집에서 차를 마셨다. 찻집에서 저녁 식사를 제의했다. 집에서 먹고 나왔다고 하자 비어홀 밀실로 데려갔다. 거기서 맥주를 사며 무드를 잡으려고 애를 썼다. 장갑 낀 손을 슬그머니 잡으려고도 했다. 적당히 애교있게 뿌리치자 이번엔 극장엘 가자고 했다. 싫다고 하자 한물간 고고 클럽으로 유혹했다. 거기는 구경 겸 따라갔다. 난생처음 가본 곳이었지만 생리에 맞지 않았다. 귀를 찢는 듯한 음악과 광란하는 많은 사람들이 싫었다. 그런 눈치를 채고 이번엔 여관으로 유혹을 하려고 했다. 단호하게 거절을 했는데 정신을 차려보니 여관 앞이었다. 비어홀 밀실에서 무드에 뽕 가서 몇 잔 마신 맥주 때문에 그렇게 된 것 같았다.

그가 등을 밀어 여관으로 밀어 넣으려고 했다. 순간 홱 뿌리치며 도망을 쳤다. 그러면서 송세라는 마음속으로 부르짖고 있었다. 이 늑대야, 내가 원하는 건 이런 게 아냐. 사랑이야, 사랑! 사랑 중에서도 순수한 사랑! 그런 사랑 알아? 적어도 내가 원하는 순수한 사랑은 말야, 오래오래 나와 교제하면서 내 몸의 흉터들을 이해해 줄 수 있는 그런 사랑을 말하는 거야. 당분간은 정신적으로만 사랑하자는 그런 얘기야. 정신적인 사랑 알아? 아냐구, 이 늑대 자식아! 그런데 길이 막혀버렸다. 하필 부근 골목으로 도망을 쳤는데 얼마 뛰지 않아 막다른 골목이 절벽처럼 앞을 가로막았던 것이다.

그가 뒤쫓아 올 건 말할 것도 없었다. 늑대가 싱싱한 먹이를 그대로 놔둘 리가 있겠는가. 바투 뒤쫓아 온 그가 한발 한발 다가들었다. 어둠 속에서 흰 이빨을 드러내며 묘하게 웃기까지 했다. 아니었다. 골목 안은 어둡지 않았다. 대낮같이 환했다. 주택가 골목이었는데 키 작은 전신주에 갓을 쓴 전등불이 하나 매달려 있어서 대낮같이 밝았다. 땅바닥의 개미라도 환히 보일 정도였다. 송세라는 떨지 않았다. 재치 있게 기지를 발휘했다. 여자는 위기에서 남자보다 두뇌 회전이 빠른 법…… 송세라는 금발을 한 번 매혹적으로 쓸어 올리며 생긋 웃었다. 아니, 금발을, 머리카락 끝을 손으로 잡아당겨 입에다 꽃잎처럼 물면서 고혹적인 미소를 날렸다. 여자는 심경 변화를 일으킬 때, 특히 성적으로 흥분을 느낄 때 자신도 모르게 머리카락을 쓸어 올리는 습성이 있다. 머리카락을 입에다 물고 씹는 습성도…… 그걸 송세라는 잘 알고 있었다. 어느 책에선가 본 것이었다. 그래서 그 기억을 재빨리 찾아냈던 것이다.

그것은 일종의 유혹이었다. 나를 마음대로 해도 좋다는 대담한 유혹…… 잔뜩 성욕을 품고 있는 남자의 눈에 비친 여자의 그 노골적인 교태! 바보가 아닌 바에야 어느 남자가 주저하겠는가. 더군다나 길에서 만난 여자다. 아직 성격이나 장점, 단점, 버릇 따위를 알 수 없는 신비에 싸인 신선한 여자다. 그런 여자를 첫 만남에서부터 육체를 정복한다는 것, 얼마나 기분 째지는 일인가. 그런 음흉한 표정으로 놈은 바로 앞까지 다가들고 있었다. 그리고 이쪽에서 유도하는 대로 다짜고짜 와락 끌어안았다. 공식처럼 입술이 입술을 더듬었다. 술 냄새가 확확 풍기는 성급하고 거친 입술이었다. 그 입술은 그러나 헛물을 켜고 있었다. 송세라가 자신의 입술을 홱 틀어버렸던 것이다.

그 대신 그녀의 손이 놈의 손을 잡아당겨 자신의 젖가슴 쪽으로 가져가고 있었다. 거기부터 애무를 해달라는 듯이…… 바로 그 망가진 젖가슴 쪽이었다.

놈의 손이 좋아서 날렵하게 움직였다.

우선 겉옷 위로 브래지어 속의 한쪽 젖가슴을 난폭하게 꽉 움켜쥐었다. 그러면서 취한 목소리로 뇌까렸다. 더러운 한마디였다.

"이제 보니 걸레 아냐?"

"뭐라구요?"

"머리에 노랑물까지 들이고…… 너 똥치지? 창녀 맞지?"

"똥치? 창녀?"

"시치미 떼지 마, 이년아. 내 코가 개코야, 개코!"

"그걸 이제 아셨어? 호호호."

"하지만 똥치치곤 아까운데! 좋아, 오늘 밤 기분 한번 풀었다. 똥치라도 이런 미인 똥치라면 대환영이지."

놈의 손이 거침없이 브래지어 속을 파고들었다. 순간 송세라가 자진해서 브래지어 밖으로 그 화상 흉터투성이의 징그러운 유방을 홀랑 꺼내놓았다. 그러자 젖꼭지라도 빨아달라는 줄로 알았던지 놈이 막 입술로 젖꼭지를 빨려다 말고,

"으악! 이, 이게 뭐야?"

하고, 질겁하며 뒤로 확 물러섰다.

대낮같이 밝은 전등 불빛에 모습을 홀랑 드러낸 그 징그러운 화상

흉터! 놈이 파랗게 질려서 젖꼭지에 닿을 듯 말 듯했던 자신의 입술을
계속 손등으로 닦으며 기어드는 목소리로 부르짖었다.
 "너…… 너…… 나, 나병 환자 아냐? 문둥이! 그렇지? 그렇지?"
 "닥쳐, 이 개자식아! 넌 눈뜬장님이냐? 난 불에 탄 것뿐이야! 심한 화상을 입은 것뿐이란 말야!"
하고, 반짝거리는 검정 단화를 신은 그녀의 발이 어느새 놈의 사타구니를 총알같이 걷어차고 있었다.
 "윽!"
 놈이 허리를 반쯤 구푸린 자세로 사타구니를 감싸 쥐는 순간 이번엔 송세라의 손이 구두 한 짝을 벗어 들고는 구두 뒤축으로 놈의 뒤통수를 사정없이 후려갈기고 있었다. 그러고는 죽어라고 도망을 쳤다. 울면서 도망을 치고 있었다. 왜 그런지 눈물이 소나기 퍼붓듯 펑펑 쏟아지고 있었다.

 "그만! 그만! 그만하세요, 아가씨."
 "왜요? 난 지금은 울지 않아요. 웃고 있잖아요, 호호호. 봐요, 웃잖아요? 통쾌하게, 호호호, 호호호, 호호호."
 대꾸 대신 오수옥은 손으로 귀를 틀어막고 있었다. 이미 마음의 귀는 아까부터 틀어막고 있었던 것이다. 지금 그녀가 실제로 귀를 틀어막고 있는 이 심정을 어느 누가 무엇으로 다 알랴? 송세라 못지않게 그녀는 지금 가슴으로 울고 있었다. 그러면서 생각했다. 가슴으로 엉엉엉 통곡을 하면서 생각했다.
 송세라의 말마따나 육체가 아닌 정신적인 사랑만으로 우리 불쌍한 세라 아가씨를 사랑해 줄 수 있는 남자가 세상엔 없을까? 그런 남자를 어디에서 찾을까? 지금 세라 아가씨에겐 그런 남자가 필요하다. 그런 이성이 필요하다. 여자 나이 스물이면 사랑이라는 것을 한창 하고 싶은 나이가 아닌가? 어디선가 개 짖는 소리가 희미하게 들려오고 있었

다. 그뿐 서울 변두리 지역의 다른 잡답한 소음은 들려오지 않았다. 어느새 밤이 꽤 깊었는 모양이었다.

"오빤 아직 안 들어왔어요?"

"네? 네, 아직······."

"흥! 헛수고 그만하라고 하세요. 불은 분명히 올케의 부주의로 난 거잖아요. 안 그래요?"

"········."

"근데 왜 생사람을 잡으려고 해요? 안양까지 가서 죄 없는 강오란이 아빠나 감시하고······ 그런 핑계로 나를 이대로 놔둘 거예요?"

"········."

"이대로 놔둘 거냔 말예요? 안 들려요?"

"드, 듣고 있어요."

"그럼 빨리 유방부터 성형수술을 해주세요. 올케와 오빠가 번 돈이라면 성형수술을 기꺼이 받겠다고 내가 그랬잖아요."

"········."

"그랬죠? 그랬죠?"

"네, 그, 그랬어요."

"언제 해줄 거예요?"

그때 개 짖는 소리에 잠이 깼는지 식당 홀 쪽에 붙은 안방에서 노 씨의 가래가 그르렁그르렁 끓는 기침 소리가 들렸다. 이어 저퀴의 소름 끼치는 흐느낌 같은 노 씨의 <백발가>를 읊는 소리가 느닷없이 청승맞게 들려오기 시작했다.

    슬프고 슬프도다 어찌하여 슬프던고
    이 세월이 견고하길 태산같이 바랐더니
    백년 광음 못다 가서 백발 되니 슬프도다
    어화, 청춘소년들아 백발노인 비웃지 마라

덧없이 가는 세월 넌들 아니 늙을쏘냐?

잠시 소리가 끊어졌다가 다시 또 들리기 시작했다. 주전자를 들어 물을 따르는 소리도 들렸다. 습관처럼 자리끼라도 한 모금 하는 모양이었다. 송 영감은 깊이 잠들었는지 헛기침 소리도 들리지 않았다.

영웅인들 늙지 않고 호걸인들 죽잖을까
영웅도 자랑 말고 호걸도 말을 마소
만고 영웅 진시황도 여산 춘초 잠들었고
글 잘하던 이태백도 귀경 상천해 있고
천하 명장 초패왕도 오강 월야 흔적 없고
구선하던 한무제도 분수 추풍 한탄이라
천하 명의 편작이도 죽기를 못 면하고
만고 일부 석숭이도 할 수 없이 돌아가니
억조창생 만물들아 이내 일신 젊었을 제
선심 공덕 어서 하소 일사일생 공한 것을
어찌하여 변할쏜가? 간련하고 한심하다…….

"올케, 저 소리 들리죠? 저 소리! 올케는 우리 엄마의 인생도 변상해 줘야 해요. 언젠가도 한번 말했지만 변상이란 단어가 맞는지 안 맞는지 그건 잘 모르지만 말예요."

"………."

"백발간지 뭔지 하는 저 소리는 정신이 오락가락할 때 읊는 소리니까요. 이 말은 지금 우리 엄마가 불면증에 시달릴 때면 정신이 오락가락할 때가 많은데, 지금도 아마 그런 병이 또 도진 거 같다 그 말을 하고 있는 거예요. 무슨 말인지 알아요? 아냐구요?"

"………."

"내가 어렸을 적에 있었던 일이에요. 엄만 어디서 배웠는지 무슨 일이 잘 안 풀리거나 슬플 때면 저 소리를 중얼거리곤 하셨어요. 하지만 아빤 저 소리를 아주 싫어했어요. 한마디로 궁상맞고 처량하여 염세적이라는 거였어요. 그래서 큰 부부 싸움이 한 번 났었어요. 그 뒤론 엄만 다시는 저 소리를 중얼거리지 않았어요. 근데 이번에 불이 난 뒤로 다시 또 저 듣기 싫은 소릴 하잖아요. 제정신이라면 어찌 그러겠어요? 아빠의 속을 더 뒤집는 소린데…… 그렇잖아도 그 화재 사건만 생각하면 억장이 무너지는 아빤데 말예요. 무슨 말인지 이젠 확실하게 감이 잡히세요? 알겠냐구요? 엄마가 또 저 소리를 중얼중얼해도 왜 아빠가 이제는 가만히 계시는지를 말예요? 내버려두시잖아요. 오히려 어떤 땐 허무한 얼굴로 듣고 계실 때가 많다구요. 눈을 지그시 감고…… 금방이라도 굵은 눈물방울이 뚝뚝 떨어질 것 같은 그런 슬프디슬픈 얼굴로…… 죽은 우리 세희 언니가 보고 싶어 죽겠는지…… 예쁘고 귀여웠던 어린 손녀딸 우리 영희도 보고 싶어 죽겠는지…….

"………."

"성형수술 언제 해줄 거예요? 우선 이 징그러운 유방부터 말예요."

"………."

"대답하세요."

"………."

"어서요!"

"………."

"오늘은 꼭 들어야겠어요. 말 나온 김에 꼭 들어야겠다구요."

"조, 조금만……."

"기다려 달란 말예요?"

"네."

"그러니까 누가 불을 냈건 불이 나서 집도 절도 없는 신세가 돼버렸으니, 그래서 현재 시댁인 식당에 거지처럼 얹혀살고 있으니 돈을 벌

때까지 기다려 달라 이거예요? 올케가 하고 싶은 말을 내가 다 했죠? 그렇죠? 그렇죠? 그렇죠?"

"……네."

"좋아요! 그때가 언제가 될지는 모르지만 그렇담 기다려보기로 하겠어요. 대신 그때까지 내가 올케한테 분풀이를 해도 할 말 없겠죠? 원수처럼 미워하고 저주를 해도 말예요."

"네, 얼마든지……."

"그래요? 대답했어요!"

"네."

"분명히 대답했어요!"

"네."

"나중에 딴소리하기 없기예요?"

"네."

"좋아요. 그럼 이제 나가도 좋아요. 보기 싫으니까 빨리 내 방에서 꺼져버려요. 빨리요! 지금 당장! 당장! 당장!"

"………."

오수옥은 두말없이 송세라의 방에서 나왔다. 그리고 그 순간만은 아무 생각도 하지 않았다. 너무 충격이 컸기 때문이었다.

50

 송세라는 자신이 한 말을 당장 실행에 옮기기 시작했다.
 새삼스러운 것은 아니지만 기가 막힐 노릇이었다. 오수옥에 대한 구박과 증오와 저주가 극을 치달았는데, 도저히 있을 수 없는 엉뚱한 일로 오수옥을 괴롭혔기 때문이었다. 도무지 정상인의 행위라고 볼 수가 없었다.
 그렇다면 송세라도 화재의 충격으로 말미암아 병원에서부터 서서히 정신에 이상을 일으켜 왔었단 말인가. 그래서 고의적으로 낸 불도 아니고 실수로 난 불인데도 이제까지 오수옥을 그렇게 무슨 원수처럼 때론 느닷없이, 때론 계획적으로 저주하고 증오해 왔을까. 그리고 앞으로는 아주 본격적으로 구박을 하고 저주하겠다고 선언까지 하지 않던가. 더군다나 남도 아닌 자기 오빠까지 노골적으로 원망하고 미워하면서…… 그보다 더 그 정신 상태를 결정적으로 의심하게 한 것은, 그 깡패 같은 사내와의 해프닝이었다.
 아무리 막다른 골목에 처했다 할지라도 여자가, 그것도 새파란 처녀가 어찌 유방을 자기 손으로 홀랑 꺼내놓을 수가 있단 말인가. 비록 징그러움과 경악으로 그 사내가 뒤로 나자빠지거나 스스로 도망을 치도록 하기 위해서 일부러 징그러운 화상 흉터가 있는 쪽의 유방을 꺼내놓았다 할지라도 말이다. 정상인이라면 수치스러워서도, 그리고 자존심 때문에도 오히려 더 감추었을 것이다. 그게 미혼이거나 기혼이거나 늙으나 젊으나를 막론하고 여자로서의 공통된 본능이 아닐까?

오수옥의 이런 생각은 결코 빗나간 것이 아니었다.

바로 그다음 날이었다.

점심때쯤이었다. 그날은 마침 식당이 쉬는 날이라 오수옥은 연탄 화덕에다 돼지고기로 불고기를 조금 굽고 있었다. 송 영감이 소주에 돼지 불고기가 먹고 싶다고 해서 굽고 있었던 것이다. 그런데 송세라가 어디를 나갔다가 들어오자마자 불고기 굽는 것을 보더니 대번에 화를 내는 것이었다.

"올케, 지금 뭐 하고 있어요?"

"네?"

"지금 뭐 하고 있느냔 말예요?"

"왜요? 돼지 불고기를 굽고 있잖아요."

"뭐가 어째요! 잔인하게!"

"잔인하다뇨? 뭐가요?"

"당장 그만두지 못해요! 빨리 치워요! 빨리 치우란 말이야! 보기 싫어! 보기 싫어! 보기 싫단 말이야! 에끼, 이 징그러운 것!"

하고, 갑자기 프라이팬을 집어 들더니 식당 홀 바닥에다 내동댕이쳐 버렸다. 프라이팬이 쨍그랑 소리를 내며 몇 차례 시멘트 바닥에서 요란하게 팔딱팔딱 튀고, 아직 설익은 벌건 돼지 살코기들이 사방팔방으로 양념과 함께 튀었다.

오수옥은 영문을 몰라 파랗게 질려 소리쳤다.

"무, 무슨 짓이에요?"

"잔인해! 잔인하단 말이야!"

"도대체 뭐가 잔인하단 거예요? 뭐가?"
"우리 세희 언니랑 영희도 이렇게 불고기처럼 불에 지글지글 타서 죽었단 말예요! 기적적으로 살아 있지만 나도 그랬고! 연탄불에 불고기를 구울 때면 조금도 가책되는 게 없어요? 없어? 없냐구요?"
"………."
"없느냔 말이야? 없냐구?"
"………."
"난 아무런 가책 받을 것도 없지만 앞으로 죽을 때까지 연탄불에 구운 불고기는 안 먹기로 했어요! 무슨 말인지 알아요? 아냐구요?"
"………."

그 충격적인 광경을 언제 나왔던지 송 영감이 홀 한쪽에서 보고 있었다. 그러더니 아무 말 없이 돌아서 버렸다. 송세라를 나무랄 줄도 몰랐고, 평상시와 같이 오수옥의 편을 들어주지도 않았다. 오히려 그렇게 돌아서는 뒷모습이 딸의 말에 공감하듯 몹시 아파 보였다.

그 이후로 송 영감도 연탄불에 구운 불고기라면 일체 입에 대지 않았다. 불고기뿐만 아니라 갈비도 그랬고, 심지어 통닭구이도 입에 대지 않았다. 하지만 생선은 가리지 않았다. 그런 말을 듣고 송동욱도 그랬다. 채식을 즐기는 노 씨는 본래부터 불고기를 입에 대지 않았지만…… 더욱이 다행스러운 것은, 이 식당에선 화재 사건 이전부터 일찍이 불고기와 숯불 갈비류는 팔지 않았던 것이다.

그런데 더욱 놀라 자빠질 일이 석양 무렵에 또 일어났다.
시장에서 생선을 조금 사온 오수옥은 그것을 분명히 냉장고 속에 넣어두었다. 식당 홀의 주방 쪽에 있는 대형 냉장고였다. 그래놓곤 잠깐 그들 가족이 사용하는 방으로 들어가 허드레옷으로 갈아입고 다시 나왔다. 그런데 냉장고 속에 넣어둔 생선들이 보이지 않았다. 저녁 반찬으로 요리를 하려고 냉장고 문을 열어보니 금방 넣어둔 생선들이 감쪽같이 없어져 버렸던 것이다. 한두 마리도 아니고 10여 마리나 되는 꽁치들이 한 마리도 보이지 않았다. 개가 알을 낳을 일이고 귀신이 졸도할 일이었다.

그런데 바로 그때였다.

미친년 달래 캐듯 정신없이 냉장고 주위를 두리번거리며, 혹시 생선을 냉장고 밖에다 두고 냉장고에 넣은 것으로 착각한 것이나 아닐까 하고 냉장고 밖에서 장바구니를 찾고 있는데, 돌연 어디선가 벌겋게 달구어진 연탄집게가 불쑥 나타나 그녀의 눈으로 달려들었다.

"으으악!"

오수옥은 너무 놀라 비명을 지르며 재빨리 얼굴을 뒤로 젖혔다. 그녀가 보고 놀란 것은 벌겋게 달구어진 연탄집게가 아니라 그 연탄집게 끝에 쿡 찔려 있는 꽁치 한 마리였다. 그 꽁치에서 지글거리는 소리와 함께 김과 연기 같은 것이 피어오르고 있었다. 그것도 벌겋게 단 연탄집게의 뾰족한 한쪽 끝이 잔인하게도 꽁치의 눈깔을 꿰뚫고 있었고, 다른 한쪽 끝은 꽁치의 심장을 겨냥한 듯 옆구리 쪽의 몸통을 꿰뚫고 있었다. 비록 생명이 떠나버린 하찮은 생선이지만 너무 잔인하고 참혹해서 똑바로 쳐다볼 수가 없을 지경이었다.

그런데 그보다 더 공포와 전율을 느끼게 한 것은 바로 송세라였다.

송세라가 그 연탄집게를 들고 서서 마치 악마처럼 빙글빙글 웃고 있었던 것이다. 다른 손엔 나머지 꽁치들을 커다란 쟁반에 담아서 들고 있고.

"왜 그렇게 놀라세요? 간 떨어지게 비명까지 지르고."

"무, 무슨 짓이에요?"

"왜요? 이 꽁치 자식이 불쌍하세요? 뭐가 불쌍해요? 죽은 생선인데. 그리고 어차피 요리될 생선 아녜요? 아니면 다시 살려내서 어항에다 키우고 싶어서 그러세요? 꽁치를 어항에다 키우는 사람도 있어요? 있어? 웃겨 정말!"

송세라가 계속 빙글빙글 웃으며 이번엔 쟁반의 꽁치들을 도마 따위가 널려 있는 탁자에다 확 쏟아놓고는 연탄집게로 닥치는 대로 쿡쿡 찌르기 시작했다. 푸른 등이 찔리는 놈도 있고 배가 찔리는 놈도 있고 다시 눈이 찔리는 놈도 있고…….

오수옥은 공포와 전율로 와락 손으로 눈을 가리고 있었다. 마치 아직도 벌겋게 달아 있는 연탄집게가 그녀의 등을, 배를 그리고 눈을 쿡쿡 찌르는 것 같았기 때문이었다. 아아, 이 무슨 잔인한 시위인가. 이 무슨 간접적 보복 행위인가.

오수옥의 이런 공포 심리와 극에 달한 죄책감을 예리하게 투시라도 한 듯이 이번엔 송세라가 더 무서운 말로 한술을 더 뜨는 것이었다.

"올케, 오늘 밤부터 조심하세요. 불개가 나타날 테니까요. 그때 내가 말한 불개 알죠? 불개?"

"뭐, 뭐라구요?"

"죽은 세희 언니가 보고 싶어서 내가 주문을 외었더니 세희 언니가 그럼 오늘 밤에 귀신으로 나타나겠다고 했어요. 아니, 아녜요. 오늘 밤엔 불개가 돼서 나타나겠다고 하던데요. 분명히 불개로 둔갑해서 나타나겠다고 했단 말예요."

"그만하세요! 그만!"

"거짓말이 아녜요. 그땐 내가 농담이라고 했지만 이건 사실이라구요. 오늘 밤에 보면 알 거 아녜요, 오늘 밤에 직접 보면."

송세라는 확실히 노 씨처럼 정신에 이상이 생긴 모양이었다. 말도 안 되는 불개 말을 또 꺼냈기 때문이었다.

그러나 그건 거짓말이 아니었다.

51

놀랍게도 밤이 되자 어디선가 불개의 소름 끼치는 울음소리가 들리기 시작했던 것이다. 그것이 불가사의한 불개의 울음소리인지 아닌지는 확실히 알 수는 없으나, 어디선가 희미하게 개가 우는 소리가 들리는 것만은 틀림없는 사실이었다. 착각도 아니고 잘못 들은 것도 아니었다. 분명히 다른 짐승도 아니고 개가 우는 소리였다. 개가 신음하는 소리 같기도 하고 금방이라도 컹컹 짖어댈 듯이 으르렁거리는 소리 같기도 한 그건 괴상한 울음소리였다.

이날 밤도 송동욱은 하루의 간판점 일을 끝내고 저녁을 먹기가 무섭게 어느새 집을 나가 그 꺼벙머리와 미지의 방화범을 잡겠다고 밤늦도록 귀가하지 않고 있었다. 어떤 땐 통금 시간이 지나고 여명이 스미는 새벽녘에 들어올 때도 있었다.

오수옥은 이날 밤도 그런 남편이 귀가할 때까지 기다리느라 이불 속에 누웠으나 잠을 못 이루고 있다가 그 소름 끼치는 개 소리를 듣고는 너무 놀라 발딱 일어나 앉았다. 탁상시계를 보니 11시 15분경이었다. 어린 영수는 아무것도 모르고 평화롭게 자고 있었다.

깽깽…… 깨갱깽깽…… 깽깽…….
소름 끼치는 그 소리가 점점 분명해지기 시작했다. 강아지가 깽깽거리는 소리 같았다. 그런데 누가 목이라도 조르는지 금방 숨넘어가는 소리로 비명처럼 울어대는 것이었다. 그래서 더 소름이 끼쳤다.
오수옥은 잠자리의 하얀 요 위에 앉았다가 벌떡 일어섰다.
두려움이나 공포심 때문에 반사적으로 벌떡 일어선 것이 아니었다. 다시는 송세라가 불개 말을 꺼내지 못하도록 그 실체를 확인해야겠다는 생각에서였다. 송세라가 어디선가 불개인 척 장난을 치고 있다고 오수옥은 지레 넘겨짚고 있었던 것이다.
살그머니 방문을 열었다.
다행히도 미닫이문 밖엔 송세라가 서 있지 않았다. 그 금발의 생머리를 얼굴에까지 길게 풀어 내리고 귀신처럼 방문 바로 앞에 서 있을 줄로 알았는데 그렇지가 않았다.
방문 밖은 캄캄했다. 그녀가 벌써 문단속과 불단속을 단단히 하고 식당 홀의 전등불들까지 모두 꺼버렸기 때문이었다. 그리고 전기세를 아끼기 위해 그녀의 세 가족이 임시로 얹혀살고 있는, 식당의 주방 쪽에 위치한 방 불도 일찌감치 꺼버렸기 때문이었다. 보통 그 시각이면 안방도 불을 끄고 송 영감과 노 씨도 잠자리에 이미 들었을 때였다. 대개 식당이 영업을 하는 날엔 언제나 그렇게 밤 10시경이면 식당 문을 닫고 전등들을 꺼버렸던 것이다.
오수옥은 방문 앞에 선 채 잠시 귀를 기울였다. 다시는 그 소리가 들리지 않았기 때문이었다. 마치 그녀가 나온 것을 송세라가 어디선가 보고 있기라도 한 듯이.
오수옥의 세 가족이 임시로 사용하고 있는 방은 바로 앞에 거실 같은 너른 마룻바닥이 있고, 그 마룻바닥의 건너편에 송세라가 쓰는 방이 마주 보고 있었다. 그리고 안방은 식당 홀 쪽으로 방문이 나 있는데, 안방과 송세라의 방이 등을 맞대고 있는 그런 복잡하고 기이한 구조로 방들이 배치되어 있었다. 그 송세라의 방이 지금 성벽처럼 방문이 꽉 닫혀 있었다. 불도 꺼져 있었다.

그러나 그 미닫이문 안쪽에 쳐진 촘촘한 발이 눈에 보이는 듯 어둠 속에서도 선히 떠올랐다. 처녀의 방이라서 그런지 송세라는 미닫이문에다 발을 치는 것을 아주 좋아하였다. 그 방 안에 지금 송세라가 있는 것 같았다. 바로 그 발 너머에 머리를 풀고 귀신처럼 서 있을 것만 같은 느낌이 들었던 것이다.

오수옥은 용기를 내었다.

송세라의 방 앞으로 다가갔다. 그리고 이쪽에서 먼저 선수를 쳤다.

"아가씨, 불만 껐지 자고 있는 건 아니죠?"

"………."

"아가씨! 아가씨!"

"………."

여전히 반응이 없었다.

다른 때 같으면, 잠자는데 왜 귀찮게 해요? 용무가 뭐예요? 하고 톡 쏘아붙였을 텐데 아무런 반응이 없었다.

바로 그때였다.

그 소름 끼치는 소리가 다시 또 들리기 시작했다.

깽깽…… 깽깽깽…… 깨갱깽깽…… 놀랍게도 그 소리는 바로 송세라의 방에서 들리는 소리가 아니었다. 방에서 나와 밖에서 들어보니 화장실 쪽에서 들리는 소리였다. 화장실은 마룻바닥에서 내려가 신을 신고 식당의 좁은 뒤뜰로 조금 걸어 나가야 하는 곳에 있었다. 그러니까 맨 안쪽에 위치한 그녀네 방 옆으로 골목길 같은 좁은 시멘트 통로가 있는데, 그 통로가 끝나는 지점에, 곧 뒤뜰 입구 쪽에 수세식 화장실이 있었다. 식당 손님들이 사용하기엔 좀 불편한 곳에 있는 화장실이었다.

오수옥은 여성용 잠옷 차림 그대로 즉시 마룻바닥 앞에 놓인 실외용

슬리퍼를 신고 발소리를 죽이며 화장실 쪽으로 다가가기 시작했다. 그런데 막 시멘트 통로의 중간쯤에 다다랐을 때였다.
 갑자기 깨갱깽깽…… 소리가 뚝 멎음과 동시에 뭔가 그녀의 얼굴을 확 덮치듯 눈부신 광채 같은 것이 번쩍하고 나타났다.
 "으악!"
 오수옥은 기겁하여 뒤로 벌렁 넘어져버렸다. 그 바람에 좁은 시멘트 바닥에 뒷머리를 부딪고 그녀는 하마터면 개죽음을 당할 뻔했다. 얼마나 놀랐으면 그렇게 뒤로 사정없이 넘어져버렸겠는가.

 그녀가 보고 놀란 것은 무슨 불개 같은 괴물이 나타났기 때문이 아니고 뜻밖에도 긴 불꽃이 돌연 어디선가 나타났기 때문이었다. 처음에는 번갯불이나 무슨 도깨비불인 줄로 착각했었다. 세상에 태어나서 말로만 들었지 아직까지는 한 번도 본 적이 없는 도깨비불!
 하지만 그것은 번갯불이나 도깨비불이 아니고 뜻밖에도 느닷없는 라이터 불이었다. 불꽃이 천장에까지 치솟을 듯이 엄청나게 긴 가스라이터의 불꽃이었다. 얼마나 긴 불꽃인지 액화 가스가 연소되는 쐐 ― 소리가 가스라이터에서 강하게 났다.
 "왜 그렇게 비명을 지르고 야단이에요?"
 그 라이터를 들고 있는 사람은 바로 송세라였다. 송세라가 좁은 통로의 꺼끌꺼끌한 시멘트 벽에 귀신처럼 기대고 서서 빙글빙글 그 특유의 웃음을 웃고 있었다. 라이터 불빛에 비췬 그 벌건 빛깔의 얼굴이 한 번도 본적이 없긴 하지만 흡사 저퀴 같다는 생각이 들었다. 아무리 사람을 몹시 앓게 한다는 저퀴라는 이름의 악령이라 할지라도 저렇게 소름이 오싹 끼치도록 무섭게 보일 수는 없을 것 같았다.
 송세라가 갑자기 그 기분 나쁘게 빙글빙글 웃던 웃음을 뚝 그쳤다. 그리고 나직한 소리로 불쑥 물었다. 오히려 자기가 더 공포에 질려 있는 듯한 그런 음색이었다.

"올케, 그 소리 못 들었어요?"
"네?"
"참, 일어나요. 빨리 일어나란 말예요. 그리고 무조건 조용히 하세요. 알았죠?"
찰각! 일회용 라이터 불을 끄고 송세라가 손을 내밀어 오수옥을 일으켜주었다. 그러면서 또 나직이 말했다. 여전히 공포에 질려 있는 떨리는 목소리였다.
"올케, 내 말 잘 들으세요. 죽은 세희 언니가 나타났어요. 약속한 대로 불개가 돼서 나타났단 말예요."
"제발 그만하세요. 이제는 장난 좀 그만하란 말예요. 내가 그렇게 바보로 보이세요?"
"내 말을 안 믿는군요. 분명히 말하지만 이건 장난이 아녜요. 그 소리…… 그 소름 끼치는 소리를 올케는 못 들었단 말예요? 못 들었어요? 그럼 여긴 왜 나왔어요? 화장실에 가려고 나왔어요? 그랬어요?"
"아녜요."
"그럼요?"
"아가씨더러 장난 좀 그만하라고 그 말 하러 나왔어요."
"이건 장난이 아니라고 했잖아요. 나도 들었단 말예요. 그 소름이 오싹 끼치는 소리를…… 개가, 아니 강아지 새끼가 금방이라도 숨통이 끊어질 듯한 소리로 깽깽거리는 그 숨넘어가는 신음 소리를! 그것이 무슨 소린지 아세요? 그게 바로 불개가 우는 소리란 말예요, 불개!"
"아가씨, 그만 들어가 주무세요. 장난이 너무 심한 것 같네요. 세상에 불개라는 허무맹랑한 것이 어딨어요? 사람들이 다 웃겠어요."
"어머, 그래도 안 믿네. 글쎄, 나도 그 소리를 듣고 자다가 나온 거라니까요. 안방으로 살금살금 들어가 아빠 라이터까지 갖고 나와서…… 세상엔 불가사의한 일들이, 과학으로도 풀 수 없는 신비한 현상들이 얼마나 많다는 사실을 아직도 모르세요? 죽은 세희 언니가 그랬단 말예요. 분명히 그랬다니까요. 불개는…….”

그러다 송세라가 갑자기 입을 꾹 다물어버렸다. 동시에 어디선가 기이한 소리가 들리기 시작했다. 바로 그 소리였다. 아까 들렸던 그 소름 끼치는 개의 소리! 왜 이번 소리는 기이하게 들렸느냐 하면 처음엔 사람의 기괴한 흐느낌 같은 소리로 들렸기 때문이었다. 그런데 그 소리가 점점 또렷하게 들리기 시작하는 것이었다.

“쉿! 저 소리! 저 소리 들려요?”

송세라도 그 소리를 들었던지 오수옥에게 착 달라붙으며 나직이 부르짖었다. 송세라의 그 으스스 떨리는 피부의 진동이 전류처럼 오수옥의 몸속을 파고들었다. 의외로 송세라는 심한 공포감으로 떨고 있었던 것이다.

오수옥은 귀를 의심했다. 이제까지 송세라가 장난으로 그런 줄로만 알았는데, 다시 말해서 장난으로 강아지가 깽깽거리는 소리를 송세라가 입으로 낸 줄로 알고 있었는데 뜻밖에도 그 소리가 송세라의 외부에서 들려오고 있었기 때문이었다. 분명히 송세라가 내는 소리는 아니었다. 정확한 표현으로 송세라는 지금 공포로 오수옥의 한쪽 팔에 착 달라붙어서 숨소리까지 떨고 있었던 것이다. 그 떠는 숨소리가 가슴이 쿵쿵 뛰는 소리처럼 오수옥의 귀에도 분명히 들렸다.

그렇다면 저 소리는?

저 소리는?

52

저 소름 끼치는 소리는 누가 내는 소리인가? 누구의 소리란 말인가? 정말 일식이나 월식 때 홀연히 어디선가 나타나서 해와 달을 잡아먹는다는 불개의 소리인가. 그렇다면 과학으로도 풀 수 없는 불가사의한 일이 지금 정말 벌어지고 있단 말인가. 죽은 세희 아가씨가 정말로 상상의 짐승인 그 불개로 화신해서?

그 미지의 불가사의한 소리는 계속 들려오고 있었다.

바람에 촛불이 펄럭이듯 끊어졌다간 이어지고 완전히 멎었다 싶으면 다시 또 들리고 하면서 계속 들려오고 있었다. 그런데 더욱 놀라운 것은, 그 소리가 바로 오수옥의 방에서 들린다는 점이었다.

"쉿! 조용히 하세요. 숨도 크게 쉬지 말고 들어보세요. 올케, 저 소리는 지금 올케 방에서 들리는 소리 아녜요? 그렇죠? 저 소리! 저 소리 듣고 있어요? 아, 무서워요, 무서워!"

그런 송세라를 매정하리만치 홱 뿌리치고 오수옥은 벌써 조금 전에 나왔던 그녀네 방을 향해 무서운 얼굴로 총알같이 뛰고 있었다. 그녀에겐 한 가지 신념이 있었다. 세상의 어떤 일도 불가사의는 믿지 않는다는 그런 확고한 신념이었다. 특히 불개라는 그 불가해한 상상의 짐승에 대해선 더욱 그랬다.

　와락 미닫이문의 손잡이를 잡기가 무섭게 홱 열었다.

　그 순간까지도 방 안에선 소름 끼치는 그 소리가 계속 들려 나오고 있었다. 그녀를 비웃기라도 하듯 더 또렷하게, 더 크게. 깽깽…… 깨갱깽깽…… 깽깽…… 그 순간 그녀는 송세라의 존재를 잠시 깜박 망각하고 있었다. 어디에서 무얼 하고 있는지, 아직도 그 좁은 시멘트 통로 부근에 귀신처럼 서 있는지 그런 것엔 신경을 쓸 여유가 없었던 것이다.

　미닫이문을 양쪽으로 활짝 열기가 무섭게 그녀는 침착한 눈으로 방 안을 빠르게 휘둘러보았다. 순간 그 소리가 자기를 잡으러 오는 것을 알기라도 한 듯이 갑자기 뚝 그쳤다. 그래서 무섭도록 고요한 정적이 방 안을 집어삼켰다. 그러거나 말거나 오수옥의 눈은 면도날처럼 예리하고 실수가 없었다. 청각도 그랬다. 그녀는 번쩍 그 빌어먹을 소리가 어디에서 나고 있는지를 벌써 알아차리고 있었던 것이다.

　방문을 처음 벌컥 열었을 때 그 소리는 분명히 이불 속에서 났다. 아무것도 모르고 혼자 평화롭게 자고 있는 영수의 이불 속이 아니고 그 옆에 남편과 같이 자려고 펴둔 그 크고 두툼한 이불 속에서 났다. 그런데 겉으로 보기에는 아무 이상이 없어 보였다. 납작하게 펴진 하얀 이불깃을 두른 연두색 이불이 속에 아무것도 들어가 있는 것이 없는지 불룩하지도 않았고 베개도 두 개가 조금 전과 같이 나란히 놓여 있었다. 그녀는 방문을 활짝 여는 것과 동시에 방 안으로 뛰어들며 벽의 스위치를 더듬어 천장의 형광등부터 켜는 것을 잊지 않았던 것이다. 그래서 방 안이 대낮같이 밝아 있었다.

　오수옥은 조금도 주저하지 않았다. 그 확고한 신념과 용기로 부부의 잠자리 이불을 확 들추려고 허리를 굽혔다.

　바로 그 찰나였다.

얼핏 이불의 밑자락 부분에서 뭔가가 빼꼼히 보이는 것이 있었다.
그것은 짐승의 꼬리였다.
분명히 짐승의 꼬리였는데 검은 고무줄처럼 가늘었다. 아니, 꼬리의 끝 부분만 가늘고 점점 굵어졌다. 얼핏 보기에는 뱀의 꼬리 같기도 했고 도마뱀 같은 파충류의 꼬리 같다는 느낌이 들었다. 저게 불개의 꼬리란 말인가?
오수옥은 부르르 떨었다.
불개의 실체⋯⋯ 아예 믿고 있지도 않았지만, 일식이나 월식 때 나타나서 해와 달을 잡아먹는다는 그 상상의 짐승의 실체를 이제야 볼 수 있게 되었다는 묘한 흥분 때문이었다. 그것은 어쩌면 송세라에게로 곧 되쏘게 될 어떤 통쾌한 반박의 화살이 될지도 모른다는 또 다른 흥분인지도 몰랐다. 왜냐하면 이것도 다 송세라의 교묘한 트릭일 거라고 그녀는 이제는 아주 확신하고 있었기 때문이었다.
그러나 한 가지 풀리지 않는 의문이 있었다.
이게 다 송세라의 트릭이라면 송세라는 언제 이 방으로 들어왔었단 말인가. 이제까지 난 이 방에 영수랑 같이 죽 나란히 누워 있지 않았던가. 그랬다가 어디선가 그 소름 끼치는 이상한 개새끼의 깽깽 소리가 들려서 방을 나갔고, 그리고 화장실 쪽에서 그 소리가 들리는 것 같아 거길 가던 도중에 뜻밖에도 불꽃이 긴 라이터를 들고 귀신 같은 모습으로 좁은 통로의 시멘트 벽을 기대고 서 있던 송세라를 보지 않았던가. 분명히 송세라는 거기 있었었다. 그렇다면 송세라가 언제 이 방엘 들어올 수가 있었단 말인가. 그럴 새가 없지 않았는가?
오수옥은 이불 밑자락 밖으로 삐죽이 나와 있는 그 꼬리를 자세히 들여다보지 않았다. 하필이면 이불 속에 들어가 있는 뱀 꼬리나 도마뱀의 꼬리 같은 그런 꼬리를 본다는 게 너무 무섭고 징그러워서 온몸에 닭살이 돋고 구토가 나서 창자까지 넘어올 것 같았기 때문이었다.
그 대신 그녀의 손이 어느새 이불 밑자락을 덜덜 떨리는 손으로 잡으려다 주저하고 잡으려다 주저하고를 몇 번 반복하다가 간신히, 아니 마침내 와락 잡고 있었다. 그리고 눈을 질끈 감고 이불을 홱 젖힘과 동시에 눈을 번쩍 떴다.
다음 순간,
"으악!"
그녀는 그대로 기절해 버리고 말았다.

53

　송세라는 어디로 갔는지 한 번쯤 나타날 줄을 몰랐다. 밤은 자꾸만 깊어가고 있었다. 탁상시계가 작고 금낮은 화장대 위에서 지금 막 자정을 지나고 있었다.
　조금 전에 귀가한 송동욱은 누워 있는 오수옥의 이마에 물수건을 또 얹고 있었다. 그는 아내가 이불 밑자락 속의 그 끔찍한 짐승을 보고 기절한 것과 거의 동시에 식당 앞에서, 그러니까 그의 집 앞에서 문을 두드리고 있었던 것이다. 이날도 그는 꺼벙머리의 행방과 미지의 방화범이 누구인지를 파악하기 위해 안양의 강 사장과 그의 가족을 끈질기게 감시하거나 미행하다가 조금 전 자정이 임박해서야 귀가를 하게 되었던 것이다.
　오수옥은 기절했다가 남편이 문을 두드리는 소리에 곧 깨어나 비틀거리며 밖으로 나가 잠긴 유리문을 열어주었으나 아직은 완전한 제정신이 아니었다. 그래서 그런지는 몰라도 그녀는 수중유행(睡中遊行)을 하다가 잠에서 깨어난 사람 같은 얼굴로 이제까지 일어났던 일에 대해서 모조리 헛소리처럼 털어놓기 시작했다. 그녀는 송세라가 그녀에게 어떤 심한 구박과 저주를 해도 결코 그런 사실들을 남편에게 까바치지 않고 혼자만 죄인처럼 참고 견뎌왔었는데, 이번 일만은 그러질 않고 사실대로를 다 털어놨던 것이다.

"그러니까 쥐새끼를 한 마리 일부러 불에 새까맣게 태워서 이불 속에다 집어넣었단 말이지? 그게 이거야?"

"네, 그래요. 똑똑히 보세요. 일부러 제가 치우지 않았어요. 이게 이불 속에 있는 그대로예요. 기절했다가 당신이 문을 두드리는 소리에 깨어나지 않았어도 이대로 있었을 거예요. 그때까지 아무도 우리 방엔 들어오지 않았으니까요. 당신이 처음 들어온 거예요."

"………."

대꾸 대신 송동욱은 밑자락부터 이불이 절반쯤 젖혀진 하얀 요 위에 그대로 놓여 있는 새까맣게 탄 커다란 쥐새끼를 열심히, 아니 예리하게 들여다보고 있었다. 금방이라도 구역질이 날 것 같은 악취 때문인지 한 손으론 코를 막고 있었다. 방문을 활짝 열고 창문까지 모조리 열었는데도 악취가 온 방 안을 진동했다. 오수옥은 창자까지 토하듯 구토를 얼마나 했는지 모른다. 그 토사물을 송동욱이 걸레로 치웠고, 그 걸레를 즉시 밖으로 가지고 나가 손수 빨기까지 했다.

오수옥은 아직도 파랗게 질린 얼굴로 맨방바닥에 누워 그 쥐새끼의 사체를 공포와 저주의 눈으로 노려보며 계속 말했다.

"그렇죠? 쥐새끼도 그냥 쥐새끼가 아니잖아요. 일부러 불에 새까맣게 태워서 다리가 오그라들고 몸통이 뒤틀리고 창자까지 새까맣게 탄 그런 끔찍한 쥐새끼잖아요. 그래서 제가 기절했던 거예요. 마치 우리 세희 아가씨와 우리 딸 영희가 불에 새까맣게 타서 죽은 것처럼 보여서 말예요. 그리고 실제로 저 쥐새끼에 겹쳐서 우리 세희 아가씨와 우리 영희의 그 끔찍한 마지막 모습이 얼핏 눈에 보이는 것 같았어요. 그래서 더 비명과 함께 두 손으로 눈을 가리며 저도 모르게 기절을 했었나 봐요."

"우리 세라가 정말 이런 짓을 했단 말이지? 정말 우리 세라가?"

"세라 아가씨가 아니면 누가 그랬겠어요?"

"이 소형 녹음기는 도대체 어디서 구한 거야? 그리고 강아지 울음소리는 또 언제 어디서 녹음을 하구?"

"그러게 말예요."

"혹시 돈 거 아냐? 아무래도 멘탈에 이상이 생긴 것 같아."

"네? 돌다뇨? 누가요? 제가 정신에 이상이 생긴 것 같단 말예요?"

"그 애 말이야. 우리 세라. 정상적인 사고와 정신을 가진 사람이라면 어찌 이런 무섭고 몸서리치는 끔찍한 짓을 할 수가 있겠어? 우선 쥐새끼를 잡아서 불에 새까맣게 태운 그 잔인성 말이야, 잔인성! 남자도 아니고 여자가. 더군다나 시집도 안 간 아직 나어린 처녀가 말이야. 안 그래요?"

"그럼 어떡하죠? 아가씨마저 그런다면…… 어머님도 지금은 아무렇지 않고 증세가 조금 누꿈한 것 같지만 가끔 밤이면 중얼중얼…… 그 중얼거리는 소리를 들으면 저는 무서워 죽겠어요. 정말 너무 싫고 무서워요. 당신도 그 소리를 들을 때면 어쩐지 무섭다고 그랬잖……."

그 말이 채 끝나기도 전이었다. 이제까지 조용하기만 하던 안방 쪽에서 주전자 놓는 소리와 함께 노 씨의 가래가 끓는 기침 소리가 두어 번 들리는 것 같더니, 느닷없이 무당의 푸넘 같은 중얼거리는 소리가 청승맞게 들리기 시작했다. 이번엔 <회심곡>이었다.

  명사십리 해당화야 꽃 진다고 설워 마라
  명년 삼월 봄이 오면 너는 다시 피련마는
  우리 인생 한번 가면 다시 오기 어려워라……

모습을 드러낸 여자 방화범

54

노 씨의 회심곡 소리는 뒤죽박죽이었다. 인생의 허무함과 늙음을 한탄하는 탄식 같은 소리였으나 도통 앞뒤가 맞지를 않았다. 가령,

세상천지 만물 중에 사람밖에 더 있는가
이 세상에 나온 사람 뉘 덕으로 나왔는가
석가여래 공덕으로 아버님 전 뼈를 빌고 어머님 전 살을 빌고
칠성님 전 명을 빌려 이내 일신 탄생하니
······한두 살엔 철을 몰라 부모 은공 알쏘냐?
이삼십을 당하여도 부모 은공 못다 갚아
······무정세월 여류하야 원수 백발 돌아오니
없던 망령 절로 난다······

회심곡을 처음부터 옳게 읊어나가다가도, 물론 이 대목부터는 옳게 읊어나간 것이긴 하지만,

이 세상을 하직하니 다시 오기는 어렵구나

옛 노인 말 들으니 북망산이 멀다더니
오늘 내게 당하여는 대문 밖이 저승이요
친구 벗이 많다 한들 어느 누가 동행할까
……악의악식 모은 재산 먹고 가며 쓰고 가랴?
사자님아, 사자님아, 내 말 잠간 들어 주오
시장한데 점심 하고 신발이나 고쳐 신고
쉬어 가자 애걸한들 들은 체도 아니하고
쇠뭉치로 등을 치며 어서 가자 바삐 가자
이럭저럭 여러 날에 저승 원문 다다르니……

이렇듯 느닷없이 회심곡의 심장부로 푹 뛰어들기도 했다. 이런 경우는 노 씨의 정신 상태가 정상이 아닐 때만 그런 것이었지 치매 때문에 그런 것은 아니었다. 치매 때문이라면 <백발가>와 <회심곡>을 이런 정도나마 어찌 정확하게 기억할 수가 있겠는가. 노 씨 연세의 정상적인 노인들도 <회심곡>의 내용을 이 정도나마 기억하기는 아마도 매우 힘들 것이다.

그런데 이 문제보다 더 심각한 것이 있었다.
그것은 노 씨의 건강 상태였다. 송 영감과는 달리 노 씨는 여자라서 그런지 이번 화재 사건의 충격과 극한의 슬픔으로 뚜렷하게 아픈 데도 없이 날이 갈수록 몸이 점점 더 쇠약해져 갔기 때문이었다. 그래서 대부분의 평상시의 경우처럼 온전한 정신일 땐, 문득문득 자신의 얼마 남지 아니한 생애와 죽음을 예견하고 그게 슬퍼서 <백발가>나 <회심곡>을 밤중에 자다가 일어나 느닷없이 중얼거리곤 했던 것이다.

만일 노 씨마저 어느 날 갑자기 죽음을 맞게 된다면 그건 순전히 둘째 며느리인 오수옥의 부주의가 빚은 화재 사건이 단초가 되어 시어머니의 생명까지 단축된 것이라고 볼 수 있는데, 그렇다면 도대체 둘째

모습을 드러낸 여자 방화범

며느리 때문에 이 집안에서 몇 사람이나 줄줄이 목숨을 잃게 되는가.
 거기에다 이번엔 송동욱의 생명도 위태로웠다.
 이건 누구보다도 오수옥이 가장 불안해하는 공포였다. 그런데 이 공포가 결코 빗나간 것만은 아니었다. 사실상 그동안 송동욱은 누군가에 의해 생명의 위협을 받고 있었기 때문이었다. 어느 날 밤에 딱 한 번 있었던 일이었는데, 송동욱은 그 사건을 오수옥에게 귀띔해 주었다. 그러니까 그는 자신의 생명을 노린 그 미지의 살인 미수범을 추적하고 귀가할 때마다, 그가 겪었던 일과 자신의 추리를 모조리 오수옥에게 다음과 같이 털어놓았던 것이다.
 "강 사장의 일거수일투족을 감시하러 안양으로 갔을 때였지. 밤이었는데, 강 사장의 공장 부근에 막 다다랐을 때였어. 갑자기 누군가가 오토바이를 타고 오더니 나를 쾅 들이받잖아. 뒤에서 공격했던 거야. 당신도 알다시피 난 운동신경이 잘 발달돼 있잖아. 어쩐지 예감이 지랄 같아서, 아니 오토바이 소리가 어쩐지 나를 쫓아오는 것 같아서 무조건 어느 집 벽으로 몸을 납작 붙여버렸지. 그건 순간적인 동작이었어. 그리고 반사적으로 홱 놈 쪽을 보았더니 벌써 오토바이가 어둠 속으로 저만치 사라지고 있었어. 그건 필사의 도망이었다구."
 "그럼 누군지 얼굴도 보지 못했단 말예요?"
 "놈은 헬멧을 쓰고 있었어. 유리 같은 걸로 얼굴까지 가려진 그런 헬멧 말야."
 "혹시 그 사람 아니었어요? 전당포에서 놓친 꺼벙머리."
 "그 새끼 같았어. 아냐, 아닌 것 같기도 했어."
 "무슨 말이 그래요?"
 "그때의 순간적인 육감이랄까 뭐 그런 걸 말하는 거야. 꺼벙머리는 그 꺼벙한 머리가 첫인상의 제1호 같은 것이었는데, 그 꺼벙머리를 헬멧으로 가려버렸기 때문에 그 새끼가 아니라는 생각이 강하게 나를 사로잡았던 것 같아."

"죽을 뻔한 일이 벌써 두 번째군요. 그때도 얼마나 피를 많이 흘리고 고생을 했었어요?"

사실 그랬다.

오수옥이 말한 그때란 바로 그 전당포 사건을 말하는 것이었다. 꺼벙머리가 드라이버로 찔러버린 상처가 대단했었다. 상당한 중상이었던 것이다. 그때 그는 혼미한 정신으로도 분명히 달아나는 꺼벙머리를 뒤쫓았었다. 전당포의 셔터 밖으로 빠져나와서 결사적으로 추격했었다.

그러나 나중에 정신을 차려보니 뜻밖에도 어느 침대 속이었던 것이다. 그리고 역하게 코를 찌르던 병원 특유의 크레졸 냄새…… 그는 꺼벙머리를 추격하다가 어깨의 출혈이 너무 심해서 자신도 모르게 어느 병원 앞에 쓰러져버렸던 것이다.

"쓸데없는 일이에요. 이젠 그 일에 시간 낭비 그만하세요. 불은 분명히, 분명히 저의 부주의 때문에 난 것이니까요. 그 기저귀들 때문에……."

"아니야. 그 말 잊었소?"

"………."

"여자! 여자라고 했어. 꺼벙머리 그 새끼가 분명히 여자라고 했단 말이야. 그날 밤에 우리 집에다 불을 지른 사람이 여자라고!"

"여자…… 여자라면 누구란 말예요?"

"강 사장 가족 중에서는 강 사장의 부인과 딸 오란이밖에 없지."

"그 둘은 그날 밤의 알리바이가 뭔가 그게 확고하게 성립이 되어 있었다면서요?"

"그게 기막힌 함정이지."

"함정이라뇨?"

"다른 여자야. 다른 여자가 또 한 년 있어."

"다른 여자라뇨? 누군데요?"

그건 사실이었다.

다른 여자가 또 하나 있었다. 강 사장이 숨겨놓은 또 하나의 여자! 그 여자는 말하자면 강 사장의 세컨드였다. 둘의 애정 관계가 얼마나 깊은지는 모르지만 아무튼 강 사장이 죽고 못 사는 여자였다.

그녀의 이름은 함연옥. 나이는 확실히는 모르겠으나 30대 초반의 젊은 여인이었다. 그녀와 강 사장과의 비밀스러운 관계를 송동욱이 눈치를 채게 된 경위는 대략 다음과 같았다.

55

꺼벙머리가 드라이버로 찔러버린 상처 때문에 송동욱은 열흘 만에 병원에서 퇴원을 했고, 바로 그날 밤에 있었던 일이었다.

송동욱은 병원을 나서던 그길로 안양으로 향했다. 꺼벙머리가 불을 지른 사람이 '여자'라고 말했을 때 그는 벌써 기민한 판단을 내리고 있었던 것이다. 여자라면 강 사장의 부인이나 그 딸은 아닐 테고, 필시 다른 여자가 있을 것이다. 자기 부인과 딸은 알리바이 입증이라는 명칭의 안전한 밀실에다 아무도 모르게 숨겨놓은 후, 완전범죄의 성공을 위해 실체 없는 방화범으로 써먹기 위해 끌어들인 제3의 인물, 아니 제3의 여자…… 그 여자를 잡아야 한다라는 기민한 판단을 내리고, 그 미지의 여자의 실체를 파악하기 위해 그는 지금 안양으로 은밀히 택시를 타고 달리고 있었던 것이다.

한낮이었다. 하늘은 맑았고 황금빛 가을 햇살이 눈부시게 쏟아지고 있었다. 이윽고 택시가 멎었다. 강 사장의 공장이 한눈에 내려다보이는 언덕배기 부근이었다. 송동욱이 요금을 지불하고 나서 막 택시에서 내리려 할 때였다.

안양의 변두리 지대에 위치한 강 사장의 공장에서 때마침 누군가가 나오고 있었다. 바로 강 사장이었다. 먼발치서 보는 모습이었지만 그는 틀림없는 강 사장이었다. 임신한 여자처럼 불룩 나온 배를 앞세우고 비대한 걸음걸이로 공장 정문에서 걸어 나오고 있었다. 정문이래야 어둡고 칙칙한 짙은 회색으로 페인트칠이 된 자그마한 철공소 건물에 붙은 판자문 같은 것이었다. 그는 작업복 차림이 아니었다. 어디를 외출을 하려는지 말쑥한 은회색 양복 차림이었다. 붉은색 계통의 넥타이까지 보였다. 공장 운영이 잘 안 된다는 소문을 들었는데도 철공소는 여전히 기계들이 줄기차게 돌아가는 소리를 내고 있었다.

그가 정문 앞에서 시계를 보며 잠시 머뭇거리자 어디선가 검은색 승용차가 한 대 나타나서 그의 앞에 멎었다. 제법 번쩍번쩍 광채가 나는 쓸 만한 세단 같았다. 흠! 어느새 자가용까지 장만하셨군. 공장이 망해간다더니…… 강 사장이 즉시 거들먹거리는 거동으로 승차했다. 이어 지체 없이 차가 움직였다. 시내 쪽으로 향하고 있었다. 송동욱은 택시에서 내리려다 말고 다시 앞자리에 앉았다. 그리고 운전수에게 급하게 말했다.

"다시 갑시다. 저 차를 따라주시오."

"예?"

"미리 부탁인데, 저 차가 어디를 가든지 끝까지 따라주시오. 대신 눈치 못 채게 말이오. 알았소? 요금 외에 더 드릴 수도 있으니까."

택시는 기분 좋게 두말없이 움직였다.

적당한 간격을 유지하면서 어느새 강 사장의 차를 미행하고 있었다. 그런데 놀라운 일이 벌어졌다. 강 사장의 차가 서울로 향하는 것 같더니 어느새 고속도로로 진입하고 있었던 것이다. 호남고속도로였다. 도대체 저자는 지금 어디로 가고 있는가? 사업 관계로 지방으로 가고 있는 것일까? 아무튼, 끝까지 한번 따라가 보자.

고속도로로 빠지자 택시 운전수가 못 가겠다고 까탈을 부렸으나 송동욱은 적당히 입을 막아버렸다. 이쪽에서 돈만 아끼지 않는다면 그런 것은 별로 타협이 안 되거나 문제가 되지 않았다.

강 사장의 차는 쉬지 않고 계속 달렸다. 한없이 고속도로를 미끄러지듯 달렸다. 휴게소에서 한 번쯤 쉴 줄도 몰랐다. 아마 무슨 중대하고도 화급한 일이 있는 모양이었다. 차의 놀라운 스피드가 그걸 말해 주고 있었다.

그렇게 얼마나 고속도로를 달렸을까.

어느새 서너 시간이 소요된 것 같았다. 강 사장의 차가 전라남도 순천을 지나고 있었다. 놀라운 일이었다. 승용차로 안양에서 순천까지 직행하다니. 그런데 순천도 목적지가 아니었다. 순천을 그대로 경유해서 계속 더 달렸다. 도대체 어디로 가는 걸까?

그 의문은 곧 풀렸다.

56

 강 사장의 차가 멎은 곳은 바로 전라남도 여수였다. 여수의 시가지로 진입해서야 차가 목적지에 왔다는 제스처를 취하면서 속력을 늦추기 시작했던 것이다. 그렇게 서행으로 강 사장의 차는 교동의 번잡한 해안통 쪽으로 빠지고 있었다. 소금기를 머금은 해풍과 비릿한 생선 냄새, 바다 냄새가 택시 안에까지 무슨 향수처럼 풍기고 있었다. 해안통에 정박해 있는 크고 작은 많은 어선들도 차창으로 보였다.

 이윽고 강 사장의 차가 멎었다.
 어느 다방 앞이었다. 긴 방파제가 있는 해안통의 귀퉁이에 자리 잡은, 간판이 제법 큰 다방이었다. 당시에는 도시 어디에나 다방이 많았다. 거짓말 좀 보태서 한 집 건너 다방이었다.
 송동욱은 택시 안에 그대로 앉아 있었다. 택시는 조금 떨어진 도로변에 정차한 채 승차한 손님이 동승할 누구를 기다리고 있는 것처럼 능청을 떨고 있었다. 강 사장이 차에서 내렸다. 3층 건물의 2층에 있는 다방을 힐끔 한 번 쳐다보고는 지체 없이 층계 안으로 사라졌다. 무슨 긴박한 일이 있는지 몹시 허둥대는 모습이었다.

안양의 박달동에서부터 장장 여수까지 송동욱이 탄 택시가 줄곧 미행을 했는데도 그는 그 미행을 조금도 눈치채지 못하고 있는 것 같았다. 한 번쯤 뒤를 살필 줄을 몰랐다. 도대체 저 다방 안에 누가 있는가? 그리고 무슨 모사가 있기에 저토록 허둥대는가?
 송동욱도 지체하지 않았다.
 택시에 그대로 앉은 채 재빨리 반응했다. 촌각을 다투는 그의 예리한 시선이 반사적으로 백미러 속의 자신의 얼굴을 살피고 있었다. 짙은 갈색의 선글라스 때문에 그의 얼굴이 얼핏 딴사람처럼 보였다. 안양으로 갈 때마다 언제나 착용했던 변장용의 선글라스였다. 이번에는 입고 있던 검은색의 점퍼 속에서 베레모를 꺼내 머리에다 뒤집어썼다. 그 베레모는 간판점에서 작업할 때 가끔 쓰던 것이었는데, 미행 중에 필요할 것 같아 품속에 넣고 다녔던 것이다. 그런 그의 모습은 백미러 속에서 완전히 딴사람이 돼 있었다. 멋진 파이프만 하나 입에 물면 영락없는 젊은 화가 스타일이었다.
 "잠깐만 기다려 주시오."
 "얼마나요?"
 "금방 오겠소."
 "제기랄! 이거야 원……."
 택시 운전수가 투덜거리거나 말거나 송동욱은 차 밖으로 나왔다. 서울에서 여수까지 왕복 요금을 5만 원이나 선불로 요구했던 개인택시 운전수였다. 엿장수같이 부르는 게 값이었다. 그런데도 불평불만이 많고 불친절해서 괘씸했으나 탓하지 않았다. 지금 하찮은 그런 것을 따지고 있을 땐가.
 구봉산의 완만한 봉우리에 닿은 빛깔의 아름다운 저녁놀이 지금 막 한 폭의 그림처럼 채색되고 있었다. 바다 쪽에서는 뱃고동 소리와 똑딱선들의 통통거리는 기계 소리가 들려오고 있었다. 남쪽 항구 도시의 유구한 향기 같은 그 소리들을 낯설고 신선하게 들으며 송동욱은 어느새 다방 문을 밀고 있었다.
 많은 사람 냄새와 커피 냄새, 자욱한 담배 연기 그리고 질박한 전라도 사투리와 흘러간 유행가 소리가 요란한 코러스를 이루면서 역하게 확 쏟아져 나왔다.
 "어서 오세요."
 두서넛 되는 다방 레지들의 서울 말씨 비슷한 반색을 듣는 둥 마는 둥 하고는 송동욱은 벌써 다방 안으로 들어서면서 잽싸게 눈알을 굴리고 있었다. 간판과는 대조적으로 협소하고 갑갑한 다방이었는데, 그래도 손님이 많았다. 대부분 나이가 지긋해 뵈는 남자 손님들이었다.
 그런데 이건 도대체 어떻게 된 일인가.
 강 사장이 보이질 않았다. 분명히 조금 전에 이 다방으로 들어갔는데 그림자도 보이질 않는 것이었다. 송동욱은 자신의 눈을 의심했다. 혹시 잘못 훑어봤나 해서였다. 그래서 다시 한 번 더 이번에는 찬찬히 다방 안과 손님들의 얼굴 하나하나를 훑어보았다. 역시 없었다. 꼭 도깨비한테 홀린 기분이었다. 화장실까지 뒤져봤으나 강 사장의 모습은 어디에서도 그림자도 찾아볼 수가 없었다.

 그는 미친 듯이 다시 다방 밖으로 뛰어나왔다. 시멘트 층계를 뛰어내려 3층 건물 밖으로 뛰어나오다가 멈칫했다. 그가 타고 온 개인택시는 달아나버리고 없었으나 강 사장의 차는 그대로 있었기 때문이었다. 그러나 강 사장은 보이지 않고 운전석의 운전기사만 보였다.
 송동욱은 긴박한 때일수록 시간을 아껴야 한다는 걸 잘 알고 있었다. 재빨리 그쪽으로 다가갔다. 그리고 차창을 톡톡 두드렸다.
 20대 초반의 젊은 운전기사가 습관처럼 졸고 있다가 뜨악한 얼굴로 차 유리를 스르르 내렸다. 얼굴빛이 거무죽죽한 좀 부잡스럽게 생긴 젊은이였다.
 송동욱은 대뜸, 그러면서도 침착하게 연극을 하기 시작했다.

"강 사장은 어디 계시지?"

그를 위압하기 위해, 그리고 강 사장과는 잘 아는 사이이며 만나기로 약속이 되어 있어서 아까부터 기다리고 있었다는 듯이 대뜸 반말 투로 나갔다. 그 연극에 녀석은 잘도 넘어갔다.

"저기 저 다방에 가셨는데요. 갈매기다방."

"거기 갔더니 없던데…… 분명히 저 다방이야?"

"네."

녀석은 송동욱을 조금도 이상하게 생각할 줄을 모르고 귀찮다는 듯이 째지게 하품을 했다. 그때 벌써 송동욱은 저만치 휘적휘적 걸어가고 있었다.

다시 다방으로 뛰어들었다. 그러나 역시 없었다. 기가 찰 노릇이었다. 도대체 강 사장은 어디로 연기처럼 사라져버렸는가. 그러다 한순간 송동욱의 눈이 번쩍 빛났다.

얼핏 비상구 같은 것이 보였기 때문이었다. 유리문으로 된 다방 출입구로 들어서자면 좌측 벽 쪽이었다. 그 벽이 온통 하늘거리는 수초와 물고기들이 그려진 곰보유리로 장식되어 있었는데 꼭 닫힌 비상문이 하나 있었다. 그 어지러운 그림과 곰보유리 때문에 처음엔 비상문까지 벽으로 착각했던 것이다. '비상구'라는 표지나 글자가 명시되어 있지 않았기 때문에 더 그랬던 것이다.

송동욱은 아차 하며 재빨리 비상구를 통해 2층 다방의 후문 밖으로 뛰어나왔다. 비상구 밖은 좁고 짧은 통로였는데, 그 끝에 아래층으로 내려가는 비좁은 시멘트 층계가 있었다. 정신없이 층계를 뛰어내렸다. 그리고 막 층계를 다 뛰어내렸을 때였다.

57

번쩍하고 강 사장과 웬 여자의 모습이 보였다. 차 안에 들어 있는 모습들이었다. 여자가 운전을 하고 있었다. 그 옆에 강 사장이 타고 있었다. 둘 다 몹시 심각한 얼굴들이었다. 차는 연청색의 포니 승용차였는데 건물의 창고 같은 협소한 지하실에서, 그러니까 창고 겸 주차장으로도 사용하는 그런 우중충한 지하실에서 빠져나오고 있었다. 시간상으로 보아 아마 지하실에서 몇 마디 나누느라 잠시 지체했던 눈치 같았다.

그 차가 때마침 송동욱의 바로 앞을 지나가고 있었다. 골목길 같은 좁은 길이었는데 상당한 과속이었다. 송동욱은 베레모와 선글라스를 믿고 태연하게 층계 끝에 선 채 손목시계를 보는 척하며 운전 중인 차 속의 여자를 뚫어지게 노려보고 있었다.

배꽃같이 살빛이 유난히도 흰 것이 그 여자의 특징이었다. 그 외엔 그저 평범한 여자였다. 눈이 번쩍 뜨일 정도의 미인도 아니었고 싱싱한 아가씨도 아니었다. 첫눈에 부인티가 나는 30대 초반의 여인이었다. 짧은 순간에 본 모습이었지만 솔방울 모양의 보글보글한 파마머리에 테일러드 수트 스타일의 주홍빛 니트 재킷과 눈같이 새하얀 바지 차림, 그런 것들이 그녀를 한껏 돋보이게 하는 날개가 된 것 같았다. 목과 손가락들에서 빛나는 보석들도…….

　차가 골목길 같은 좁은 길을 금방 바람처럼 씽 빠져나갔다. 어느새 다방 건물의 모퉁이를 우회전해서 사라지고 있었다. 그제야 송동욱은 비조처럼 뛰었다. 건물의 모퉁이를 휘돌자 한산한 차도가 나왔다. 송동욱에겐 모두가 낯선 도로였다. 강 사장의 차가 벌써 저만치 차들이 뜸한 한산한 거리를 과속으로 질주하고 있었다. 송동욱도 급히 빈 택시를 잡아탔다. 서울과는 달리 지방 도시라서 그런지 거리엔 빈 택시가 많았다.

　두 차가 그렇게 얼마나 달렸을까.

　이윽고 강 사장의 차가 멎었다.

　송동욱으로선 여수 지방이 초행이라 거기가 어디쯤인지 도무지 알 수가 없었다. 단지 여수 시내에서 한 2, 30분 정도 아스팔트로 포장된 도로를 8, 90킬로의 속력으로 주행한 곳이란 것만 알 수 있을 따름이었다. 아무튼, 낮은 산들이 병풍처럼 둘러싼, 그래서 아담한 분지를 연상케 하는 곳에 평화로운 마을이 담겨 있는 그런 고즈넉한 곳이었다. 현대식 주택으로 개량된 올망졸망한 집들엔 잘 익은 감이 주렁주렁 매달린 감나무가 있는 집도 있었고, 특이하게도 노랗게 익은 탱자들이 탱글탱글하게 열린 탱자나무가 있는 집도 있었다.

　강 사장의 차가 멎은 곳은 그러나 그 마을의 어느 집 앞이 아니었다. 마을에서 상당히 떨어진 외진 과수원 부근이었다. 배나무를 재배하는 과수원이었는데 지금은 폐쇄된 과수원 같았다. 배나무들에선 그 하얀 오판화도 이미 볼 수가 없었고(배꽃은 4월에 피니까 당연히) 지금 한창 잘 익었을 생리[배]도 하나쯤 볼 수가 없었다. 배나무들은 말라비틀어져서 죽어가고 있었던 것이다. 그 한구석에 있는 자그마한 과수원집도 흉가처럼 폐쇄돼 있었다. 오래된 시멘트 블록 벽에 낡은 슬레이트 지붕으로 된, 폐가가 되기 이전에도 초라했을 집이었다.
 강 사장과 여자가 차에서 내렸다.
 그들의 차는 과수원집 부근에 있었고, 송동욱이 탄 택시는 도로변의 어느 구멍가게 부근에 서 있었다. 그렇게 거리가 상당히 떨어져 있었다. 게다가 저녁놀이 걷히고 어느새 어둠이 서서히 밀려들고 있어서 하늘엔 벌써 별들이 반짝이기 시작했고, 마을의 집들에선 밝은 전등불들이 여기저기 켜지기 시작했다.
 그들은 차에서 하차하자 곧바로 과수원집 쪽으로 걸어갔다. 그러나 안으로 들어가지는 않았다. 집 모퉁이 부근에 서서, 그것도 송동욱의 눈엔 보였으나 그들 딴에는 숨어서 잠시 뭐라고 은밀히 말을 주고받는 것 같더니, 여자가 한 곳을 손가락으로 가리켰다. 거기는 과수원에서 조금 떨어진 공터 같은 평지였는데, 서너 명의 측량 기사들이 뭔가를 열심히 측량하고 있었다. 그러더니 날이 어두워지자 곧 일을 끝내고 타고 왔던 봉고차를 타고 언덕 너머로 그들이 사라져버렸다.

 마치 그들이 사라지기를 기다리기라도 한 것처럼 강 사장과 여자가 다시 모습을 나타냈다. 그러더니 갑자기 민첩한 동작으로 움직이기 시작했다. 이번에는 과수원 한쪽의 숲 속으로 이동했다. 멀찍이서 봐도 거기는 다복솔이 많은 지대였는데 수풀이 우거져서 음침해 보였다. 여자가 앞장을 서고 강 사장이 뒤를 따랐다. 도대체 저들은 왜 갑자기 음침한 숲 속으로 들어가려는 것일까? 그리고 저 과수원과는 어떤 사연이 얽혀 있으며, 저 과수원집에는 어떤 비밀이 숨겨져 있을까? 사방에서 귀뚜라미 소리와 이름 모를 풀벌레 소리가 소나기 소리처럼 들렸고, 어디선가 부엉이가 소름 끼치게 우는 소리도 이따금 들렸다.
 여자가 앞장을 서다가 갑자기 강 사장을 잡아당겼다. 그러더니 다복솔밭으로 얼른 몸을 숨겼다. 그 이유를 송동욱은 택시 안에 앉아서도 곧 알아차릴 수가 있었다. 갑자기 두서너 명의 밤 낚시꾼들이 나타나자 그들에게 들키지 않기 위해 여자가 강 사장을 끌고 다복솔밭으로 얼른 숨는 눈치 같았다.

　낚시꾼들은 뭐라고 두런두런 얘기를 주고받으며 과수원의 옆길을 따라 잠시 걷는 것 같더니 금방 언덕 너머로 사라져버렸다. 잠시 후에 한두 명의 낚시꾼들이 또 나타났다. 뒤이어 또 두서너 명이 나타났다. 나중에야 안 일이지만, 그 언덕 너머엔 밤 낚시꾼들이 즐겨 찾는 제법 큰 저수지가 있었던 것이다.

　낚시꾼들의 출현이 잠깐 뜸한 틈을 타서 여자와 강 사장의 희끄무레한 모습이 다시 또 나타났다. 그러더니 모종의 어떤 일을 은밀히 강행하기 위해 이곳까지 왔는데, 갑자기 그 일을 변경하기로 했는지 어쨌는지 밑도 끝도 없이 그 다복솔밭 부근을 앞서거니 뒤서거니 하면서 서둘러 벗어나기 시작했다. 그것은 도망이나 다름없는 것이었다.

　그들은 단숨에 과수원을 빠져나오더니 즉시 몰고 왔던 차를 다시 탔다. 그리고 여수 쪽을 향해 빠른 속도로 달아나기 시작했다.

58

 여수 시가지로 진입하자 그들은 어느 중국집으로 들어갔다. 저녁을 먹으면서 무슨 은밀한 모의라도 하려는지 2층 방으로 모습을 감추어버렸다.
 바로 그 옆방으로 송동욱도 들어갔다. 1층의 홀엔 몇몇 손님들이 짜장면 따위로 저녁 식사를 하고 있었으나 2층의 방들은 텅텅 비어 있었다. 그리고 더욱 다행한 것은, 중국음식점의 방들이 거개가 그렇듯이 벽이 얇은 베니어판으로 돼 있어서 옆방의 말소리가 다 들리게 되어 있었다.
 바로 옆방에 송동욱이 들어 있는 줄을 꿈에도 모르는 그들은 식사 대신 탕수육과 배갈을 시키더니 우선 술부터 한잔하는 것 같았다. 술을 잘하는지,
 "한 잔 더 줘요."
라는 여자의 낭랑한 목소리가 베니어판 벽을 타고 들려왔다.
 뒤이어 그들의 비밀스러운 대화 소리가 두런두런 들려오기 시작했다. 낮은 목소리들이었지만 바로 옆에서 듣는 것처럼 송동욱의 귀엔 또렷하게 잘 들렸다. 여자가 먼저 말을 꺼냈다.

"아까 차에서도 얘기했지만 비 오는 날을 잊지 마세요. 알았죠?"
여자는 서울말을 쓰고 있었다.
"알았어."
"그날 밤같이 비가 와야 해요, 억수같이…… 비를 명심하세요."
그날 밤같이 비가 와야 한다니? 송동욱의 뇌리에 번쩍 자신의 집에 불이 나서 활활 타오르던 그날 밤이 떠올랐다. 비가 억수같이 퍼붓던 그 생지옥 같은 밤이…… 그렇다면 이 여자가 바로 그 방화범? "불을 지른 사람은 여자였어!" 하고 소리치던 꺼벙머리의 그 이죽거리던 얼굴이 커다랗게 확대되어 반사적으로 떠올랐다.
이번에는 강 사장의 목소리가 들렸다.
"공사가 언제부터라구?"
"이달 말일부터래요."
"정확해?"
"틀림없어요."
"그럼 과수원집도 그때 철거하겠군."
"그렇겠죠. 하지만 과수원집은 무슨 걱정이에요? 철거를 하든 불을 지르든…… 그 숲 속이 걱정이지."
"에이, 이거 일이 더럽게 돌아가는군. 이러다가 꼬리를 잡히는 게 아니야?"
"쉿! 살살 말해요."
"………."
짧은 침묵이 흘렀다. 아마 누가 일어나서 방 밖을 살피는지 문을 조금 열었다가 닫는 소리가 들렸다. 밖에서 들리는 소리는 이따금 거리를 지나는 차 소리와 클랙슨 소리, 그리고 아래층 홀에서 식사를 하며 잡담을 하는 손님들의 소리뿐이었다.
여자가 다시 입을 열었다. 조금 더 목소리를 낮춘 음성이었다.
"그런 걱정은 말고 비 오는 날만 명심하란 말예요. 낮이고 밤이고 간에 비만 억수같이 쏟아지면 즉시 여수로 내려오세요. 알았죠? 알아들었느냔 말예요?"

"알았다니까. 하지만……."

"하지만 뭐예요?"

"오늘이 25일인데, 공사가 말일부터라면 닷새밖에 더 안 남았잖아. 아니, 우리한테 주어진 시간은 4일밖에 더 안 남았잖아. 4일 동안에 비가 안 오면 어떻게 하지?"

"29일경에 비가 많이 올 거라고 했단 말예요. 테레비에서, 기상통보 시간에."

"그걸 어떻게 믿어?"

"우리로서는 믿어야지 별수 있어요? 하지만 당신 말대로 만약 비가 오지 않으면……."

"않으면?"

"모든 운명을 하늘에다 맡기고 그냥 파내죠, 뭐, 밤에…… 29일 밤에 말예요. 29일까지 비가 안 오면 무조건 그날 파내야 하니까 29일 밤을 잊지 마세요, 29일을! 알았어요? 네?"

"그러지."

"그럼 오늘 밤은 나랑 같이 자고 내일 올라가세요. 어때요?"

송동욱은 여수에서 있었던 일을 여기까지 모두 이야기했다. 그러자 이제까지 긴장된 표정으로 잠자코 듣고 있던 오수옥이 뭔가 의혹이 가득 찬 얼굴로 덤비듯 물었다. 화장대 위의 탁상시계가 벌써 새벽 4시를 가리키고 있었다.

"그 숲 속에 무슨 이상한 비밀이 숨겨져 있는 거 아녜요?"

"틀림없어. 뭔가를 숲 속 땅속에다 파묻은 눈치였어."

"그, 그게 뭘까요?"

"그건 비가 오는 날 밤에 밝혀지겠지. 비가 안 오면 29일 밤에."

"왜 비가 오는 날 밤을 노리죠?"

"그게 의문이야. 아무리 머리를 굴려봐도 알 수가 없었어. 이상하지?"

"그럼 몰래 가서 한번 파보지 그랬어요? 그 부근을 무턱대고 말예요. 그리고 그 과수원집도 어떤 집인지 한번 들어가보고."

"그러려고 했는데 계획을 변경했어."

"왜요?"

"강 사장의 뒤를 계속 미행하느라구…… 중국집에서 나오자 강 사장이 자기 차를 타고 또 어디론가 달리잖아. 그 다방 앞까지 가서 그 여자하고 헤어진 뒤 말야. 그래서 택시로 또 미행을 해봤더니, 이런 제길!"

"왜요? 어땠는데요?"

"그길로 서울로 와버리잖아. 그 여자가 오늘 밤은 자기하고 자고 내일 서울로 올라가라고 붙잡았는데도 말이야."

"………."

"오히려 잘됐지, 뭐. 서두를 필요 없잖아. 어차피 29일이나 비 오는 날 밤엔 모든 것이 밝혀질 테니까. 안 그래요?"

"그럼 비가 안 오면 무조건 29일에 여수로 또 내려갈 거예요?"

"그래야지. 미리 내려가서 그 여자의 정체부터 캐보고 싶지만 그러면 되레 이쪽의 정체를 노출시킬 것 같아 이대로 있는 거야. 지금 서둘지 않아도 어차피 한번은 캐낼 수 있을 테니까."

"혹시 헛수고하고 있는 거 아녜요?"

"헛수고라니?"

"당신의 아날로지대로, 그러니까 당신의 유추대로 강 사장의 사주를 받아서 그 여자가 불을 질렀다고 쳐요. 근데 왜 엉뚱한 여수의 숲 속이 나와요? 거기에다 뭘 숨겼다는 거예요? 땅속에다 뭘 감추었다고 생각하느냔 말예요?"

"………."

"우리하고 관계된, 파묻을 만한 것이 아무것도 없잖아요. 불이 났을 때 우리 집에서 금덩이라도 훔쳐서 파묻었다면 몰라도."

"그러니 더욱 이상하다는 거지."

"불을 지를 때 사용한 무슨 이상하고 특별한 도구라도 파묻었다고 생각하세요? 그런 기발한 도구 말고는 자물쇠가 채워진 집 밖에서 집 안에다 도저히 불을 지를 수가 없었을 테니까 말예요. 우리 집의 경우엔 더욱 말예요. 화재 감식 결과 불은 기저귀들에서부터 났다고 그랬잖아요. 그 화재 감식 결과는 옳을 거예요. 저도 그렇게 생각하고 있으니까요. 거기 말고는 집 안에서 불이 날 데가 없었잖아요."

"………."

"그래도 그렇죠. 만약 그런 이상하고 특별한 소형 도구 같은 것으로 문이 잠긴 집 밖에서 집 안에다 감쪽같이 불을 질렀다고 칩시다. 그렇더라도 그걸 왜 여수까지 가지고 가서 파묻어요? 왜? 안 그래요?"

"그럼 당신은 거기에 뭐가 파묻어졌을 거라고 생각해요?"

"혹시……."

"혹시 뭐요?"

"우리 집 화재 사건과는 무관한, 별개의 사건과 관계된 것이 아닐까요? 그런 어떤 비밀스러운 별개의 기막힌 사건이 그 두 사람 사이에 얽혀 있을지도 모르잖아요."

"별개의 사건?"

"아무튼, 그걸 한번 밝혀 보세요. 어쩌면 우리 집 화재 사건과 묘한 연관이 돼 있을지도 모르니까요. 갑자기 그런 생각이 지금 막 번개같이 뇌리를 스치고 지나갔어요. 온몸에 소름이 쫙 끼치면서 갑자기 그런 이상한 영감 같은 것이……."

드디어 29일이 되었다. 하지만 29일에도 비는 오지 않았다. 아침부터 가을 하늘이 더 쪽빛으로 푸르렀고 태양도 유난히 더 눈부시게 빛났다. 하늘엔 구름 한 점도 없었다.

그동안 비가 오지 않았으므로 드디어 디데이가 온 것이었다. 송동욱은 이날 새벽같이 일어나 아내 몰래 식당의 식은 밥을 찬물에 말아 아침을 대충 때운 다음 안양에 와 있었다. 그리고 공터 같은 그 언덕배기의 숲 속에 숨어서 꼼짝도 않고 강 사장의 공장 정문 쪽을 주시하고 있었다.

멀리 보이는 관악산 줄기와 수리산의 산발치가 희번한 새벽인데도 아름답게 붉어 보였다. 단풍 때문이겠지. 언덕배기의 여기저기엔 코스모스가 하늘거리며 지천으로 피어 있었다. 어디선가 새벽부터 까마귀들이 까옥까옥 우는 소리가 유난히도 시끄럽게 들렸다.

송동욱은 여행객처럼 소형 백을 어깨에 걸치고 있었다. 그것은 외형적인 하나의 위장일 뿐 그 속엔 손전등과 소형 카메라가 들어 있었다. 운전면허증도 잊지 않았다. 군대에 있을 때 운전을 배울 기회가 있어서 군용 지프 운전을 배워두긴 했으나, 제대 후에 만일의 경우를 생각해서 운전학원을 거쳐 2종보통 운전면허증을 아주 따두었던 것이다. 하지만 차를 굴릴 만한 형편이 못 되어서 이제까지 운전면허증만 소지하고 있는 터였다.

베레모와 선글라스로 얼굴을 적당히 변장하는 것도 물론 잊지 않았다. 그리고 천식이 있는 사람처럼 이번에는 흰 마스크까지 입에 착용을 했다. 옷도 검은색 작업복 바지에 역시 검은색 점퍼를 입었다. 야간에는 가능한 한 어둠과 일치해 보이도록 하기 위함이었다. 이렇듯 나름대로 일단 빈틈없는 만반의 준비를 하고 안양으로 온 것이었다.

59

하지만 강 사장의 모습이 좀처럼 나타날 줄을 몰랐다. 오늘따라 공장이 문을 닫고 쉬고 있었지만 그의 집에서도 웬일인지 나올 줄을 몰랐다. 공장 뒤쪽에 붙은 아담한 현대식 단층 주택이 바로 강 사장의 집이었는데, 아침에 잠깐 모습을 나타낸 사람은 강 사장의 딸 강오란뿐이었다. 학교에 가는지 책을 옆에 낀 여대생 모습이었다.

그 발랄하고 건강한 모습의 강오란을 보자 송동욱은 또 문득 불행한 여동생 세라가 떠올라서 몹시 괴로웠으나, 강오란을 더 깊이 증오하거나 질시하지는 않았다. 증오하거나 질시를 할 만큼 강오란에게는 아무런 죄가 없는 것 같았기 때문이었다. 죄가 있다면 악마 같은 아버지를 둔 죄밖에 더 있는가.

정오쯤에 강 사장의 부인도 잠깐 모습을 나타낸 것 같았으나 공장엘 들어갔다가 집 안으로 들어간 뒤론 다시는 모습을 나타내지 않았다.

오후 4시쯤이 되자 송동욱은 배가 고파서 견딜 수가 없었다.

그래서 막 소형 백에서 미리 준비한 설고빵과 캔 사이다를 꺼내 허겁지겁 막 먹고 있는데 강 사장의 모습이 얼핏 보였다. 좁은 마당에 있는 자가용 승용차로 지금 막 승차하고 있던 중이었다. 부잡스럽게 생긴 그 젊은 운전기사도 보였고, 부인도 나와서 강 사장과 뭐라고 몇 마디 주고받는 것 같았다.

송동욱은 설고빵을 먹다 말고 재빨리 언덕배기에서 뛰어내렸다. 한 곳에 은밀히 세워둔 푸른색 포니 승용차로 총알같이 뛰어들었다. 그 차는 이틀간 사용하기로 한 렌터카였다. 택시보다는 이런 경우 훨씬 더 기동성이 있고 또 경제적일 것 같아 이번엔 렌터카를 세를 냈던 것이다.

집을 나온 강 사장의 차가 곧바로 서울을 향해 달렸다.
그런데 차가 멎은 곳이 엉뚱한 곳이었다. 곧바로 여수로 직행할 줄 알았는데 차가 멎은 곳은 뜻밖에도 강남고속버스 터미널이었다. 그 이유를 송동욱은 곧 알게 되었다. 강 사장은 자기 차를 되돌려 보내고 고속버스로 출발했던 것이다. 차를 가져가면 운전기사가 무슨 눈치를 챌까 싶어서일까. 하긴 그때도 차를 여수까지 가져가긴 했지만 그 비밀의 숲 속까지는 그 여자의 차를 타고 갔었지. 운전기사에게는 그 다방에서 오래도록 볼일을 보고 있는 것처럼 제스처를 취해 놓고는 말이다. 강 사장은 그때처럼 넥타이까지 맨 정장 차림이었다. 가방 같은 것도 들지 않은 홀가분한 차림이었다.

송동욱은 그러나 차를 버리지 않았다. 세를 낸 차가 아깝기도 했지만, 그보다는 아무리 변장을 하긴 했으나 강 사장이 탄 고속버스에 같이 탈 용기가 나지 않았던 것이다. 재수가 없으면 들통이 날 수도 있을 터이기 때문이었다.

그래서 그는 렌터카를 그대로 운전한 채 강 사장이 탄 고속버스의 꽁무니를 따르기 시작했다.

강 사장은 휴게소에서도 한 번쯤 내릴 줄을 몰랐다. 눈여겨 살펴보니 잠만 자고 있었다. 간밤에 한잠도 못 잤는지, 아니면 오늘 밤의 어떤 중대한 일 때문에 잠을 더 자두려는 것인지 그건 알 수 없었다. 아무튼, 두 차는 아무런 사고 없이 순조롭게 잘 달리고 있었다.

이윽고 여수에 도착했다.
도착하니 밤 11시가 조금 지나 있었다. 항구의 밤이라서 그런지 주로 봄부터 초여름에 걸쳐 부는 높새바람 같은 해풍이 이따금 고온 다습하게 밤거리를 휩쓸고 지나갔다. 거리와 상가들은 벌써 취침 준비를 하고 있었다. 차량과 행인이 뜸했던 것이다.
도착 시각이 미리 약속이 돼 있었던 듯 여수 터미널에 고속버스가 도착하자 어디선가 그 여자의 차가 슥 나타났다. 강 사장이 약간 미소를 던지고는 의젓하게 부부처럼 옆자리에 승차를 했다. 차가 즉시 출발했다. 역시 그 과수원이 있는 마을을 향해 달리기 시작했다. 여자는 이번엔 회색빛 바바리코트 차림이었다. 그리고 밤인데도 잠자리 안경 모양의 선글라스를 송동욱처럼 끼고 있었다.
주행거리를 지키면서 그 뒤를 따르다가 송동욱은 계획대로 머리를 썼다. 급한 일이 있는 것처럼 재빨리 추월을 했다. 여수 시가지를 완전히 벗어나기 직전에, 그 마을로 향한다는 것을 확인하고 나서 추월을 했던 것이다.
그들은 그것을 조금도 눈치챌 줄을 몰랐다.

60

 추월을 한 덕분으로 과수원에 먼저 도착한 송동욱은 차에서 내려 그 숲 속을 향해 기린처럼 재빨리 뛰었다. 차는 부근 수풀 속에 완벽하게 감추었다. 다행인지 불행인지 달이 없는 밤이었다. 무수한 별빛만 쏟아지는 캄캄한 밤이었다. 사방이 다 그랬다. 저만치 어둠 속에 침몰해 있는 마을도 몇 집만 불빛이 살아 있을 뿐 캄캄했고, 측량 기사들도 이날은 날이 어두워질 때까지 작업을 하지 않았다. 물론 그 작업을 밝혀주던 대낮 같은 전등불들도 꺼져 있었다. 그래서 더 시골 특유의 칠흑 같은 어둠과 정적이 부근 일대를 뒤덮고 있었다.
 송동욱은 일단 숲 속에 몸을 납작 엄폐했다.
 엄폐물은 묏등같이 생긴 커다란 바위였다. 풋풋한 풀 냄새와 함께 이끼 냄새가 코끝을 스쳤다. 풀벌레 소리와 귀뚜라미 소리들이 처음엔 그의 발소리에 소스라쳤다가 다시 또 소나기 쏟아지듯 들리기 시작했다.
 이윽고 강 사장과 그 여자가 탄 차가 나타났다. 엔진 소리도 없이 유령처럼 나타났다. 헤드라이트도 아예 꺼버린 상태였다. 그런 소리 없는 그림자 같은 형체로 차가 과수원 안에까지 들어와서야 스르르 멈추었다. 바로 그 숲 속 정면 부근이었다.
　즉시 그들이 차에서 내렸다. 엔진을 끄지 않고 그대로 내렸다. 아마 어떤 돌발적인 사태가 발생할 경우를 대비해서, 다시 말해서 갑자기 도망쳐야 할 일이 생길 경우를 대비해서 그런 것 같았다. 그들이 차에서 내려 잠시 어둠에 묻힌 주위를 살폈다. 누가 보고 있지나 않나 그걸 살피는 기색이었다.
　그런 그들을 송동욱은 부근의 묏둥 같은 바위 뒤에 숨어서, 어둠보다 훨씬 짙은 모습으로 움직거리는 그들의 그 시커먼 윤곽만으로도 그들의 동작 대부분을 얼마든지 살필 수가 있었다. 비록 캄캄한 숲 속이지만 하늘의 무수한 별빛 때문에 그것이 어느 정도 가능했던 것이다. 만약 하늘에 별빛이 없고 검은 구름으로 꽉 뒤덮여 있었다면 그들의 윤곽은커녕 아무것도 볼 수가 없었을 것이다.
　그들이 등을 맞대고 서듯 반대편으로 돌아서서 각각 주위를 찬찬히 살핀 다음 곧 차 뒤쪽으로 갔다. 그리고 차의 트렁크를 열고 삽과 괭이를 꺼냈다. 차 안에서 갈아입었던지 강 사장은 어느새 작업복 차림이었다. 어둠 속이었지만 넥타이 차림이 아님을 어렵지 않게 알 수 있었다. 흠, 아주 치밀하고 용의주도하군! 송동욱은 바위 뒤에 납작 엎드린 채 속으로 중얼거렸다.

　그들은 삽과 괭이를 들고 숲 속으로 들어오자 무조건 한 지점을 파기 시작했다. 고목나무 부근이었다. 삭정이가 거미의 발처럼 을씨년스럽게 뻗어 있는 그 고목나무는 송동욱이 숨어 있는 바위에서 얼마 떨어지지 않은 곳에 있었다. 왼쪽으로 불과 3, 4미터 거리였다. 그래서 그 중간에서 야생하고 있는 수풀이 시야를 약간 방해했으나 어둠보다는 더 크게 방해가 되진 않았다.
　강 사장은 열심히 괭이질을 하고 있었고 여자는 옆에 서서 망을 봤다. 그렇게 망을 보면서 가끔 삽으로 흙을 퍼내는 강 사장을 거들어주고 있었다.
 바로 그때 갑자기 어디선가 두런거리는 소리가 들렸다.
 강 사장과 여자가 재빨리 납작 엎드렸다. 잠시 후에 과수원 앞길로 서너 명의 시커먼 그림자들이 나타났다. 붉은 빛깔의 담뱃불도 보였다. 짐작대로 역시 낚시꾼들이었다. 월척이 어쩌고저쩌고하면서 그들이 저수지 쪽으로 사라지고 있었다. 그들이 어둠 속으로 완전히 사라지자 강 사장이 다시 땅을 파기 시작했다. 여자가 삽질을 하며 더 서둘러댔다. 그러면서 낮은 소리로 말했다.
 "아유, 냄새……."
 "아가리 닥치고 망이나 잘 봐."
 "알았어요."
 이윽고 파는 것을 멈추더니 강 사장이 땅속에서 뭔가를 끄집어냈다. 꽤 무거운 것인지 끙! 하고 힘쓰는 소리를 냈다. 이어 부피가 상당히 큰 무슨 물건 같은 것을 끄집어내서 파낸 흙이 수북한 잔디 위에다 올려놓았다.
 바로 그 찰나, 그 순간을 노리고 있다가 송동욱이 재빨리 손전등을 꺼내 확 비추었다.
 동시에 여자의 입에서,
 "악!"
하는 비명이 터지더니, 여자가 먼저 후닥닥 도망을 치기 시작했다. 그 바람에 그 물건이 하필이면 여자의 발에 걸려 과수원 쪽으로 데굴데굴 굴러가다가 뚝 멈추었다. 뭔가가 와지끈 부서지는 소리도 들렸다. 그 소리가 아주 기분 나쁘게 주위를 집어삼켰다.
 강 사장도 허겁지겁 도망을 치고 있었다. 그는 여자보다 한발 늦게 도망을 치고 있었는데도 어느새 차 속으로 뛰어들고 있었다. 이어 부르릉거리는 소리가 들리더니 허둥지둥 차를 몰고 달아나기 시작했다. 잠시 그렇게 차가 비틀거리듯 위태롭게 달리다가 그제야 생각난 듯 뒤늦게 헤드라이트가 켜졌다.
"같이 가요! 스톱! 스톱! 여보!"
여자가 얼결에 다른 곳으로 도망을 치다가 그제야 달아나는 차를 발견하고 미친 듯이 차 뒤를 쫓으며 소리쳤다. 그러나 소용이 없었다. 강 사장은 혼자만 살겠다고 계속 전속으로 차를 몰고 있었다. 하지만 운전이 서툴러서 그런지 한동안 차가 갈팡질팡했다, 그러다 과수원 앞 길로 급히 좌회전을 시도하는 것 같더니 갑자기 쾅! 하고 길옆의 낭떠러지로 추락하고 말았다.
"으아악!"
그의 인생의 최후 같은 긴 비명이 유성처럼 꼬리를 길게 남겼다. 그러자 여자가 차 뒤를 끝까지 쫓다가 갑자기 방향을 홱 틀어 반대편으로 허둥지둥 달아나기 시작했다.
"이게 무슨 소리야?"
"무슨 비명 소리 아냐? 차 소리도 들렸잖아!"
"어디야, 어디? 어느 쪽에서 소리가 들렸지?"
"저쪽이 아니었어?"
언제 나타났던지 낚시꾼 두서너 명이 또 나타나서 비명과 함께 차가 추락한 쪽으로 우르르 몰려가는 모습이 어둠 속에 어지러이 보였다. 그들은 벌써 제각기 손전등을 꺼내서 여기저기를 무턱대고 마구 비추기도 했다.
그러든 말든 송동욱은 바위 뒤에서 살금살금 기어 나와 강 사장과 그 여자가 땅속에서 파낸 것을 살피기 시작했다. 가까이서 소형 손전등을 비춰보니 그것은 다 썩어가는 사과 궤짝 같은 것이었다.
그는 미리 준비한 검은색 가죽 장갑을 어깨에 걸치고 있던 소형 백에서 꺼내 끼고 뚜껑을 열기 시작했다. 그러면서 다른 손으론 코를 쥐고 있었다. 궤짝 속에서 참기 어려운 악취가 풍겼기 때문이었다. 그 악취는 어찌나 지독한지 그는 헛구역질을 몇 번이나 했는지 모른다.

궤짝의 뚜껑은 뚜껑이라기보다는 여러 개의 판자들로 잇대어진 것이었는데 못질이 돼 있었다. 하지만 땅속에서 썩어 있었기 때문인지 장갑 낀 손으로 몇 차례 세차게 위쪽으로 잡아채며 뜯으려고 애를 쓰자, 허술하게 달린 단추들이 떨어져 나가듯 뿌지직 소리를 내며 잇대어진 판자들이 하나 둘 떨어져 나가기 시작했다.

뚜껑이 열리자 더욱 지독한 악취가 숨을 쉴 수 없을 정도로 코를 찔렀다. 그 악취가 어찌나 지독한지 송동욱은 반사적으로 몇 걸음 뒤로 확 물러서기까지 했다. 그랬다가 곧 정신을 차리고, 뚜껑을 열 때 땅바닥에 두었던 손전등을 다시 집어 들었다. 그리고 용기를 내어 궤짝 속을 확 비추었다.

다음 순간,

"으악!"

그는 비명을 지르며 뒤로 벌렁 나자빠져 버렸다.

오오, 저, 저건…… 저건 뭔가?

괴물! 괴물이다!

그랬다. 그건 괴물이었다.

무슨 짐승의 새끼 같았는데, 머리가 두 개 달린 괴물이었다. 분명히 목은 하난데 그 목에 머리통이 두 개가 달려 있었다. 그것도 두 뒤통수가 딱 맞붙어 있는 괴상한 괴물이었다. 몸통도 하나였고 앞다리 둘에 뒷다리도 둘 이렇게 네발 달린 짐승이 분명한 것 같은데, 대가리만 둘이었다. 그러나 너무 부패해서 얼굴의 형체는 알아볼 수가 없었다. 단지 썩지 않은 검은 털이 두 얼굴의 여기저기와 몸통 그리고 네 다리에 득시글거리는 구더기들과 함께 흐물흐물 나 있는 것을 소형 손전등 불빛에 확인할 수가 있을 뿐이었다.

한마디로, 그것은 세상에서 처음 보는 괴물은 괴물이되 고양이 같은 괴물이라고 볼 수 있었다. 뒤통수가 딱 붙은 부패한 두 얼굴의 윤곽이나 형상이 그랬고, 온몸에 나 있는 검은 털이 그랬기 때문이었다. 고양이 중에서도 검은 고양이…… 그리고 뒤통수가 딱 맞붙어서 흐물흐물한 형체의 썩은 얼굴이 서로가 반대편을 보고 있는 기형적인 고양이…… 그렇게 순간적인 결론이 모아지자 송동욱은 어떤 무서운 상상에 비명이라도 지를 듯이 경악과 함께 오싹 전율을 느꼈다.

그렇다! 이 괴물을 이용했는지도 모른다!

살진 고양이만 한 크기의 이 흉측한 괴물을 교묘한 방법으로 집 안에다 침투시켜서 방화를 하게 했는지도 모른다. 고양이도 개처럼 무슨 일이든지 훈련만 잘 시키면 해낼 수 있는 영리한 동물 아닌가? 더욱이 이 괴물이 고양이 종류라면 머리가 두 개나 달린 고양이다. 그렇다면 머리가 하나 달린 고양이보다 머리가 둘이나 달렸기 때문에 뇌세포가 갑절이나 더 많을 것이니 얼마나 훈련을 시킨 대로 천재처럼 방화를 성공적으로 잘 해냈겠는가. 그래서 일반 고양이보다 이런 천재 같은 희귀한 고양이를 어디서 구해서 그날 밤 방화 범행에 사용했던 것일까. 도대체 이 괴물이 어떻게 기저귀들에다 귀신같이 불을 붙일 수가 있었을까? 그거야 간단하겠지. 입으로 물어서 바로 아래에서 파란 불꽃들이 피어오르고 있는 연탄불에다 떨어트리기만 하면 되었을 테고, 앞발의 발톱으로 툭툭 몇 번 건들기만 했어도 연탄불로 아주 쉽게 기저귀들이 떨어질 수도 있었을 테니까. 그런데 왜 그러고 나서 이 괴물을 토사구팽처럼 죽여서 이 먼 여수에까지 가져와 비밀리에 폐허가 된 과수원 부근의 땅속에다 파묻어야 했을까? 그 즉시 죽여서 여수로 가져왔는지, 아니면 여수로 데려와서 여수에서 죽였는지 그건 알 수가 없지만…… 아무튼, 그 이유가 뭘까? 뭘까? 뭘까? 뭘까?

그렇지! 우선 그 여자부터 잡고 보자.

강 사장은 천벌을 받아서 즉사했을 터이니 그 여자부터 잡고 보자. 그러면 모든 의문이 풀리겠지.

"으악! 이. 이게 뭐야?"

"괴, 괴물이다!"

"괴물을 죽여서 누가 땅속에다 파묻었지?"
"괴물이 아니고 고양이 같은데?"
"한 마리가 아니고 두 마리 아냐? 대가리가 두 개잖아!"

어느새 십여 명의 낚시꾼들이 모여들어서 저마다 손전등을 켜고 궤짝 속을 들여다보며 경악해서 떠들어댔으나, 송동욱은 어느새 그들을 뒤로하고 수풀 속에 감춰둔 차 속으로 뛰어들고 있었다. 그리고 강 사장의 차가 추락했던 계곡 같은 곳으로 막 가려는데, 어둠 속에 멀리 갈팡질팡 도망치고 있는 여자의 바바리코트 자락이 희미하게 얼핏 보였다. 과수원 동편의 야트막한 언덕 쪽이었다. 그랬다가 그녀의 모습이 갑자기 보이질 않았다.

그런데 얼마 후 그녀의 모습이 다시 또 발견된 곳은 뜻밖에도 파도 소리가 들리는 해수욕장이었다. 나중에야 안 일이지만 거기는 만성리해수욕장이라는 곳이었는데, 어둠에 덮인 검은 모래가 질펀하게 깔린 상당히 큰 해수욕장이었다. 저 멀리 보이는 바다 끝은 아슴푸레한 수평선…… 만성리해수욕장의 긴 터널이 있는, 그러니까 여수 시내에서 여수의 기차역을 지나 만성리해수욕장이 있는 만성리 쪽으로 조금 가다보면 긴 터널이 둘 있는데, 위쪽 터널은 사람과 자동차가 다니는 터널이고 아래쪽 터널은 철로가 깔린 열차만 다닐 수 있는 터널인데, 만성리해수욕장에서 보는 먼 시야로, 터널이 있는 산등성이 너머의 여수의 신항(新港) 쪽 건너에 있는 오동도에서, 그 오동도의 영혼 같은 등댓불이 이날 밤도 분명히 쉴 새 없이 깜박거리고 있었다.

그러니까 송동욱의 차가 여자를 찾아 만성리해수욕장의 둔치 같은 길을, 여수 시내로 향하는 터널 쪽 방향을 향해 무작정 질주하고 있는데, 어두운 백사장을 미친년처럼 죽어라고 달리고 있는 그 여자의 모습이 어둠 속에서도 희끗하게 얼핏 보였던 것이다.

61

　송동욱은 둔치 같은 길가에다 차를 세워놓고 재빨리 뛰어내렸다. 그리고 성난 늑대처럼 여자를 잡으려고 쫓았다. 여자가 한순간 뒤를 돌아보고는 무섭게 뒤쫓는 추격자를 어둠 속에서도 금방 발견했는지 더욱 필사적으로 뛰었다. 모래밭에 엎어지기도 했으나 곧 일어나 다시 또 달아났다.
　"거기 서요! 서란 말이야!"
　송동욱이 숨찬 소리로 고함쳤다.
　뜻밖에도 여자가 즉각 반응했다.
　"나는 아무 죄도 없어요! 없단 말예요! 누군지 모르지만 쫓아오지 마세요!"
　"그럼 왜 도망을 치는 거요?"
　"………."
　그 말에 여자는 침묵했다.
　"아무 죄도 없다면 왜 도망을 치느냔 말이야?"
　"………."
　여자가 계속 대답을 회피하면서 어느새 맞은편의 언덕 쪽으로 힘 빠진 원숭이처럼 힘겹게 기어오르고 있었다. 그러더니 금방 시커먼 수풀에 가려 모습이 보이지 않았다. 마치 무슨 축지법이라도 쓰는 여자 같았다. 그런데 갑자기 파도 소리가 격렬해진 것 같았다. 언덕배기의 꼬리가 해변으로 이어져 있었는데 거기가 바로 암석 지대였던 것이다. 그래서 암석을 때리는 파도 소리가 갑자기 크게 들렸던 모양이었다. 어둠 속에서 허공으로 높이 솟은 파도의 하얀 비말이 간단없이 아름답게 춤을 추고 있었다.

 송동욱은 가쁜 숨을 헉헉거리며 정신없이 언덕배기로 기어올랐다. 언덕 위는 덤부렁듬쑥한 수풀과 빽빽한 소나무 밭이었다. 이따금 먼 오동도의 등대 불빛이 남기처럼 스치고 지나갔으나 여자의 모습은 언덕 위 어디에도 보이지 않았다. 아마 수풀 속이나 빽빽한 소나무 밭으로 다람쥐처럼 꼭꼭 숨어버린 모양이었다.

 송동욱은 머리를 썼다. 잠시 모든 동작을 멈추고 미동도 하지 않았다. 그러면서 청각에다 온 신경을 집중시켰다.

 여자와의 머리싸움에서 다행히도 그는 한 수 위였다. 정체를 알 수 없는 추격자를 어떻게 생각했는지 여자가 먼저 움직이기 시작했던 것이다. 부근의 시커먼 덤불 같은 곳에서 마른 나뭇가지 부러지는 소리 같은 것이 딱! 하고 나는 것 같더니 여자의 희끗한 모습이 얼핏 보였다. 그 순간을 놓치지 않고 송동욱은 손전등을 그쪽으로 확 비추었다. 틀림없는 그 여자였다. 그 여자가 살그머니 덤불 속에서 일어서다가 기겁을 하고 다시 후닥닥 도망을 치기 시작했다. 손전등 불빛에 보니 여자는 바바리코트는 그대로 입고 있었으나 잠자리 안경 같은 선글라스는 거추장스러워서 버렸는지 그냥 맨얼굴이었다. 처음 강 사장과 차에서 내릴 때 핸드백을 차에 두고 내렸었기 때문에 핸드백도 물론 들고 있지 않았다.

 얼마쯤 그렇게 도망을 치다가 여자가 갑자기 뚝 멈춰 섰다. 알고 보니 낭떠러지가 여자의 앞을 가로막고 있었던 것이다. 낭떠러지 아래는 아스라한 바다였다. 어둠 속에서 성난 파도가 하얀 이를 드러내고 절벽을 쉴 새 없이 할퀴고 있었다.

그걸 내려다보고 절망과 죽음의 공포를 느꼈던지 여자가 홱 돌아서며 발악적으로 악을 썼다. 애원에 가까운 발악이었다.

"당신은 누구예요? 누구예요? 누구냔 말예요?"

"나는……."

"경찰이에요? 형사냔 말예요?"

"그렇게 궁금하면 자, 똑똑히 얼굴을 보시지."

송동욱은 성큼 여자 앞으로 다가서면서 손전등으로 자신의 얼굴을 확 비추며 선글라스와 마스크를 홱 벗었다. 예상했던 대로 여자가 기절초풍하듯 놀랐다. 이어 기어드는 목소리로 부르짖었다.

"아니? 그 불난 집 남자…… 그렇죠? 그렇죠?"

"얘기나 좀 합시다. 물어볼 게 있소."

송동욱은 다리도 좀 아프고 해서 그 여자 옆으로 가 서슴없이 너럭바위같이 생긴 바위 위에 걸터앉았다. 낭떠러지 아래의 시커먼 바다가 한눈에 내려다보이는 바위였다. 그런 위태로운 바위에 별 생각 없이 순간적으로 걸터앉으며 그는 가장 먼저 묻고 싶었던 말부터 본격적으로 꺼내기 시작했다. 이런 일은 시간을 끌 필요가 없다고 생각되었기 때문에 단도직입적으로 물은 것이었다.

"강 사장이 시켰다면 당신에겐 죄가 크지 않소. 다만 내가 알고 싶은 것은, 그날 밤에 어떤 방법으로 불을……."

바로 그 순간이었다.

여자가 송동욱을 절벽 아래로 홱 밀어버렸다.

"어어?"

죽는 것도 뻔뻔하고 사는 것도 뻔뻔하고

62

송동욱은 비명을 지를 새도 없이 그대로 절벽에서 추락하고 말았다. 그러나 하늘이 도왔던지 절벽 밑에 바싹 붙어 있는 기암 지대로 떨어지지 않고 시커먼 바닷물로 추락했다. 어둠 속에서 하얀 물기둥이 하늘로 치솟았고, 송동욱이 수면으로 확 솟구쳐 올라오기 전에 절벽 위의 여자는 이미 어디론가 사라지고 없었다. 너무 캄캄해서 잘 보이지 않기 때문에 생사 확인도 않고 미리 도망부터 쳐버린 모양이었다.

다행히도 송동욱은 수영을 할 줄 알아서 개죽음은 면할 수가 있었다. 곧 정신을 차리고 안전한 기암 지대로 헤엄쳐 나왔다. 온몸이 차가운 바닷물에 젖어 몹시 춥고 이가 갈렸으나, 캄캄한 기암 지대를 가까스로 빠져나가 여자를 잡기 위해 다시 그 절벽 위로 많은 시간을 낭비하면서까지 한쪽의 비탈을 기어오르지는 않았다. 여자는 벌써 도망치고 절벽 위에 없을 거라는 걸 이미 잘 알고 있었기 때문이었다.

그래서 흠뻑 젖은 채로 차 있는 데로 기진맥진 걸어가 겨우 차에 올랐다. 다행히 차는 만성리해수욕장의 둔치 같은 좁다란 길에 그대로 혼자 서 있었다.

그는 차 안에서 잠시 눈을 감고 짧은 휴식을 취한 다음 조금 기운이 나자 곧장 그 과수원 쪽으로 차를 되돌려 몰았다. 낚시꾼들이 신고를 했는지, 그 고양이 같은 괴물이 매장되었던 곳과 강 사장이 차와 함께 추락했던 두 현장엔 벌써 경찰이 출동해서 법석을 떨고 있었다. 그들 앞에 송동욱은 나타나지 않았다. 원인이야 어찌 되었건 간에 그 괴물 문제는 차치하고라도, 강 사장 문제는 송동욱 자기 때문에 강 사장이 차와 함께 낭떠러지에서 추락했기 때문이었다. 그래서 섣불리 나섰다간, 아니 그 일에 휘말렸다간 괜히 큰코다칠 것 같아 일단 슬그머니 그 자리를 피해버렸던 것이다.

그러면서 생각했다. 나는 그 여자만 잡으면 된다. 직접 우리 집에 불을 지른 사람은 그 여자가 틀림없으니까. 그렇지 않다면,

"강 사장이 시켰다면 당신에겐 죄가 크지 않소. 다만 내가 알고 싶은 것은, 그날 밤에 어떤 방법으로 불을……."

하고 내가 말을 꺼냈을 때, 그 여자가 왜 갑자기 나를 절벽 아래로 밀어버렸겠는가. 그것은 나를 살해한 것이나 다름없지 않은가.

그리고 무엇보다 손전등 불빛에 내 얼굴을 보더니,

"아니? 그 불난 집 남자…… 그렇죠? 그렇죠?"

하고 왜 그렇게 기절초풍하듯 놀랐겠는가. 그것은 무엇을 의미하는가. 여기에 더 설명이 필요한가.

송동욱은 경찰이 출동한 그 두 곳의 현장에서 슬그머니 사라진 뒤 바닷물에 흠뻑 젖은 옷도 말리고 몸도 씻어야 할 것 같아. 그리고 무엇보다 너무 지치고 피곤해서 여수의 싸구려 여관으로 들어가 일단 하룻밤을 묵었다.

이튿날 날이 밝아서야 안 일이지만 신문과 방송이 그 사건을 요란하게 떠들어대고 야단이었다.

강 사장이 죽지 않았다는 것이었다. 하지만 생명이 위독한 상태이며

의식불명이라고 했다. 그의 부인이 충격을 받고 실신했다는 말까지 있었다. 부인이 더 위독하다는 것이었다. 더욱 놀라운 것은, 그 궤짝 속의 괴물에 대한 억측들이었다.

궤짝 속의 그것은 고양이도 괴물도 아닌 '사람'이라는 것이었다. 사람도 그냥 사람이 아니라 갓난아기이며 기형아라는 것이었다. 그리고 송동욱은 그때 미처 성별까지 자세하게 확인을 하지 못했지만 계집아이라는 말까지 있었다. 그런데 그 계집아이가 고양잇과(科)에 속하는 희한한 기형아라고 했다. 꼭 고양이같이 생긴 형체와 온몸의 검은 털 때문에 그런 억측들이 나돈 것 같았다.

도대체 그 괴물 같은 기형아는 어디서 생겼을까, 어떻게 탄생했을까, 왜 죽었으며 왜 은밀히 숲 속의 땅속에 매장되었을까, 매장은 누가 했을까, 그리고 왜 다시 비밀리에 파냈을까 등등…… 신문과 방송들은 의문과 흥분으로 하루 종일 떠들어댈 기세였다. 그래서 더 강 사장의 의식이 빨리 회복되기를 기다리고 있다는 것이었다.

그런 의문과 초조는 송동욱도 마찬가지였다.

의학상으로는 그것이 고양잇과에 속하는 인간이라고 밝혀졌다지만 그것이 과연 인간인지 괴물인지 그걸 아직은 확실하게 믿을 수가 없었기 때문이었다. 그는 아직도 그것을 괴물로 보고 싶었다. 애완동물처럼 훈련이 잘되어서 남의 집에 방화를 할 수도 있는, 머리가 두 개나 달린 천재적인 괴물로 고집하고 싶었다. 억지 같지만, 그래야만 그날 밤의 방화가 성립이 되기 때문이었다. 그렇지 않다면 집 밖에 자물쇠가 채워져 있는데 무슨 방법으로 집 밖에서 집 안에다 불을 지를 수가 있단 말인가. 그것도 방화의 흔적 하나 없이…… 인간이 안개나 연기나 바람이나 또는 유령이라면 몰라도.

아무튼, 그 여자를 잡고 보자. 땅끝까지, 이 세상 끝까지, 아니 지옥 끝까지 가서라도 기어코 잡고 보자. 강 사장이 의식이 돌아오지 않은 채 그대로 절명할 경우를 생각해서라도 그 여자를 반드시 잡아야 한다, 반드시 잡아야 한다. 반드시, 반드시!

  송동욱은 오전 10시쯤에 여관을 나와 먼저 그 다방을 찾아갔다. 강사장이 그 여자와 만났던 해안통 부근의 그 갈매기라는 다방을 찾아간 것이었다. 아침 식사를 거른 채 양치질과 세수만 한 채였다. 이날은 그의 어깨에 그 소형 백이 매달려 있지 않았다. 어젯밤에 절벽에서 바닷물로 추락할 때 그의 어깨에 매달려 있던 소형 백이 떨어져 나가 바닷물 속으로 따로 가라앉아 버렸기 때문이었다.
  선글라스와 마스크 그리고 손전등도 그랬다. 그것들은 손에 들고 있던 상태였기 때문에 그의 몸과 함께 바닷물로 따로따로 추락하는 바람에 어디로 떨어졌는지 알 수도 없었다. 마스크는 값싼 거지만, 소중히 간직하며 아껴서 썼던 선글라스는 꽤 비싼 거라서, 그리고 정이 들었던 거라서 미안하고 가슴이 아팠다.
  소형 백도 그랬다. 특히 그 속에 들어 있는 구식 카메라이긴 하지만 카메라가 더욱 그랬다. 하지만 다행히도 이번 사건에서 특별히 촬영해둔 게 아무것도 없어서, 실은 궤짝 속의 그 괴물을 꼭 촬영하고 싶었는데 구닥다리 카메라인 데다 야간 촬영이라 반드시 플래시를 터트려야 하고, 또 셔터를 누르는 찰칵 소리가 유난히도 커서 촬영을 했을 경우 그들에게 발각이 돼버렸겠지만, 그보다 그는 너무 긴장했던 탓으로 그 순간 카메라를 깜박 망각하고 있었던 것이다. 그런 걸 생각하면 아까운 카메라이긴 하지만 미련 없이 빨리 잊어야 했다.
  그래서 그는 여관을 나서자마자 약국에 들러 흰 마스크부터 하나 사서 우선 입과 코끝을 가려 얼굴 절반을 또 변장을 했고, 마침 약국 옆에 신문 가판대 같은 길거리 안경 판매상이 라이터와 선글라스 따위를 팔고 있어서, 거기서 또 짙은 푸른색 빛깔의 싸구려 선글라스를 하나 사서 일단 끼고 갈매기다방으로 향했던 것이다.

63

 그러나 그 여자가 혹시 그 다방의 얼굴마담이나 주인일지도 모른다는 그의 예상은 여지없이 빗나가고 말았다. 20대 후반의 젊은 여자가 주인이었는데, 그 주인이 얼굴마담 행세까지 하고 있었기 때문이었다. 그래서 얼굴마담을 둬본 적이 없었다는 것이었다. 그녀는 그 여자에 대해서 아는 것도 아무것도 없었다. 옷차림과 생김새, 그리고 강 사장까지 들먹이면서 물었으나 여전히 모른다는 것이었다. 다방 레지들도 그랬고 40대의 여자 주방장도 그랬다.
 "고런 사람이 워디 한둘이라야 말이제. 그라고 고런 식으로 사람을 워떻그름 찾능당가요."
 "………."
 "사진이라도 박아가꼬 갖고 댕김시롱 고런다면 몰라도 말여. 안 그라요?"
 마담의 말에 송동욱은 아차 했다.
 이미 절벽 아래의 시커먼 바닷물에 수장돼 버리긴 했지만, 어쨌든 카메라까지 미리 준비해 왔었는데 간밤의 그 궤짝을 파내는 무서운 광경은 그렇다 치더라도, 그 여자의 모습을, 특히 얼굴을 한 번도 촬영하지 못했었기 때문이었다. 그걸 생각하면 후회막급이었다. 왜 그런 바보 같은 짓을 했는지 종일토록 땅이라도 치고 싶었다.
그는 헛수고만 하고 다방을 그대로 나와야 했다. 아무도 그 여자를 아는 사람이 없으니 그 여자의 주거지도 알아낼 수가 없었기 때문이었다. 그러니 이제는 별수 없이 강 사장이 깨어나기만을 바라고 또 기다리는 수밖에 별도리가 없을 것 같았다.

그래서 그는 그 싸구려 여관에서 하루를 더 묵으며 강 사장이 깨어나기만을 기다리다가, 그다음 날 오후에 부랴부랴 서울을 향해 렌터카의 핸들을 꺾어버렸다. 경비도 바닥이 났을 뿐만 아니라, 생명이 위독한 강 사장이 서울 H대학병원으로 급거 이송된다는 사실을 알았기 때문이었다. 여수의 병원에서 앰뷸런스가 출발할 때 그는 은밀한 곳에서 지켜보고 있었는데, 강 사장은 뇌를 크게 다쳤는지 붕대투성이의 머리와 얼굴로 사경을 헤매고 있었다. 그 모습이 영락없는 붕대투성인 채로 죽은 시체 같았다.
연락을 받고 급히 여수로 내려왔는지 청바지에 빨강 블라우스 차림의 강오란도 보였다. 강오란은 시종 흐느끼고 있었다. 부인은 보이지 않았다. 실신을 해서 서울의 어느 병원에 있는 모양이었다. 친척도 없어서 강오란은 무척 외롭고 불쌍해 보였다. 가엾구나. 부모를 잘못 두어 너까지 고생을 하는구나. 여수에다 세컨드를 둔 너의 아비…… 그 여자가 너의 아비더러,
"여보!"
하고 외치던 소릴 네가 만약 들었다면 넌 어땠을까?
아아, 가엾은 너만은 미워할 수가 없구나. 어쩌면 우리 세라보다 더 불쌍하고 불행한 사람이 너인지도 모르니까.

한편 송동욱의 집에서는 송세라가 오수옥을 여전히 괴롭히고 있었

다. 정신착란 증세가 점점 도를 더해 가서 그런지는 몰라도 밤만 되면 야누스처럼 두 얼굴이 되어 오수옥을 집요하게 괴롭혔다.
어젯밤에도 그랬다.
그러니까 송동욱이 여수에 가고 식당에 없었을 때였는데, 송동욱이 없는 밤만을 골라서 그랬던 것이다. 자정이 가까웠을 무렵이었다. 송세라가 느닷없이 오수옥의 방문을 노크도 없이 홱 열더니 소형 석유난로를 가지고 들어왔다. 오수옥은 영수랑 같이 일찌감치 잠자리에 들었다가 기겁하여 발딱 일어나 앉았다.
"아니, 무, 무슨 난로예요?"
오수옥은 이제는 송세라만 보면 겁부터 집어먹었다.
"올케를 생각해서 가져왔어요. 지금 계절이 가을이라곤 하지만 밤이면 춥죠?"
석유난로를 방바닥에다 탕 놓곤 다짜고짜 난로의 심지를 확 올리기 시작했다. 그러자 처음엔 조그맣던 난로의 불꽃이 금방이라도 쾅 하고 폭발이라도 할 듯이 크게 확 치솟았다.
오수옥은 파랗게 질려 잠든 영수부터 얼른 끌어안으며 소리쳤다.
"무, 무슨 짓이에요? 위험해요!"
"왜 그렇게 벌벌 떠세요? 그래도 추워요? 그럼 심지를 더 올릴까요?"
"뭐라구요?"
"흥! 불이라면 되게 좋아한다니까. 좋아요! 그럼 심지를 더 올려드리겠어요."
송세라가 그 특유의 빙글빙글 웃음을 웃으며 여지없이 심지를 더 올리기 시작했다. 석유난로가 금방 벌겋게 과열되면서 온 방 안이 핏빛 노을빛을 받은 것처럼 벌겋게 반사되었다.
"그만! 그만하세요! 그만하란 말예요!"
"왜요? 불이라도 날까 봐 겁이 나세요? 쳇, 올케는 겁쟁이야. 난 따뜻해서 좋은걸, 호호호. 아, 따뜻해! 이렇게 따뜻하고 좋은 불한테 왜 내 몸이 지글지글 타버렸을까? 이상하단 말이야. 불이란 특히 어둠을 밝혀주는 고맙고 찬란한 것인데 말야. 그 고맙고 찬란한 것이 내 몸을 태워버렸다…… 이걸 어떻게 해석해야 하느냐? 참, 그렇지. 불은 그림자가 없듯이 가끔 눈깔이 없는 불도 있지. 그래서 죄 없는 우리 세희 언니와 영희를 까맣게 태워서 죽이고, 내 몸도 이렇게 구운 돼지고기나 소고기처럼 만들어 버렸겠지. 그 불은 미친 불이었어. 눈깔 빠진 불이었다구. 그래서 그 불이 지금은 후회를 하고 있는 거야. 사람을 잘못 선택해서 태웠다고 후회를 하고 있다구. 이제부터라도 눈깔을 똑바로 뜨고 꼭 태울 사람만 선택해서 태우겠다고…… 올케! 어떻게 생각하세요? 불이 진짜로 태우고 싶은 사람이 누군지 아세요? 아세요? 내가 일일이 말 안 해도 아마 올켄 잘 알고 있을 거예요. 그렇죠? 그렇죠? 호호호, 호호호, 호호호."
하다가 갑자기 오수옥을 저승사자처럼 홱 매섭게 노려보며 치명적인 한마디를 슬쩍 던졌다.
"참, 올케! 만약 이대로 불이 난다면 올케는 어떻게 하겠어요?"
"네?"
"올케만 살려고 가장 먼저 뛰쳐나가겠죠?"
"아녜요! 아녜요!"
석유난로는 벌겋게 과열이 되어서 금방이라도 화재가 발생할 기세였다. 빨리 손을 쓰지 않으면 정말 큰일 날 절체절명의 순간이었다. 오수옥은 위기를 느끼고 저도 모르게 와락 석유난로로 달려가 심지를 꽉 내려버렸다.
그러자 그 심지를 다시 확 올리며 송세라가 앙칼지게 쏘아붙였다.
"허튼짓 말고 묻는 말에 대답이나 해요! 불이 나면 올케만 살려고 방을 먼저 뛰쳐나가겠죠? 그렇죠? 그렇죠?"
"아, 고모…… 이제 그만하세요. 아가씨, 제발……."

"빨리 대답부터 하란 말예요!"
"아니라고 했잖아요, 아니라고!"
"아니면 어떻게 할 건데요? 네? 어떡하겠느냔 말예요?"
"고, 고모가 먼저 무사히 방을 빠져나간 다음에……."
"그리고요?"
"우리 영수를 데리고 제, 제가 나가겠어요."
"정말이에요?"
"네, 정말이에요. 정말이에요."
"좋아요. 그럼 시험 삼아 한번 난로를 던져보겠어요. 어디에다 던질까요? 이불에다 던지는 것이 불이 가장 빨리 나겠죠? 그럼 비키세요. 던질 테니까."
"미쳤어요? 미쳤느냔 말예요?"
"그래요, 미쳤어요! 난 미쳤단 말이야! 내 인생을 미치게 만든 사람이 누군데 뻔뻔스럽게 그런 소리가 어떻게 입에서 나와? 어서 비켜! 비켜! 비키란 말야!"

송세라가 석유난로를 들고 벌떡 일어섰다. 그리고 여지없이 이불에다 막 던지려고 했다.

"안 돼요!"

바로 그때였다.

영수가 시끄러운 소리에 잠에서 깨어나며 째지게 울었다. 동시에 방문이 벌컥 열리며 잠옷 차림의 송 영감이 나타났다. 화장실에 가려고 나오다가 오수옥의 비명 같은 고함 소리와 영수의 울음소리, 그리고 방문에 비친 벌건 불빛을 보고 깜짝 놀라 뛰어들었던지 하얗게 질린 얼굴이었다.

그는 방 안의 그 무서운 광경을 보고 또 한 번 크게 경악하는 기색이었으나 그렇다고 불행하고 불쌍한 딸을 크게 야단치지는 않았다. 우선 목소리가 그렇게 부드러울 수가 없었다.

"세라야, 느닷없이 난로를 들고 지금 뭐 하고 있어? 춥지도 않은데 무슨 난로냐?"

"아빠군요. 올케가 춥다고 해서 가져왔어요. 다용도실에 처박혀 있던 걸 깨끗이 물걸레로 닦아서 가져온 거예요. 올케를 생각하는 제가 기특하죠? 후훗……."

송세라가 태연하게 생글거리며 얼른 석유난로를 방바닥에다 내려놓고 심지부터 내렸다. 아니, 불을 아주 꺼버렸다.

송 영감이 딸의 말을 믿는다는 듯이, 그러면서도 뭔가 공포적인 짐작이 간다는 듯이 심각한 표정으로 이번엔 오수옥을 보며 물었다.

"아가, 니가 정말 춥다고 그랬니?"

"네…… 아, 아버님."

"정말 그랬어?"

"네, 정말이에요, 아버님. 영수가 추울 것 같아서…… 방에 연탄불을 갈아 넣은 지가 얼마 안 돼서…… 근데 아가씨가 고맙게도 석유난로를 지금 막 가져와서…… 가져와서……."

"그래! 그랬구나. 불이라면 몸서리가 치는데…… 웬만큼 춥지 않으면 앞으로는 춥다는 소리 함부로 하지 말고 참아라. 이러다가 또 불이라도 나면 어쩌려고 그래? 무슨 뜻인지 알아들었니?"

"거 봐요, 내가 뭐랬어요. 추워도 참으라고 그랬잖아요. 난 올케를 생각해서 난로를 갖다 준 건데 괜히 나까지 난처하게 만들어, 쳇!"

송세라가 또 능갈치며 난로를 들고 얼른 방을 나가버렸다. 그제야 송 영감이 오수옥을 보며 부드러운 목소리로 다시 말했다.

"애야, 다 안다…… 조금 전에 내가 한 말은 니한테 한 말이 아니니 섭섭하게 생각지 마라. 무슨 말인지 알았니?"

"아버님!"

오수옥이 시아버지의 그 깊은 마음을 헤아리고 금방 울먹거리자,

"그래그래…… 잘 참고 견디어줘서 고맙다. 나만은 너의 심정을 잘

알고 있으니 앞으로도 그래야 한다. 알았니? 어서 영수부터 달래라. 저놈 울다가 숨넘어가겠다."

그때까지 째지게 울고 있던 영수를 한 번 안아준 다음 송 영감이 곧 방을 나갔다. 미워하고 학대하고 목에 칼을 씌워 친정으로 쫓아버려도 무방할 죄 많은 며느리에 대한 시아버지의 그 변함없는 깊은 사랑에 감동하여 오수옥은 이불을 머리까지 푹 뒤집어쓰고 또 얼마나 소리 죽여 울었는지 모른다. 혹여 울음소리가 방문 밖으로 새어나갈까 싶어 뒤집어쓴 이불자락을 몇 번이나 이불 속에서 손끝으로 여미고 또 여몄는지 모른다. 송세라가 프라이팬을 집어 던지던 그 불고기 사건 이후로 시아버지의 태도가 갑자기 싸늘해진 것 같아 그녀는 남몰래 얼마나 서러워하고 울었던가. 너무너무 슬프고 서러워서 극약이라도 먹고 칵 죽어버리고 싶을 때가 한두 번이 아니었었다. 하지만 이제 와서 죽기도 뻔뻔한 것 같고 살기도 뻔뻔한 것 같고…… 이러지도 못하고 저러지도 못하고 그저 남몰래 비관만을 얼마나 씹어왔던가. 그런데, 그런데…… 아버님, 고맙습니다. 고맙습니다. 그래도 이 죄 많은 년을 조금도 미워하지 않으시고 변함없이 사랑해 주시다니…… 이 고마움을 어찌 다…… 어찌 다…… 아버님, 아버님!

그러나 송세라는 여전했다.
날이 갈수록 구박과 저주와 증오가 그 도를 더해 가고만 있었다. 바로 그다음 날 오후였다. 그러니까 송동욱이 여수에서 서울로 올라오던 날이었다.
바로 이날, 또 하나의 무서운 비극이 일어날 줄이야…….

64

　이날따라 식당이 쉬는 날이었다. 그래서 식당엔 송동욱을 제외한 식구들만 있게 되었다. 오랜만에 오수옥은 영수의 재롱을 떠는 귀여운 모습을 보면서 방에서 한가한 시간을 보내고 있었다. 장난감을 쫓아다니는 영수가 너무도 사랑스럽고 귀여웠다. 그때 갑자기 노크도 없이 방문이 벌컥 열리며 송세라가 들어왔다. 낮잠을 자다가 갑자기 또 오수옥을 괴롭히고 싶어서 왔는지 잠옷 차림이었다.
　오수옥은 겁부터 집어먹고 파랗게 질려 벌벌 떨기부터 했다. 막 자기 쪽으로 굴러오는 영수의 움직이는 강아지 장난감을 손으로 집어 들고 있었는데, 그 손이 눈에 보이도록 덜덜 떨고 있었던 것이다.
　그걸 재빨리 눈치채고,
　"왜 나만 보면 그렇게 떠세요? 이상해 정말!"
하고, 방으로 들어온 송세라가 방 가운데 턱 앉더니 느닷없이 담배 한 개비와 가스라이터를 품속에서 꺼냈다. 그러면서 이죽거렸다.
　"오늘부터 담배를 배우기로 했어요. 올케도 한 대 피워볼래요?"
　"뭐라구요?"
　"싫으면 싫었지 왜 그렇게 놀라요?"

"………."
 "그럼 담배 피우는 대신 이거 타는 냄새나 맡으세요. 콧구멍 크게 벌리고."
 담배를 피우는 대신 갑자기 라이터를 찰칵 켜더니 자기 머리털을 하나 왼손으로 탁 뽑아서 라이터 불꽃에다 태우기 시작하는 것이었다. 긴 금발의 머리카락이 라이터 불에 또르르 타오르다가 다 타서 금방 없어져버렸다. 머리털이 타는 특유의 노린내 비슷한 악취가 오수옥의 코에도 느껴졌다. 그 냄새가 죽기보다 싫어서 오수옥은 뭐라고 말로 제지를 하는 대신 파래진 얼굴로 얼른 손으로 코부터 막고 있었다.
 그러자 그 표정을 잔인할 정도로 즐기듯이 송세라가 빙글빙글 웃더니 또 머리카락 하나를 탁 뽑아서 라이터 불에 태우며 대뜸 물었다.
 "머리털 타는 냄새 어때요? 사람 타는 냄새 같지 않아요?"
 "………."
 대꾸 대신 오수옥은 코를 막았던 손으로 와락 귀를 틀어막았다.
 "네?"
 "………."
 "네? 왜 대답을 회피하세요? 비겁하게!"
 "………."
 "그날 밤에 우리 셋이 불에 탈 때에도 이런 냄새가 났죠? 그랬죠? 그랬죠?"
 "아, 고모, 고모…… 왜 또 이러세요? 이젠 그만하세요, 제발!"
 "냄새가 실감이 안 난다구요? 알았어요. 그럼 좀 더 실감 나게 해드리죠. 기다리세요."
 라이터를 계속 켜고 있어서 손이 뜨거운지 라이터를 잠시 껐다가 곧 다시 켜며, 송세라가 이번엔 자신의 금발을 몇 가닥 손으로 잡아서 얼굴 쪽으로 잡아당기더니 그것을 지지직 소리가 나게 한꺼번에 태우기 시작했다. 많은 머리털이 타는 노린내가 금방 온 방 안을 화장터처럼 진동했다.
 그걸 보고 오수옥은 공포와 전율과 말할 수 없는 죄책감으로 이번엔 손으로 눈을 가리며 아예 울고 있었다. 그러면서 울부짖었다. 아니, 가련할 정도로 애원을 하고 있었다.
 "그만해요, 그만! 차라리 제 머리털을 태우세요, 제 머리털을! 제 머리털을 태우란 말예요!"
 "네? 뭐라구요? 냄새가 간에 기별도 안 간다구요? 그럼 이번엔 머리털 말고 살을 태워볼까요? 내 손가락부터? 내 섬섬옥수부터?"
 "아아, 고모! 고모! 아가씨……."
 "눈 가리지 말고 똑똑히 보세요! 그날 밤같이 내 손을 태울 테니까. 손도 부족하다면 온몸을 태워버릴 테니까."
 "제발 그만하란 말예요! 제발 그만! 그만!"
 오수옥은 저도 모르게 와락 덤벼들어 송세라의 손에서 가스라이터를 확 빼앗고 있었다. 그러자 의외로 그걸 그냥 내버려두며 송세라가 이번엔 느닷없이 장난감들을 가지고 한쪽에서 신 나게 놀고 있던 영수를 번쩍 안아 들었다. 영수는 세라 고모가 자기를 번쩍 안아 들자 좋아서 방끗 웃었다. 그걸 보고 오수옥이 놀라 벌떡 일어서며 소리쳤다.
 "영수는, 우리 영수는 왜 또 그래요? 이리 주세요! 영수를 이리 주란 말예요!"
 "난 어쩌면 결혼을 못 해서 아기를 못 낳을지도 몰라요. 그래서 이 애한테 정을 미리 다 쏟기로 했어요. 오늘 밤부터 내가 데리고 자겠어요. 그래도 되죠? 그럼 그렇게 알고 지금부터 내 방으로 데리고 갑니다. 가자, 영수야, 고모 방으로! 랄랄랄라……."
 송세라가 말을 마치기가 무섭게 마치 유괴라도 하듯 영수를 안고 재빨리 방을 뛰어나가 버렸다.
 "안 돼요! 안 돼! 아기는 엄마가 데리고 자야 해요! 영수한테 무슨 짓을 하려고 그러는 거예요? 안 돼요! 영수야!"

오수옥이 쫓아나갔으나 송세라는 벌써 자기 방으로 들어가 재빨리 안에서 문을 걸어 잠가버렸다.
그러고는 영수를 방바닥에다 앉혀놓고,
"야, 인마! 미련한 너의 엄마 대신 내가 너한테 어려서부터 꼭 가르쳐 줄 게 있어서 데려온 거야. 무슨 말인지 알아, 인마?"
하고, 가볍게 알밤을 한 대 먹이고 나서 느닷없이 둥글게 생긴 성냥갑을 끌어당겼다. 그리고 성냥을 한 개비 뽑더니 성냥갑의 갈색 적린 면에다 득 그어 성냥불을 확 켰다. 통성냥이라고도 하는 그 큰 성냥갑은 미리 준비해 뒀던 거였다.
오수옥은 방문 밖에서 문틈으로 들여다보며 발만 동동 구르고 있었다. 안방에 있는 시부모 때문에 미닫이문을 부수고 들어갈 수도 없고 악을 쓰며 포악을 할 수도 없었기 때문이었다. 그보다는 설마 고모가 돼가지고 어린 조카를 죽이거나 해치기야 하겠는가라는 안이한 생각 때문에도 더 펄쩍 뛰거나 포악스럽게 나가는 것을 자제하고 있었던 것이다.
그런데 오수옥더러 들여다보란 듯이 방문을 안에서 잠그면서 꽉 닫지 않고 일부러 조금 틈을 내두었던지 안을 들여다볼 수 있는 틈이 상당히 나 있어서 그 문틈으로 들여다보았더니, 송세라가 방 안에서 무서운 짓을 하고 있었다. 성냥불을 켜서 손에 들고는 영수의 얼굴 앞에다 들이밀며 마치 미친년처럼 혼자 다음과 같이 씨부렁대고 있었던 것이다.
"야, 꼬마 자식아! 이게 뭔지 아니? 불이라는 거야, 불! 이것을 조심하지 않으면 엄청 큰 비극이 생긴다. 사람을 새까맣게 태워서 죽이고 집을 태우고 재산을 태우고…… 그리고 남은 식구들에게까지 말할 수 없는 슬픔과 고통을 주는 것이 바로 이 불이라는 거야, 불! 무슨 말인지 알았니? 알았냐구, 인마? 불! 불! 불!"
말은 옳은 말이었다. 백번이고 옳은 말이었다. 하지만 아직 말귀도 확실하게 잘 알아듣지 못하는 어린아이에게 저 무슨 위험천만한 짓을 하고 있단 말인가. 엄마가 방문 밖에서 문틈으로 들여다보며 그렇게 가슴을 떨며 애를 태우는 줄도 모르고, 영수는 성냥개비의 벌건 불꽃을 보고 멋도 모르고 좋아서 방긋방긋 웃고 있었다.

그러자 송세라가 손 가까이 타들어간 성냥개비를 손이 뜨거운지 입으로 훅 불어서 끄고는, 성냥갑에서 성냥개비를 하나 더 뽑아 이번에는 영수의 손에다 쥐어주며,

"자, 이번엔 니가 한번 켜 봐. 그리고 불이란 것이 얼마나 뜨거운 것인지 성냥이 다 탈 때까지 한번 들고 있어 봐."

하고, 고사리 같은 영수의 손을 잡고는 성냥갑에다 긋도록 도와주고 있었다.

바로 그때였다. 돌연 안방에서 비명이 터졌다.

"불이야! 불이야!"

65

 비명을 지른 사람은 바로 시어머니 노 씨였다. 이어 방문을 박차고 안방에서 후닥닥 뛰어나오는 소리가 들렸다. 당황해하는 시아버지 송 영감의 목소리도 들렸다.
 "어, 어디야? 어디서 불이 났어?"
 "식당이에요, 식당! 우리 집 식당에 불이 났어요!"
 뜻밖의 그 비명과 고함 소리에 송세라가 벼락 치듯 제 방에서 뛰어나와 식당 홀 쪽으로 달렸고, 오수옥도 방에 혼자 있게 된 영수를 덥석 안고는 허둥지둥 홀 쪽으로 달렸다.
 그러나 식당 홀엔 아무 곳에도 불이 난 곳이 없었다. 텅 빈 홀엔 분명히 아무 일도 일어나지 않았고 멀쩡했다. 벌건 불빛은커녕 연기도 한 오라기 피어오르는 곳이 없었다. 주방도 그랬고, 의자와 탁자와 화덕들도 그랬다.
 그런데도 노 씨는 맨발로 뛰어나와 연신,
 "불이야! 불이야!"
 소리를 숨넘어가게 지르다가 느닷없이 안방 쪽으로 다시 달려가 안방에 붙은 연탄아궁이의 솥단지를 급하게 들어내고 있었다. 그러더니 이번엔 주방으로 허둥지둥 뛰어 들어가 주황색의 큰 플라스틱 바가지에다 물을 철철 넘게 퍼 와서는 안방아궁이의 벌겋게 달아오른 연탄불에다 마구 물을 뿌리기 시작하는 것이었다.

벌겋게 달아오른 연탄불에다 갑자기 차디찬 찬물을 끼얹자 펑! 소리와 함께 뜨거운 김이 천장에까지 무섭게 확 치솟았다. 그것은 마치 무서운 기세로 치솟는 흰 연기와도 같았다. 그걸 보고 노 씨가 더 공포에 질린 얼굴로 그 김이 불기둥으로 보이는지 소리소리 질러대고 야단이었다.

"아이고, 저 불길 좀 보소! 우리 집 천장 타네, 우리 집 천장 타! 불이야! 불이야! 우리 집에 불났네! 우리 식당 다 타네!"

노 씨가 마침내 발작을 한 것이었다. 영락없는 미친 여자의 발작, 바로 그거였다. 송세라가 병원에서 퇴원을 한 후로 이상히도 이제까지 정신이상 증세가 저절로 고쳐진 것 같다 했더니, 그게 아니었던 모양이었다. 잠잠히 있다가 느닷없이 이제는 직접적인 행동으로써 발작을 일으키고 있었기 때문이었다.

"뭣들 하느냐! 아, 빨리 소방서에 전화해라! 소방서가 몇 번이지? 응? 소방서가 몇 번이야? 아이고, 소방서 전화번호를 내가 수십 번 수백 번을 단단히 외워뒀는데 통 생각이 안 나네! 늙으면 그저 죽어야지. 불이야, 불! 우리 집에 불났네! 우리 식당에 불났네!"

공교롭게도 바로 그때 다른 곳 어디에서 불이 났는지 멀리서 소방차의 사이렌 소리가 앵앵 들려오기 시작했다.

그러자 노 씨가 더욱 기세가 나서 흰자위뿐인 주름투성이의 눈을 소름이 끼치게 희번덕거리며,

"아이고, 소방차가 벌써 알고 쫓아온 모양이네, 호호호. 그러면 그렇지! 빨리 식당 문 활짝 열어라, 소방차가 들어오게! 아, 빨리 식당 문 활짝 열어!"

그 말에 송세라가 파랗게 질린 얼굴로 소리쳤다.

"엄마! 저 소리는 진짜로 불이 났다는 소리야! 우리 집이 아니고 다른 데서 불이 났다는 소리란 말야! 우리 동네하고 가까운 데서 난 불인지도 모르니까 일단 빨리 피해요! 빨리요, 빨리! 아, 무서워, 엄마! 또 어디서 불이 난 모양이야! 불! 불! 무서운 불이……."

마치 화재 공포증에 걸린 사람처럼 송세라가 사이렌 소리를 안 들으려고 손으로 귀를 틀어막으며 도망치듯 안방으로 뛰어들었다. 그리고 노 씨가 누웠던 자리의 이불을 머리까지 푹 뒤집어쓰고 앉아 이불자락을 와들와들 떨며 공포로 어쩔 줄을 몰라 했다.

송세라가 그러고 있을 때 노 씨는 노 씨대로 그 주황색의 플라스틱 바가지에다 주방에서 다시 물을 한 바가지 퍼 와서는 그걸 들고 아주 식당 밖으로 미친년처럼 뛰어나갔다. 그러더니 차들이 질주하는 버스 종점 부근의 차도를 가로질러 마구 맨발로 달리며,

"어디야? 어디? 어디에서 불이 났어? 어디에서 불이 났냐고요? 내가 가서 이 물로 불을 끌 테니까 누가 빨리 좀 가르쳐 주시오! 불이야, 불! 불이야!"

그러자 영수를 안은 오수옥과 함께 송 영감이 그런 노 씨를 만류하려고 애가 타게 뒤를 쫓아오며 버럭 소리를 질렀다.

"위험해! 위험하단 말이야! 무슨 짓이야? 먼 데서 난 불이란 말이야! 어서 돌아오지 못해!"

"뭐라구요? 이쪽에서 불이 났다고요? 아니, 저쪽에서 났다고요? 저쪽 어디요? 아, 이쪽이오? 이쪽? 저쪽? 이쪽? 알았어요! 아이고, 이쪽에 불났네! 이쪽에서 불났어! 불이야! 불이야!"

하고, 물이 다 쏟아지고 조금밖에 없는 바가지를 들고 차도 한가운데서 갈팡질팡하며 막 왼쪽으로 돌다가, 과속으로 질주해 오는 빨간 빛깔의 승용차가 보이자,

"아이고, 이제 보니 저 자동차에서 불이 났구먼! 불이야, 불! 아까운 자동차 다 타네! 불이야! 스톱! 스톱!"

하고 그쪽으로 와락 뛰어가다가,

"으악!"

하고 비명을 질렀다.

그 빨간 빛깔을 활활 타오르는 무서운 불길로 착각하고 정면에서 뛰어가는 노 씨를 그 차가 여지없이 쾅 들이받아 버렸던 것이다. 언제 업었던지 안고 있던 영수를 포대기 없이 등에 업은 오수옥과 송 영감이 앞서거니 뒤서거니 하며 충돌 직전에 하얗게 질린 얼굴들로 뭐라고 아우성을 치며 거의 가까이 쫓아갔으나, 미처 붙잡을 새가 없었던 것이다. 차에 충돌한 노 씨가 공중으로 붕 떴다가 길바닥으로 거꾸로 쾅 처박힌 뒤였고, 주황색의 빈 바가지는 공중으로 높이 튕겨 올라가 아직도 빙글빙글 돌며 떠 있는 상태였다.

운명의 첫날밤

66

그 당시의 일을, 그러니까 노 씨가 차에 치인 직후의 일을 송세라는 이렇게 회억했다.

"그 차 사고로 이번엔 엄마가 돌아가시게 되었어요. 충돌 즉시 돌아가시지는 않았지만 돌아가신 거나 다름없는 치명적인 중상이었으니까요. 그런데 엄마의 그 사고로 내 인생이 묘하게 전환기를 맞게 되었어요. 엄마는 돌아가시기 전에 내가 시집가는 것을 꼭 보고 싶다고 하셨어요. 그것이 유언으로 남길 마지막 소원이라고 했어요. 그래서 저의 결혼이 급하게 서둘러지게 되었어요. 하지만 저를 진실로 사랑하는 배우자를 선택한다는 게 쉬운 일이 아니었습니다. 육체적인 것을 떠나서 정신적으로 더 저를 사랑하는 남자라야 했으니까요. 그런 남자가 지금 세상에 과연 몇이나 될까요? 그래서 매일 가족회의가 열렸습니다. 그리고 결국 아버지의 뜻을 따르기로 의논이 모아졌어요. 아버지의 생각은 이러했어요. 첫째, 부모 형제가 없는 남자일 것 —— 부모 형제가 있으면 그들이 저와의 결혼을 결사반대할 거라는 우려 때문이었습니다. 둘째, 이발이나 양복이나 세탁 같은 그런 분야에 기술이 있는 남자일 것 —— 이것은 저와 결혼만 해준다면 식당을 팔아서라도 이발관이나 양복점 또는 세탁소를 차려주겠다는 아버지의 서글픈 결혼 조건이었어요. 그리고 마지막으로 세 번째는, 용모보다는 이해심이 많은 남자여야 하며 제 몸에 징그러운 화상 흉터가 있어도 영원한 아내로 데리고 살겠다고 맹세할 수 있는 남자일 것, 이 세 가지였어요. 아버지의 이런 뜻을 남들은 참 모순이 많다고 입방아들을 찧겠죠. 왜냐하면 그런 돈으로 내 몸의 징그러운 화상 흉터부터 정형수술과 성형수술을 병행하고 나서 떳떳하게 신랑감을 고르지 왜 그런 서글픈 결혼 조건을 제시할까 하고 의아하게 생각할 테니까요. 하지만 상황이 그렇게 급박하게 돌아가서 그렇게 된 걸 어떡해요. 그 차 사고로 엄마가 갑자기 마지막 소원을 그렇게 말씀하시면서, 그게 유언이라는 말까지 해버린 바람에 저의 벼락치기 결혼이 서둘러지게 된 것이었으니까요. 그런데 이것도 인연일까요? 그런 조건을 다 갖춘 남자가 벌써부터 제 앞에 백마를 탄 왕자처럼 눈부시게. 아니 운명처럼 나타났으니까요. 그 사람과 제가 처음 알게 된 것은……."

밤이었다. 정확히 말해서 밤 9시경이었다.
그날 밤도 송세라는 남자 헌팅을 하기 위해 멋이란 멋을 다 부리고 수캐를 유혹하려는 암캐처럼 암내를 풍기며 밤거리를 마구 쏘다니고 있었다. 그녀는 번잡한 종로를 걷다가 구경도 할 겸 아무 골목이나 뒷골목으로 빠졌다. 그런데 어느 사내가 종로 4가 뒷골목에서 술에 잔뜩 취해 구토를 하고 있었다. 자세히 보니 그는 구토만 하고 있는 것이 아니라 자신의 복부를 움켜쥐고 몹시 고통스러워했다. 그러다 픽 쓰러지는가 싶더니 땅바닥을 이구아나처럼 엉금엉금 기어가기 시작하는 것이었다. 그러면서 신음 같은 비명을 내질렀다.
"살려줘…… 살려줘……."
그걸 보고 송세라는 그냥 지나칠 수가 없었다. 다른 사람들은 얼굴을 찡그리거나 코를 막으며 피하듯 그대로 지나쳤으나 그녀는 남자 헌팅을 하러 나온 사람이기 때문에 대담하게도 그에게로 다가가고 있었다. 그런데 서구적인 용모에 쌍꺼풀이 진하게 진 매력적인 그녀의 눈이 놀라 확 커졌다. 골목의 식당과 술집들에서 비치는 전등 불빛에 가까이서 보니 그는 키가 크고 대단한 미남이었기 때문이었다. 검정에 가까운 감색 양복에 자줏빛 넥타이를 맨 정장 차림이었는데, 그녀보다 몇 살 더 많아 보이기는 했으나 싱싱한 청년이었다.

"여보세요, 정신 차리세요."
"살려줘…… 나를 빨리 병원…… 병원으로……."
"어디가 아픈데 그러세요?"
"배, 배가…… 복통이……."

송세라는 더 머뭇거리지 않았다. 그가 너무 고통스러워했기 때문에 일단 그를 부축해 일으켰다. 그러면서 행인들의 구원을 청했다.

"좀 도와주세요. 부탁이에요."

하지만 골목을 오가는 행인들은 아무도 도와주지 않았다. 소주 냄새 비슷한 독한 술 냄새와 함께 악취 풍기는 토사물로 양복과 넥타이 등등이 범벅이 된 그를 오히려 혐오하는 눈빛들로 그냥 이리저리 피해서 지나가고만 있었다. 그래서 하는 수 없이 그녀는 그를 거의 껴안다시피 해서 부축하고 걸었다. 가까운 곳에 병원 간판이 보여서 얼마나 다행한 일인지 몰랐다.

병원에 가서야 안 일이지만 그는 주체를 했던 것이다. 물을 마시다가 체하는 것도 무섭지만 술에 체하는 것은 더 무섭다고 했던가. 아무튼, 조금만 늦었으면 그는 생명까지도 위험할 뻔했다는 것이었다. 그런 면에서 본다면 송세라는 그에게 있어 생명의 은인이었다.

그것이 인연이라면 인연이었다. 하지만 그것은 인연이라기보다 기연이라고 해야 했다. 그가 바로 문광혁이었던 것이다. 오빠인 송동욱과는 달리 송세라로서는 문광혁에 대해서 아무것도 아는 것이 없었기 때문에 더 그랬다. 그를 한 번도 본 적이 없었던 것이다.

하지만 문광혁은 송세라를 잘 알고 있었다. 강 사장의 철공소를 찾아갔을 때 그 부근에서 몇 번 본 적이 있었다. 서구적인 용모에 눈이 번쩍 뜨일 정도로 굉장히 예쁜 얼굴이라 기억에 오래도록 남아 있었던 것이다. 그뿐만 아니라 그 화재 사건으로 인해 송세라가 구사일생으로 살아났다는 것도 잘 알고 있었으며, 온몸이 화상 흉터로 징그러워서 눈 뜨고는 차마 볼 수가 없을 정도라는 것도 소문으로 들어서 잘 알고 있었다.

67

그럼에도 불구하고 둘은 급속도로 가까워졌다. 송세라보다 문광혁이 더 적극적이었다. 어느 날 밤엔 문광혁이 갑자기 입술을 요구했다. 그러니까 종로 골목에서 그와 처음 알게 된 것이 1개월 정도 됐는데, 공교롭게도 노 씨가 차 사고를 당하기 3일 전쯤에 그가 키스를 하려고 미친놈처럼 갑자기 덤벼들었던 것이다. 송세라의 식당 집 부근 골목에 서였다.

"왜 이러세요? 싫어요."
"세라! 사랑한다는 표시야. 나쁘게 생각하지 마."
"정말 저를 사랑하세요?"
"어떻게 대답해야 날 믿겠어?"
"어떤 말을 해도 믿지 않을 거예요."
"왜 그렇게 단호하지?"
"저는 단호하다는 말을 참 좋아해요. 그런 의미에서 미리 다 고백해 버리겠어요. 전 온몸이 흉터투성이예요. 언젠가 우리 집에 불이 났거든요. 그때 끔찍한 화상을 입었어요. 하필이면 여자의 몸 중에서 가장 아름다워야 할 곳들만 골라가면서 입었어요. 옷을 벗으면 징그러워서 보지도 못해요. 아마 그 흉터들을 보면 질겁해서 도망칠걸요."
"하하하, 도망을 쳐? 내가?"
"웃으시군요. 난 속으로 울면서 고백하고 있는데…… 보고 싶으세요? 우선 징그러운 유방부터 보여 드릴까요?"
"좋아, 한번 보자구."
"안 돼요. 광혁 씨한테만은 보이고 싶지 않아요. 절대로! 어떤 일이 있어도! 안 돼요! 안 돼요! 보지 마세요!"

송세라가 갑자기 절규하듯 소리치며 앞에 서 있던 문광혁의 가슴팍을 옆으로 홱 밀어버리고 어둠 속을 벌써 저만치 뛰어가고 있었다. 그러면서 울고 있는지 그 뒷모습이 핸드백을 어깨에 걸치지 않은 손으로 연신 눈 부분을 닦아내는 것 같았다.

문광혁도 가만있지 않았다.

청바지에 보랏빛 블라우스 그리고 상앗빛 하이힐을 신은 그녀의 기막히게 매혹적인 뒷모습에 홀린 듯 곧 쫓아가며 소리치고 있었다. 송세라에겐 귀를 의심할 뜻밖의 일격이었다.

"난 벌써 알고 있어! 그걸 벌써 다 알고 있단 말이야!"

그 충격적인 한마디에 송세라는 뛰어가다 말고 뚝 멈춰 섰다. 그리고 탄력적으로 홱 돌아섰다.

문광혁이 금방 쫓아와 송세라와 마주 섰다. 그가 숨찬 소리로 계속해서 말했다. 강 사장과의 관계를…… 그리고 불이 난 사실을 이미 알고 있었다는 것까지…… 심지어 꺼벙머리가 송동욱의 집에서 훔친 옷을 자기가 재수 없게도 사 입게 되어 그 일로 송동욱에게 한때 구타를 당했으며, 애매한 방화범으로 몰리기까지 했다는 사실도 모두 털어놓았다.

기절초풍하게도 송세라로서는 모두가 처음 듣는 말이었다. 그래서 잠시 기연가미연가하는 표정으로 멍하니 서 있는데, 문광혁이 갑자기 번개같이 덤벼들어 송세라의 입술을 덮쳐버렸던 것이다.

송세라는 본능적으로 입술을 홱 틀었다. 하지만 이미 늦었다. 그의 인두같이 뜨거운 설단이 어느새 날렵한 물개처럼 그녀의 입 안으로 헤엄쳐 들어오고 있었던 것이다.

그 뒤로는 어떻게 된 건지 알 수가 없었다.

한 번의 긴 키스가 끝나고 난 후 정신없이 빨개진 얼굴로 어디론가 막 달린 것 같은데 정신을 차려보니 그녀의 집 방이었던 것이다. 그리고 그녀는 거울 앞에 서서 얼굴에 모닥불이라도 피운 듯 무지무지 빨개진 얼굴로 자신의 입술을 손으로 가만히 만져보며 혼자 부끄러워하고 있었다.

그 첫 키스!

그랬다. 그녀로서는 난생처음 맛본 첫 키스였다. 흔히 첫 키스는 달콤하다고 하던데 그녀가 느낀 첫 키스의 맛은 그런 것 같지가 않았다. 맛은 하나도 없고, 그저 약간의 소금기가 있는 것같이 짭짤하다는 느낌뿐이었다. 그게 남성의 타액 맛인지는 모르지만?

그 대신 기분이 이상했다. 온몸이 불덩어리같이 뜨거워지면서 생식기에, 수치스럽고 부끄럽게도 생식기에 어떤 강렬한 자극이 전류처럼 전달되는 것 같았다. 뭔가 본능적인 것을 마구 쾅 폭발해 버리고 싶은 강한 정염의 전류 같은 것…… 그런 기분이 꽤 길게 꿈틀거렸었다. 지금도 그런 것 같았다. 그래서 키스를 다들 달콤한 것에 비유하는 것일까. 다시 또 그러고 싶은 어떤 강렬한 충동 때문에…… 아무튼, 송세라는 그 충격적인 첫 키스 때문에 문광혁을 못 잊고 있었다. 영원히 못 잊을 남자같이 생각되었다. 그녀가 세상에 태어나서 처음으로 입술을 허락한 남성이기 때문이었다. 비록 반강제적으로 도둑맞은 키스였지만.

노 씨가 막상 그런 유언 비슷한 결혼 말을 꺼내자 송세라는 번쩍 그 문광혁의 얼굴과 그와의 첫 키스가 떠올랐다. 그리고 무엇보다 송 영감의 그 서글픈 결혼 조건이 문광혁과 딱 부합된다는 것도 덩달아 떠올랐던 것이다. 문광혁한테 들어서 안 일이지만, 그는 천애의 고아였다. 부모를 어려서 여의었고, 형제도 친척도 아무도 없었다. 그래서 다섯 살 때부터 고아원을 전전하며 자라야 했고, 학교는 야간 중학교와 청소년직업학교를 도중에서 그만둔 것이 학력의 전부였다.

철공소의 선반 기술은 청소년직업학교 때 배운 거였다. 그런데 그는 또 하나의 다른 특별한 기술도 있었다. 그것은 마름질, 곧 양복점의 재단 기술이었다. 재단사의 자격증은 아직 따지 못했지만, 그러나 기술이 상당 수준이었다. 그래서 현재 노량진의 모 양복점에서 재단사의 조수로 일하고 있는 터였다. 그러니까 그는 마음 내키는 대로 철공소에 일자리가 나면 거기서 몇 달 일했다가, 양복점에 자리가 나면 거기서 또 일했다가…… 그렇게 왔다 갔다 아직은 안정된 직장 생활을 못 하고 있는 떠돌이나 다름없는 신세였다. 그런 차제에 송세라를 만나게 되었던 것이다.

송세라는 그러나 문광혁과의 관계를 집안 식구들에게 한마디도 꺼내지 못하고 있었다. 비록 첫 키스를 한 사이이긴 하지만 문광혁이 그녀와 결혼까지 해 줄지 안 해 줄지 그것이 의문이기 때문이었다. 문광혁만 좋다고 한다면 그녀는 솔직히 잘생기고 체격 좋고 성격 좋고, 그리고 나이도 그녀와 서너 살 차이밖에 안 되는 이상적인 청년이라 그와 당장이라도 결혼을 하고 싶었다. 학력이나 직업이나 경력이나 능력이나 가문이나 사회적 배경 따위는 호리도 따지고 싶지 않았다. 전신이 문둥이보다 더 징그러운 화상 흉터로 뒤덮인 그녀 주제에 언감생심 지금 그런 걸 따지고 있을 땐가.

그런데 놀라운 일이 벌어졌다.

68

　병원 중환자실에 입원을 해서 노 씨가 위독한 상태로 치료를 받고 있던 어느 날 오후, 느닷없이 문광혁이 꽃을 들고 병원으로 나타났던 것이다. 놀랍게도 노 씨를 문병을 온 것이었다.
　문광혁을 보고 누구보다 경악한 사람은 송동욱이었다.
　그때 전당포에서 문광혁을 놓쳐버린 뒤로 처음 만나는 것이기 때문이었다. 지금의 문광혁은 그때 송동욱이 도둑을 맞았던 그 양복이 아닌 검정에 가까운 감색 양복에 붉은색 계통의 넥타이 차림이었다. 송동욱은 모르는 일이지만, 넥타이만 다르지 송세라가 종로 4가 뒷골목에서 문광혁을 처음 만나게 되었을 때 입었던 바로 그 양복이었다.
　송세라와 같이 중환자 대기실에서 막 나와 복도에서 문광혁과 딱 마주친 송동욱은 다짜고짜 그를 끌고 병원의 옥상으로 올라갔다. 송세라가 송동욱의 눈치를 보며 뒤를 따랐으나 무서운 얼굴로 쫓아버렸다.
　두 사람은 가을날 오후의 햇볕이 쨍쨍 내리쬐는 굉장히 널따란 병원 옥상의 중앙에 딱 버티고 섰다. 여수에서 입었던 옷차림 그대로 송동욱이 먼저 대뜸 소리쳤다. 물론 선글라스와 흰 마스크는 이미 벗어버린 상태였다.

"겁 없이 여길 찾아온 용건이 뭐야?"

문광혁은 아직도 독특한 향기가 진동하는 국화꽃 봉지를 들고 있었다. 그는 무작정 8층까지 엘리베이터를 타고 올라와 중환자실들이 있는 곳을 향해 두리번거리며 복도를 걸어오다가 송동욱과 딱 마주쳐 불문곡직하고 옥상으로 끌려왔기 때문에 아직도 꽃다발을 들고 있어야 했던 것이다.

"저…… 어머님이 입원하셨다는 말을 듣고……."

"어머님? 우리 어머니보고 하는 소리야? 그래서?"

"문, 문병을 왔습니다."

"입원하셨다는 말을 어디서 누구한테 들었어?"

"세라 씨한테서……."

"누구라구? 우리 세라 말이야?"

"네."

"이건 또 무슨 귀신 씻나락 까먹는 소리야! 그러니까 우리 세라를 알고 있단 말이지?"

"알고 있는 정도가 아니라…… 사, 사랑하고 있습니다."

"뭐가 어째!"

송동욱으로선 처음 듣는 날벼락 같은 소리라 하마터면 뒤로 나자빠질 뻔했다. 세라한테서 그런 말을 듣거나 낌새를 챈 적이 한 번도 없었기 때문이었다.

문광혁이 배짱 좋게도 자신의 솔직한 심정을 계속해서 털어놓기 시작했다.

"가능하다면 저는 세라 씨와 결혼하고 싶습니다. 허락해 주세요."

"뭐, 뭐라구? 결혼?"

"세라 씨의 몸에 화상 흉터가 많다는 것도 소문으로 들어서 알고 있습니다. 그래도 저는 결혼하고 싶습니다. 세라 씨를 진실로 사랑하기 때문입니다. 진실로 사랑한다면 몸의 화상 흉터쯤이야 아무 문제 될

게 없잖아요? 그보다 더한 다리병신이나 곰배팔 같은 불구자도 데리고 사는 사람이 얼마나 많은데요. 안 그렇습니까? 그뿐만 아니라……."

"이봐!"

"네?"

"그럼 우리 세라와 결혼만 해준다면 결혼 조건으로 무엇이든지 다 해주겠다는 그런 소문도 들었어?"

"결혼 조건이라니요? 무슨 조건 말입니까?"

"이 교활한 자식! 너 그걸 노리고 결혼을 하려는 거잖아, 인마! 그렇지 않다면 허우대가 멀쩡한 새끼가 왜 하필이면 우리 세라 같은 애하고 결혼을 하려고 그래?"

"네? 무슨 말씀이신지 도무지…… 전 단지 사랑하기 때문에……."

"닥쳐, 이 자식아! 우리 세라를 어떻게 보고 이 새끼가……."

송동욱이 와락 멱살을 잡았다. 그리고 놈의 진실을 확인이라도 하려는 듯 막 주먹으로 한 대 후려치려는데, 놈이 의외로 완강하게 버티며 충격적인 한마디를 빠르게 내뱉었다.

"왜, 왜 이러십니까? 사랑한다는 증거가 있습니다."

"뭐? 증거? 무슨 증거야, 이 새끼야?"

"우리는 이미 끊을 수 없는 사이가 돼버렸단 말예요. 세라 씨한테 물어보십시오."

"뭐야, 끊을 수 없는 사이?"

"그렇습니다. 솔, 솔직하게 고백한 겁니다. 세라 씨를 너무 사랑하기 때문에 어쩔 수 없이…… 죄송합니다."

"………."

문광혁은 거침없이 모든 것을 털어놓기 시작했다. 송세라와 키스를 한 것을 털어놓은 것이었다. 그 한 번의 처음으로 한 키스를 가지고 그는 끊을 수 없는 사이라고 말했던 것이다. 하긴 여자의 입술은 육체에 있어 첫 관문이라고 할 수도 있다. 여자가 몸을 허락할 땐 먼저 입

운명의 첫날밤 335

술부터 허락하기 때문이다. 그걸 그는 이미 잘 알고 있었던 것이다.
　세라와 키스까지 했다는 말을 듣고 송동욱은 말문이 막혀버렸다. 놀라움과 충격이 이만저만이 아니었다. 무엇보다 먼저 무슨 일에나 굽힐 줄 모르는 세라의 그 남성적인 성격상 도저히 있을 수 없는 일이라서 더 그랬다. 그리고 자신의 그 화상 흉터에 대한 치명적인 콤플렉스 때문에도 자존심상 더 그럴 애가 아니기 때문에 더 그랬던 것이다. 사실인지 아닌지를 확인하기도 전에 송동욱은 너무 의외의 큰 충격에 빠져서 잠시 그렇게 얼이 빠져 있었다.
　송동욱의 침묵과 표정에서 그런 눈치를 재빨리 챘음인지 문광혁이 냅뜨게 또 말했다. 이번에는 엉뚱한 곳으로 화제를 돌려버렸다.
　"그리고 이 말은 꼭 한번은 하고 싶었던 말입니다만…… 그때 그 화재 사건 말입니다. 하늘에 맹세코 그건 저하고는 아무런 관계가 없는 일입니다. 세라 오빠께서는 제가 그 도둑맞은 양복을 입고 있었다 해서 저를 뭔가 불난 사건과 연관이 있는 놈이 아닐까 그렇게 생각하셨던 모양인데요, 그건 무서운 오해입니다. 제가 왜 세라 씨 집에 불을 지릅니까? 그때까지만 해도 아무런 관계가 없는 집인데 말입니다. 안 그렇습니까?"
　"………."
　"강 사장이 시켰다 해도 그렇지요. 강 사장이 내 아버지라면 몰라도 피 한 방울 안 섞인 남남인데 왜 내가 그런 무서운 일을 시키는 대로 합니까. 바보 천치라면 몰라도 말입니다. 내가 세 살 먹은 어린앱니까?"
　"………."
　"극단적으로 거액을 주고 저를 매수했다고 칩시다. 그래도 그렇지요. 거액을 주면 얼마나 줬겠습니까. 콧구멍만 한 철공소를 하는 주제에…… 몇 억이나 몇십 억이라면 또 모르죠. 거액에 순간적으로 눈깔이 뒤집힐 수도 있으니까요. 하지만 강 사장한테 그런 거액이 있겠습니까? 철공소하고 있는 재산을 몽땅 다 팔아도 그 10분의 1도 안 될 텐데요."

"………."

"그리고 그때 나한테 옷을 판 그 도둑놈의 새끼 말입니다. 그 새끼도 생판 모르는 새낍니다. 전당포에서 옷을 사 입을 때 그때가 처음 만난 거라고요. 정말입니다. 하늘이 내려다보고 있어요. 그런데도 나는 세라 씨 오빠한테 애매하게 얻어터졌습니다. 하도 화도 나고 억울해서 그 즉시 경찰에 신고를 하려고 했었습니다만 참아버렸죠. 왜 참았냐 하면 솔직히 도둑맞은 옷을 제가 사 입었기 때문에 그것이 뒤가 구려서 참아버렸던 거예요. 그렇게 저는 겁이 많은 놈입니다. 그래도 저를 아직도 뭔가 의심하고 계십니까?"

"………."

송동욱은 대꾸 대신 사과의 뜻으로 악수를 한 번 해주고 나서 옥상을 먼저 내려와 버렸다. 이제는 문광혁 따위는 의심하지 않고 있기 때문이었다. 자신을 여수의 만성리해수욕장 인근의 절벽에서 밀어뜨려 죽이려고 했던 강 사장의 세컨드, 그 여자가 있는데 누굴 더 의심한단 말인가.

사실상 꺼벙머리가 그날 밤 불을 지른 사람이 여자라고 분명히 소리쳤었고, 그리고 그 절벽에서 손전등 불빛에 자신의 얼굴을 보더니 "그 불난 집 남자……"라고 부르짖으며 깜짝 놀라던 그 여자가, 그날 밤 불을 지른 방화범이 아니라면 왜 그 불난 집 남자를 절벽에서 밀어뜨려 죽이려고 했겠는가. 그러니 이제는 그 여자만 잡으면 되기 때문에 다른 사람은 누가 되었건, 특히 한때 방화범으로 의심을 했던 가장 유력한 용의자 문광혁을 더 의심할 필요가 조금도 없었기 때문에 악수 한 번으로 그냥 옥상에서 내려와 버렸던 것이다. 물론 중환자실 면회는 차단했다. 중환자실의 엄격한 면회 시간이 지나기도 했지만, 문광혁의 병문안을 아직은 달갑게 여기지 않았기 때문이었다.

69

송동욱은 당장 세라부터 만났다. 옥상으로 통하는 맨 끝 층계 아래에 초조하게 서 있던 세라를 병원의 정원으로 데리고 나가 벤치에 나란히 앉았다. 그리고 문광혁과의 관계를 부드럽게 추궁하기 시작했다. 아니, 확인하기 시작했다. 세라는 숨기지 않았다. 문광혁이 한 말을 그대로 다 시인했다. 문광혁을 알게 된 종두지미를 죄다 털어놓았던 것이다. 그리고 문광혁이 정식으로 청혼을 하더라는 말을 송동욱이 해주면서 표정을 살피자 얼굴이 빨개지며 좋아서 어쩔 줄을 몰라 했다.

"그게 정말이에요? 정말 그 사람이 그런 말을 했어요? 네? 저하고 결혼을 하고 싶다는 그 말 말예요."

"넌 그 사람과 결혼하고 싶니?"

"왜요? 전 결혼하면 안 되나요?"

"………."

"온몸이 징그러운 화상 흉터투성이기 때문에 평생을 시집도 못 가기를 원하세요? 아니면 결혼식에 돈이 들까 봐 미리 겁을 먹고 그런 거예요? 올케하고 그렇게 둘이 짰나요? 꼭 이러실 거예요? 나를 이 지경으로 만들어 놓고 자기들 살 궁리만 할 거예요?"

"세라야! 무슨 말을 그렇게……."

"그래요! 난 그 사람하고 결혼하고 싶어요. 누구도 반대하지 마세요. 반대할 자격도 명분도 없으니까요. 무슨 말인지 알아요? 알아요? 알아요, 오빠?"

"안다, 알아. 다만……."

"다만 뭐예요? 뭐냐구요?"

"난 너의 생각을 물어봤을 뿐이야. 그런데 넌 그런 무서운……."

"그럼 됐어요. 됐다구요. 그렇다면 빨리 결혼시켜 주세요. 엄마가 돌아가시기 전에! 내일이라도 당장!"

"………."

"왜 아무 대답이 없으세요? 결혼해서 내가 불행할까 봐 그러세요? 물론 불행하겠죠. 정상적인 몸을 가진 여자들도 권태기 때문에 불행을 겪는다는데 저는 오죽하겠어요? 하지만 각오하고 결혼하는 거예요. 이런 기회를 놓치면 난 실망과 절망감 때문에 영원히 결혼을 못 하게 될지도 모르고, 또 상실감과 비관 때문에 자살을 하게 될지도 모르니까요. 내 결혼식을 보지 못하고 한을 품은 채 돌아가실 엄마 때문에도 더……."

세라의 눈에 어느새 눈물이 맺혀 햇빛에 반짝거렸다. 그 눈물을 감추기라도 하듯 이번엔 세라가 벤치에서 벌떡 일어서며 마지막으로 한마디를 더 쏘아붙였다. 당연한 말이지만 송동욱에겐 몹시도 아프게 들리는 족쇄 같은 말이었다.

"오빠! 미안한 말 같지만 한마디만 더 해야겠어요. 오빠와 올케는 앞으로 저의 인생을 책임지셔야 해요. 결혼해서 내가 불행해지면 말예요. 그건 순전히 두 분 때문이니까요. 대기실에 가보겠어요."

"………."

송동욱은 죄인처럼 잠시 그대로 혼자 앉았다가 곧 오수옥을 중환자 대기실에서 불러냈다. 그녀는 오늘도 중환자 대기실에 갇혀 지내다시

피 하고 있었다. 전생에서 무슨 몹쓸 업을 안고 현생에 태어났는지 그녀는 병 치다꺼리만 하려고 이 세상에 온 사람 같았다. 그 지옥 같던 세라의 병 치다꺼리에다 이제는 시어머니의 병 치다꺼리까지…… 응당한 업보겠지만 생각하면 불쌍하고 미안한 여자였다.

두 사람은 병원의 휴게실에 마주 앉았다.

오후의 휴게실은 환자나 그 가족들이 붐비지 않고 조용했다. 주스를 한 모금 하고 나서 송동욱은 세라와 문광혁과의 얘기를 꺼냈다. 세라의 결혼에 대해서 부부가 먼저 본격적인 의논을 하기 시작한 것이었다.

얘기를 다 듣고 나더니 오수옥이 잠시 생각에 잠겼다가 불쑥 이런 말을 했다. 여자라서 그런지 먼저 '사랑'을 앞세웠다.

"우리 아가씨를 그토록 사랑한다면 청혼을 승낙해야죠.. 대신……."
"대신 뭐요?"
"저한테 좋은 생각이 있어요."
"좋은 생각이라니?"
"집에 가서 얘기해요."

오수옥은 즉시 송동욱을 식당 집으로 데리고 갔다. 그리고 화장대 서랍을 열더니 서랍 깊숙한 곳에 감추어 두었던 무슨 카메라 사진을 서너 장 꺼냈다.

"우선 이 사진부터 보세요."
"웬 사진이야?"

송동욱은 사진을 받아서 보다가 기겁했다.

컬러사진이었는데, 그것은 송세라의 알몸을 찍은 사진들이었다. 완전한 알몸은 아니었으나 거의 전라나 다름없었다. 간신히 팬티만 걸친 정도였다. 유방엔 브래지어도 붙어 있지 않았다. 그래서 한쪽 유방의 징그러운 화상 흉터가 그대로 노출되어 있었다. 유방뿐만이 아니었다.

정면과 측면 등등 다각도로 포즈를 취한 그 나신엔 여기저기 덕지덕지 진흙덩이가 묻어 있는 것처럼 화상 흉터들이 징글징글하게 꿈틀거리고 있었다. 너무 흉측하고 징그러워서 눈 뜨고는 도저히 못 볼 나신이었다. 여자가 얼굴만 예쁘면 뭐하나 하는 혐오감과 서구적으로 생긴 그 고혹적인 얼굴이 너무 아깝고 가엾다는 생각이 들 정도였다.
"이 사진들은 누, 누가 찍은 거요?"
송동욱은 못 볼 것을 본 사람처럼 얼른 사진에서 눈을 돌리며 목멘 소리로 물었다. 세라가 너무도 미안하고 불쌍해서 자신도 모르게 목소리가 울먹여졌던 것이다.
오수옥도 그런 표정으로 잠시 사이를 두었다가 곧 입을 열기 시작했다. 어느새 그녀의 눈은 울고 있었다. 죄의식과 말할 수 없는 측은함 때문인지 금방 굵은 눈물방울이 방바닥으로 뚝뚝 떨어졌다.
오수옥의 말은 이러했다.
그러니까 중환자실에서 노 씨가 혼수상태에서 잠시 깨어나 마지막 소원이라며 송세라가 시집가는 것을 보고 싶다고 말한 바로 그 이튿날, 송세라가 느닷없이 오수옥의 방으로 들어왔다고 했다. 그리고 그 사진들을 불쑥 품속에서 꺼내놓으며 이렇게 말하더라는 것이었다.
"올케! 이 사진들은 자동카메라로 내가 혼자 찍은 거예요. 징그러운 내 몸을 왜 사진으로 찍었는지 아세요? 모르겠어요? 올케는 바보 멍청이야. 우리 엄마의 마지막 소원을 들어주기 위해서 찍은 거라구요. 누가 되었건 간에 나하고 결혼하고 싶다는 사람이 어느 날 기적적으로 나타나면 올케가 이 사진들을 보여주세요. 이 징그러운 화상 흉터들을 보고도 나하고 결혼하겠다는 사람이 나타나면 난 두말없이 오케이를 할 테니까요. 무슨 말인지 알았죠? 꼭 올케가 보여줘야 해요. 올케가 가지고 있다가. 알았죠?"
그러면서 오수옥은 말했다.
송세라가 원하는 대로 한번 해보자는 것이었다. 일단 그 사진들의 화상 흉터들을 문광혁에게 보여보자고 했다. 그리고 그래도 좋다고 하면 그땐 결혼을 시키자는 것이었다.

거기엔 송동욱도 이의가 없었다.

문광혁의 진실과 사랑을 떠보기 위해서는 가장 그럴듯한 방법이라고 생각되었기 때문이었다. 그래서 송동욱은 은밀한 곳에서 문광혁을 만났다. 그리고 그 사진들을 보여주었다.

문광혁은 사진들을 보자 처음에는 너무나 징그럽고 놀라서 기겁했다. 하지만 곧 표정을 고치고 이렇게 말했다.

"내가 생각했던 것보다는 불에 탄 흉터가 너무 심하고 많군요. 하지만 저의 사랑은 변함이 없습니다. 저는 세라 씨의 육체를 사랑하는 것이 아니니까요. 솔직하게 말씀드려서 저는 세라 씨의 미모에 반한 놈입니다. 그런 미인은 내 마빡에 털 나고 처음 봤으니까요. 정말입니다. 아기를 낳는 데에 지장만 없다면 몸뚱이의 불탄 흉터쯤이야 무슨 문제가 되겠습니까. 옷을 홀딱 벗고 사는 세상도 아닌데요, 뭐. 안 그렇습니까? 오히려 부탁입니다. 저를 믿고 우리를 결혼시켜 주십시오. 맹세코 세라 씨를 행복하게 해주겠습니다. 그리고 열심히 살겠습니다. 자신 있습니다."

"정말 후회하지 않겠어?"

"네, 이 모가지를 걸겠습니다."

"결혼 후에 만약 자네가 배반했을 경우 그땐 어떻게 할까? 자네 같으면 어떻게 하겠어?"

"죽여버리겠습니다."

"………."

"그러니 저를 죽여도 좋습니다."

"………."

"형님 손으로 저를 죽이세요."

"………."

"그런 놈은 백번 죽어도 쌉니다."

"………."

송동욱은 끝까지 확답을 하지 않았다. 문광혁의 눈에서 여러 번 나름대로 진실을 발견했으나 왜 그런지 뭔가 선뜻 내키지를 않았기 때문이었다.

송 영감은 그러나 문광혁을 한 번 만나보고는 두말없이 결혼을 승낙해 버렸다. 비록 아직은 말로만 하는 맹세지만 문광혁의 그 모가지를 걸겠다는 굳은 맹세와 열심히, 행복하게 살겠다는 그 미래 지향적인 장래성 있는 자신감, 그리고 그의 눈에서 반짝이는 진실 같은 것을 나름대로 발견하고 거기에 쉽게 감동해 버린 모양이었다.

오수옥도 문광혁을 아주 믿어버렸는지 누구보다 가장 기뻐하는 눈치였고, 노 씨의 차 사고 직후 급거 상경한 송동걸 부부도 그런 기색이었다. 문광혁을 만나보고는 진실을 발견했다는 것이었다.

그러나 노 씨의 심중만은 알 수가 없었다. 아직도 잠깐 깨어났다가는 금방 또 의식불명으로 사경을 헤매고 있었기 때문이었다. 그러면서도 잠깐 정신이 들 때마다 신음 같은 이런 소리를 잊지 않았다. 이 말 외에는 어떤 말도 다른 말을 한 적은 한 번도 없었다.

"영감…… 우리 세라 빨리 시집보내요…… 내가 죽기 전에…… 죽기 전에 빨리…… 우리 세라가 시집가는 것을 봐야 내가 눈을 감겠어요…… 불쌍한 것…… 불쌍한 것……."

70

그래서 결국 송세라와 문광혁은 벼락치기로 결혼을 하게 되었다. 하지만 그들이 예식장에서 검소한 결혼식을 막 올리고 있을 때 병원에서는 노 씨가 조용히 마지막 숨을 거두고 있었다. 잠깐 또 의식이 돌아왔을 때, 예식장에도 참석지 못하고 가족 중에서는 혼자 노 씨 곁을 지키고 있던 오수옥이, 세라가 지금 예식장에서 결혼식을 올리고 있다는 말을 해주었기 때문인지 노 씨는 편안한 얼굴로 잠자듯이 금방 숨을 거두었던 것이다. 예식장에 있는 가족을 급히 불러 임종을 하게 할 시간조차도 없었다. 그렇게 거짓말처럼 눈 깜짝할 사이에 금방 운명했던 것이다. 그런데 신기한 것은 마치 하늘이, 아니면 신이 인간은 확인할 수 없는 어떤 신비한 배려라도 한 듯이 공교롭게도 그 시각에 예식장에서는 송세라와 문광혁이 부부가 되었음을 주례가 마이크에 대고 막 엄숙히 선포를 하고 있었을 때였다.

만일의 급박한 사태가 발생했을 경우를 생각해서 예식장 측과 미리 연락을 취하기로 약속이 돼 있었던 덕으로, 오수옥이 급히 전화로 연락을 해서 노 씨의 사망 사실을 송동욱이 예식장에서는 가장 먼저 알게 되었다. 그래서 송 영감도 곧 알게 되었고 송동걸 부부와 하객으로 참석한 오수옥의 친정어머니 홍 씨까지 알게 되었다. 하지만 그런 사실을 신랑 신부에게만은 알리지 않았다. 그들에게는 생애 최고의 날이기 때문에 그 비보를 비밀에 부쳤던 것이다. 이것은 송 영감의 명령이기도 하였다.

그래서 신랑 신부는 노 씨의 사망 사실을 모른 채 예식이 끝나자마자 송 영감의 명령 비슷한 지시에 따라, 송동걸과 송동욱 형제에게 떠밀리다시피 하여 노 씨가 있는 병원엘 한 번쯤 들르지도 않고 곧바로 신혼여행 길에 올라 버렸다.

첫날밤을 치를 신혼여행 행선지는 부산 해운대의 H관광호텔이었다. 오후에 고속버스로 출발한 신랑 신부는 밤이 되어서야 목적지에 도착했다. 해풍과 바다 냄새와 낭만이 넘치는 해운대의 야경이 신랑 신부의 마음을 더욱 설레게 하였다. 누구 말마따나 '생애 최고의 날'이라서 그런지 송세라로서는 이날을 영원히 잊을 수가 없을 것 같았다.

아! 나도 남들처럼 결혼을 할 때가 있었구나. 그리고 오색찬란한 온갖 행복과 앞날의 설계를 터질 듯이 품은 채 허니문을 떠날 때가 있었구나. 신이여! 감사합니다, 감사합니다, 감사합니다…… 그녀는 호텔 로비로 들어서면서 자신도 모르게 감격의 뜨거운 눈물을 펑펑 흘리고 있었다.

71

　예약된 방으로 들어섰다. 송세라로서는 난생처음 들어가 보는 호화로운 객실이었다. 신랑은 성급했다. 들어서자마자 한바탕 깊숙한 키스를 만끽하고 나서 신부를 침대에다 쓰러뜨렸다. 송세라는 뭔가 두렵고 겁이 나서 참새가슴이 되어 온몸을 떨었다. 무엇보다 자신의 징그러운 화상 흉터투성이의 알몸이 곧 노출될 것이 두려워서 공포심까지 느껴졌다. 온 실내를 환하게 밝히고 있는 휘황한 불빛이 싫었다. 그 불빛이 악마의 눈처럼 자신의 그 흉터들을 낱낱이 볼 것 같아 무섭게 느껴졌다. 그런 그녀의 심정을 아는지 모르는지 문광혁은 그녀를 침대에 반듯이 눕혀놓고 성급한 손으로 옷을 벗기기 시작했다. 거추장스러운 한복이지만 그는 용케도 잘 벗겨 나갔다. 본능적으로 그녀가 몇 번 몸을 뒤틀며 반항을 했으나 그는 어느새 속치마까지 벗기고 있었다. 그러면서 타오르는 욕정 때문인지 눈을 지그시 감고는 입술로 목을 애무해 내려오며 한 손으론 브래지어를 풀려고 꼬무락거리고 있었다. 그녀의 몸엔 이제 그 우윳빛 브래지어와 눈보다 더 희어 보이는 새하얀 팬티뿐이었다.
　번쩍 그걸 의식하고 송세라는 저도 모르게 소리를 지르고 있었다.

애원에 가까운 나지막한 부르짖음이었다.
"불을 꺼요."
"………."
"부탁이에요. 불을 꺼주세요."
"………."
"아, 안 돼요! 제발 불부터……."
"불안해하지 마요. 당신의 온몸이 불에 탄 흉터투성이란 것을 이미 잘 알고 있는데 왜 그렇게 불안해해요? 난 조금도 실망하지 않을 테니까 걱정 말래두."
"그래도 안 돼요! 안 돼요!"
"나를 믿어요. 당신을 위해서 난 지금 일부러 눈을 감고 있으니까."

어느새 브래지어가 허물처럼 떨어져 나가고 있었다. 문광혁의 입술이 다시 그녀의 매끄러운 가슴 쪽으로 애무하며 내려오고 있었다. 용광로같이 펄펄 끓는 입술이었다. 점점 유방 쪽으로 조금씩 조금씩 입술이 기어 내려오고 있었다. 노련하고 여유 있는 애무였다. 그의 한 손이 어느새 그녀의 흉터 없는 복부와 배꼽을 지나 '부끄러운 한 곳'을 팬티 위로 살살 어루만지고 있었기 때문이었다. 그때까지도 그녀는 천년 묵은 미라처럼 꼼짝도 못한 채 떨고만 있었다. 왜 그런지 꼼짝을 할 수가 없었다. 한 번쯤 그의 손을 뿌리치고 수치심과 자존심 때문에도 반항을 해야겠다고 생각은 하면서도 몸이 말을 듣지 않았던 것이다.

이것이 결국 성의 신하가 되고 마는 여성의 본능이라는 걸까. 어디선가 쾌락의 광풍이 바람개비를 미친 듯이 돌리며 달려오는 것 같았다. 아니, 그것은 바람개비가 아니라 무슨 폭발물의 뇌관인 것 같았다. 그 뇌관이 그녀의 육신과 영혼을 금방이라도 쾅 폭발시켜서 가루로 만들어 버릴 것 같았다. 그래도 그게 싫지가 않았다. 오히려 어서 바삐 그 가루가 되고 싶었다. 산산이 부서진 그 가루가 빨리 되고 싶었다. 역시 그녀도 침대에서는 하나의 동물에 불과했고, 그리고 여자에 지나지 않았던 것이다.

그러면서도 불안한 건 어쩔 수가 없었다.

곧 팬티 속으로 무례하게도 침범할 그의 손이 무엇보다도 가장 불안했다. 그녀는 화재 때 타버린 음모가 아직도 나지 않고 있었기 때문이었다. 그건 사진으로도 찍지 않았던 거였다. 부끄럽고 수치스러워서 도저히 찍을 수가 없었던 것이다. 그런데 음모가 없는 사실을 만약 신랑이 알게 된다면 그땐 그는 어떤 반응을 나타낼까? 그것이 무서운 속도로 엄습해 오는 미지의 쾌감보다 더 불안했던 것이다.

그런데 치명적인 반응이 다른 곳에서 나타나고 있었다. 어떤 품위나 남성의 교양처럼 처음엔 그의 입술이 흉터 하나 없는 앙가슴을 조금씩 혀로 핥는 것 같더니, 하필이면 쌍을 이루고 있는 양쪽 유방 중에서 화상 흉터로 망가진 유방 쪽으로 점점 이동하고 있었던 것이다.

찰나 그녀는 저도 모르게 크게 소리를 지르고 있었다.

"안 돼요! 이제 그만 자요!"

"………."

"광혁 씨! 여, 여보! 거긴 안 돼요! 안 돼요! 안 돼……."

순간 어느새 그 유방의 흉터에 그의 입술이 막 닿는 것 같더니 아무래도 감촉이 이상한지 그가 눈을 번쩍 떴다. 그리고 징그러운 그 유방을 보자마자,

"으악!"

하고, 뒤로 벌렁 나자빠져 버렸다. 침대에서 굴러떨어지기까지 했다. 그 얼굴이 공포로 하얗게 질려 있었다. 손은 연신 방금 흉터에 닿았던 입술을 닦고 있었고 침을 퉤퉤 뱉기도 했다.

송세라는 침대의 커다란 베개에다 얼굴을 파묻으며 와락 흐느껴 버렸다. 각오는 했던 것이었지만 신랑이 너무 충격적으로 놀라기 때문에

저도 모르게 울음이 터져 나왔던 것이다. 무엇보다 징그러워서 연신 입술을 닦는 그 손과 퉤퉤 뱉는 그 침방울, 침방울!

언젠가 친구 집 여관방에서 만났던 그 사내와, 남자 헌팅 때 걸려들었던 그 추남…… 그들과 조금도 다를 바가 없는 신랑이었다. 그들을 떠올리자 그녀는 신랑이 그렇게 배신자같이 느껴지고 원망스러울 수가 없었다.

"사진하고 틀리잖아! 그게 썩은 송장 유방이지 산 사람 유방이야? 징그러워서 볼 수가 없잖아!"

그가 일어나 컵에 물을 따라 입 안을 헹구며 이윽고 버럭 소릴 질렀다. 어감이 자신에게 하는 힐책인 것 같기도 했고 송세라에게 하는 분노인 것 같기도 했다.

"또 어디야? 눈으로 보이는 데 말고 다른 데도 그래? 거기도 그러냔 말야?"

그가 와락 달려들어 이번엔 송세라의 가장 은밀한 곳부터 보려고 팬티를 잡아챘다. 너무 큰 충격에 이성을 잃어버렸는지 신혼 초야와 자신이 신랑이라는 사실도 망각한 것 같았다. 흡사 갑자기 돌아버린 미친놈 같았다.

"안 돼요! 거긴 보면 안 돼요!"
"왜 안 돼? 왜? 여기부터 보잔 말이야!"
"안 돼! 안 돼! 거기만은 안 돼!"
"아주 속 시원히 보자니까!"
"엄마!"

벌써 하얀 팬티가 북 찢어지고 있었다. 그리고 그의 무서운 완력에 의해 송세라의 그곳이 송두리째 노출되고 말았다.

그곳을 보는 그의 눈! 눈! 눈!

그 눈이 경악과 실망과 분노로 금방 툭 소리를 내며 돌출할 듯이 사납게 일그러지고 있었다. 그런 눈으로 계속 가까이 들여다보더니 그가 별안간 미쳐버린 사람처럼 꽥 악을 썼다. 옳은 소리지만 비열하고 배반적인 더러운 토악질이었다.
"이게 뭐야? 뭐냔 말야? 너무하잖아! 있어야 할 것도 없고! 털 말이야, 털! 도대체 이런 몸으로 어떻게 부부 생활을 하겠다는 거야? 아름답고 신비스러워야 할 곳들은 다 불에 탄 징그러운 흉터가 아니면 비정상적이니 말야! 내 말이 틀렸어? 틀렸냔 말야? 세상 남자들한테 다 물어봐! 물어보란 말야! 내 말이 틀렸냐구!"
그가 그녀의 그곳을 말을 마칠 때까지 들여다보다가 마치 너무도 하찮고 싱거운 것을 본 사람처럼 맥이 탁 풀린 얼굴로 소파 쪽으로 가 털썩 주저앉았다. 그리고 떨리는 손으로 담배를 피워 물었다.
송세라는 이제는 뻔뻔스럽게 소리를 내어 울 수도 없었다. 그 말이 백번이고 옳았기 때문이었다. 수많은 언어를 더듬어보았으나 그녀는 한마디도 할 말이 없었다. 그저 그대로 죽어버리고 싶었다. 그런데 그가 담배를 몇 모금 깊숙이 빨더니 조금 진정이 되는지 갑자기 부드럽게 나오기 시작했다. 하지만 그녀 쪽은 두 번 다시 쳐다보려고도 하지 않았다. 신혼 초야부터 정나미가 뚝 떨어져버린 모양이었다.
"미안해. 아픈 상처를 건드려서."
"………."
"잘못은 나한테 있는데…… 겉모양의 미모와 사진들만 보고 경솔하게 결혼을 해버렸으니까. 하지만 흉터가 어느 정도라야지."
"………."
"아무튼, 오늘 밤은 따로따로 자자구."
송세라는 얼굴에까지 뒤집어쓴 시트 속에서 귀를 틀어막고 있었다. 그래도 모깃소리처럼 문광혁의 말소리가 들렸다.
"대신 이미 결혼을 해버렸으니 앞으로 그 징그러운 흉터에 정이 들도록 노력해 보지. 그럼 잘 자요."
그는 이기적으로 불까지 꺼버린 다음 결혼식 때 입었던 감색 양복

상의를 벗어 그것을 이불 삼아 덮고 소파에 벌렁 누워버렸다. 그런 식으로 그는 첫날밤부터 별거를 선언해 버렸다.

그는 그렇게 좀 더 깊은 생각 없이 가볍게 내뱉은 한마디와, 사랑과 애정이 식을 대로 식은 부부들이 각방을 쓰듯 소파로 가 벌렁 드러누워 버렸지만, 송세라는 최악의 경우를 생각하고 문득문득 각오를 하고 있었던 일이나 막상 신혼 초야부터 몸을 섞기도 전에 별거를 선언당하자, 하늘이 무너지고 땅이 꺼지는 절망감과 충격에 한잠도 이루지 못하고 결국 첫날밤을 뜬눈으로 꼬박 지새우고 말았다.

그녀는 그러나 밤새도록 더블베드에서 혼자 시트를 머리까지 푹 뒤집어쓰고 알몸 그대로 엎디어 있으면서 울기도 하고 미친년처럼 소리 없이 깔깔대기도 하면서도, 이를 악물었다.

참아야 했다. 어떤 일이 있어도 참아야 했다. 그가 그녀에게 어떤 경멸과 학대를 하더라도 이 세상에선 이제 그가 처음이요 단 하나뿐인 그녀의 남편이기에 참아야 한다고 생각했다. 그것은 맹종이 아니라 남편에 대한 그녀의 진실한 사랑이라고 생각하고 싶었다. 일단 결혼식까지 올리고 부부가 된 이상 죽을 때까지 남편을 사랑해야 하니까. 저 사람 말고는 내가 다시 누구와 또 결혼을 하겠는가. 누가 나 같은 뱀보다 징그러운 몸뚱이를 가진 여자와 결혼을 해주겠는가. 만일에, 만의 하나 그런 일이 있게 된다면 그땐 차라리 죽음을 택하리라. 그리고 만약 내세가 있다면 내세에까지 가서도 저 사람을 기다리리라. 그렇게 나는 끝없는 '영원한 사랑'으로 남편을 끝내는 감동시키고야 말리라. 여보! 외롭겠지만, 그리고 화가 나서 못 견디겠지만 편히 주무세요. 오늘 밤은 일단 그렇게라도 편히 주무세요. 부끄럽고 미안합니다, 부끄럽고 미안합니다, 부끄럽고 미안합니다…… 그녀는 다시 또 하얀 무덤 속 같은 시트 안에서 소리 죽여 엉엉엉엉 울고 있었다.

운명의 첫날밤

72

 신혼여행은 그날 하룻밤으로 끝나버렸다. 무의미한 신혼 초야에 진저리를 치고 그가 상경을 서둘렀던 것이다. 그러니까 송세라는 육체적으로는 아직도 깨끗한 처녀였다.
 그들은 상경을 해서야 노 씨가 운명했다는 사실을 알았다. 송세라의 슬픔은 이만저만이 아니었다. 어머니의 마지막 소원을 들어주기 위해 억지 결혼을 한 것이나 다름없는데, 이 무슨 통절할 어머니의 죽음이란 말인가. 집에서는 초상이 나서 통곡 소리가 하늘을 찌르고 있을 때 나는 호화로운 호텔 방에서 신혼여행의 첫 밤을 보내고 있었다니…… 아아, 엄마! 엄마! 하지만 전…… 전…… 아녜요, 아녜요, 전 행복했어요. 행복한 첫날밤이었어요. 그이가 밤새도록 저를 얼마나 사랑해 주었는지를 엄마는 모르실 거예요. 제 몸의 징그러운 흉터들을 밤새도록 어루만져주며 불쌍해서 가엾어서 아까워서 그이도 같이 울어주었어요. 그 순간 저는 엉엉엉엉 통곡을 하면서도 얼마나 행복했는지 몰라요. 엄마 덕분에, 우리 엄마 덕분에 결혼을 잘했다고 얼마나 엄마한테 감사했는지 몰라요. 그러니 엄마! 엄마! 불쌍한 우리 엄마! 이제는 제 걱정일랑 조금도 마시고 편히 잠드세요. 그동안 이 못난 딸을 위해 얼마나 애를 태우셨어요. 그 하늘 같은 은혜를 제가 이 세상을 살아가면서, 살아가면서 어찌 다 갚아야 해요? 엄마! 엄마! 엉엉엉엉…….

벌써 입관이 끝난 노 씨의 관을 부둥켜안고 송세라는 몸부림을 치며 통곡하고 또 통곡을 했다. 어찌나 서럽게 우는지 그걸 보고 울지 않는 사람이 한 사람도 없었다.

그녀는 밤새도록 그렇게 울었다. 아무도 말리지 못했다. 생전의 노 씨처럼 느닷없이 회심곡을 읊기도 했다. 갑자기 엄마의 그 회심곡 소리가 못 견디게 듣고 싶어진 모양이었다.

의복 벗어 인정 쓰며 열두 대문 들어가니, 무섭기도 끝이 없고 두렵기도 측량없다. 대명하고 기다리니, 옥사장이 분부 듣고 남녀 죄인 등대할 제, 정신 차려 살펴보니 열시왕이 좌기하고 최판관이 문서 들고 남녀 죄인 잡아들여 다짐받고 봉초할 제……
이놈들아 들어봐라 선심 공덕 하마더니, 무슨 공덕 하였느냐?
배고픈 이 음식 주어 기사 구제 하였느냐. 헐벗은 이 의복 주어 구난 선심 하였느냐. 목마른 이 물을 주어 급수공덕 하였느냐?
어진 사람 모해하고 불의 행사 많이 하며 탐죄함이 극심하니 풍도 옥에 가두리라……
착한 여자 불러들여 소원대로 점지할 제,
선녀 되어 가려느냐, 대신 부인 되려느냐, 부귀공명 하려느냐, 네 소원대로 하여 주마…….

의문의 녹음테이프

73

 이번에는 송동욱의 진술을 한번 들어보자. 송동욱은 그 이후의 방화범에 대한 추적 경로를 이렇게 진술했다.
 "우리 세라가 결혼한 지 3년여의 세월이 흘렀습니다. 그때까지도 나는 방화범으로 아주 단정을 하고 있는 그 여자의 행방을 파악조차 못하고 있었습니다. 강 사장이 2년여 동안이나 식물인간이 되어 입을 다물고 있었기 때문이었습니다. 그는 사고 직후 의식이 깨어나지 못한 채 그대로 식물인간이 돼버렸던 것입니다. 그래서 경찰도 그 궤짝 속의 기형아에 대한 비밀을 풀지 못하고 있는 실정이었습니다. 더욱 일이 우습게 된 것은, 강 사장보다 강 사장의 부인이 먼저 저승으로 가버렸다는 점이었습니다. 강 사장의 세컨드에 대한 사련을 그 부인이 어느 정도 낌새채고 있었을지도 모르는데 말입니다. 하지만 부인은 거기에 대한 말은 일언반구도 없이 강 사장이 식물인간이 된 지 5개월쯤 후에 먼저 저승으로 떠나고 말았습니다. 결국 강 사장의 집안은 서서히 몰락하고 있었던 것입니다. 그런데 아주 놀라운 일이 벌어졌습니다. 그러니까 그 화재 사건이 발생한 지 꼭 5년째가 되는 12월의 어느 추운 겨울밤이었는데, 느닷없이 강 사장의 딸 강오란이 나를 찾아왔지

뭡니까."

 송동욱은 의아하게 생각하고 일단 강오란을 버스 종점 부근의 어느 다방으로 데리고 갔다. 그리고 그제야 찾아온 용건을 물었다.
 대꾸 대신 강오란은 뭔가를 품속에서 꺼내놓았다. 뜻밖에도 그것은 소형 녹음테이프였다.
 "아빠가 돌아가시면서 갖다드리라고 해서 가져왔어요."
 "뭐? 돌아가시다니?"
 "조금 전에 운명하셨어요."
 "뭐라구?"
 "장례를 치르고 난 후에 가져오려고 했지만 그때까지 기다리고 싶지 않았어요. 왠지 아세요? 아빠의 시신이 땅에 묻히기 전에 이 녹음을 들려주고 싶었기 때문이에요. 무슨 말인지 아시겠어요?"
 "………."
 "춤이라도 추고 싶죠? 우리 아빠가 돌아가셔서. 그럼 춤 많이 추세요. 죽을 때까지."
 강오란은 송동욱을 한 번 매섭게 노려보고 나서 두말없이 나가버렸다. 그 눈에 아빠를 잃은 슬픔의 눈물이 가득 고여 있었다. 송동욱은 인간적으로 잠시 연민에 빠졌다가 곧 다방을 나왔다. 그리고 세라가 쓰던 빈방에서 그 녹음테이프를 틀어보았다. 녹음테이프에선 뜻밖에도 강 사장의 목소리가 흘러나왔다. 숨이 차고 갑갑한, 고통스러운 목소리였다. 게다가 말을 쉬었다 하고 쉬었다 하곤 했다.
 "송동욱…… 자네 내 목소리를 잊지 않았겠지? 그럼 내 말을 잘 듣게…… 난 긴 잠에서 이제야 깨어났네…… 마지막으로 이 말을 자네한테 꼭 해주기 위해서 난 억지로 깨어났는지도 몰라…… 죽기 전에 분명히 말하지만 난 자네 집에 불을 지르지 않았어…… 하늘이 내려다보고 있어."

강 사장은 한참 동안 말을 끊었다가 다시 말했다. 숨이 차서 말하기가 몹시 힘이 드는 모양이었다.

"내가 왜 이런 말을 유언처럼 자네한테 하는지 알겠나? 여수의 그 과수원 숲 속에서 궤짝을 파내던 날 밤에…… 난 자네를 경찰로 알고 무조건 도망을 쳤었지…… 그러나 차로 도주를 할 때, 그때서야 비로소 자네란 것을 묘하게도 알아차렸기 때문이라네."

이번엔 쿨룩쿨룩 기침을 했다. 죽음의 신호 같은 기침이었다.

"그래서 느꼈었지…… 내가 자기 집에 불을 지른 줄 알고 저놈이 이제까지 나를 감시하고 미행했구나…… 그리고 여기까지 따라오게 되었구나…… 미친 자식! 내가 왜 네놈 집에 불을 질러? 난 그렇게 어리석은 놈이 아니야…… 함연옥! 그 여자도 마찬가지야…… 그 여자는 내가 아들을 하나 보기 위해서 늘그막에 알았던 여자일 뿐이야…… 난 자식이라곤 딸 하나뿐이라서…… 물론 내 마누라는 모르는 일이었지…… 그런데 막상 그 여자가 임신을 하고 몸을 풀게 되었는데, 이런 기절초풍할 일이 또 어디 있겠나…… 대가리가 두 개가 달린 고양이를 낳았어…… 아무리 봐도 그건 사람이 아니고 고양이 같은 괴물이었어…… 천벌을 받아서 그랬는지는 몰라도 그런 기형아는 내 눈깔이 생긴 이래로 처음 봤어…… 그래서 낳자마자 내가 목을 졸라 죽여버렸지…… 그 여자도 얼떨결에 합세를 했고…… 그 여자는 베개로 얼굴을 덮어서 눌렀어."

그 순간의 그 무서운 광경이 떠오르는지 그가 잠시 말을 끊었다가 기침과 함께 다시 또 말을 계속했다.

"그랬다가 정신을 차려보니 이거 큰일 났잖아…… 어쨌든 공모로 살인을 했으니 말이야…… 그런데 그날은 마침 비가 억수같이 퍼붓는 날이었어…… 참, 깜빡 잊을 뻔했군…… 그 여자가 아기를 낳은 장소는 여수의 그 과수원집이었어…… 그 여자의 과수원이야…… 아무튼, 비가 퍼붓는 밤이라 기회가 아주 좋았지…… 왜냐하면 비가 퍼붓는 날은 낚시꾼들이 그 부근엔 얼씬도 안 하니까…… 그래서 우리는 그날 밤에 그 괴물의 시체를 빈 사과 궤짝에다 넣어서 급한 대로 거기에다 파묻었던 거야…… 비가 오지 않는 날은 낚시꾼들이 손전등을 들고 밤새도록 왔다 갔다 하니 비가 오는 날 밤이 우리에겐 얼마나 고마웠겠나…… 궤짝을 파낼 때에도 우리는 비가 오길 기다렸었는데 비가 오질 않아서 할 수 없이 맑은 날 밤에 그냥 파내다가 결국 그 지경이 되고 말았지…… 불과 1개월 만에 왜 다시 파내려고 했는지 아나? 그 일이 있은 후로 그 여자가 그 과수원을 매각 처분을 해버렸기 때문이야."

그가 다시 기침을 했다. 기침이 어찌나 심한지 곧 숨이 넘어갈 것 같았다.

"그런데 재수 없게도 말일부터 공사가 시작된다지 뭐야…… 아파트를 짓기 위해 땅을 반반하게 깎는 정지 공사 말이야…… 그래서 우리는 어쩔 수 없이 그 괴물을 다시 파내야 했어…… 다른 곳에다 감쪽같이 파묻기 위해서 말이야…… 그런데 자네 때문에 다 망쳐버렸지…… 이봐, 송동욱! 이 찢어 죽여도 시원찮을 놈! 그래도 나를 의심하나? 거기까지 왜 미행을 하고 지랄이야? 내 말이 거짓말 같으면 함연옥 그 여자를 만나보면 알 거 아냐…… 아직도 못 만난 모양인데, 그렇다면 내가 가르쳐 주지…… 그 여자는 이혼녀야…… 재산도 제법 있는 여자지…… 고향은 여수고…… 그 이상 사생활은 알 거 없고…… 그러니 그 여자가 사는 집만…… 가르쳐…… 주겠…… 는…… 데……."

안타깝게도 그는 점점 죽어가고 있었다. 갑자기 떠듬거리는 말소리와 몹시 가쁘게 몰아쉬는 숨소리가 그랬다.

"그 여자의…… 집…… 은…… 집……은……."

갑자기 공테이프가 돌아가기 시작했다. 분통 터지게도 그 여자의 집을 밝히기 직전에 끝내 숨이 멎어버린 모양이었다. 어쩌면 그것은 다 사전에 계획됐던 일이었는지도 모를 일이었다.

왜냐하면 녹음상으로는 그는 죽었지만 실제로는 아직 살아 있는지도 모를 일이기 때문이었다. 아니면 사망은 했으되 일부러 그 대목에서 사망한 것처럼 누가 녹음을 조작했는지도…….

74

 밤이 좀 늦었지만 송동욱은 즉시 H대학병원으로 가서 강 사장의 사망을 확인해 보았다.
 사실이었다.
 강 사장은 분명히 2시간 전에 사망했다는 것이었다. 사망 기록도 그렇게 돼 있었다. 하지만 그 사망 시각이 문제였다. 녹음상으로는 사망 시각이 밝혀져 있지 않았기 때문이었다.
 강오란은 테이프를 건네줄 때 아빠가 사망한 즉시 테이프를 가져왔다고 했었다. 그렇다면 시간을 한번 따져보자. 강오란을 만난 시각부터…… 녹음을 듣고…… 그리고 확인을 하기 위해 병원으로 간 시간까지를 모두 합쳐야 1시간 30분 정도…… 강오란이 병원에서 테이프를 가지고 송동욱의 집까지 온 시간을 거기에 가산한다면, 사실상 2시간 정도는 딱 들어맞는다. 아무리 뇌리 속의 시곗바늘을 돌리고 또 돌려봐도 딱 들어맞는다. 그렇다면 강오란의 말과 녹음상의 강 사장의 사망을 믿어야 하지 않겠는가?
 그러나 송동욱은 믿지 않았다. 마치 함연옥의 거처를 영원히 은폐라도 하려는 듯이 하필이면 가장 핵심적인 그 대목에서 숨을 거두었다는 그 자체가 얼른 이해가 가지 않았기 때문이었다. 그 극적인 죽음의 순간이, 아니 죽음의 찰나가 아무리 우연의 일치였다 하더라도 그랬다.

좋다! 아무튼, 함연옥을 잡고 보자.

그 여자의 혀는 강 사장의 혀와 다른 말을 지껄일지도 모르니까. 그리고 나를 절벽에서 죽이려 했던 그 이유도 반드시 밝혀야 하니까.

그다음 날 송동욱은 아무도 모르게 여수로 내려갔다.

여수에서 얼쩡거리다 보면 혹시 그 여자를 만나게 될지도 모른다는 막연한 기대감에서였다. 여수가 고향이기 때문에 멀리 도주했다 하더라도 한 번쯤은 나타나겠지.

날씨는 맑았으나 아침부터 몹시 추운 날이었다. 정오쯤에 도착한 그는 여수 시가지를 무작정 돌아다녔다. 갈매기다방도 뻔질나게 드나들었으며, 부근 일대의 다방들과 심지어 시내의 다른 다방들까지도 기웃거렸다. 하지만 함연옥의 모습은 그림자도 찾아볼 수가 없었다. 도대체 어디로 종적을 감춰버렸을까? 그 여자의 집은 어디일까?

이번에는 석양쯤에 그 과수원으로 가보았다. 거기도 무작정 가본 것이었다.

그곳에 도착한 송동욱은 고개를 갸우뚱했다. 내심 크게 놀랐던 것이다. 강 사장의 녹음테이프 내용과는 달리 아파트 건물들이 들어서 있지 않았기 때문이었다. 아파트가 들어설 것이기 때문에 과수원까지 매각 처분 했다고 녹음테이프는 분명히 말하고 있었는데 말이다.

과수원도 겨울바람에 떨면서 그대로 있었고, 그 산막 같던 과수원집도 2년여 전과 같이 여전히 흉가처럼 아직도 버티고 서 있었다. 포클레인이나 불도저 같은 것도 하나쯤 보이지 않았다.

아파트 신축 공사가 시공 단계에서 무슨 일로 중단되었을까. 2년여 전에 처음 이곳에 왔을 땐 전등불 가설까지 해놓고 측량 기사들이 야간 정지 작업을 위한 무슨 측량을 하는 등 바쁘게 서둘러댄 것 같았었는데…… 그 궤짝을 파낸 수풀 속도 흔적이 아직도 남아 있는 것 같았다. 흙구덩이가 많이 메워져서 흔적뿐인 것 같았지만, 그래도 아직도 그 흙구덩이 모양으로 전율스럽게 약간 움푹 들어가 있었다.

그걸 잠시 내려다보고 있노라니 그날 밤의 그 무서운 광경이 떠올라 소름이 오싹 끼쳤다. 머리가 둘 달린 그 괴물은, 아니 그 기형아는 아직도 병원에 연구용으로 보관되어 있을까? 경찰은 그 사건을 왜 흐지부지하고 있는가? 입을 꾹 다물고 있는 내 탓도 있겠지.

나는 그러나 내 손으로 방화범을 잡을 때까지는 결코 입을 열지 않을 것이다. 경찰에 경솔하게 알렸다가는 오히려 나의 추적이 어떤 방해나 제약을 받게 될지도 모르니까.

나는 그렇다 치더라도 강 사장의 딸 강오란은 왜 입을 다물고 있는가? 두말하면 잔소리겠지. 자기 아버지의 더럽고 추악한, 그리고 천인공노할 그 엽기적인 살인 행위를 만천하에 까발리고 싶은 딸이 어디 있겠는가.

녹음테이프의 내용은 분명히 강오란도 알고 있을 것이다. 그것도 하나도 빼놓지 않고 처음부터 끝까지 아주 자세히 알고 있을 것이다. 아버지의 유언이 원활하게 녹음이 되도록 녹음기를 조작해 주는 등 비밀리에 부녀가 단둘이만 있으면서 도와주었을 테니까. 그래서 아버지는 딸에게, 자신의 그 천인공노할 죄악을 용서를 구하듯 그런 식으로 죽어가면서 기침 반 말 반 상태의 긴 녹음을 했을 테고…… 그러기에 아직까지 그 테이프를 찾아가지 않고 있겠지. 그렇지 않다면 녹음의 내용이 궁금해서도 당장 벌써 찾아갔을 게 아닌가?

한 가지 또 이상한 것은 왜 내 입을 막으려 하지 않고 있느냐 하는 점이었다. 그 테이프를 내가 다 듣고 경찰에 넘길 수도 있는데…… 나의 처분만을 바라고 있는 걸까? 지금도 그러고 있을까?

이번에는 그 흉가 같은 과수원집으로 들어가 보았다.

울타리도 없는 썰렁한 빈집이라서 그런지, 그리고 아직은 해가 넘어가진 않았지만 추운 겨울날의 석양 무렵이라서 그런지 좀 무시무시했다. 겨울바람이 윙윙거리며 할퀴고 지나갈 때마다 갑자기 문구멍이 뻥뻥 뚫리고 다 썩어가는 방문이 덜그럭거리다가 벌컥 열리면서 귀신이나 유령이 불쑥 나타날 것만 같았다. 실제로는 방문이 꽉 닫혀 있는데도 겁이 많은 아이처럼 그렇게 무섬증이 확 끼쳤던 것이다. 방은 하나뿐인 것 같았다. 꽤 큰 집채에 비해 방이 하나뿐인 것이 이상하고 싱거울 정도였다.

살그머니 방문을 열어보았다.

삐꺽 소리를 내며 방문은 잡아당기는 대로 열렸다. 음습한 냉기와 함께 지독한 곰팡내 같은 썩은 내가 확 풍기는 어두컴컴한 꽤 큰 방 안엔 아무것도 없었다. 텅 비어 있었다. 군데군데 드러난 시멘트 바닥과 구들장 조각들이 뒹구는 찢기고 갈라진 장판 방바닥, 퇴색해서 무슨 색상인지조차 분간하기 어려운 썩은 벽지, 거미줄투성이의 흐물흐물한 천장지…… 그래도 귀신이나 유령의 소굴 같은 그 방 안엔 살아 있는 것이 한 가지가 있었다.

그것은 쥐새끼들이었다. 쥐새끼들이 천장에서 뛰어다니느라 우렛소리를 냈고, 쪼개진 구들장 밑의 방고래에 뚫린 구멍들에서는 찍찍거리는 소리와 쥐새끼의 꼬리만 보이는 놈도 있었다.

그 쥐새끼들을 보자 송동욱은 문득 상대적으로 고양이가 떠올랐고 고양이를 떠올리자 갑자기 오싹 전율이 느껴졌다. 궤짝 속의 그 고양이 같은 기형아가 떠올랐기 때문이었다. 비가 억수같이 퍼붓던 날 밤에 강 사장과 함연옥이 악마처럼 그 기형아의 목을 졸라 죽이는 장면이 문득 상상으로 떠올랐던 것이다.

그 큰 손으로 잔인하게도 가녀린 목을 조르는 강 사장, 베개로 그 주먹만 한 작은 얼굴을 덮고 짓누르는 함연옥, 사지를 바둥거리다가 바르르 떨며 죽어가는 기형아, 세찬 빗소리, 천둥 번개, 우르르 쾅!

우르르 쾅…… 그러나 그 장면은 어디까지나 상상이어야 했다. 아직은 강 사장의 그 녹음테이프 내용을 액면 그대로 다 믿을 것이 못 되기 때문이었다.

부엌도 마찬가지였다. 꽤 널찍한 흙바닥의 부엌이었는데 아무것도 없었다. 깨진 항아리 따위가 부엌 바닥의 여기저기에 뒹굴고 있는 것뿐이었다. 쥐새끼들은 부엌에서도 난리굿이었다.

헛간은 집 뒤쪽에 붙어 있었다.
과일을 따면 일단 헛간에다 저장해 두었던지 헛간의 출입문이 아주 견고해 보였다. 일반 주택들의 지하실 문 같은 아주 견고한 철문이 붙어 있었다. 파란색 페인트칠이 된 철문이었는데 지금은 녹이 잔뜩 슬어서 철문 전체가 박리투성이였다.
철문을 열고 안으로 들어섰다.
헛간 안은 캄캄했으나 밖의 석양빛이 일시에 쏟아져 들어가자 금방 조금 밝아졌다. 찌그러진 빈 궤짝들, 부러진 농기구 따위가 전체적으론 텅 비어 있는 헛간 안에 아무렇게나 뒹굴고 있었다. 헛간의 시멘트 바닥엔 썩어가는 짚나라미가 수많은 쥐똥과 함께 여기저기 흩어져 있었고 쥐새끼들이 뜯어먹은 듯한 가마니때기도 보였으며 구석구석의 거미줄엔 어김없이 굵은 왕거미들이 천국을 이루고 있었다. 쥐새끼들은 헛간에 더 많은 것 같았다.

흠! 그 괴물을 매장할 때 바로 이런 궤짝을 사용했었구나. 송동욱은 잠시 헛간 안을 휘둘러보다가 뒹굴고 있던 궤짝 하나를 구둣발로 냅다 걷어찼다. 바로 그때였다.
갑자기 철문이 쾅 닫혔다.

75

 이어 누군가가 밖에서 철문을 철커덕 잠그는 소리가 들렸다. 아까 헛간으로 들어올 때 얼핏 보니 가늘게 생긴 쇠파이프 같은 것으로 빗장을 지르게 돼 있는 잠금장치 같았는데, 그걸 잠그고 있었다.
 "안 돼! 누구야?"
 송동욱은 깜짝 놀라 반사적으로 철문을 밀며 고함쳤다. 그러나 이미 틀린 일이었다. 철문은 성벽처럼 꿈쩍도 안 했고, 누군가가 재빨리 도망치는 발소리가 들렸다.
 그 발소리는 구두 소리 같았는데 잠시 들리다 말았다. 그래서 남자인지 여자인지 구두 소리로는 알 수가 없었다.
 "누구야? 문 열어, 문! 도대체 넌 누구냐? 누구야?"
 송동욱은 몸으로 철문을 쾅쾅 들이받았다. 하지만 소용없는 일이었다. 녹이 많이 슬고 낡아빠진 것 같으면서도 철문은 의외로 견고했기 때문이었다.
 "문 열란 말야, 문! 야, 도대체 넌 누군데 내가 여기에 온 것을 알고 이러는 거야? 너 누구야? 누구야? 비겁하게 도망치지 말고 정체를 밝혀! 떳떳하게 문을 열고 정체를 밝히란 말이야!"

그러다 그는 헛간 한쪽을 홱 돌아보았다. 매캐한 무슨 연기 같은 냄새가 그쪽에서 난 것 같았기 때문이었다. 다음 순간 그는 깜짝 놀라며 당황했다. 헛간의 한쪽 벽으로 연기가 스며들고 있었기 때문이었다. 시멘트로 된 벽이었으나 덕지덕지 시멘트들이 떨어져 나가 여기저기 흙벽이 노출돼 있었는데 쩍쩍 갈라진 그 흙벽의 사춤들 사이로 연기가 스며들고 있었던 것이다. 누군지는 모르지만 그 미지의 인물이 철문을 잠근 다음 밖에서 헛간에다 불을 질러버린 모양이었다.
"안 돼! 안 돼! 불을 꺼! 야, 이 자식아! 불이야! 불이야!"
송동욱은 고함을 지르며 당황하게 연기가 스며드는 벽을 향해 뛰었다. 그리고 닥치는 대로 가마니때기 같은 것을 들고 연기가 안으로 들어오지 못하도록 벽의 사춤들을 틀어막았다.
그러나 헛수고였다.
시멘트 벽이라 벽은 쉽게 타지 않았지만 윙윙거리는 강풍을 타고 불길이 공중으로 치솟았는지 지붕부터 타는 소리가 들렸기 때문이었다. 그 불길이 삽시에 목조로 된 시커먼 천장을 비집고 들어오며 혀를 날름거리고 있었다. 그새 헛간 안은 연기가 꽉 차서 눈도 뜰 수가 없었다. 어느새 사방의 벽이 불길에 휩싸이고 있었던 것이다.
탈출은 불가능하고 영락없이 타 죽어야 할 판이었다. 이대로 죽는다면 그야말로 개죽음이었다. 그리고 땅을 칠 분한 죽음이었다. 어떻게 하든 살아야 했다. 기적을 불러서라도 살아야 했다.
그는 다시 철문을 향해 뛰었다.
그러나 비틀거리며 곧 쓰러지고 말았다. 질식할 것 같은 연기 때문에 쓰러진 것이었다. 숨 쉴 틈 없이 계속 터지는 기침 때문에 정신까지 혼미해져 가고 있었다.
그 순간 그는 문득 불에 타 죽은 큰 여동생과 어린 딸이 떠올랐다. 그리고 그들의 그 말로 형언할 수 없는 극한의 공포와 절망과 고통을 자신이 직접 피부로 느끼고 있다고 생각했다. 아니, 고의로 그런 것은 아니었지만 여하튼 밖에서 문을 잠근 것에 대한 천벌을 지금 자신이 받고 있다고 생각했다. 그때의 상황과 지금의 상황이 똑같았기 때문이었다. 밖에서 문이 잠겼는데 불이 났다. 살려고 발버둥을 치고 탈출을 하려고 애를 써도 탈출구가 없다. 그날 밤 그 애들의 공포와 절망감은 어떠했을까? 지금의 나와 똑같았을까? 아아, 세희야! 영희야! 그리고 세라야! 이 말할 수 없는 공포와 절망을 느끼면서 너희는 죽어갔구나. 미안하다, 미안하다. 그리고 이것들을 다 겪고도 세라 너는 간신히, 기적적으로 살아났었구나, 살아났었구나…… 그러다 그는 번쩍 얼굴을 쳐들었다. 문득 똑같은 방법으로 지금 그를 불태워 죽이려는 밖의 저 미지의 인물이, 그 심리 상태가 어떤 강한 충격요법처럼 혼미해져 가는 그의 의식을 다시 번쩍 깨우고 있었기 때문이었다.

그렇다! 진범은 바로 저자였구나.

밖에서 문을 잠그고, 그리고 밖에서 불을 지른 저 사람!

그날 밤의 화재 사건과 다른 점이 있다면, 그땐 지금과 같이 집 밖에다 방화를 한 것이 아니고 집 안에다 방화를 했다는 것이 다를 뿐이다. 집 밖에서 집 안에다 어떻게 방화를 했는지 그건 아직도 풀리지 않고 있는 수수께끼지만, 아무튼 똑같은 상황에다 나를 가둬놓고 지금 불로 태워서 죽이려 하고 있지 않은가. 범죄자의 심리란 대개 어떤 범행을 감행하려 할 때 과거에 성공했던 그 범행 수법을 다시 재현해서 쓴다 하지 않던가.

거기까지 생각이 미치자 그는 자신의 생명에 대한 애착보다 그날 밤의 방화와 똑같은 방법으로 방화를 하고 달아나는 밖의 저 미지의 방화범을 꼭 잡아야겠다는 생각에 철문의 손잡이를 잡고 죽을힘을 다해 악착같이 일어섰다.

바로 그때였다.

76

 뜻밖에도 밖에서 다시 그 구둣발 소리가 들렸다. 아직도 계속 불을 지르고 있는지, 아니면 불이 붙은 몸으로 송동욱이 기적적으로 탈출해서 살아날까 싶어, 그럴 경우 재차 흉기로 확인 살해를 하기 위해 부근에 잠시 숨어 있었던 것인지 그건 알 수 없지만, 아무튼 분명히 달아난 줄로 알았는데 뜻밖에도 갑자기 구둣발 소리가 다시 들렸다. 아마 확인 살해를 위해 그런 모양이었다. 구둣발 소리가 다시 들리기 시작했는데 이번에는 아주 달아나는 그런 소리였기 때문이었다.
 꽁꽁 얼어붙은 건조한 흙바닥을 뛰어가는 그 구두 소리!
 오오, 그건 분명히 여자 구두 소리였다.
 틀림없는 여자 구두 소리였다. 여자 구두 소리는 남자 구두 소리와는 달리 특이하다. 남자 구두 소리보다 유난히 또렷하면서도 금속성 같은 날카로운 소리를 낸다. 징이 박힌 하이힐은 더 그러고, 징이 안 박혀도 단화류의 구두도 대부분 그런다.

 송동욱은 금방이라도 질식해서 쓰러질 것 같은 시커먼 연기와 점점 헛간 안을 불바다로 만들고 있는 절체절명의 위기 속에서도 정신을 잃지 않고 다시 몸으로 철문을 쾅쾅 들이받기 시작했다. 그러다 그는 바보같이 그제야 철문에 붙은 열쇠 구멍을 발견할 수가 있었다. 다행히도 제법 큰 열쇠 구멍이었다.

그는 재빨리 열쇠 구멍에다 눈을 갖다 댔다. 그리고 눈을 의심했다. 오오, 도망치고 있는 여자는 역시 함연옥 그 여자였다. 때마침 그녀는 헛간 우측의 수풀을 향해 대각선 방향으로 달아나고 있었는데 그 옷차림이…… 분명히 회색빛 바바리코트 차림이었다. 그리고 감색 바지! 그 옷차림은 그때의 그 모습 그대로였다. 궤짝을 파내고, 만성리해수욕장의 절벽에서 송동욱을 밀어서 죽이려 했던 그때의 그 옷차림!

그때와 다른 것이 있다면 그것은 모자였다. 그날 밤에는 머리에 아무것도 쓰고 있지 않았는데 지금은 겨울용의 흰 털모자 같은 걸 꾹 눌러쓴 모습이었다. 그리고 구두는 굽이 낮은 빨간 구두였다. 그날 밤엔 무슨 구두를 신었더라?

그것은 기억이 잘 나지 않았다. 그뿐만 아니라 그날 밤과 같이 그녀는 잠자리 안경까지 끼고 있었다. 비록 대각선 방향에서 본 옆모습이었지만 직감으로 그런 안경을 끼고 있다는 걸 알 수 있었다. 헤어스타일도 솔방울 같은 파마머리였다.

"역시 너였구나. 강 사장의 세컨드 함연옥! 야, 문 열어! 문 열란 말야! 야, 이 쌍년아!"

쾅쾅쾅쾅쾅!

아무리 온몸으로 들이받아도 철문은 여전히 꿈쩍도 안 했다.

헛간 안은 어느새 지옥 같은 불바다가 되고 있었다. 벌써 천장과 사방의 벽이 활활 타오르고 있었다. 철문도 열을 받아 점점 뜨거워지고 있었다.

"야, 이 개 같은 년아! 천하의 악마 같은 년아! 도망쳐 봐야 소용없어! 우리 집에 불을 지른 사람이 너란 것을 벌써 알고 있는데 도망치면 뭐해! 빨리 와서 문이나 열어! 야, 함연옥! 이 천벌을 받을 년아!

빨리 문 열란 말이야!"
 그러나 함연옥의 모습은 이미 사라지고 없었다. 침침한 수풀 속으로 숨었는지 어쨌는지 열쇠 구멍으로는 다시는 모습이 보이지 않았다. 불길을 보고 사람들이 아우성을 치며 몰려들 텐데도 그런 사람도 하나쯤 보이지 않았다. 너무 추워서 그런지 이날따라 낚시꾼들도 아무도 지나가지 않았다. 저 멀리 맞은편의 마을에서도 아직 불길을 보지 못한 모양이었다.
 그제야 송동욱은 절망과 죽음의 공포를 느끼고 주먹으로 철문을 피가 나도록 쾅쾅 두들기며 아무한테나 구원을 청하기 시작했다.
 "사람 살려! 불이야! 불이야! 사람 살려! 사람 살려!"

저도 남자를 알고 싶습니다

77

바로 그날 밤이었다.

서울에서는 문광혁이 밤늦도록 양복점에서 퇴근을 할 줄을 모르고 있었다. 결혼 즉시 송 영감은 문광혁에게 양복점을 차려주었던 것이다. 식당 집을 은행에다 저당을 잡히고 그 돈으로 어렵사리 차려준 것이었다. 그러니까 송 영감 집에서는 사위와의 약속을 지켰다.

그러나 문광혁은 약속을 지키지 않았다.

신혼 초야 때 송세라에게 했던 별거 선언을 그는 그대로 지켜오고 있었다. 결혼한 지 3년이 지난 지금까지도 그는 송세라의 몸에 손끝 하나 대지 않고 있었던 것이다. 상식적으로나 생리적으로 도저히 이해할 수 없는 일인지는 모르겠으나, 어쨌든 그건 사실이고 엄연한 현실이었다. 그러니까 결혼만 했다 뿐이지 송세라는 아직도 첫 순결을 간직하고 있는 깨끗한 처녀였다. 여자에게 있어 이보다 더 모욕적이고 굴욕적이고 불행한 일이 또 어디 있을까.

이런 기막힌 사실을 송세라의 친정에서는 모르고 있었다. 송 영감은 물론 오수옥과 송동욱도 전혀 눈치조차 못 채고 있었다. 송세라가 그런 내색을 조금도 하지 않았기 때문이었다. 모두가 송 영감을 생각해서였다. 노 씨마저 세상을 먼저 뜨고 없는데 그 외로운 아버지에게 아직도 처녀로 있다는 말을 송세라로서는 차마 할 수가 없었던 것이다. 그래서 송 영감은 물론 오수옥과 송동욱까지도 송세라가 그런대로 행복한 신혼 생활을 계속하고 있는 줄로만 알고 있었다.

그러나 깨가 쏟아져야 할 신혼 생활은 신혼 첫날부터 불행의 연속이었다. 문광혁이 송세라와 계속 동침을 하려고 하질 않았기 때문이었다. 결혼한 지 한 달이 지나고 두 달이 지나고 어느새 1년이 지나고 2년이 지나고 3년이 지났는데도 송세라는 아직도 처녀 몸으로 밤이면 혼자 잤다. 신혼 생활 첫날부터 각방을 썼던 것이다. 신혼집은 송세라의 친정집과 가까운 거리에 있는 자그마한 단독주택인데, 방 두 칸짜리 전셋집이었다.

식사를 할 때도 그랬다. 식탁에서 어쩔 수 없이 같이 밥은 먹지만 밥을 다 먹을 때까지 문광혁은 말을 한마디도 하지 않았다. 묻는 말도 대꾸조차도 하지 않았다. 그래서 특히 밥을 먹을 땐 벙어리들이 둘이 마주 앉아 밥을 먹는 것 같았다. 식사 후에도 역시 말 한마디 없이 옷과 넥타이도 혼자서 매고는 도망치듯 양복점으로 출근을 해버렸다. 퇴근할 땐 더 속을 뒤집었다. 술에 잔뜩 취해서 보통 자정이 지나야 집에 들어오는 것이었다. 그리고 대문을 쾅쾅 걷어차기가 일쑤였고, 몸을 씻지도 않고 자기 방으로 들어가 잠에 곯아떨어져 버렸다.

양복점은 재단사 한 명만 둔 작은 양복점이었다. 그래서인지 일감도 별로 없어서 어떤 날은 파리만 날릴 때도 있었고 재단사의 월급을 못 주는 달도 있었으나, 어떤 달은 수입이 제법 쏠쏠할 때도 있었다.

그 돈으로 그는 거의 매일같이 술타령이었다. 폭음만 하는 것이 아니라 주색에 빠져서 헤어나지를 못했다. 생리적인 엔조이를 술집에서 해버렸다. 때론 여관방에서 콜걸을 불러서 했고 때론 사창가에 며칠씩 푹 빠져 있기도 했다. 비록 콜걸이고 창녀들이지만 징그러운 화상 흉터가 없는 그 매끄럽고 보드라운 그녀들의 피부에 환장을 한 사람처럼, 그 속살을 물고 빨고 담뱃불로 지지기도 하는 등 점점 변태적으로 변해가고 있었다.

송세라는 그걸 잘 알고 있었다.

미행해서 여러 번 목격한 적이 있었던 것이다. 하지만 그녀는 참았다. 자신의 살을 물어뜯으면서까지 참았다. 눈에서 쌍불이 튀고 질투가 하늘을 찔렀지만 그래도 참았다. 첫날밤에 별거를 선고받았을 때 미리 그런 각오를 해버렸던 것이다. 그러면서 결심했었다. 무신론자이지만 어느 신인가를 향해 서원까지 했었다. 어두운 밤이 지나면 반드시 밝은 낮이 오리라. 비가 오는 날이 있으면 반드시 갠 날도 있으리라. 그래요, 좋습니다. 마음껏 외도를 하세요. 신물이 나도록 후회 없이 외도를 하세요. 그러다 보면 문득문득 내가 생각날 때도 있을 거예요. 난 아직 처녀니까요. 비록 거죽에 지나지 않은 피부는 불에 탄 징그러운 흉터투성이일지 모르나 아무의 손때도 묻지 않은 깨끗한 첫 순결을 저는 아직도 고스란히 간직하고 있으니까요. 그 순결이 더러운 창녀들의 그것과 비교가 되겠습니까. 기다리겠어요. 이대로 처녀로 늙어 죽는 한이 있더라도 언젠가는 당신이 내 품으로 돌아올 때가 반드시 있을 것이라 믿고 그때까지 기다리겠어요. 술도 좋고 계집도 좋지만, 건강은 해치지 마세요. 그 건강은 당신만을 위한 것이 아니고 저를 위한 것이기도 하니까요. 그래서 혹 당신이 만취가 되어 무슨 사고라도 생길까 봐, 그리고 내가 당신을 처음 만나던 날과 같이 체를 하여 길바닥에 쓰러질까 봐 난 당신의 뒤를 항상 따라다니고 있답니다. 결코 질투심에서 미행하는 것이 아니고 당신을 진실로 아끼고 걱정하는 마음에서 그러는 것이니 나쁘게는 생각지 마세요. 당신이 저를 아무리 미워해도 저는 당신을 변함없이 사랑하고 있답니다…….

그래서 이날 밤도 송세라는 양복점 부근 골목에 그림자처럼 숨어서

서성거리고 있었던 것이다. 밤 11시가 다 돼 가는데도 문광혁은 퇴근을 할 줄 모르고 있었기 때문이었다. 어디론가 계속 전화질만 해대고 있었다. 통화가 잘 안 되는지 수화기를 내던지며 신경질을 부리기도 했다.

"이런 씨팔! 무슨 병원이 이렇게 계속 통화 중이야?"

"사모님이 병원에 입원이라도 하셨습니까?"

문광혁보다 나이가 많아 보이는 30대 중반쯤의 재단사가 밤늦도록 열심히 재단을 하면서 지나는 말처럼 물었다. 재단사는 송세라를 항상 사모님이라고 호칭했다. 송세라는 아직 완전한 부부라고 할 수도 없는 주제인지라 그런 호칭을 듣는 것이 쑥스럽고 부담스러워서 그렇게 못하게 해도 재단사는 고칠 줄을 몰랐다.

"그건 알 거 없고, 내일은 내가 안 나올지 모르니 그렇게 아시오."

"예? 어디 가십니까, 사장님?"

"말 걸지 말고 그렇게만 알고 있어요! 그럼 나 먼저 들어갑니다."

놀라운 일이었다. 문광혁은 그길로 H대학병원 영안실로 갔다. 죽은 강 사장의 빈소로 간 것이었다.

거기엔 철공소 직공 몇 사람과 시종 흐느끼는 강오란만 있을 뿐이었다. 상주도 없는 그야말로 초라하기 짝이 없는 빈소였다. 근래에 찍은 듯한 강 사장의 흑백사진이 향불 앞에서 미소를 짓고 있었다.

빈소에 처음 온 듯 문광혁은 고인의 사진 앞에서 절도 하고 향도 피웠다. 하지만 강오란과는 아무런 대화도 나누지 않았다. 그저 둘 다 서먹서먹한 표정들이었다.

그러나 송세라가 숨어서 자세히 살펴보니 강오란의 눈빛이 좀 이상했다. 왜 그런지 문광혁을 좀 증오의 눈으로 노려보고 있는 것 같았다. 분명히 쉴 새 없이 눈물방울을 쏟아내면서도, 그 눈이 증오로 잔뜩 일그러져 있었다. 송세라는 이상하다고 생각되었으나 더 깊이 생각하지 않았다. 그럴 만한 아무런 이유가 없을 터이기 때문이었다. 내가 잘못 본 것이겠지.

　문광혁은 이날 밤 화투도 치면서 철공소 직공들과 같이 철야를 했다. 이튿날은 망우리공동묘지까지 따라갔다. 그뿐 다시는 강오란을 눈길로라도 찾지 않는 것 같았다. 강오란도 그 후로는 어떻게 되었는지 알 수도 없었다. 다만 강 사장의 죽음과 동시에 철공소가 빚에 넘어갔다는 소문만 어디선가 어렴풋이 들었을 뿐이었다.

　그런데 그로부터 한 달쯤이나 지났을까.
　살인이 날 일이 또 일어났다. 너무도 엄청난 충격적인 일이라 송세라는 처음엔 눈을 의심했다.

78

 귀가 떨어져 나갈 것 같은 몹시도 추운 밤이었다.
 문광혁이 9시경에 퇴근을 해서 어느 술집으로 들어가고 있었다. 양복점에서 번 돈을 그는 그런 식으로 또 탕진할 모양이었다. 그날도 송세라는 그의 뒤를 따르는 것을 게을리하지 않았다. 귀갓길에 혹시 그가 또 쓰러져 동사하지나 않을까 그걸 염려해서였다.
 술집은 전자오르간 소리가 요란한 스탠드바였다. 손님들이 바글바글했다. 마이크를 잡고 노래를 구성지게 뽑기도 했다. 밤업소에 출연하는 가수들이나 탤런트들은 돈을 받고 노래를 하는데, 소위 왕이라는 손님들은 되레 돈을 주고 노래를 부르는 스탠드바.
 암튼, 바글거리는 손님들 덕분으로 송세라는 구석진 코너의 좌석을 하나 차지하고 앉아 마시지도 않는 맥주를 시켜놓고 문광혁의 일거수일투족을 주시할 수가 있었다.
 문광혁이 긴 스탠드 앞 중앙쯤 자리에 앉아서 술을 마시다가 그 자리가 싫증이 나는지 먹던 맥주병과 컵을 손수 들고 별도의 좌석들이 놓인 곳으로 가 빈 좌석을 차지하고 앉았다. 그리고 들고 있던 컵의 남은 술을 막 마저 다 비웠을 때였다. 잔뜩 취한 어느 까만 양장 차림에 까만 하이힐을 신은 아가씨가 문광혁 쪽으로 비틀거리며 가더니 다짜고짜 문광혁의 어깨를 손으로 툭 쳤다. 뜻밖에도 강오란이었다.

강 사장의 장례 이후로 둘은 처음 만나는 것 같았다. 명멸하는 붉고 푸른 빛깔의 네온 불빛 때문에 실내는 선정적인 무드에다 좀 어두운 편이었으나 표정들이 그랬다. 문광혁이 약간 놀란 기색으로 먼저 뭐라고 입을 열었다. 그러자 강오란이 깔깔대더니 뭐라고 빈정거렸다. 말문이 막히는지 자신이 다 마신 빈 컵을 문광혁이 내밀며 맥주를 권했다. 강오란이 받더니 붉은색 카펫이 깔린 스탠드바 바닥에다 갑자기 컵을 내동댕이쳐 버렸다.

쨍그랑! 그 소리만 똑똑히 들었을 뿐 송세라는 그들의 대화 소리를 한마디도 듣지 못하고 말았다. 시끄러운 전자오르간 소리와 <신라의 달밤>을 부르는 어느 남자 손님의 노랫소리 때문이었다.

컵을 깨고 나서 강오란이 스탠드바 밖으로 횡 나가버렸다. 계산 따위를 마치고 즉시 문광혁이 뒤쫓아 나갔다.

밖으로 나간 강오란은 부근 골목에서 구토를 했다. 너무 취해서 몸을 제대로 가누지도 못했다. 어두운 밤이라서 망정이지 눈 뜨고는 못 볼 꼴불견이었다. 문광혁이 등을 두들겨 주며 혼잣말처럼 뇌까렸다.

"못 봐주겠군. 무슨 술을 이렇게 마신 거야?"

으웩! 으웩!

"그런다고 아버지가 다시 살아나나? 그런 슬픔은 누구나 한 번씩은 다 겪는……."

"웃기지 마! 손님들이 권해서 마셨을 뿐이야. 팁이라도 벌려구 말야. 팁 알아? 팁?"

"팁이라니? 아니, 그럼……."

"그래! 난 더러운 호스티스야. 살롱에 나가고 있어. 강오란이가, 내가 이렇게 밑바닥으로 전락할 줄 몰랐지? 하지만 깔보지 마. 빚에 넘어간 우리 아빠의 공장을 다시 찾기 위해서 악착같이 돈을 벌려고 이빨을 악문 것뿐이니까. 무슨 말인지 알아요? 아냐구요?"

강오란이 일어나 비틀거리며 골목을 빠져나가기 시작했다. 그러면서 중언부언 계속 뇌까려댔다.

"그 스탠드바는 내 단골이라구요. 퇴근할 때마다 들러서 입가심으로 한잔 걸치는 곳. 흥! 근데 거기서 하필이면 우리 공장에서 일했던 직공 자식을 하나 딱 만나게 될 줄 누가 알았어? 너 말야, 너! 아유, 창피해! 쥐구멍 어디 있지? 쥐구멍? 택시! 스톱! 스톱!"

골목을 빠져 나가다가 강오란이 쓰러졌다. 문광혁이 뛰어가 부축해서 간신히 일으켰다. 그대로 두면 강오란은 동사할지도 모를 일이었다. 유난히도 추운 겨울밤이라서 그런지 행인도 뜸하고 거리는 텅 비어 있었다. 이따금 지나는 차량뿐이었다.

그걸 염려해서인지 문광혁은 강오란을 부축해서 택시에다 집어넣었다. 그리고 같이 타고 어디론가 달리기 시작했다.

송세라도 즉시 택시를 잡아타고 뒤따르기 시작했다. 밤이라서 그런지 거리엔 빈 택시가 많아서 다행이었다. 택시 안에서 히터로 잔뜩 얼었던 몸을 녹이며 송세라는 여러 가지 의혹에 사로잡히기 시작했다. 혹시 둘은 사랑하는 사이가 아닐까? 나와 결혼하기 전부터 그런 사이가 아니었을까? 아니야, 이건 무서운 노파심일 거야. 그렇다면 몸뚱이가 문둥이 같은 나와 왜 결혼했겠는가. 참, 그렇지! 첫날밤에 별거 선언을 한 이후로 갑자기 둘은 사랑하게 되었는지도 모르지. 아무리 그렇더라도 하필이면 저 계집애와…… 저 계집애와…… 그게 이상하지 않은가? 화재 사건 이후로 두 집안이 더 철천지원수가 돼버렸다는 사실을 광혁 씨도 잘 알고 있을 텐데…… 그렇다면 혹시 둘은 그 화재 사건과 어떤 연관성이 있는 것은 아닐까? 아니야, 그럴 리가 없지. 불은 우리 둘째 올케의 부주의로 난 실화였으니까. 실화가 분명하니까. 소방서도 경찰도 그렇게 수사를 종결지었으니까.

79

 그들이 탄 택시가 멎은 곳은 서울 변두리 지대에 있는 P동의 X아파트 앞이었다. 엘리베이터도 없는 5층짜리 서민 아파트였다. 택시에서 내린 그들이 7동 아파트 501호로 층계를 이용해서 올라갔다. 몇 번 토하고 나더니 강오란은 술이 좀 깬 모양이었다. 이제는 별로 비틀거리지도 않았다. 그래도 부축을 받으면서 강오란이 손가락으로 안내를 하는 걸로 미루어 문광혁은 처음 와보는 곳인 듯했다.
 그런데 웃기는 일이 벌어졌다.
 강오란이 핸드백에서 키를 꺼내 문을 따며,
 "흥! 지금은 이런 코딱지만 한 데서 전세로 살고 있지만 좀 더 두고 보라구요. 악착같이 돈 벌어서 빌딩을 살 테니까. 우리 집이 망했다고 깔보지 말라 그 말이에요. 알았어요? 알았어? 호호호."
 느닷없이 실소처럼 자조적으로 깔깔대더니 현관문 옆 벽에 붙은 전등을 스위치로 켜며 안으로 들어가기가 무섭게,
 "그럼 이제 가보세요. 바래다줘서 고마워요. 빠이빠이!"
하고, 쾅 문을 닫아버렸다.
 닭 쫓던 개 지붕 쳐다보듯 문광혁이 잠시 뻥했다가,

"이봐! 이런 법이 어딨어? 커피라도 한잔 있어야 할 거 아냐. 그러지 말고 문 열어!"

하고, 막 버저를 누르려는데 다시 벌컥 현관문이 열리며 강오란이 느닷없이 권총을 들고 나타났다.

분명히 권총이었다. 하지만 자세히 보니 권총은 권총이되 어처구니없게도 아이들의 장난감인 물총이었다. 고무로 만든 파란색 물총!

그걸 진짜 권총으로 알았는지 어쨌는지 문광혁이 처음엔 파랗게 질려 뒷걸음질을 쳤다. 그리고 그것이 장난감 고무 물총이란 것을 금방 알아챘을 법도 한데 여전히 필요 이상으로 공포에 질려 있는 얼굴을 하고 있었다. 아마 너무 심하게 놀랐던 모양이었다. 그가 겨우 한마디를 떠듬거렸다.

"그, 그건 물, 물총……."

"그걸 이제 아셨나요? 호호호. 왜 안 가고 남의 처녀 집을 기웃거리고 있어요? 한 방 먹고 싶으세요? 좋아요! 그럼 쏜다. 탕! 탕!"

강오란이 입으로 총소리를 내며 여지없이 물총을 찍 쏘았다. 세찬 빗줄기 같은 강한 물줄기가 직통으로 문광혁의 얼굴에 명중했다.

"무, 무슨 짓이야!"

문광혁이 얼굴을 피하면서 화난 목소리로 고함쳤으나 그땐 이미 늦었다. 얼굴이 온통 젖어 있었으며, 무엇보다 강오란이 쾅 문을 닫고 벌써 안으로 사라지고 없었기 때문이었다. 그녀는 다시는 내다보지 않았다.

숨어서 보며 송세라는, 문광혁의 양복 상의까지 약간 젖은 것을 보고 분노를 느꼈으나 그것은 감정적인 것일 뿐 그녀 역시 어쩔 수가 없었다. 침착하지 못하고 경솔하게 나섰다간 미행을 하고 있다는 것이 들통이 날 테고, 그랬다간 문광혁에게 아주 영영 회복하기 어려운 미운털이 박혀서 이번엔 가장 두려워하고 염려하는 이혼을 당하게 될지도 모를 일이기 때문이었다.

문광혁도 무슨 생각에서인지 더 이상 강오란에게 치근대지 않고 손수건을 꺼내 얼굴을 닦으며 두말없이 돌아서 버렸다. 버저를 더 누르려고도 하지 않았다.

그 대신 그는 부근 술집으로 들어가 화풀이라도 하듯 밤새도록 술을 퍼마셨다. 걷잡을 수 없는 무서운 폭음이었다. 화가 나서 죽겠는지 이따금 주먹으로 탁자를 탕 치기도 했다. 결국 그는 취해서 탁자와 함께 쓰러져버렸다. 다시 일어날 줄을 몰랐다. 술집은 카페였다.

그를 혼자 부축해서 일으키기가 힘들어서 송세라는 카페 웨이터의 도움을 받아야 했고, 그 여세로 택시에도 태울 수가 있었다. 곯아떨어진 그를 택시에 태우고 집으로 가면서 그녀는 그제야 문득 강오란의 그 고무 물총을 떠올리고 있었다. 상상도 하지 않았던 느닷없는 물총을 강오란이 그녀의 아파트에서 가지고 나왔기 때문이었다. 잠깐 아파트 현관문을 열고 장난 비슷하게 가지고 나온 것이긴 하지만.

도대체 그 계집은 왜 아이들의 장난감인 그 물총을 집에 가지고 있었을까? 그리고 왜 하필 그걸 가지고 나와서 입으로 탕! 탕! 총소리까지 내며 문광혁의 얼굴에다 물줄기 총알을 찍 쏘았을까? 그것은 무엇을 의미하는 것일까? 무엇을 암시하는 것일까? 그보다 그 물총은 어디서 생겼을까? 누구의 것일까? 누가 주었을까? 문방구에서 샀을까? 왜 하필 애들이 가지고 노는 물총을 샀을까? 그게 아니면 그녀의 집에 물총을 가지고 놀 만한 아이라도 있었는가? 있다면 그 아이는 누구일까? 조카 따위의 친척일까? 아니면 그녀가 미혼모가 되어 몰래 낳은 아이일까? 그 아이를 비밀리에 혼자 키우고 있었다? 그도 아니면…… 아니면…… 아니면…… 아니면……?

물총에 대한 의문은 꼬리에 꼬리를 물어서 끝이 없었다. 자꾸 꼬리가 생기는 미스터리였다. 그래서 송세라는 물총에 대해서 더 이상 생각하지 않기로 해버렸다. 달리 생각하면 그녀와는 아무런 연관성도 없는 하찮은 아이들의 장난감에 불과한 것이며, 그렇다면 자신과는 아무런 의미도 없는 것일 거라는 판단에서였다. 그러면서 초등학교 땐가 그보다 더 어릴 적에 동네 사내아이들과 물총을 가지고 전쟁놀이를 했던 동화 같은 아련한 기억이 잠시 떠올라, 모처럼 택시 뒷좌석에서 문광혁의 요란한 코 고는 소리를 들으며 혼자 미소를 짓고 있었다.

택시로 집에 도착해서도 문광혁은 인사불성이었다.
시체처럼 너무도 무거운 그를 혼자서 안간힘을 쓰며 등에 업다시피 해서, 물론 그것도 택시 운전수의 도움을 받아야 했지만, 아무튼 그의 방으로 업고 가 깨끗이 세탁한 하얀 요 위에 눕힌 다음 양복 상의와 넥타이, 양말을 가까스로 벗겼다. 그리고 이마에다 물수건을 얹어주는 등 빨리 술이 깨도록 애를 썼다.
그러다 그녀는 문광혁의 얼굴을 문득 뚫어져라 들여다보았다. 처음으로 똑바로 보는 남편의 얼굴이었다. 자신의 약점 때문에 언제 이렇게 가까이서 똑바로 그리고 오래도록 얼굴을 볼 수가 있었던가. 이제까지 남편의 자는 얼굴도 깨어날까 싶어 한 번도 오래도록 들여다볼 수가 없었지 않았던가. 그런데 오늘은 이 무슨 용기이고 만용인가.
아아, 이게 내 남편의 얼굴인가. 그렇게도 멀고 배신자처럼 느껴지던 내 서방님의 얼굴인가. 그 이마에서 코에서 그리고 입술에서 시선이 멎자 그녀는 문득 키스를 하고 싶다는 강렬한 충동을 느꼈다. 키스라는 언어를 망각할 정도로 그녀는 언제 남편과 키스를 해보고 버림을 받았던가. 벌써 3년 전인 것 같았다. 별거를 선언당하던 그 첫날밤의 키스가 마지막이었으니까.
그녀의 입술은 저도 모르게 남편의 입술로 포개지고 있었다. 녹초가 되어 코를 고는 남편의 입에서 술 냄새와 구취 비슷한 악취가 풍겼으나 그래도 좋았다. 너무너무 오랜만에, 실로 3년 만에 포개보는 남편의 입술이었다. 입술을 빨거나 혀를 집어넣으면 남편이 깨어나 기겁을 할까 싶어 입술에 입술만 조심스럽게 가만히 포개고만 있어도 그녀는 너무 오래간만의 키스라서 그런지 금방 온몸이 불덩어리가 되고 극도로 흥분이 되었다. 뭔가가 아랫도리를 강한 전류처럼 자극하는 것 같아 도저히 억제할 수가 없었다. 그래서인지 더욱 대담해지고 용기가 생겼다. 그녀는 본능적으로 어느새 남편의 입술을 점점 강하게 빨다가 입을 벌리고 자고 있는 남편의 입속으로 혀를 집어넣었다. 그리고 조심스럽게, 아주 조심스럽게 남편의 혀를 빨기 시작했다. 그래도 그가 아무 반응 없이 인사불성이자 이번엔 그의 양복 하의와 내의를 벗기기 시작했다. 덜덜 떨리는 손으로 조심조심 팬티만 남을 때까지 벗겨도 그는 여전히 미동도 할 줄 모르고 코만 드르렁드르렁 골았다. 그리고 그의 생식기도 흥분을 못 느끼고 있는지 팬티의 그 부분이 조금도 부풀어 오를 줄도 몰랐다. 그녀는 차마 팬티는 벗길 수가 없었다. 마지막 그것만은 허락 없이 벗길 수가 없었다. 그보다도 뭔가 두렵고 무섭고 심장이 떨려서 더 벗길 수가 없었던 것이다.

그래서 그녀는 손을 멈추고 그의 발 아래로 내려가 죄인처럼 꿇어앉았다. 그리고 물수건 때문에 가져온 대야의 물로 그의 발을 조심조심 씻은 다음 입술로 그의 발가락을 빨기 시작했다. 그것은 남편에게 바라는 처절한 성의 구걸이며 애무였다. 처절한 구걸도 좋고 처절한 애무도 좋았다. 그보다 더한 치욕적이고 굴욕적인 구걸과 애무라 할지라도 지금 이 시간, 이 절호의 유일한 시간에 발가락부터 머리끝까지 더금더금 입술로 애무해 올라가리라. 그래서 그가, 사랑하는 내 남편이 취중에라도 좋으니 한 번만, 딱 한 번만 '나의 처녀'를, '나의 첫 순결'을 가져만 준다면 아아, 지금 이 순간 그 이상 더 바랄 것이 뭐가 있겠는가. 여보! 제발 취중에라도 좋으니, 꿈결에라도 좋으니 저를 받아 주세요. 저도 남자를 알고 싶습니다. 당신을 알고 싶습니다. 남편을 알고 싶습니다. 3년 동안의 그 외로웠던 밤을, 그 고독했던 밤을, 차라리 옷장 속에 있는 당신의 넥타이로 목을 매거나 양잿물을 먹고 수백 번 수천 번을 죽고 싶었던 그 수많은 하얀 밤을 당신은 아십니까?

아십니까? 그녀는 울고 있었다. 울면서 남편의 발가락을 빨고 발등을 빨고 정강이를 빨고 장딴지를 빨고 무릎을 빨고 곡추를 빨고 곡추의 자개미를 빨고…… 그리고 점점 넓적다리를 빨고 허벅다리를 빨며 미친 듯이 팬티 쪽으로 거슬러 올라가고 있었다. 그러면서 그녀의 한 손이 자신도 모르게 남편의 팬티 속으로 막 접근하고 있을 때였다.

아무리 술에 취해 녹초가 되었지만 전신을 보드라운 입술로, 혀로 빠는 그 섬세한 애무에 꿈결인 양 극치의 쾌감이 느껴졌던지 남편이 갑자기 누운 채 와락 그녀를 끌어안았다. 그러면서 잠꼬대를 했다. 청천벽력 같은 잠꼬대였다.

"아, 오란이…… 오란이…… 사랑해…… 난 아직도 오란이를 사랑하고 있어…… 오란이……."

송세라는 귀를 의심했다. 그런 그녀를 끌어안고 마구 키스를 퍼붓기도 하고 옷 속으로 손을 집어넣어 유방을 더듬기도 하며 그가 계속 잠꼬대를 했다.

"난 이혼을 하고…… 오란이와 새로 결혼해야겠어…… 오란이의 그 비단결 같은 보드라운 살결…… 흉터 없는 매끄러운 속살…… 그걸 잊을 수가 없어…… 결혼하고 나서 더 잊을 수가 없었어…… 보고 싶었어…… 그리웠어…… 아, 오란이…… 오란이……."

그러다가 너무 큰 경악과 충격으로 뻣뻣하게 경직돼 있는 송세라의 반응이 아무래도 이상한지 그가 번쩍 눈을 떴다. 그러더니 강오란 대신 송세라가 자신의 품에 안겨 있는 것을 알곤 으악! 하고 비명을 지르며 질겁을 했다. 아니, 징그러운 뱀이라도 안은 듯이 부르르 진저리를 치며 얼른 송세라의 얼굴부터 손바닥으로 홱 밀쳐버렸다. 이어,

"왜 안 자고 지랄이야? 징그럽게! 소름 끼치게 왜 지랄이냐구, 이 미친년아! 꺼져! 징그러우니까 어서 꺼져! 빨리 니 방으로 꺼져버리란 말야!"

하고, 그가 어느새 벌떡 일어나 얼마나 화가 났던지 닥치는 대로 발길

질까지 했다. 그러고는 송세라가 안겼던 자신의 가슴을 더러운 먼지를 떨 듯 손바닥으로 여러 번 찰싹찰싹 소리가 나게 털고 나서 이불을 머리까지 뒤집어쓰고 반대편으로 홱 돌아누워 버렸다. 아직도 술에 취해 있는 상태라 잠도 덜 깨고 추워서 일단 얼른 이불 속으로 기어들어간 눈치 같았다. 송세라는 그가 밀치는 대로, 그리고 발부리가 아닌 하필이면 더러운 발바닥으로 차는 그의 발길질에 석죽색 여성용 잠옷을 입은 그녀의 이마와 턱과 왼쪽 뺨을 번갈아 차이고 이불과 요 밖의 방바닥에 비참하게 쓰러진 채, 순간적으로 남편을 죽이고 싶은 살의를 느끼고 있었다. 미친년처럼 와락 달려들어 잘난 체하는 저 얼굴을, 다른 곳도 아닌 저 얼굴부터 가리가리 물어뜯어서 죽이고 싶었다. 아니, 부엌에서 칼을 가져와 얼굴과 전신을 수십 번 수백 번 수천 번 수만 번 수십만 번 수백만 번을 갈가리 찌르고 찔러 난자질을 해서 죽이고 싶었다.

그러나 이날 밤은 아무런 일도 일어나지 않았다.

돌이킬 수 없는 끔찍한 사건은 이튿날 터졌다.

80

폭음의 숙취 때문인지 문광혁은 이번에도 다음 날 저녁때까지 종일토록 자고 사방이 어둑해져서야 일어났다. 그리고 여느 때와 마찬가지로 칫솔질과 세수만 대충 한 다음 저녁을 먹을 생각도 않고 발정이 난 개처럼 발광을 하며 밖으로 또 나가려고 했다.

그런 그를 송세라가 이번에는 처음으로, 정말 3년여 동안 처음으로 별로 넓지 않은 마당에서 가로막았다. 오늘도 그럴 줄 알고 미리 지키고 있었던 것이다.

"저녁도 안 먹고 어딜 나가세요?"

"뭐? 무슨 간섭이야!"

"양복점 때문이라면 전화로 지시하세요. 오늘은 저녁때가 다 됐으니 아예 푹 쉬고 내일 출근하겠다고 말하면서요."

"무슨 말이 그렇게 많아? 꼴값하고 자빠졌네."

그가 언제나 그렇듯이 심한 모욕적인 말을 퉁명스럽게 내뱉으며 송세라를 힐끗 한 번 쳐다보다가 갑자기 눈이 확 커졌다.

그것도 그럴 것이 송세라는 이날은 좀 진한 화장을 한 얼굴에, 그녀에게 가장 잘 어울리는 눈같이 새하얀 머플러를 목에 두르고 까만 튜닉, 그리고 겨울이지만 흰 빛깔의 롱부츠를 신고 있었기 때문에 흑백의 그 강한 콘트라스트가 그지없이 인상적이고 청초해 보였던 것이다.
"흥! 기차게 예쁘군. 하지만 안 속아. 안 속는단 말야. 온몸이 징그러운 화상 흉터로 썩어 문드러진 몸에 옷만 잘 입으면 뭐해. 안 그래? 비켜!"
그가 앞을 막아선 송세라를 여지없이 홱 밀어버렸다.
그러나 이번만은 송세라도 가만있지 않았다. 땅바닥에 쓰러졌다가 얼른 다시 일어나 앞을 막아서며 앙칼지게 소리쳤다. 그녀는 너무 모욕적이고 무안해서 울고 있었다.
"안 돼요! 못 가요! 난 당신을 지킬 권리가 있어요! 비록 몸은 흉터투성일지라도 마음과 정만은 흉터 하나 없이 깨끗하니까요!"
"어쭈! 그래서?"
"그 권리로, 아내의 그 권리로 오늘은 당신을 지키고 싶어요! 난 당신이 어디에 가는지 다 알고 있어요! 강 사장의 딸 오란이, 강오란! 그 계집애를 만나러 가는 거죠?"
"그렇다, 왜? 그건 어떻게 알았어?"
때마침 어두운 대문 밖에서 누군가가 그 말을 충격적인 얼굴로 엿듣고 있는 사람이 있었다. 뜻밖에도 오수옥이었다.
오수옥은 크고 싱싱한 대구 두 마리가 담긴 장바구니를 들고 있었다. 송 영감이 석양 무렵에 그걸 시장에서 사가지고 와 송세라 집에 갖다 주라고 해서 가져온 것이었다. 그러다 대문 밖에서 싸우는 소리를 듣고 잠시 엿듣게 되었던 것이다. 그런 일은 종종 있었다. 송 영감은 지성스러운 부정으로 맛있는 반찬거리나 싱싱한 생선 따위가 보이면 그걸 사서 종종 송세라 집에 보내곤 했던 것이다.
하지만 자신이 직접 그런 것을 들고 딸네 집에 나타난 적은 한 번도 없었다. 지금과 같은 이런 광경을 혹 보게 돼 큰 실망과 마음의 상처를 입게 될지 몰라 그런 눈치였다. 오수옥은 독심술로 시아버지의 심리를 그렇게 파악하고 있었다.

　별로 높지 않은 붉은 벽돌담과 안으로 잠긴 진녹색으로 페인트칠이 된 아담한 철대문 안에서 송세라의 울부짖는 소리가 다시 또 들렸다. 송세라는 어느새 울면서 소리치고 있었다.

　"오란이와는 어떤 사이예요? 하필이면 그 계집애와…… 어떤 사이냔 말예요?"

　"그걸 알아서 뭘 어쩌겠다는 거야? 질투할 자격이 있는 몸뚱이라고 생각해?"

　"뭐라구요?"

　"알아들었으면 비켜! 비키란 말야! 뒈지고 싶어?"

　"악!"

　송세라를 어떻게 했는지 마당 쪽에서 비명 소리가 들리고, 잠시 후 연회색 양복에 붉은 빛깔의 알라꿍달라꿍한 넥타이를 맨 문광혁의 말쑥한 모습이 잠긴 대문을 안에서 끄르고 밖으로 거칠게 나타났다. 그러다 어둠 속에서 무섭게 노려보고 서 있는 검은색 코트 차림의 오수옥을 발견하곤 기겁했다.

　"아니? 깜짝 놀랐잖아요. 웬일이십니까?"

　"너무하시군요. 세상에 그럴 수가……."

　"뭐가 말입니까?"

　"애당초 모든 걸 알고 결혼했으면서 왜 우리 시누이를 울리죠? 양복점이 탐이 나서 거짓 결혼을 했던가요?"

　"무슨 말을 그렇게 섭섭하게 하십니까."

　"부탁이에요, 이왕 결혼을 했으니 불쌍하게 생각하고 사랑해 주세요. 오히려 상처를 어루만져주고 아껴주시면 안 되겠어요? 잘 아시다시피 우리 시누이가 저렇게 된 건 다 저 때문이에요. 저의 부주의 때문에…… 평소에 불조심을 하지 않았던 저의 부주의 때문에 우리 아가씨가 저렇게……."

"오히려 제가 부탁을 하겠습니다. 우리야 어떻게 살든 저희에 대한 사생활 간섭은 하지 말았으면 좋겠습니다. 출가외인이란 말도 모르십니까? 그 말 몰라요? 더욱이 올케 주제에 너무 시건방지고 주제넘은 갓 같은데요. 안 그런가요? 에이, 씨팔! 재수가 없으려니까."

문광혁의 그 오만불손한 태도와 노골적인 극언에 오수옥이 너무 기가 막히고 말문이 막혀 잠시 어쩔 줄을 모르고 있을 때 문광혁은 벌써 저만치 어둠 속으로 사라지고 있었다.

바로 그때 송세라가 한쪽 다리를 약간 절뚝거리며 문광혁을 뒤쫓아 나오다가 오수옥을 발견하곤 깜짝 놀랐다. 아니, 깜짝 놀라는 것이 아니라 오수옥을 보자마자 대번에 악부터 썼다. 송세라는 이미 엉엉엉엉 울고 있는 상태였다.

"흥! 왜 또 왔어요? 삼일거리 한 번씩 왜 자꾸 오느냔 말예요?"

"………."

"며칠 사이에 내가 얼마나 불행해졌나 그걸 확인하러 왔어요?"

"아가씨, 무슨 말을 그렇게……."

"이젠 더 이상 참을 수 없어요! 견딜 수 없어요! 내 청춘을 변상해 주세요! 내 인생을 변상해 달란 말예요! 내가 결혼해서 불행해지면 책임지기로 했잖아요! 오빠도 올케도 함께 책임지기로 했잖아요! 왜 아무 대꾸가 없어요? 왜? 왜? 왜?"

"………."

"난 지금 불행해요! 말로 표현할 수 없을 정도로 너무너무 불행해요! 기가 막혀서 말이 안 나올 정도로 너무 모욕적이고 치욕적이고 자존심이 상하고…… 무엇보다 여자로 태어나서 여자 대우를 못 받는 것만큼 불행한 여자가 세상에 또 어디 있는 줄 아세요? 어디 있는 줄 아느냔 말예요? 이제 말하지만 난…… 난…… 아직도 처녀예요! 첫날밤도 치르지 못한 처녀란 말예요!"

"뭐, 뭐, 뭐라구요? 지금 뭐랬어요?"

"결혼한 지 3년이 지났는데도 아직도 신랑과, 아니 남편과 잠자리를 같이한 적이 없단 말예요! 밤이면 나를 거들떠보기나 하는 줄 아세요? 거의 맨날 밥 먹듯이 외박을 하다가 어쩌다 집에 와서 자는 경우에도 말예요! 마치 뱀 취급이에요, 뱀! 징그러운 뱀! 구렁이! 구렁이! 무슨 말인지 알아요? 알아요? 아느냔 말예요?"

"………."

오수옥은 자신의 귀를 의심하고 있었다. 이 무슨 청천벽력 같은 소리란 말인가. 결혼한 지가 언젠데 아직도 처녀라니! 처녀라니! 처녀로 3년 동안을 부부 생활을 해오다니! 이게 있을 수 있는 일인가. 있을 수 있는 일인가.

"생과부도 이런 생과부는 없을 거예요! 나라고 왜 남자가 그립지 않겠어요? 나라고 왜? 나라고 왜? 나라고 왜? 엉엉엉엉……."

"………."

"이렇게 될 줄 알았어요! 이렇게 비참하게 될 줄 알았다구요! 그래서 난 미혼 때 올케를 괴롭혔어요! 갖은 방법으로 구박을 하고…… 저주를 하고…… 증오를 하고…… 석유난로로 오빠와 올케 방에 불을 지르려 하고…… 이불 속에 불에 태운 쥐새끼를 집어넣고…… 그럴 때마다 올케와 오빤 나를 화재 때문에, 그리고 끔찍한 중화상 때문에 충격을 받고 트라우마로 인해 정신에 이상이 생긴 것으로 알고 정신병자로 보셨죠? 미쳐도 설미친 반미친년으로 말예요! 그래요, 난 오히려 그래주길 바라고 있었어요! 나를 미친년으로 봐주길 바라고 있었단 말예요! 그래야만 미친 척하고 올케와 오빠를 실컷 괴롭힐 수가 있었으니까요! 하지만…… 하지만…… 난 돌아서면 얼마나 많이 울었는지 아세요? 얼마나 많이 올케와 오빠 몰래 가슴 아파했는지 아시냐구요? 올케를 괴롭히고 나서, 올케를 미워하고 나서 그게 미안해서, 그게 괴로워서…… 오빠한테도 할 말 못 할 말 다 해놓고 나서 그게 죄송해서, 그게 가슴이 아파서……가슴이 찢어지게 아파서…… 밤이면 이불 속에서 얼마나 입을 틀어막고 소리 죽여 울었는지 아세요? 오빠와 올케한테 수십 번 수백 번을 잘못을 용서 빌면서…… 용서 빌면서…… 이 잔인한 여동생 죽게 내버려두지 왜 다시 살려냈느냐고…… 엉엉엉엉, 엉엉엉엉, 엉엉엉엉…….”

"아가씨!"

오수옥도 그만 같이 엉엉엉엉 울어버리고 말았다. 그랬었구나! 그랬었구나! 그런 줄도 모르고 나는 세라 아가씨를 때론 얼마나 원망했던가. 때론 얼마나 두려워했던가. 나도 사람이라 때론 얼마나 미워했던가. 그리고 정말로 트라우마로 인해 정신에 이상이 생긴 줄 알고 솔직히 얼마나 정신병자 취급을 해버렸던가. 아아, 뻔뻔스러운 년! 뻔뻔스러운 년! 뻔뻔스러운 년! 적반하장도 유분수지…….

"올케가 불을 내고 싶어서 냈나요? 오빠가 문을 잠그고 싶어서 잠갔나요? 다 운명이었어요. 그날의 불운 때문이었어요. 하지만, 하지만 그것을 번연히 잘 알면서도 올케와 오빠를 보면 저주와 증오가 부글부글 끓어올랐는 걸 그럼 어떡해요? 심지어는 두 분을 내 꼴로 만들어버리고도 싶었어요. 두 분이 잠자는 방에다 불을 확 질러서…… 방문에다 밖에서 자물쇠까지 채우고…….”

"아, 그만! 그만! 아가씨, 그만!"

"지금도 그러고 싶어요. 막상 올케를 대하니까 죽이고 싶어요. 나처럼 불에 태워서 죽이고 싶어요. 그리고 나도 같이 죽어버리고 싶어요. 3년 동안의 그 피를 말리는 고독하고 외로웠던 밤…… 그 비참하게 버림받았던 지옥 같은 밤…… 아아, 세상 어느 여자가 그걸 참고 견디면서 3년 동안이나 살 수가 있을까요? 하루 이틀도 아니고 3년 동안이나 처녀성을 맹장염에 걸린 맹장처럼 달고 있으면서…… 그럴 때면 하루에도 죽고 싶은 생각이 몇 번이었는지 알기나 하세요? 알기나 하세요? 몇 번? 몇 번? 몇 번?"

"………."

"그런데 왜 악착같이 살고 있는지 아세요? 왜 악착같이?"
"………."
"그것은 아빠 때문이에요. 불쌍한 우리 아빠…… 불쌍한 우리 아빠…… 불쌍한 우리 아빠 때문에……."
"………."
"외로운 노년을 오직 이 딸의 행복만을 위해서 사시는 불쌍한 우리 아빠…… 그 아빠에게 이 딸의 못난 모습을 보여주지 않으려고…… 갖은 수모와 굴욕과 모멸과 불행을 견디지 못해 끝내는 자살을 택하고 만 이 못난 딸의 불효를 보여주지 않으려고…… 악착같이…… 악착같이…… 내가 만약 자살을 하면 우리 아빤…… 우리 아빤 내가 불쌍해서…… 내가 불쌍해서…… 얼마나 우시겠어요? 그걸 생각하면 도저히 죽을 수가 없어서…… 도저히 죽을 수가 없어서 악착같이…… 악착같이…… 아아, 아빠, 아빠……."

말끝을 다 맺지도 못하고 송세라가 휑하니 열린 철대문의 시멘트 문설주에 얼굴을 묻고 목을 놓아 엉엉엉엉 또 통곡을 했다. 몸부림을 치며 통곡을 했다.

그러나 오수옥은 이제는 울지 않았다. 대신 악녀 같은 무서운 얼굴로 살의를 품고 있었다. 이 천하의 배반자! 인면수심의 이 사특한 악마! 아니, 사심불구의 이 교활한 이율배반자! 내가 너를 죽이리라. 우리 불쌍한 시누이를 대신해서 내가 너를 단죄하리라. 내 손으로 정녕코 너를, 너를 단죄하리라. 그래! 이제야 내가 할일을 찾았구나. 이제야 내가 불쌍한 우리 아가씨를 위해, 우리 시누이를 위해 할 수 있는 일을 찾았구나. 이게 내 인생의 마지막이 되어도 상관없다. 이게 내 남편과 내 아이와의 마지막 이별이 되어도 상관없다. 결코 후회하지 않으리라. 결코, 결코, 결코…… 그 이상 그녀는 다른 것은 아무것도 생각하고 싶지 않았다. 오직 문광혁의 배신과 배반에 대해서 참을 수 없는 분노를 느끼고 반드시 죽여야겠다는 살의에만 불타고 있었다. 송세라가 통곡을 하며 울부짖는 소리가 다시 또 들렸다.
"이젠 책임지세요. 내가 불행해졌으니까 책임져야죠. 올케와 오빠가 책임져야 하잖아요. 어떻게 책임지겠어요? 어떻게요? 어떻게? 대답하세요! 대답하세요! 대답하란 말예요!"
송세라가 울면서 소리치다가 갑자기 생각난 듯 어디론가 미친년처럼 급히 달리기 시작했다. 오수옥도 뒤를 따랐다. 살의를 품은 무서운 얼굴로 무조건 뒤를 따르고 있었다. 손에 들고 있던 대구 두 마리가 담긴 장바구니가 땅에 떨어져도 그녀는 모르고 있었다.

송세라의 작은 전셋집이 있는 골목에서 빠져나와 큰길로 나서자 송세라가 급히 택시를 잡아탔다. 오수옥의 짐작대로 문광혁의 뒤를 쫓고 있는 것이 분명했다. 오수옥도 정신없이 다른 택시를 잡아탔다. 어느새 완전한 어둠이 내려앉은 밤거리는 차가운 칼바람이 횡횡 소리를 내지르며 휩쓸고 지나가고 있었고, 하늘엔 별들이 추위에 떨면서 무수히 빛나고 있었다.

81

 달리는 택시 안에서 오수옥은 문득 송동욱을 떠올리고 있었다. 그는 지금 간판점에서 함연옥이라는 여자의 몽타주를 만들고 있을 것이었다. 초상화가 전문이기 때문에 몽타주라기보다는 기억을 더듬어 아주 초상화를 그리고 있다고 해야 할까.

 그는 여수의 그 죽음의 헛간에서 그야말로 구사일생으로 살아났었다. 자루가 3분의 1 정도 부러진 곡괭이를 헛간 구석에서 발견하고 그것으로 최후의 있는 힘을 다해 아직 불길에 덜 휩싸인 철문을 부수기도 했지만, 다행히도 낚시질을 하고 돌아오던 어느 낚시꾼의 도움으로 소사 직전에 구출될 수가 있었던 것이다. 그야말로 하늘이 도왔던 것이었다. 그 낚시꾼이 아니었더라면 그는 철문을 부수기도 전에 —— 철문이 부러진 곡괭이 따위에 쉽사리 부서지지도 않았겠지만 —— 옷에 불이 붙어 무참히도 소사하고 말았을 것이기 때문이었다. 하늘은 침묵을 지키다가도 결정적일 때에는 선한 자의 편을 들어주는 모양이었다.

 그는 상경 즉시 그 전당포 주인을 찾아갔었다.

후시지탄 같지만, 문득 함연옥과 꺼벙머리와는 어떤 연관성이 있지 않을까라는 생각이 번개같이 뇌리를 스쳤기 때문이었다.
 하지만 그는 번번이 허탕만 치고 돌아와야만 했다. 전당포 주인은 여전히 펄쩍 뛰며 딱 잡아뗐기 때문이었다. 꺼벙머리는 물론 함연옥도 어떤 년인지 끝까지 모른다는 것이었다. 나중에는 화를 벌컥 내며 송동욱의 멱살을 잡기까지 했다. 아무 근거도 없이 생사람을 잡아 억울해서 못 살겠다며 고소를 하겠다는 말까지 있었다. 그럴 땐 그의 눈은 진실을 말하고 있는 것 같았다. 개눈깔 같은 뉘앙스를 풍기는 그런 눈이 아니었다. 뭔가를 동공 속에 감추고 있는 그런 안개 같은 눈 같지가 않았다. 그렇다면 그때의 그 전당포에서의 그 안개 같던 흐릿한, 무언가를 동공 속에 감추고 있는 것 같던 이상한 눈빛은 어떤 의미를 내포하고 있었던 걸까? 그땐 내가 어떤 선입견을 가지고 잘못 봤기 때문에 그런 개눈깔처럼 흐릿한 눈으로 보였던 것이었을까.

 오수옥은 송세라의 택시를 놓치지 않고 열심히 뒤따르고 있었다.
 송세라의 택시는 밤거리를 계속 달렸다. 서울역을 지나고 용산을 지나고 한강대교를 지나고…… 아직은 바로 뒤를 미행하고 있는 오수옥의 택시를 눈치채지 못하고 있는 모양이었다. 그런 덕으로 오수옥은 강 사장의 딸 강오란의 아파트를 처음으로 알게 되었던 것이다.
 송세라의 택시가 멎은 곳은 변두리의 P동에 자리 잡은 X아파트 7동 앞이었는데, 송세라는 택시에서 내리자마자 곧바로 7동 층계를 뛰어올라 501호로 뛰어들었던 것이다. 그리고 잠시 후에 안에서 싸우는 소리가 들려 엉겁결에 뛰어들어 보니 뜻밖에도 거기에 강오란이 있었고, 그 강오란과 송세라가 벌써 머리채를 잡고 엎치락뒤치락하며 싸우고 있었다. 송세라는 롱부츠를 신고 있는 상태였다. 택시에서 내려 신발도 벗지 않고 거실에까지 뛰어든 모양이었다.
 샤워를 하다 나왔던지 강오란은 실오라기 하나 걸치지 않은 완전한 알몸이었다. 그 알몸을 감싸고 나왔을 분홍빛 대형 타월이 싸우는 바람에 흘러내렸던지 푸른 빛깔의 양탄자가 깔린 거실 한쪽에 뒹굴고 있었다.

예단한 대로 그곳엔 문광혁도 있었다.

문광혁은 연회색 양복에 붉은 빛깔의 알라꿍달라꿍한 넥타이를 맨 정장 차림 그대로였다. 그는 두 여자가 머리채를 잡고 거실 바닥을 뒹굴며 개처럼 싸우는 광경을 흥미 있게 구경만 하고 있었다. 자기 아내가 강오란의 알몸 밑에 깔려 머리채를 잡힌 채 사정없이 쥐어뜯기고 있어도 말릴 줄을 몰랐다. 오히려 속이 후련하고 통쾌하다는 그런 표정이었으며, 그러는 한편으론 강오란의 출렁이는 알몸 구석구석을, 특히 엉덩이와 그 시각에서의 두 다리 사이를 킬킬거리는 눈빛으로 흥미진진하게 감상하고 있는 그런 표정이었다.

그 당시의 기준으로, 13평 정도밖에 안 되는 지은 지 오래된 5층짜리 서민 아파트라 난방 시설도 안 돼 있는지 달팽이 껍질만 한 좁은 거실엔 화염이 이글거리는 석유난로가 보였다. 그리고 소파와 응접용 작은 탁자, 그 탁자 위의 과일 쟁반엔 사과 하나와 바나나 두어 개, 그리고 과일 깎는 작은 칼이 얼핏 보였다.

가장 보고 싶은 사람

82

 여기서부터 수사는 다시 원점으로 거슬러 올라간다.
 그동안 오수옥과 송세라는 약속이라도 한 듯이 서로가 자기 범행임을 일관되게 끝까지 주장하고 있었다. 오수옥은 오수옥대로 자기가 강오란을 창문 밖으로 밀어서 죽였다는 것이었고, 송세라는 송세라대로 자기가 그렇게 강오란을 죽였다는 것이었다.
 수사진의 입장으로서는 자칭 진범이라는 두 여자에게 마치 농락을 당하고 있는 기분이었다. 서로 자기가 살인범이 아니라고 입에 게거품이라도 물며 발악을 하거나 묵비권을 행사해야 그게 사람의 일반적인 본질일 텐데, 이 두 여자는 정반대로 서로 자기가 살인범이라고 주장하니 이런 살인 사건은 처음이기 때문이었다.
 무엇보다 더 골치가 아픈 것은 우선 진범을 가려낼 확고한 증거가 없다는 점이었다. 공교롭게도 범행에 사용된 칼 등등의 지문 따위도 두 여자의 것이 똑같이 채취가 된 상태여서, 그것만으로는 두 여자 중에서 누가 진범인지 그것을 가려내기가 매우 힘들게 돼 있었기 때문이었다.
 하지만 한 가지, 그동안의 실화에 대한 죄의식 등등의 여러 가지 심증으로 봐서는 오수옥이 진범일 가능성이 많긴 했다. 그녀는 교활한 배신자이며 배반자인 문광혁을 죽이기 위해 현장에까지 뒤따라왔고, 그리고 문광혁 대신 상황에 따라 강오란을 죽일 수도 있었을 테니까. 싸움을 말리는 과정에서 우발적 살인이든 과실치사든 그럴 개연성이 얼마든지 있었다.

그러나 이것은 송세라의 경우에도 적용될 수가 있는 것들이었다. 송세라의 경우에선 오히려 진범의 가능성이 더 많다고 볼 수 있었다. 왜냐하면 송세라는 직접적인 피해자 입장이기 때문이었다. 남편과 내연의 관계에 있는 여자를 가장 먼저 죽이고 싶은 사람은 누구겠는가. 그것은 두말할 것도 없이 아내일 것이다. 더욱이 강오란은 강 사장의 딸이 아닌가. 공장 문제로 두 집안이 원수처럼 지냈었고, 그 문제로 어쩌면 교묘한 방법으로 방화를 했을지도 모르는 그 강 사장의…….

이런 주장과 자백을 종합하면 강오란의 살해범은 당연히 송세라이어야 했다. 반면에 오수옥의 주장과 자백을 종합하면 또 오수옥이 진범이어야 했다. 그렇다면 문제는 이제 물적 증거보다 인적 증거, 즉 증인이었다. 둘 중에 누가 진범인지 확고부동한 물증을 찾을 수가 없으니, 증인의 증언에 실낱같은 기대를 걸어보는 수밖에 별도리가 없게 돼 있었기 때문이었다.

증인!

물론 증인은 있었다. 현장에 같이 있었던, 그래서 두 여자 중에 누가 진범인지를 똑똑히 보았을 유일한 증인이 다행히도 한 사람 있었다. 그는 바로 문광혁이었다. 하지만 그 증인은 현재로서는 있으나 마나였다. 그는 아직도 병원에서 코마 상태이기 때문이었다. 도무지 깨어날 줄을 몰랐다. 수사진의 염려대로, 그는 그대로 말 한마디도 못한 채 사망해 버릴지도 모를 일이었다.

그런데 설상가상으로 그 증인의 신변에 뜻밖의 사태가 야기되었다.

그러니까 강오란의 살해 사건이 발생한 지 꼭 2주일이 지나고 3주째가 막 시작되던 날 새벽이었다. 중환자실에서 문광혁이 갑자기 사라져버린 중대한 사건이 발생했다. 시각은 정확히 새벽 2시. 이것은 그가 증발한 것을 병원 측에서 알아차린 시각에 불과한 것이었다. 담당 간호사가 잠깐 졸았던 것이 잘못이었다.

그는 환자복을 입은 채 사라져버렸다.

3도 이상의 심한 중화상인 데다 죽음과 같은 혼수 상태였는데 언제 어떻게 어디로 사라져버렸는지 귀신이 곡할 노릇이었다.

그런데 더욱 놀라운 일이 벌어졌다.

뜻밖에도 그가 사건이 터진 강오란의 아파트에 나타났다는 것이었다. 아파트의 경비원한테서 그런 연락이 왔다. 경찰이 출동해 보니 그가 정말 거기에 와 있었다. 상당히 많이 탄 거실과는 달리 한쪽 벽만 약간 거뭇하게 그을린 강오란의 안방에서 그는 뭔가를 급하게 뒤지고 있었다. 경찰이 들이닥쳤을 땐 소설책을 비롯한 여러 가지 책이 많이 꽂혀 있는 책장을 뒤지고 있었다. 그러나 아직은 아무것도 찾아내지 못한 눈치였다. 손에 아무것도 쥐어져 있질 않았다. 도대체 무얼 찾고 있는 것일까? 그러다 그는 다시 의식을 잃어버렸다. 스스로 쓰러져 움직일 줄을 몰랐다. 일부러 그런 쇼를 부린 것 같진 않았다.

실제로 그는 거의 죽어가고 있었다.

벌써 맥박이 점점 떨어져 가고 있었고 하체부터 싸늘하게 식어가고 있었다. 하지만 기적적으로 의식이 다시 살아나서 최후 발악이라도 하듯, 마치 어항에서 어항 밖으로 튀어나온 금붕어가 숨 가쁘게 입을 뻐끔거리듯 하얘진 입술을 달싹이며 무슨 말을 하려고 애를 썼다. 뜻밖에도 그는 다음과 같은 말을 중얼거리고 있었던 것이다.

그것은 헛소리 같은 것이었는데, 죽음을 예감했음인지 갑자기 절망과 체념이 뒤섞인 듯한 그런 마지막 유언 같은 소릴 하고 있었다. 인간은 누구나 죽음이 임박했을 때에는 가장 착한 말만 하고 지순해진다더니 그가 그런 표정이었던 것이다.

"오란이가, 강오란이가 죽으면서…… 일기장을…… 일기장을…… 빨리 없애라고 해서…… 빨리 없애라고…… 해서……."

그의 신음 같은 헛소리는 분명히 이렇게 반복해서 중얼거리고 있었다. 그러면서 그의 파르르 떠는 손가락이 강오란의 책장을 가리키고 있었다.

"일기장?"

경찰관이 소리쳤다.

"예…… 일기장…… 오란이가 아파트에서 떠밀려 5층 아래로 떨어져 죽기 직전에…… 그런 말을 나한테 했는데…… 그런 말을 나한테 속삭였는데…… 그땐 그 말이 무슨 말인지…… 얼른 알아듣지 못했으나…… 병원에서 문득 다시 생각해…… 보…… 니……."

"누구야? 강오란은 누가 죽였지? 빨리 그것부터 말해요!"

문광혁이 곧 숨이 넘어갈 것 같은지 이번에는 다른 경찰관이 성급하게 소리쳤다.

"………."

"누구냐니까? 정신 차려요! 이봐, 정신 차려!"

그러나 문광혁의 입술은 다시는 움직일 줄을 몰랐다. 단지 새끼손가락 하나를 어떤 암시처럼 펴 보일 뿐이었다. 그에게 있어서의 새끼손가락은 무엇을 의미하는가. 하지만 수사관들은 그 암시를 재빨리 간파할 줄을 모르고 있었다. 그것도 그럴 것이 그들은 그것을 하나의 경련 상태에 의해서 손가락이 펴진 것으로만 보고 있었던 것이다.

기회는 그러나 또 있었다.

문광혁은 아주 사망한 것이 아니고 의식을 잃고 쓰러져 또 코마 상태에 빠진 것뿐이라고 병원 측에서 설명해 주었던 것이다.

83

 수사진은 강오란의 책장에서 찾아낸, 책장에 책들이 꽉 차 있어서 겨우 찾아낸 그 문제의 일기장을 검토하기 시작했다.
 일기장은 꽤 두꺼운 대학 노트였는데 바로 강오란의 일기장이었다. 노트의 모서리들이 닳아지고 곰팡이가 낀 것처럼 누렇게 변색이 돼 있는 걸로 보아 아마 꽤 오래된 것인 듯싶었다.
 역시 그랬다. 일기장은 5년 전의 그 수수께끼 같은 송동욱과 오수옥 부부의 집 화재 사건을 일기 형식으로 기록하고 있는 놀라운 일기장이었다. 그렇다면 그때의 그 화재 사건은 역시 방화였고, 그리고 진범은 다른 사람도 아닌 바로 강오란이었단 말인가.
 그날 밤 강오란은 분명히 아버지의 생신날 덕분으로 초대한 친구들과 같이 그녀의 공부방에 있었고, 그리고 잠시도 집 밖으로 나간 적이 없었다는데 어떻게 그녀가 방화범이 될 수가 있었을까? 아니면 송동욱의 주장대로 역시 함연옥 그 여자의 짓이었단 말인가?

 송동욱은 강오란의 살해 사건이 터지자 그것을 계기로, 그제야 이제까지 있었던 5년 전의 그 화재 사건에 얽힌 갖가지 의혹과 의문, 그리고 자신의 확신과 추리와 추적 등등 모든 것을 비로소 털어놓기 시작했던 것이다. 꺼벙머리와의 관계, 전당포 사건, 문광혁이 꺼벙머리한테서 옷을 사 입게 된 일, 강 사장과 함연옥과의 은밀한 사련, 그 궤짝 속의 머리가 둘 달린 괴물 같은 기형아, 그 때문에 강 사장이 식물인간이 되고 결국 죽게 된 경위, 녹음테이프 관계, 그리고 함연옥이 그를 두 번씩이나 죽이려 했다는 것까지 소상히 모두 털어놓으면서, 증거물로 그 녹음테이프를 꺼내놓았다. 그러면서 함연옥이 방화범임을 더욱 강력히 주장했던 것이다.

그렇다면 의문이 하나 남아 있었다. 그 의문은 이제 생긴 것이긴 하지만, 문광혁은 두 번째 의식을 잃기 직전에 왜 지순한 표정으로 절망과 체념의 눈빛을 보였으며, 그리고 중화상의 몸으로 병원에서 탈출을 하면서까지 강오란의 일기장을, 그녀가 죽으면서 마지막으로 유언처럼 부탁한 대로 없애버리려 했을까? 그런 점으로 미루어 함연옥보다는 새로운 용의자일 수도 있는 문광혁이 더 수상하지 않을까 하는 점이었다. 그 점에 대해서 송동욱은 단칼로 이렇게 일축해 버렸다.

"문광혁은 강오란에게 푹 빠져 있었으니 그런 유언쯤이야 들어줄 수 있는 일 아닐까요? 그놈은 그러고도 남을 놈이니까요. 한낱 고깃덩이의 거죽에 지나지 않은 여자의 피부에 미치고 환장한 놈…… 중요한 것은, 그 자식은 여자가 아니라는 점입니다. 함연옥이 남자가 아니듯이. 방화는 여자가 했다고 했는데 말입니다. 안 그렇습니까?"

그것을 입증이라도 하듯 강오란의 일기장 내용은 다음과 같았다.

그날그날의 심경 변화 탓인지 파란색 볼펜으로 쓴 글씨가 어떤 날은 또박또박했고, 어떤 날은 글씨가 낙서처럼 비틀거리고 조악했다. 그 대신 문장이나 내용은 핵심적이고 간결한 것이 특징이었다. 그리고 버릇인지 연도는 아주 생략해 버리고, 월일도 ○월 ○일로 표기했다.

그런데 첫 장부터 아주 놀라운 사건이 쓰여 있었다.

○월 ○일

그것은 아무도 모르는 비밀이다. 나와 그 사람밖에 모르는 무서운 비밀이다.

그 사람이란…… 바로 문광혁이다.

우리는 서로 사랑하는 사이다.

우리들의 사랑을 아는 사람은 이 세상에 아무도 없다. 귀신도 모른다. 그것이 우리 둘만이 아는 무서운 비밀이라는 것이다.

아빠가 공장을 짓기도 전에 벌써부터 찾아와서 철공소 기술을 더 배우겠다던 사내. 잘생긴 얼굴에 키도 크고 성실해 뵈는 그 첫인상.

그를 나는 처음엔 오빠라고 부르며 따르기 시작했다. 그러던 것이 어느새 연인으로 변해갔는데…….

이성에 대한 호기심이 여고 3년생인 나를 그렇게 대담하게 만들었는지도 모른다.

오늘도 술병을 들고 아빠를 찾아온 문광혁…… 그와 나는 내 방에서 기어이 뜨거운 포옹을 하고 말았다. 몹시 추운 바깥 날씨가 원망스럽다. 그 때문에 그를 나는 내 방으로 들어오도록 했으니까.

아빠 엄마가 집을 비우고 잠깐 외출하신 것도 원망스럽고…….

○월 ○일

벌써 두 달째 멘스가 없다.

딱 한 번의 그때 그 일로 임신이 된 모양이다.

창피해서 병원에 가 확인도 못 하겠다. 부모님께 알릴 수는 더욱 없다. 성질이 급하고 거친 아빠는 아마 나를 때려죽일 것이다. 나보다 그 사람부터 그럴지 모른다. 이해심과 참을성이 부족한 엄마도 마찬가지일 것이다.

틀림없이 야기될 그 불상사가 나는 두렵다.

세상 모든 것이 두렵다.

약을 먹고 죽어버릴까.
감쪽같이 배 속의 것을 없애버릴 방법은 없을까?

○월 ○일
나에겐 오늘이 운명의 날이다.
정확히 임신 3개월째가 되는 날.
벌써 초여름이다.
 공장 문제로 또 싸움이 벌어졌다. 근래에 없던 가장 큰 싸움. 아빠는 아빠대로 상처를 입고, 나는 나대로 송세라한테 얻어맞았다. 그 깡패 같은 계집애한테 강한 보디를 한 방 얻어맞고 나는 길바닥에 쓰러졌다. 그런데 아아······.
 그 충격으로 내 배 속의 그것이 유산될 줄이야!
 내 방으로 들어와서야 그걸 알아차릴 수가 있었다. 견딜 수 없는 복통. 다리 사이로 철철 쏟아지는 피. 그 계집애를 고맙다고 해야 할까 저주를 해야 할까.
 공장 문제로 싸운 뒤 홧김에 술을 마셨는지 아빠의 술 취한 목소리가 안방에서 흘러나왔다. 공장 옆집에다 불을 확 질러버리겠다는 것이었다. 무슨 그런 천벌을 받을 소리를 하냐며 엄마가 몇 마디 하다가 인기척을 듣고 마루로 나왔다. 송세라한테 보디를 심하게 맞아 배도 몹시 아프고 얼굴도 붓고 화끈거려서, 마당 수돗가에서 잠시 얼굴을 씻고 안방 마루를 지나 내 방 쪽으로 가다가 안방 앞에서 나는 그 무서운 소리를 엿듣게 되었던 것이다.
 혹시 그 무서운 소리를 내가 들었을까 싶어 마루로 나와 하얗게 질려 있는 엄마가 불쌍하다. 분을 못 이겨 공장 옆집에 불을 질러버리겠다는 아빠도 이해가 간다.
 비록 딸이지만 자식으로서 부모를, 아빠의 사업을 도와줄 수 있는 길은 없을까? 그런 생각을 하며 내 방으로 들어와서야 다리 사이로 더욱 뭉텅뭉텅 쏟아지는 피를 보고 나는 유산이 된 것을 비로소 알게 되었고, 그 고통과 두려움 속에서도 아빠의 사업을 내가 꼭 도와주고 싶다는 생각을 계속 하고 있었다. 그리고 나는 드디어 결론을 내렸다.

그래, 그러자. 아무도 모르게 내가 불을 질러버리자. 그러면 아빠를 돕는 길도 되고 그 깡패 같은 계집애한테 복수하는 길도 된다. 그리고 어차피 제거됐어야 할 것이긴 하지만 내 배 속의 생명을 살해한 그 계집애에 대한 앙갚음도 하게 된다. 그것도 아주 통쾌한 앙갚음을!

살며시 방문이 열리며 누가 들어왔다.

뜻밖에도 문광혁이었다. 그때 그 일이 있고 나서 그가 내 앞에 나타난 건 이번이 처음이었다.

다리 사이에서 피를 흘리며 고통스러워하는 나를 보자 그는 처음엔 놀라 어쩔 줄 몰라 했다.

나는 숨기지 않았다.

임신과 유산이 된 경위를 모두 털어놓았다. 뜻밖에도 그의 분노가 하늘을 찔렀다. 자기 아이를 유산을 시킨 송세라를 죽여버리겠다는 것이었다. 그러면서 유산만 되지 않았다면 모든 것을 아빠에게 고백하고 우리들의 결혼을 내가 여고를 졸업하기가 무섭게 추진하려 했다는 말도 변명처럼 잊지 않았다. 내가 무남독녀이기 때문에 데릴사위의 야망이 있었던 모양이었다.

그러나 나는 그가 싫어졌다.

여자관계가 복잡하기 때문에 싫어졌다. 그런 말을 그의 친구들의 입을 통해서 여러 번 들었었기 때문이다. 그런 눈치를 챘음인지 그가 더욱 적극성을 띠기 시작했다. 나와 장차 꼭 결혼을 하겠다는 거였다. 그리하여 싸움 때문에 아직 공장이 문을 연 상태는 아니지만 아빠의 후계자가 되어 우리 공장을 대기업으로 키우겠다는 것이었다.

나는 조건을 붙였다.

그럼 결혼을 약속하겠으니 그 조건으로 송세라의 오빠 집에 불을 질러달라고 했다.
　분명히 말하지만, 난 처음엔 농담 삼아 한번 해본 소리였다. 빈정거리는 투로…… 그런데 뜻밖에도 그가 분연히, 그러면서도 농담처럼 그러겠다고 약속을 하는 것이었다. 그렇게라도 해서 송세라한테 유산에 대한 앙갚음을 하고 싶다는 것이었다.
　밤 깊은 이 시각, 이 글을 쓰면서도, 난생처음 유산의 고통을 악물면서도 나는 그의 말을 농담으로 받아들이고 있다.

　○월 ○일
　며칠 전에 드디어 그 집구석에 불이 났다. 아주 통쾌한 광경이었다. 식구가 둘이나 타 죽고, 송세라 그 계집애마저 곧 죽을 것이라고 하니 더더욱 통쾌했다.
　그 화재 사건의 와중 때문에 그날의 일기를 오늘에야 쓰고 있다.
　처음 불이 났을 때부터 나는 문광혁의 짓이라는 걸 직감하고 있었다. 왜냐하면 그의 농담 같은 분연한 약속이 번개같이 떠오르기도 했지만, 디데이를 하필이면 아빠의 생신날로 택했기 때문이다. 그날의 일기에는 자세히 밝히지 않았지만, 그때 그런 농담을 주고받을 때 나는 이왕이면 우리 아빠의 생신날 밤에 불을 지르라고 날짜까지 정해주었던 것이다. 물론 농담 투였지만, 그리고 농담으로 끝날 일이겠지만 비록 농담일지라도 그래야만 그날 밤의 우리 집 식구들의 알리바이가 확고부동하게 성립될 것이기 때문에 그랬던 것이다.
　그날 밤은 비가 억수같이 퍼부었는데도 불길은 통쾌하게 잘만 타올랐다. 방화가 아니면 그럴 수 없는 불길…… 이것도 방화에 대한 나의 직감 중의 하나였다.
　나의 직감은 적중했다.
　불이 난 지 일주일이 지난 후에야, 그러니까 바로 오늘 밤에야 나는 문광혁을 만났는데, 그가 모든 것을 털어놓았던 것이다.

처음에 그는 딱 잡아뗐다. 농담으로 한 소리였는데 무슨 그런 무서운 소리를 하냐면서 펄쩍 뛰었다. 적잖은 인명 피해까지 있고 사건이 크게 벌어지자 은근히 겁이 나 오리발을 내미는 것 같았다.

그러나 불을 지르는 것을 내가 숨어서 봤다고 거짓말을 사실처럼 하자 그는 더 이상 버티지 못했다. 모든 것을 사실대로 털어놓기 시작했다. 그의 말을 그대로 여기에 옮기면 이러했다.

사장님의 생신날을 디데이로 택한 것은, 너와의 약속 때문이기도 하지만 그보다 그날 밤이 절호의 기회였기 때문이야. 송세라의 오빠가 자물쇠를 채우고 나간 걸로 보아 집이 비어 있을 것으로 생각했던 거야. 그때 나는 공장 안에 숨어 있었지. 그런데 쥐새끼 한 마리가 내 발등을 스치고 지나가는 바람에 놀라 피하다가 작은 깡통 하나를 걷어차게 되었어. 그 바람에 깡통 소리가 났고, 그 소리를 들었던지 송세라 오빠가 공장 앞까지 걸어오는 소리가 들렸어. 하지만 송세라 오빠는 다시 멀어지기 시작했고, 곧 자물쇠를 채우고 간판점 조수가 사라진 쪽으로 사라져버렸어. 그걸 나는 확인하고 재빨리 행동 개시를 했지. 미리 준비해가지고 간 파란색 고무 물총에다 공장의 휘발유를 실탄처럼 장전했어. 고무 물총은 그날 낮에 장난감 가게에서 사두었던 거야. 귀신도 모르게 감쪽같이 불을 지르기 위해 그런 기막힌 방법을 나는 생각해 냈었지. 너의 집에 올 때마다, 그리고 그 집 앞을 지날 때마다 무심코 봐둔 것이긴 하지만 그 집엔 연탄아궁이 위에 기저귀들이 항상 널려 있었거든. 자칫 불이 나기 쉬운, 그 위험한 기저귀들을 나는 이용하고 싶었던 거야. 기저귀들이 자연적으로 연탄불로 흘러내려서 자연발화가 된 것처럼 속이고 싶었다 이 말이야. 더욱이 그 집은 출입문인 판자문 위에 한두 뼘 정도의 공간이 있잖아? 연탄가스를 염려해서 일부러 그런 공간을 터두었는지는 모르지만 말야. 그래서 고무 물총을 생각해 냈던 거야. 고무 물총은 그날 낮에 사긴 했지만 나는 밤이 지나고 새벽녘에 불을 지르려고 했었어. 사람의 잠이 가장 깊은 새벽 2시나 3시경에 말야. 하지만 아까도 말했지만 나는 빈집이라는 그 절호의 기회를 놓치고 싶지가 않았어. 그래서 내친김에 시작을 했지. 불이 나기 불과 10여 분 전부터 나는 그 집 동정을 살폈었는데 주로 공장 안에 숨어 있는 상태였어. 그러면서도 나는 용하게도 잘 살피고 있었다는 그런 얘긴데, 그때 나는 이미 공장 안에서 여장(女裝)으로 여자가 돼 있는 상태였지. 여장이래야 파마머리의 가발에다 속이 비치는 바바리 같은 투명한 여자용 비옷을 걸치고, 속엔 분홍색 블라우스에 무릎 아래까지 살짝 내려오는 검정 치마를 입었으며, 신발은 앵클부츠 비슷하게 생긴 여성용 검정 장화를 신은 것뿐이긴 하지만 말야. 그리고 비옷에 달린 후드는 머리에 덮어 쓰지 않고 고개 뒤로 젖혀버렸지. 혹 누구한테 들키더라도 여자 가발을 잘 보이게 하기 위함이었어. 거기에다 비닐우산을 쓰고…… 우산을 쓰지 않으면 억수같이 퍼붓는 비에 혹 가발이 벗겨지지 않을까 싶어 썼던 거야. 그 정도면 밤이니까, 게다가 비가 퍼붓는 밤이니까 누가 봐도 여자로 볼 거 아냐? 왜 느닷없이 여장을 했느냐구? 이유야 간단하지. 만일의 경우를 생각해서야. 불을 지르는 순간에 누구한테 들키기라도 했을 경우 일단 도망을 쳐야 할 텐데, 그러면 목격자는 나를 여자로 생각할 것이거든. 순간적인 목격일 터이기 때문에 남자라고는 생각도 못 할 것이며, 더군다나 그 여자가 문광혁일 거라고는 더욱 상상도 못 할 테니까. 물론 내가 여장을 하면 오란이 너와 너의 어머니가 가장 먼저 의심의 대상이 될 수도 있겠지. 공장 문제로 싸움이 잦은 데다 너의 집엔 여자가 둘뿐이니까. 그러나 사장님의 생신날이고 또 그 덕분으로 알리바이가 뭔가 그것이 성립이 되는데 뭐가 걱정이야? 그리고 목격자도 없었잖아, 아직은 말야. 얘기가 빗나갔군. 아무튼, 나는 여장을 하고 그 집 판자문 앞으로 다가갔어. 그리고 판자문 틈새로 들여다보니까 판자문 안이 바로 좁은 부엌이었는데, 온 집 안이 전등불이 꺼져서 캄캄했어. 아니, 아니야. 안방인지 뭔지는 모르지만 미닫이문이 달린 오른쪽의 방에만 푸른 빛깔의 형광등 같은 불이 켜져서 미닫이문이 환했어. 하지만 미닫이문에 비친 그 불빛에도 불구하고 부엌은 어두운 편이었어. 근데 그 어둑한 부엌의 미닫이문 벽 쪽에 붙은 연탄아궁이의 연탄 불빛이 벌겋게 그 위에 널린 기저귀들을 비추고 있었어. 솥이 걸려 있지 않은 상태였지. 기저귀들은 대여섯 장 정도였는데, 어떤 것은 바짝 마른 것 같았고 또 어떤 것은 아직도 김이 나고 있는 것 같았어. 이것은 정확한 건 아냐, 느낌이 그렇다는 거지. 나는 급하게 서둘렀어. 키가 큰 나지만 발뒤꿈치를 세워도 판자문 위의 뻥 뚫린 공간까지 내 눈이 올라가지 않았기 때문에, 그대로 판자문 틈새로 들여다보면서 우산을 들지 않은 오른손을 그 공간으로 높이 올려 물총을 조준했지. 연탄불을 조준한 것이 아니고 그 위의 기저귀들을 조준했던 거야. 그중에서도 바로 연탄불 위에 널린, 그러니까 가장 가운데에 널린 기저귀를! 물론 연습을 많이 했었지. 물총을 사자마자 물을 넣어서…… 내 자취방에서 말야. 덕분에 물총을 떠나간 물방울이 한 방울도 방바닥에 떨어지지 않게 하면서도 목표물을 명중시킬 수 있는 기술을 터득할 수가 있었지. 손수건들을 여러 장 벽에다 널어놓고 시도한 것이긴 하지만 말야. 그런 연습들이 결코 헛되지 않았어. 물총을 떠난 휘발유가 정확히 그 기저귀를 명중했으니까. 단 한 방울도 휘발유를 부엌 바닥에 흘리지 않고! 거짓말 같지만 이건 하늘이 아는 사실이야. 동시에 펑 소리가 나면서 불길이 천장으로 확 치솟았어. 그때 마침 짧은 천둥소리가 났어. 그 천둥소리가 마치 밀폐되었던 기름통에 불이 붙을 때와 마찬가지로 그런 펑 소리를 냈는데 말야, 난 지금도 그 소리가 천둥소리인지, 아니면 물총으로 쏜 휘발유로 인해 기저귀에 불이 갑자기 확 붙는 소리인지 분간을 못 하겠어. 그 소리가 의외로 그렇게 컸던 거야. 그뿐이야. 나는 즉시 뒤도 돌아보지 않고 도망쳐 버렸으니까. 그리고 그 동네 언덕 아래 다 쓰러져 가는 빈집이 몇 채 있는데, 그중 한 집으로 들어가 가발과 비옷 등등을 벗어서 땅속에다 파묻고, 미리 감춰둔 검은색 남자용 작업복으로 갈아입은 뒤 태연하게 그 비닐우산을 쓴 채 달동네를 빠져나왔지. 그때까지 아무도 나를 본 사람은 없었어. 불이 나서 야단들이었으니까.

아아, 뭔가 두렵다.

그의 범행 일체를 다 듣고 나니 하늘이 천벌을 내릴 것만 같아 두려워서 못 견디겠다.

나의 농담 같은 사주를 받고 그가 기어이 엄청난 일을 저지르고야 말았기 때문이다. 오늘 밤은 웬일인가. 그들이 불쌍하다. 송세라의 죽은 언니와 어린 조카가.

사경을 헤매고 있는 송세라도 불쌍하다. 제발 어서 소생했으면 싶다. 목숨만이라도.

마음씨 고운 송세라의 둘째 올케언니가 안됐다. 방화인지도 모르고 실화의 십자가를 혼자 짊어지고 있으니까. 수사가 그렇게 종결되기도 했지만, 소문으로 듣자니까 그 올케의 부주의로 불이 난 줄 알고 시어머니와 송세라가 갖은 증오와 저주와 구박을 한다던데…… 같은 여자로서 미안하고 정말 안됐다. 아아, 나는 이 죗값을 어떻게 다 받을까. 하늘은 어떤 형벌을 내릴까?

오늘은 너무 많은 것을 쓴 것 같다. 더 쓰고 싶어도 그만 써야겠다. 왜 그런지 자꾸 눈물이 쏟아지려고 한다.

이것은 어떤 빛깔의 눈물일까?

○월 ○일

그가 또 찾아왔다.

우리가 안양으로 이사를 하고 나서 처음 찾아온 것이다. 어떻게 알고 찾아왔는지 재주도 좋다. 의식적으로 우리는 이사한 사실을 아무한 테도 알리지 않았는데…… 복덕방 사람들을 제외하고는.

나도 그에게 일부러 알리지 않았다. 그 사건이 들통 날까 싶어 당분간 그를 만나지 않기로 한 이유 때문이었다.

밤에 찾아온 그는 눈치껏 나를 밖으로 불러내 놀라운 말을 했다. 돈이 조금 생겨서 내키는 대로 아무 전당포나 들어가 때마침 양복을 저당 잡히러 온 사람한테서, 그것도 생판 모르는 사람한테서 그 옷을 사 입었는데, 하필 그 옷이 송세라의 둘째오빠 집에서 도둑맞은 옷이라는 거였다. 그것도 불이 나기 바로 전날 밤에 도둑맞았다는 것.

나는 한동안 까맣게 잊고 있었던 송세라 오빠에 대한 말을 듣자 다시 또 겁이 나서 견딜 수가 없다. 소문대로 송세라 오빠가, 실화가 아니고 방화라고 고집하며 범인 색출에 혈안이 돼 있다던데 문광혁의 입을 통해서도 그 말을 또 들었기 때문이다.

큰일 났다.

○월 ○일

송세라가 퇴원을 했다니, 저주와 증오가 다시 또 부글부글 끓어오른다. 내 마음이 왜 이렇게 변덕이 심할까.

죄의식의 역감정 때문일까?

○월 ○일

오래도록 소식이 없다가 그가 또 불쑥 나타났다. 그는 언제나 밤을 이용했다. 그가 아빠의 배려를 뿌리치고 우리 공장에서 일을 하지 않는 것도 나는 이해를 한다. 그 사건이 자칫 들통이 날까 싶어 일부러 우리 공장에서 일하는 것을 기피한 것일 테니까.

그는 은밀히 무서운 말을 했다. 송세라 오빠를 죽여야겠다는 것이었다. 그렇지 않으면 언제 꼬리가 잡혀도 잡힐 것 같아 불안해서 죽겠다는 것이었다. 밤마다 무서운 악몽에 시달린다는 말도 했다.

거기엔 나도 동의했다.

밤이면 나도 그러니까. 송세라 오빠가 나를 목을 졸라 죽이는 악몽을 얼마나 많이 꾸었는지 모른다.
 그는 벌써 그 살해를 한 번 시도했었다고 했다. 으슥한 거리에서 오토바이로 들이받아 버렸는데 실패했다는 것.
 그는 다시 또 기회를 노리겠다고 했고, 나는 용기와 격려를 잊지 않았다.

○월 ○일
 요즘 아빠의 외박이 심해졌다.
 새삼스러운 일은 아니지만, 그 일로 엄마와 자주 싸우는 광경을 볼 때마다 아빠의 인격이 추악하게 느껴져서 괴롭다.
 틀림없이 여자가 하나 또 생긴 것 같다. 엄마한테는 비밀에 부쳤지만 고속버스로 여수엘 가시는 것을 몇 번 목격했었기 때문이다.
 도대체 어떤 여자일까?

○월 ○일
 그가 찾아와서 이번에는 하늘이 무너지는 소리를 했다.
 나의 은밀한 부탁으로 그는 아빠의 행선지를 미행하고 오는 길인데, 여수까지 갔다 왔다는 것이었다. 그리고 그 과수원과 아빠의 숨겨놓은 여자에 대해서 보고 느낀 대로를 말해 주었다.
 이 이야기는 더 이상 쓰고 싶지 않다. 엄마가 불쌍하다. 엄마가 불쌍해서 못 견디겠다.
 그래! 엄마의 피맺힌 아픔을 생각해서 나만 알고 있어야지.
 아빠가 밉다.
 꼴도 보기 싫다.

○월 ○일
 그가 나를 창경원으로 불러냈다.

이번에도 밤을 이용했다. 그리고 폭탄선언을 했다.

송세라와 결혼을 하겠다는 것이었다. 이유는, 우리들의 꼬리를 감추기 위해서란다. 송세라 오빠가 끈질기게 방화범을 추적하고 있으니 우선 자신부터 완벽한 결백의 옷을 입고 보겠다는 것. 송세라를 그 지경으로 만든 장본인이긴 하지만 송세라와 전격적으로 결혼을 해버린다면 당분간은, 다시 말해서 결혼 생활 동안에는 송세라 오빠가 뭘 더 의심하겠느냐는 거였다. 듣고 보니 그 말도 공감이 갔다. 사람으로서 최소한의 양심이 있는 자라면 그런 철면피한 결혼을 할 수가 없을 것이기 때문에, 그 방법이면 그를 방화범으로 의심하지 않을 것도 같았다.

그래서 나도 그의 결혼을 찬성했다.

그 화재 사건 이후부터 그가 점점 싫어지기도 했지만, 그 철면피한 방법이 나에게도 분명히 안도를 안겨줄 것이기 때문이었다. 그 대신 그가 일방적인 약속을 했다.

적당한 트집으로 이혼을 한 다음 나와 진짜 결혼을 하겠다고…… 송세라 오빠가, 자기 여동생과 결혼을 해도 은근히 계속 의심할 수도 있겠지만, 그러나 언젠가는 그를 완전히 믿어버리고 그 사건의 추적을 완전히 포기를 할 때가 반드시 있을 것이니, 그때 정식으로 나와 결혼을 하겠다는 것이었다.

제발 그렇게 되기를 나는 마음속으로 바라고 있다. 그와의 결혼은 원치 않지만, 송세라 오빠의 포기를!

○월 ○일

오늘은 아빠가 땅에 묻히는 날이다. 엄마는 땅속에서 어떤 감상일까? 반겨주실까? 만약 그 녹음테이프를 들으셨다면?

나 같으면 결코 반기지 않겠다.

장지까지 따라온 그가 돌아오는 길에 나를 위로하면서 이런 말을 속삭였다. 아빠가 돌아가신 바로 그다음 날 아침 일찍부터 송세라 오빠가 여수로 가는 것을 알아차리고 미행했었노라고.

그리고 그 과수원집 헛간에다 가둬놓고 불을 질러버렸다고…… 물론 이번에도 여장을 했었다고 했다. 그 대신 이번에는 함연옥 그 여자의 모습을 흉내 냈었다고 했다. 그 궤짝을 파낼 때의 옷차림 그대로를!

그러면서 그가 거기에 대한 설명을 한사코 달았다.

왜 함연옥 그 여자의 모습을 이용했느냐 하면, 송세라의 오빠가 자기 집에 방화를 한 범인을 함연옥으로 지목하고 있는 것 같았기 때문이었어. 그러기에 집요하게 여수까지 내려가 그 과수원집을 들락거리며 함연옥의 뒤를 추적하고 있겠지. 안 그래?

확실한 건 모르지만 아마 너의 아빠가, 아니 강 사장님이, 송세라 오빠가 사장님을 자꾸 미행하는 걸 눈치채시고 함연옥 그 여자에게 송세라 오빠에 대해서 귀띔을 해주신 것 같았어. 불이 나기 전에 공장 옆집에 살았던 사람이, 그러니까 불이 난 그 집의 집주인이 송동욱이란 사람인데, 그 새끼가 공장 문제로 자기 집에 불을 내가 지른 줄 알고 자꾸 나를 미행하는 것 같으니 당신도 조심하라고 말야. 아마 내가 사장님이 됐더라도 그런 귀띔은 반드시 해줬을 거야.

왜냐하면 헛다리를 짚은 줄도 모르고 송동욱이란 놈이, 사장님이 시켜서 함연옥이란 여자가 대신 방화를 한 줄로 오인하고 사랑하는 함연옥에게 어떤 위해를 가할지도 모른다는 생각이 사장님도 들었을 테니깐 말야.

그는 오늘에야 털어놓았지만, 그 궤짝을 파낼 때에도 그는 그곳에 있었다고 했다. 서울에서부터 송세라 오빠를 죽이기 위해 줄곧 미행했었다는 것. 그런데 절벽에서 그 여자가 대신 죽여줘서 고맙게 생각했는데, 송세라 오빠가 다시 살아났다고 했다.

그래서 물에서 기어 나오자마자 이번엔 자기가 죽이려고 했는데, 독이 오를 대로 오른 송세라 오빠의 태권도가, 아니 유도가 겁이 나서 계획을 변경했다는 것이었다. 언제 죽여도 반드시 죽일 테니까 좀 더 완벽한 기회를 다시 노리자는…….
 그런데 그 완벽한 기회를 포착했는데 이번에도 또 실패를 했다는 것이었다. 그러니까 그날 아침 일찍부터 양복점에 출근한 것처럼 양복점에 얼굴만 잠깐 내민 후, 곧바로 여수로 향하는 송세라 오빠를 미행했다고 했다. 송세라 오빠는 고속버스로, 그는 택시로.
 그리고 헛간에다 불을 지르고는 숲 속으로 도망, 함연옥으로 변장했던 여자 옷 등등을 땅속에다 파묻은 다음 그길로 서울로 올라가, 태연하게 양복점에 들러서 저녁까지 식당에서 시켜 먹고 H대학병원 영안실에 있을 나에게 몇 번 전화를 시도하다가, 통화가 안 되자 곧바로 직접 영안실로 가서 화투도 치며 철야를 했다고 했다.
 그런데 뜻밖에도 송세라 오빠가 살아 있었다는 것이었다.
 어쨌든 송세라 오빠가 아직도 펄펄 살아 있다.
 하늘이 보호하고 있는 걸까?
 하늘!
 하늘!

○월 ○일
 스탠드바에서 우연히 만난 그가 집까지 바래다주었다.
 모처럼 만난 그가 반갑기도 했지만, 아무리 취했어도 반가운 건 사실이었지만 그 반가움이 질투로 일그러진 건 웬일이었을까?
 나의 여린 첫 순결을 가져간 사내. 그래놓곤 그 징그러운 계집애와 결혼해서 깨가 쏟아지게 사는 사내.
 나를 집까지 바래다준 저의는 나에 대한 미련 때문이 아니고 순전히 그것 때문이겠지. 그 방화의 약점 때문.
 왠지 그 약점을 새삼스럽게 상기시키고 싶어서 나는 취중에 고무 물총을 꺼내서 겁을 한번 줘봤다.
 그 놀라 자빠지던 얼굴! 질려 있는 눈, 눈!

아아, 통쾌하다. 뭐가 뭔지는 모르지만 통쾌해서 고함이라도 마구 지르고 싶다. 이 일기를 쓰면서 깔깔대는 내 모습을 누가 만약 보게 된다면 미친년이라고 하겠지. 그래, 나는 미쳤는지도 모른다. 자신의 치부와 사업을 위해, 그리고 오직 돈밖에 모르는 아빠가 결과적으론 나를 미치게 만들었으니까.

그 당시는 그 아비에 그 딸이었으니까. 아빠가 하시는 일은 여고 3년생일 때까지도 모두가 고생스럽게만 보이고 옳게만 보였으니까.

아빠 얼굴에 주름살이 하나하나 늘어날 때마다 딸자식으로서 그걸 얼마나 미안해하고 가슴 아파했던가. 그러던 것이 차차 독선과 위선과 탐욕과 비행의 주름살이란 것을 깨닫게 되었을 때…… 아아, 비록 괴물을 낳았지만, 내연녀와의 사이에서 혼외 아기까지 낳은 아빠의 그 추악한 이중인격을 깨달았을 때…….

아빠! 아빠!

아빠가 원망스럽습니다. 아빠의 딸로 태어난 내가 후회스럽습니다. 저주스럽습니다. 나를 내가 죽이고 싶습니다.

그때, 그 저주의 날에, 아빤 왜 그런 무서운 말씀을 하셨나요? 이 어린 딸의 귀에 들리도록, 그 집구석에 불을 확 질러버리겠다고!

아빠가 정말 불을 질러버릴까 봐, 어느 날 밤에 아무도 모르게 불을 질러버릴까 봐, 그리고 그런 사실이 발각되어 아빠가 방화범으로 잡혀 들어갈까 봐, 그 때문에 우리가 동네에서 쫓겨나고 엄마가 매일 눈물로 세월을 보낼까 봐 이 딸이 아빠 대신 불을 지르고 싶도록…… 결국 간접 방화를 하고야 말았지만…… 왜 그런 무서운 말씀을 하셨나요?

그때 난, 난…….

세상이 아직 뭔지도 모르는 철부지였답니다.

일기는 여기에서 끝이었다.

84

 오수옥은 언론에 핵심적인 일부 내용이 보도된 그 일기를 읽어주는 송동욱의 목소리를 자장가처럼 들으면서 한 마리의 백조가 되어 어디론가 지금 훨훨 날아가고 있었다. 그곳은 나고 죽고 하는 고통이 있는 이 세상, 즉 차토의 세계가 아니고 피안의 세계 같았다.
 아니, 에덴의 동산 같았다.
 이브가 선악과의 유혹을 받기 이전의 그 에덴동산 같은 곳 —— 빛과 무지개가 가없이 영롱한 환상 같은 아름다운 동산에, 이름 모를 천자만홍과 새들이 용여하게 나래를 펴고 있었고, 어디선가 안락의 종소리 같기도 하고 천사들의 코러스 같기도 한 장엄한 음악 소리가 메아리처럼 은은하게 들려오는 그런 곳이었다.
 그곳에 억울하게 희생된 세희 아가씨의 모습이 얼핏 보이는 것 같았다. 그렇게도 보고 싶던 어린 딸 영희의 모습도 그 옆에 있는 것 같았다. 시어머니 노 씨의 모습도 보였고, 친정아버지의 모습도 보였다. 그들은 한결같이 손을 흔들며 그녀를 환영하는 것 같았으나 눈들은 울고 있었다. 다른 사람의 죗값을 대신 멍에를 쓰고 갖은 구박과 증오와 저주를 감내하며 고생만 하고 왔다고, 너무너무 불쌍하고 가여워서 그들은 울고 있었다.

그 눈들은 한마디를 더 하는 것 같았다. 이승에 두고 온 시누이를 위해, 강오란을 죽인 사람은 우리 시누이 세라 아가씨가 아니고 내가 죽였다고 사실과 다른 자백을 끝까지 하고 떠나온 건 좋지만, 그렇다고 진실을 모독하면서까지 꼭 그랬어야 했느냐고 냉엄하고도 준엄한 힐책을 하는 것 같았다.

그들은 그렇게 모두가 선악과가 주렁주렁 매달린 무화과나무 밑에 마중을 나와 서 있었다. 그래, 그것은 분명한 마중이었다.

그녀는 그녀대로 울고 있었다.

송동욱과 영수가 자꾸만 보고 싶어서 울고 있었다. 시아버지도 보고 싶었다. 친정어머니도 너무너무 보고 싶었고 남동생도 보고 싶었다.

그런데 누구보다 가장 보고 싶은 사람은 세라 아가씨였다. 올케의 실화로 불이 난 줄 알고 그렇게도 올케를 구박하고 증오하고 저주하던 시누이였는데…… 하지만 세라 아가씨를 생각하면 가슴이 천 갈래 만 갈래 찢어졌다. 올케의 실화가 아니고 방화라는 것이 밝혀졌으니, 그 말할 수 없는 후회와 미안함과 죄의식으로 얼마나 또 울겠는가. 아마 모르긴 몰라도 평생을 울면서 보내리라. 그걸 생각하면 억울함과 미움보다 금창이 미어지듯 가슴이 아팠다.

오수옥은 그렇게 꿈을 꾸고 있었다. 하지만 그 꿈은 이 세상에서 꾸다가 깨어나는 꿈이 아니고 영원히 깨어나지 못하는 꿈이었다. 그녀의 중화상은 그렇게 의외로 치명적이었던 것이다.

올케언니

초판 발행 2013년 12월 25일

지은이 고사리
펴낸이 김낭희
펴낸곳 日月文學

등록번호 제311-2005-00008
등록일자 2005년 01월 26일
주소 서울특별시 은평구 수색로20길 12, 301호(수색동, 만민빌라트)
대표전화 (02) 6083-4545
팩스 (02) 374-4544
이메일 kohsaree@naver.com
디자인 고은영

책임교정 고사리

ISBN 979-11-85449-01-2 03810

값 12,000원 *잘못 만들어진 책은 판매처에서 교환됩니다.

이 책은 저작권법의 보호를 받습니다. 무단 전재와 복제를 금합니다.